诺贝尔文学奖作家作品

查理十二世的人马

THE CHARLES MEN

［瑞典］ 魏尔纳·海顿斯坦姆 著

姜 楠 译

北京出版集团
北京出版社

图书在版编目（CIP）数据

查理十二世的人马 / （瑞典）魏尔纳·海顿斯坦姆著;
姜楠译. — 北京：北京出版社，2020.6
（诺贝尔文学奖作家作品）
ISBN 978-7-200-14151-1

Ⅰ. ①查… Ⅱ. ①魏… ②姜… Ⅲ. ①长篇小说—瑞
典—现代 Ⅳ. ① I532.45

中国版本图书馆 CIP 数据核字（2018）第 194576 号

诺贝尔文学奖作家作品

查理十二世的人马

CHALI SHI'ER SHI DE RENMA

[瑞典] 魏尔纳·海顿斯坦姆　著
姜　楠　译

*

北 京 出 版 集 团 出版
北 京 出 版 社
（北京北三环中路 6 号）
邮政编码：100120

网　址：www. bph. com. cn
北 京 出 版 集 团 总 发 行
新 华 书 店 经 销
北 京 华 联 印 刷 有 限 公 司 印 刷

*

889 毫米 ×1194 毫米　32 开本　12.875 印张　290 千字
2020 年 6 月第 1 版　2020 年 6 月第 1 次印刷
ISBN 978-7-200-14151-1
定价：49.80 元
如有印装质量问题，由本社负责调换
质量监督电话：010-58572393
责任编辑电话：010-58572757

作者小传

　　魏尔纳·冯·海顿斯坦姆（Verner von Heidenstam，1859—1940），于1859年出生于瑞典南部厄勒布鲁省，父亲是一位贵族庄园主，他是瑞典19世纪90年代"瑞典新浪漫主义"作家的杰出代表。

　　海顿斯坦姆从小体弱多病，但是对文学作品表现出了浓厚兴趣，尤其酷爱描写自然的文学作品、历史文学作品和瑞典民族作品，并且很早就开始了诗歌创作。1876年，17岁的海顿斯坦姆不幸患上肺病，之后长达12年的时间一直在地中海各个国家休养、游历、生活，曾去过意大利、希腊、埃及、巴勒斯坦、叙利亚等国家。在罗马期间，他曾短暂地学习了两年绘画，1879年才回到瑞典。然而一年后，因为父亲反对他向艺术方向发展，刚刚结婚的海顿斯坦姆带着自己的妻子艾米莉·尤格拉再次离开瑞典，先后在罗马、巴黎和瑞士居住。在瑞士期间，他与瑞典著名剧作家斯特林堡建立了深厚的友谊，这也让海顿斯坦姆坚持文学创作的信心得到了极大的增强。

　　1887年，海顿斯坦姆再次回到瑞典。次年，海顿斯坦姆出版了自己的首部诗集《朝圣与漫游的年代》，诗人以自己十几年的游历为创作基础，运用夸张、幻想等手法，对地中海和阿拉伯国家的风土人情、历史文化、神话传说等做了生动的描述。该诗集中的作品不同于自然主义，而是带着浓郁的南方传奇色彩和深重的东方哲理思想。海顿斯坦姆在《文艺复兴》（1889）中将自己的文学主张和美学主张做出了明确的阐述：他不认同传统美学观念，反对自然主义，对于文学面对现实的文学理念尤其不赞同；他主张通过新颖优美的诗歌来为生活创造更多的美。1892年出版的《汉斯·阿里埃诺斯》是一部描写瑞典传奇人物阿里埃诺斯的诗体小说，在这部作品中可以清晰地看到作者对《浮士德》的推崇，这部作品中的某些内容也来源于作者自己回忆的扩充。

海顿斯坦姆不仅创作了大量的诗歌，而且在历史小说方面也有伟大的作品。重要的包括《查理十二世的人马》（1897—1898）、《福尔孔世家》（1905—1907）和《瑞典人和他们的首领》（1915）等。1912年，海顿斯坦姆被选为瑞典文学院院士，1916年被授予诺贝尔文学奖。1919年，《瑞典最伟大诗人海顿斯坦姆诗选》英译本正式出版。此后，海顿斯坦姆的影响力逐渐下降。

1920年，海顿斯坦姆在奥斯特哥特兰巴顿湖区的一座山丘上，为自己建造了一栋集合了意大利和古瑞典建筑风格的住宅，在这里度过了他生命的最后二十年，这期间他几乎没有创作新的作品，只有一部回忆录《栗树开花时》在他逝世一年之后发表。

1940年5月10日，海顿斯坦姆在奥斯特哥特兰的这栋住宅里因病逝世，享年81岁。

按：由于第一次世界大战爆发的缘故，这一年诺贝尔颁奖典礼没有举行，故授奖辞和获奖致辞从缺。

目　录

———

绿色的宫殿

城堡的飞檐矮楼中，有人正在饮酒，是白兰地和麦芽酒，他们的工作是打更、看门。这些人人高马大，其中肩膀比较窄的人向楼梯的方向走去，在围巾的遮盖下，我们看不到他长满胡子的嘴巴和下巴，他把两只手放进口袋。此时，他的两脚之间出现了一只空了的酒瓶，是青灰色的，这只酒瓶从他身后滚出来，他站在那里一动不动。他穿的毛袜子很脏，到处都是补丁。

打更的人看见他喊："埃切罗特，你这个疯子，可算是出来了！"

埃切罗特回应道："看看你，酒里有你吐的烟叶，彼得的画像上全部是你用针扎的孔，这里的一切都被你搞得一团糟！"

他向站在楼梯上的哈孔喊着："赶紧收起折叠桌，发布命令，把城门关了，陛下的生命快要结束了！"其实，哈孔和他的位置很近。

哈孔十分平静，穿的衣服也很整齐，唯一不足的是他是罗圈儿腿，有点儿像刚从马上下来。他是国王查理十一世的贴身仆人。他从地上捡起一个酒瓶子，塞在埃切罗特的手臂下面，动作很轻。

他说："好的，总管，或者都督，我怎么称呼您合适呢？"

埃切罗特回答说："我叫拉斯·埃切罗特，作为王室作战舰队的一名上尉，我一直服从陛下的命令。在这个地方，不管是总管，还是侍从或者打更的人，全部是仆人，没有任何区别。我会给陛下上表，抱怨这件事情，我肯定会这么做。难道我没有跟你说吗？灾难即将降临，这间房子中的所有东西都会成为一片废墟。在官员们的眼中只有钱，他们根本不关心人的生命，他们已经习惯了溜须拍马，百姓对此怨声载道。"

"上尉，或者都督，这些话你无须多说，上帝折磨我们折磨得还不够吗？城郊已经成为灾难区了，这十年来，我们的庄稼没有任何收成，人们只能忍受饥饿。现在，四蒲式耳黑麦的市场价为十二银币。用不了多久，王室的马厩里草料也会不够用，进口粮食的船只还在岸边冻着，根本开不出去。"

埃切罗特向他靠近，小眼睛不停地转动着，眼神迷离。他走走停停，点着头，还自言自语着什么，不过声音很低。

透过门洞，能够模糊地看见城堡楼下那条很长的走廊，两边都是方形的石柱，哨兵一直在那里巡视。视线穿过白雪皑皑的屋顶和城堡，能够看到徘徊在梅拉伦湖上的卫兵，这片位于王宫和哥德堡之间的湖早就结冰了。正值三月，夕阳从城堡西面的一间大厅外斜斜地照射过来，看起来特别像是大厅里的支形吊灯烧着了。

埃切罗特压低声音说："没错，没错。我们全部的羞耻和光荣都会在大火中毁灭。夜晚降临，我坐着抽烟，透过烟雾观看星象，天空中闪烁的星星告诉我旧的世界秩序就要毁灭了，匈牙利和德国天灾不断，蝗虫引发灾难，火山喷发产生了大量火热的石块。两年前的二月，公园中的草长到了手指那么高，我们听得见鸟儿唱歌，九月，我们可以去埃辛采摘草莓，但就在此时，上帝让我睁开眼，看到了那些我本不应该看到的事情，太过丑恶了。"

"别，别用上——帝的名义说这些！"哈孔的声音有些结巴，"你看到的那些是幻想出来的吧，当时的你睡着了吗？还是清醒的？"

"迷迷糊糊的。"

"如果你把你看到的都详细告诉我，我一定会全部告诉国王，当然，这需要你自愿。你看见那两扇窗户的下面了吗？就是拉着窗帘的那两扇窗户，我半个小时前还在那里。国王陛下就坐在床上，那张床本来是把椅子，后来改造成了床，国王靠着一个枕头，盖着毯子，看着很弱小，身体消瘦，他的脸上似乎只有鼻子和嘴巴了，根本抬不起头。陛下真的太可怜了，虽然还没有四十岁，但却要遭受疾病的折磨！以前，看着他瘸着腿走到门边，我特别开心，就像是我又得到了自由，但是我不过是他众多仆人中的一个，他有时候会用手臂搂着我的脖子，哭着说让我离他近一些。我坚信，和他的妻子相比，他更爱他的儿子。每次他的儿子过来探望的时候，他基本不说话，一般都是静静地坐着看着儿子。现在，他谈论的所有事情都涉及他的王国，除此之外，没有任何内容。一个星期之前，我看到他用颤抖的双手书写文件，都是一些关于如何分配财产的。现在，他给儿子的秘密旨意已经写好了，封存在一个铁柜子里。只要有人进来，他就会马上精神起来，眼睛放光，快速说：'我需要你的帮助，需要你帮我管理王国，辅佐我的孩子吧，使他成为一个奋发图强的国王！我的王国啊，王国！'"

哈孔用手摸了摸额头，两人接着往楼梯下走去。

"这下面左边就是太后住的地方了，这些日子以来，她没有出来过，一直在房间里打牌，泰新进贡的时候都找不到她。没有人知道到底发生了什么，不过在我看来，她不过是希望通过打牌来消解内心的苦闷。牌桌边上有丁零零的铃铛，有各界名流，穿着花边，打着领结，一根手杖靠在门边上，手柄上镶嵌着金子，倒在了地上——"

"海德薇格·斯坦伯克夫人就在椅子后面站着，把手杖捡了起来。"

"她不在这里，她结婚之后就一直在家里待着，听说现在越变越老，越变越丑了，你根本不清楚现在的情况。"

"可能吧。"埃切罗特眯着眼睛，看向城堡北侧，那里有一个房间，是小泰新居住的地方，自从老泰新去世之后，他就住在了那里。在高高的墙壁上，枞树枝架子依然挂着。

"那间房子里住的谁？就是那间长得和长盒很像的房间。我很清楚，那里没有人住，以后也不会有人住。为什么不保持房间本来的样子呢？国王陛下从那个哥托普女人那里接受了很多毫无意义的东西，真是不可理喻！相信你很清楚，每个人的灵魂都不同，他们各自躲藏在老房子的黑暗角落里，如果有人拿着斧头或者刀进入，这些鬼魂或者我们尚未知晓的生灵就会受到惊吓。老城堡教堂上有一座绿色的宫殿，你还记得吗？我就是在那里出生的。我一定会把那里发生的一切一五一十地告诉你。哈孔管家，如果你和我一起回家，并发誓把我说的全部东西复述给国王陛下，我就会给你讲一个故事。"

他们一起从城堡的大门中走了出来，走到了架在护城河上面的吊桥上。一名信使从马上下来，身上还背着包裹，埃切罗特着急地问："怎么样？"虽然周围有很多人，但是信使回答的声音还是可以听得很清楚。

"在斯德哥尔摩以北方圆六英里①，我只看到了三个人，他们就在马路边上坐着，吃着一只正常死亡的动物。在北方，想要购买一磅面粉，需要五个银币，且买回来的面粉中还有树皮。很多士兵都因饥饿而死，在兵团中根本吃不饱——"

埃切罗特点了点头，像是在说他知道，似乎他对所有的一切早已知晓。那个瓶子还在他的手臂下。他把手背在衣服后面和哈孔一齐走着。

很快地，他们来到了一座阁楼下，这是埃切罗特的住处，他不信任地看了哈孔一眼，然后准备在门锁中插入钥匙。他认真观察，想要确定在他不在的时候是否有人打开过他的房门。房间的空间很大，只是有些空。窗户上的笼子里养了一只松鼠。有一面墙上贴满了钱币。不管是闪亮的埃尔宾银币，还是大小不一的铜钱，哈市五达科特的硬币，这里应有尽有，甚至还有一些斯德哥尔摩银行发行的纸币，距今已经有三十年了，现在这些纸币毫无价值。埃切罗特走近一些，仔细观察这些钱，并数了数。

他说："那些把钱藏起来的人都有些傻，虽然这样就可以不用自己保管了，但是我还是希望我能看见我所有的钱，一旦失火，我可以快速把钱放进口袋里。"

埃切罗特从角落里拿出了五根木头，放进火炉，接着用木棒引燃，这根木棒上一定有焦油。之后，他和哈孔都把烟斗点燃，在火炉前面的地板上坐下。房间内没有供人坐的椅子。

哈孔说："现在应该给我讲故事了吧。"

埃切罗特开始说：

---

① 合约9.7公里。——编者注

"在绿色宫殿中发生的一切，是我以前从来没有见过的。两年前，我还是战舰上的上尉，汉斯·沃什梅斯特一心想当海军上将，总把我当成对手，所以总是找理由整我。某一次外出执行任务的时候，我对他提出了一个要求，希望他在命令我系缆绳之前能够举一下帽子，算是一个表示。我的语气十分礼貌，但是他却在甲板上吼了起来：'你疯了吗？'然后，我们打了一架。因为这件事情，我被开除了，我得到了二百五十元的津贴，算是生活补助。这件事情是真的，从那时候开始，'疯子'成了我的一个外号，不管我在什么地方，总有人叫我'埃切罗特疯子'，到现在都是这样。我在部队时，看见过一个埋葬自己同伴的人，他真的太值得同情了，埋葬完自己的同伴，他又埋葬了自己的师父，他为了四便士一个接着一个地埋葬，最后自己做了一顶帽子和一件长款黑色的斗篷。他走路很急，身上有死人的头发落下来，孩子们追着喊：'运送尸体的人来了，运送尸体的人来了'，声音里带有哭腔。虽然这个人在人们的眼中十分奇怪，但是我们都知道谁开始的时候和现在都不一样。现在，请你把我说的这些原原本本地告诉陛下吧。对了，还有一件事情，那时太后希望把梅拉伦湖舰队中一艘大型帆船上的灯笼换掉。我对手工和绘画十分擅长，和沃什梅斯特吵架之前的几天，我接到命令要带着奈尔思都督前往河边的城堡塔楼里，那里的老教堂旁边有一个储存室，我们需要在那里做一个新的灯笼。

"我们到达之后并没有着手做灯笼，而是玩牌，我玩牌的时候一直想着帆船上那个破旧的灯笼，那个坏人肯定没办法自己完成任务，忽然我想到了一个好办法，喊道：'奈尔思，你看见过长了五条腿的狗吗？'

"奈尔思耸了下肩膀，我接着说：'刚才我在钢铁广场那边好像

看到了，那只狗走路的时候用四条腿，但是另一条腿在嘴里含着。'

"奈尔思听见我的话之后很生气，为了惹怒他，我提高了音量喊：'看来你并不聪明啊！咱俩打个赌吧，我自己从绿色宫殿中走过，如果我没有做到算我输，我会把这罐西班牙美酒拱手相让，这个酒瓶下面还有一个达科特（这是欧洲大多数国家以前通用的金币）！如果我走过去了，那你自己完成这个灯笼，你敢吗？'

"奈尔思回答说：'我很了解，一旦你决定了一件事，没人能够改变，我并不是不愿意接受礼物，所以亲爱的埃切罗特，按照你所说的，我愿意和你打赌，不过如果发生什么不好的事情，我不会帮你照顾你年迈的母亲。所以我希望我们回家。在白天，这栋建筑看起来确实十分漂亮，但是夜晚降临，这里经常会有很多怪事发生，我更希望在城郊的泥洞中度过整个夜晚。'

"我说他太懦弱，让他回家了。我独自一人，天慢慢黑了，为了让自己下定决心，我踏上了前往绿色宫殿的台阶，通过锁孔向里看，希望知道里面的情况。

"很多橱柜和椅子靠墙放着，它们都是因为坏了才被送到这里的，家具上的绿漆基本已经没有，我能看到原木色。除此之外，我还看到了狗和马，在角落里放着一张床，距离很近，床上面有帘子。水不停地从残破的屋顶上滴落。

"正值沃尔帕吉斯夜，所以有微弱的亮光，这让我感到了安全，所以我坐了下来等待时机，我知道，那间房子里有鬼怪聚会。看护者们称它们为'夜精'，黄昏过后，它们才会从房间中探出脑袋。它们比三岁的孩子还小，浑身都是棕褐色，裸露着和女人一样的身体。它们一般都坐在橱柜那里，挥动手臂，如果有人不幸遇见了夜精，那么一年之内他就会丧命。它们是阁楼里的常客，或者在厕所中喊叫，或者从椅子上跳下，因此，这里的女人一般都没有勇气从阁楼里穿过，她们一整个晚上都会选择心惊胆战地在床上躺着。

"听到警铃声从里面传出，我立刻打开房门。

"我往前迈出了一步，但我真的害怕，双手抓住门呆呆地站着。透过一间空荡的房间窗户，我看见了布鲁克贝里的塔，这让我更有信心了，我决定快步进入绿色宫殿，我希望我回来的时候还有铃声，因为暗夜里的精灵听见铃声会丧失攻击的能力。

"走到过道一半的时候，我看见有东西沿着床向我飞来，我赶紧躲到了一把扶手椅的后面。左膝跪地，大声喊叫，整个房间都回荡着我的声音。那时，我瞪大了眼睛，万分紧张。

"窗口射进来的光线，让我看到了椅子上坐着的那个人。他和我一样惊呆了，有些木讷。忽然，他抓住了我的手臂，咬紧牙齿，压低声音喊：'混蛋！你是谁？密探？还是太后的侍卫？'

"我压低声音说：'谢谢上帝。'因为我知道对方也是人，我感觉到了他颤抖的双手，我可以肯定他和我一样害怕。我还看见他的脚上只有袜子，鞋子在他的胸口上挂着。

"我想尽办法告诉他我和一个人打赌了，最终我取得了他的信任。

"那个人喊道：'我在这破房子里迷路了，'似乎想用喊声掩盖他的惊慌，'屋顶破了，漏水，我的脚全部湿了，只要我还活着，我一定会在这里重新建造房屋。好人，如果你能把我从这破屋子里带出去，送我去那边的舞厅，我就太感谢你了。至于我是什么人，这根本不重要。'

"我回答说：'可以。'此刻，我已经知道他是谁了，他就是张伯伦·泰新。

"他不怎么说话，只是抓住了我衣服的下摆，我转身走在他前面。我想我们都很庆幸能够遇见对方。他跟我到了舞厅门口，让我不要进去，我在黑暗里听见了身后的铃声，我把手放在锁上，这样我就可以悄悄进去而不被他发现。我透过窗户看到了河流，里面的墙上有很多屏风，屏风上有茂盛的树和白色庙宇。

"泰新在大厅中央站着拍手，总共拍了三下。

"从屏风后面走出来一个女人，手里拿着灯笼，但并没有点亮。这个女人是太后的侄女，出身高贵的海德薇格·斯坦伯克夫人。我咬紧嘴唇心想：'快看，快看，这个外国人竟然和这个女人在一起！'

"他说：'这是我的最爱，海德薇格，我们直奔你房间吧，亲爱的，不要拒绝我。'

"那时候，海德薇格·斯坦伯克三十五岁，她看到他的时候很紧张，他抱住她时，她的脸红了，于是我相信她还有灵魂。

"接着，我情不自禁地喊了一声：'哇，好了！'

"泰新转身看到我，他太陶醉了，只是皱皱眉，简单说明了我在这里的原因。

"他说：'我们或许需要他的帮助，埃切罗特和其他人一样，都很善良。只要他能够保守秘密，我一定会奖励他的。'

"接着他让我拿着灯笼离开，穿过空空的房间，去太后侍女间的通道好好休息。我正想这么做，所以就遵命退下了。我认真观察了一下，那里没有其他人。睡醒之后，我想跟他们说，我准备回去。

"我能够听到房间里夜精们的吵闹声，他们举着火把向楼下跑去，直奔档案室，那间房间的壁橱里藏着与王国大事相关的文件。不过，正在我准备离去的时候，一件事情发生了。在之前说过的过道里看到了一个侍卫，是太后的，他靠在灯笼边儿上，靠着墙睡着了。

"我告诉他们我碰见了侍卫。海德薇格·斯坦伯克恢复了刚开始站姿僵硬的模样，说：'太后派侍卫看着我，但是他根本不知道我已经不在那里了，但是现在我们应当如何出去呢？'

"她推了推泰新的手臂，陷入了沉思。

"'我心里早就害怕了，太后对你有意思，今天晚上她得知我们的事情后，会忌妒的。'

"泰新伸出双手，指向天空，就像是抓住了一把看不见的刀剑，双眼发出光芒。

"'忌妒吗？她已经四十岁了，她的头发花白，声音粗重嘶哑，就像是一个男人。我避开这样的噪声难道有错吗？我能找到的保护我的人只有瑞典的海德薇格·埃利奥诺拉太后，除此之外，再无他人。'他弯腰下去，'亲爱的，你是我一生的最爱，不要担心，也不用内疚，从现在开始，你追随着我。雪橇一定可以——之后——希望上帝会保护我们！我们去意大利吧，我有朋友在那里。'

"她回答说：'上帝很清楚，不管你到哪里，我都会追随，我对其他男人毫无兴趣，我只会想着你，不会放弃你，但是现在，我们必须找到一个足够智慧的朋友。我觉得艾瑞克·林德斯基尔德就很合适，今天晚上他会和国王一起喝茶。埃切罗特去找他吧，只要在国王的小楼梯下面就能够等到他，然后跟他说我有要事跟他商量，让他赶来见我。'

"泰新毫不犹豫地挥了挥手，我并没注意对女士献殷勤的人，我的全部思想都在告诉我，我要听命于这位高贵的女士。

"我把林德斯基尔德带回来的时候，已经是深夜了。他详细地问了我全部事情。他头上的假发在空中飘了起来，一直大笑，诅咒发誓，声音洪亮，似乎他才是整个宫殿的主人。

"他走进大厅，单膝跪地，把帽子抛向空中，大声说：'我的朋友啊，你们是疯子吗？你们想要生生世世永不分离，但是你们没有任何力量的支持。你们不过是因为私欲的驱使才这样做的，一点儿价值也没有。到那里面去，熄灭蜡烛！一个监工就这样引起了注意，他太值得同情了，虽然这所有的一切都只不过是一个巧合，或许在你眼里你和高贵的妇人可以相提并论。世界刚刚创立的时候，上帝创造了夏娃，亚当醒来之后，很平静地说："祝贺你降生了！"'

"泰新压低了声音跟女伴说：'他在说什么？这应该是瑞典宗教吧，他喝醉了。'从他的声音中能够听出不满。

"'喝得很少，他现在心情很好。'

"林德斯基尔德并没有听见他们的对话，还在大喊，回声在房间里回荡：'我一早就怀疑你们了，爵爷们对你俩的事也有所察觉。不过，想要去意大利？只有在这里，你才可能有价值。不要这么看我，也不要告诉我你可以从亲手建造的王宫中逃脱，对你来说，这个世界上最重要的恐怕就是你的手艺了。'

"泰新面色通红，低着头，一直注视着灯笼里的光。

"海德薇格·斯坦伯克说：'我已经决定了，我要和张伯伦·泰新结婚，一切都已经发生了。'

"林德斯基尔德把双手放在胸前说：'既然贵妇人这么说，那一定如此。我一定会采摘上好的花叶庆祝这件事情，我的私家花园中就有。我的出身低微，父亲是一名铁匠，但是他们很快便让他成了斯科宁的市长。你想想，如果你从斯科宁逃跑了，你会如何建筑宫殿呢？建造一座富有斯科宁特色的王宫吗？那一定会成为这个城市里一道独特的风景！你的美梦成真了，你该多自豪啊！'

"林德斯基尔德快速抓住泰新的胳膊，做了一个手势，像是迅速扔掉了一个肮脏的面具。

"'你们应该给彼此一个月的时间冷静一下！你可以马上亲吻一下你情人的手，然后往后退三步，鞠躬跟我走出去。在我说话的时候，一定要保持安静！埃切罗特走到太后的侍卫旁边，吹灭他身边的灯笼，然后大叫一声，打他耳朵一拳就跑，再把鞋子扔给了他，营造出一种夜精作祟的假象。身份尊贵的女士，你悄悄回房吧，不要让任何人发现，之后我会安排你去旅行，目的地是波美拉尼亚。之后你可以悄悄追随她，娶了她。我会去见陛下，把这件事情告诉他。太后作为一个哥托普女人，真的太奸诈了，陛下根本无力掌控她，她的身份尊贵，没有人能把她怎么样。据我所知，陛下把她关在了后宫中，禁止她外出。现在，时代不同了，我们需要告诉他们任意限制他人自由是不被允许的。孩子们啊，你们根本不清楚位高权重的人在向陛下汇报一件没有人敢说的事情时，内心的想法是怎么样的。现在，请信任我，你会在这里创造属于你的辉煌。'

"泰新把手放在嘴边，有些不安。我做完事情之后，他态度蛮横地从墙上取下银行纸币给我。

"他开口说：'只要你为我们的事情保守秘密，我就把这些都赏赐给你。'

"但是我的噩运才刚刚来到，我生病了，只能在家里坐着，各种疾病都找上了我，痛风、肺病、鼻炎，我的腿上还有一颗子弹。我找到了他放在我兜里的钱，发现它们在很多年前就已经失效了，他真是个混蛋。现在，你去把这些说给陛下听吧！"

埃切罗特想要说更多，但是剧烈的敲门声传了过来，来人是叫哈孔的，要求他回到国王的身边，因为国王的状况越发严重了。

没过几天，大概就在复活节的第二天，人们都在传国王快去世了，埃切罗特和平常一样，平静地点点头，似乎他很早就知道这件事情。街上下雪了，很多侍从都因为饥荒被解雇了，他们冒着风雪站在那里，眼神中充满了绝望，他们已经没有家了。埃切罗特把手藏在衣服里面，从这些人的身边走过，听着他们说话，时不时点着头。夜晚降临，他写了一封信交给了牧师瓦林，信中写道："被噩运围绕的人，他们习惯了在黑暗中隐藏自己，他们能够看到那些被财富的光辉隐藏起来的东西。"

四月的某一天，外面刮着大风，他往瓦林的家门下塞了一封信进去，这是最后一封信了，紧接着，他返回房间和松鼠玩耍。嘴巴里嚼着的干梨肉，是从一个抽屉中拿出来的。他悠闲地坐着，突然警报声从远处传来，他把头从窗户中伸了出去，发现城堡中升腾起黄色的烟雾，城堡着火了。他转身回到房间里，把墙上的硬币全部取下来，把它们一个个放进口袋。他很害怕，浑身颤抖，牙齿咬得颤动，手臂下分别夹着松鼠笼子和锡罐，慌忙走到了楼下的大街上。

他的身子紧紧地靠着墙壁站着，看着着火的城堡，城堡的房椽在大火中变得乌黑。三个侧面的房子也很快烧起来了，房屋噼里啪啦地响着，比警报的声音还大。

他说："快看，快看，夜精们摆脱黑暗了。它们举着火把在房椽上来回蹦跳！这会儿，它们已经到达塔楼的最高处了，它们越过了泰新刚刚建立的房屋，这些房屋阻碍了它们的舞蹈。它们希望在大火中燃烧自己。而这些不过是一个开始，这里的全部都会陷入一片火海——全部。"

士兵和侍卫们手忙脚乱，有去城堡前的大桥上取水的，有运输椅子、柜子和油画等物品的。大门上面有两只手拿盾牌的狮子，皇太后海德薇格·埃利奥诺拉就在那里出现了。可以说她是被两名侍从抬着出来的。她很迷恋这个地方，她想站在这里回头看，一直这样。大风吹过，她那盖在银发上的头纱被吹了起来，遮住了早已哭红的眼圈，遮住了她那鹰钩般的鼻子，遮住了她涂脂抹粉的面容。

埃切罗特指向大火的方向喊着："你孩子的尸体着火了，你孙子的王冠也着火了，在你离开之前，王国中所有的一切都会成为一片废墟。他从出生开始，双手就沾满了鲜血，你不知道吗？"

他靠着墙挪动，走向城堡的角落。火花如同星星般照亮了黑暗的夜，站在教堂院子的墙上，能够看见一座四层的高大的名为三冠的城堡塔楼。每一层的火势都不小，门洞里冒出了浓浓黑烟，就像是烟囱里冒出的黑烟一样。他知道这些都是夜精，它们在用火把欢庆胜利，国王的城堡成了一片废墟。整个城堡塔楼都被烟雾笼罩着，烟雾上升到半空中，成了一个硕大无比的火团，看起来就像是三只巨大的鸟张开了翅膀。圣尼古拉斯教堂里的敲钟人奋力爬上了楼，敲响大小不同的钟，但是钟声传到人们耳边的时候，塔楼的地板和屋顶早已烧了个精光，塔尖和顶楼上的武器都掉下来了，人们赶紧逃走了。孩子和妇女受到了惊吓，一直在哭，慌忙逃窜。后来有人说从南大门里出来的人看见了一个疯子，手臂下夹着松鼠笼子和酒瓶，他悄悄跑了出来，嘴里哼着一首古老的圣歌，声音很低。

年幼的国王

　　大教堂里的听众纷纷从长椅上起立，看向军械库，在那里，查尔斯十二世从马车上走了下来。

　　他长得很帅，就是有点儿消瘦，还是一个孩子，发育不够成熟。他的头上戴了一个很大的发套，羽毛在小帽子的边缘插了一圈，这种装扮有些搞笑。国王把帽子摘下来，用手臂夹着，这个动作看似有些慌张，可见国王有些紧张。他弯着膝盖，眼神中透出了失落，走得很慢。在当时只要家里有人去世了，一般都会这样走路。他穿的丧服看起来十分华贵，周围都贴着貂皮，手套上带有金色的蕾丝，搭扣和丝带花环镶嵌在高跟皮鞋的周围。

　　大家对他充满了好奇，在这样的视线里，他走进王室的座席，找到自己的位置，身边的侍从帮他戴上金王冠。他面向神坛，身体笔直，但却没有办法把全部的注意力放在这个神圣的仪式上面。最后，牧师向讲坛走去，他口中念出来一首短小的诗，接着，牧师又说了一段很有力度的话，教堂里传来嗡嗡的声音，国王的脸通红，他感觉自己好像是一个被逮捕的罪犯。他的注意力依然没有集中到这里，他不断扯着白色貂皮上镶嵌的黑色丝带，似乎是想隐藏自己的羞涩。

坐在后面的一个女士说："看，他还是个孩子，他的父亲还应该好好教教他，魔鬼会把他的手指咬下来吗？"

一个贵妇人听到了，回答说："你说的什么话！你不应该坐在这个地方。"说完用力一推，那个女人被挤到了过道里。

门边站着一个拄着拐杖的老人，他负责管理这里所有的一切，不断敲打着那些快要睡着的脑袋，挥动着手，用力踩着地板，贵宾席里传来了嗡嗡的声音，绅士们全部转头，牧师开始说话：

"请各位保持安静！如果她想得到甜粥应该去哪里呢？或许应该向百姓征粮吧，赶快禁止她这样做！无论是在天国，还是在陛下这里，如果能够找到她，就再好不过了！所以，我要告诉你们，上帝的孩子们，尽你们所能，去追求和谐与爱吧！上帝赐予你们武器的目的不是让你们战斗，而是希望你们能够保护自己的权益！"

这句话传到人们的耳朵里，青年国王的脸再次通红，羞涩地笑了笑。国王对面坐的是太后海德薇格·埃利奥诺拉，她也应和着点头，只不过这太假了，坐在她身边的那些年轻的公主大笑个不停。乌莉卡尔·埃利奥诺拉坐在那里，身体僵硬；海德薇格·索菲亚的脖子很细很长，她尽量伸长向前看。她庆幸自己戴了手套，因为这样她畸形的拇指就不会被人发现了，她把祈祷书放在嘴边。

直到现在，国王才有胆量看看周围。他今天来的地方真的太奇怪了。教堂里放着的家具和艺术品都是从城堡的大火中抢救出来的。中间留出了一大片空地。《受难日》和《最后的审判》等著名作品都放在讲坛边上的角落里，父亲床头的羽毛团和绿色床单放在司开特灵堂的后面，互相交叉着放在枕头上面，被扔在了一边。但是，所有的一切不过是让他对父亲更加惧怕了。在他的眼里，父亲不过是上帝派遣下来管教他的，和他没有任何一丝血缘关系，他一直把父亲当作是老国王，也一直这么叫父亲。他把视线转移到了那些普通的物品上，最终把注意力放在了一件戎装上，它就挂在他旁边的柱子上。

他曾经像个孩子一样喜欢过诺登·诺科鹏，这位老师就安葬在这里。他想起了以前，即便是冬天也要每天早上起来学习，内容包括四则运算、用剪刀剪蜡烛烛芯。诺登会告诉他很多故事，主人公都是古希腊和罗马的英雄人物。老国王去世之后，他仿佛活在了一个很奇怪的梦里。他不能表现得太过快乐，只能表现出一副很悲伤的样子，但是他却知道很多人在逗他玩，或者扮鬼脸，或者吐舌头。此时，主教已经擦干泪水，告诉国王不要太悲伤，要放轻松。国王有时候会被主教严肃的表情感动，流下两滴眼泪，这让还是一个孩子的国王内心产生了一丝胜利的喜悦。以前，他对那些固执己见的老女人充满了恐惧，尽可能躲避，但是现在，他却发现这些人身份卑微，对他唯命是从。有时，国王看着她们坐在桌前十分紧张，于是就淘气地把各种水果的种子朝着她们脸上扔去，她们会笑着快速离开，然后坐在太后的边上。在他的眼中，城堡的大火是危险的，但同时也是奇妙的，他在那一天感到了兴奋，对那一天充满了好奇，所有的一切都在他的眼中，他甚至把那一天当成了生命中最欢快的日子，虽然他并不敢这么说，他人的惊慌失措和祖母的昏厥更增添了那一天神秘的色彩。现在，所有的过往都成了回忆，老国王已经去世了，一切都成了一片废墟。瑞典渴望得到的所有新奇的玩意儿都和他一样，在燃烧着，他只有十四岁，孤独地在那里坐着。

有时候，他感觉讲坛上的牧师背后站着诺登，说这些话的人就是他。牧师摇响了铃铛，提醒大家注意。接着，牧师当着所有人的面，急切严肃而又威严地对国王说话。他以上帝的名义要求国王切勿沉浸在荣华富贵之中，不要被奸诈的小人蒙蔽了双眼，国王应当把自己的一生奉献给瑞典的人们，不求回报，只有这样，在国王去世闭上双眼之后，才会有更多的人怀念他，他才有机会去往天国。

教堂里回荡着这些发自内心的话，青年国王的咽喉有些哽咽，他希望自己能够想一些不重要的事情，但是牧师的每一句话都震撼着他的心灵，他就坐在那里低着头。

他坐着马车回到卡尔伯格堡时，才松了一口气。他自己待在寝殿，太后好几次邀请他一起吃饭，他都没有回应。

他起身前往寝殿外的房子里，那里有他学习的书籍，现在他几乎没有时间看书了。他痴迷于研究创作，喜欢科学，对书籍充满了鄙视，就像是不属于吟游诗人的生活。他拿起放在最上方的地理学著作，但只看了两页就看不下去了。接着，他快速抽出放在最底层的一本书，然后拿着书坐在那里一句话也不说。

这是他很小的时候就会背诵的晚祷词，现在，这本书的卷角已经破了，整本书看起来都有些破损，目录已经不全了。其中的大部分内容他已经忘得差不多了，但只要再次看看这些文字，只要看两三遍他就能够重新记起。

夜晚降临，他喝了杯啤酒，侍卫们过来给他脱衣服，伺候他睡觉。他有点儿脾气，但并不大，侍卫们对此解释为国王累了，于是把发套从他的头发上取下来，露出了他整齐的棕褐色鬈发。衬衣还没有脱下，他便向床上爬去，样子像极了一个小姑娘。

他的脚边是宠物狗蓬佩，床脚下放着一个银盆，里面放满了水，还有一根燃烧的蜡烛。青年国王对黑暗充满了恐惧，所以他房间里通向外面的那扇门总是开着，负责看护他的人或者他玩游戏的伙伴就在那里睡觉。但是，今天国王却说要关闭那扇门，以后都不要打开了。直到现在，侍卫们才发现国王的精神有些差，他们开始有些忐忑，想搞清楚其中的原因。

老哈孔一直负责侍奉国王，从他父亲开始就是这样，青年国王在他的眼中就如同一个小孩，他充满怨气地说："这是为什么呢？"

国王回应道："你们照办吧，还有，以后不用点灯了，就从明天开始吧！"

侍卫们鞠躬后便离开了寝殿，哈孔把门关好，在外面的门槛上坐着。坐在他旁边的是一个侍卫，名叫赫尔特曼。从听见的声音，他们可以判断国王转身躺在了床上。哈孔透过锁孔向门内看去，发现柔弱的灯光中，小国王正端正地在床上坐着。

夜晚，风很大，城堡的露台和卡尔伯格堡的菩提树在大风中呼喊，但是城堡的寝殿却十分安静。此时，哈孔听到了断断续续的说话声，有时是几个词语，声音很低，这勾起了他的好奇心，他认真听了起来。

接着，他发现原来是国王在低声背诵祈祷词，还是他小时候就学会的那些。

"教导我学会自控，不要因为听信谗言而骄傲自大，不要以自我为中心，这样会招来上帝和人民的仇恨。"

老哈孔把双膝合拢，十分赞赏这段祈祷词，在这个除了风声一片寂静的夜晚，他竟然能够听到国王的祈祷。

"虽然我是国王的孩子，虽然我继承了君主之位，成了一个强大的王国的君主，但是我还是应当谦虚，现在我得到的一切都是神赐予的特殊的礼物和祝福，就像是我一定要遵守基督教的规矩，只有这样，我才能够完成伟大的任务。万能的主，你能够控制君主的生存和死亡，教导我听从您的指令，只有那样我才不会自取灭亡，才不会使那些滥用本应当属于我的权力的人走向毁灭，这些权力都是您赐予的。以圣灵的名义，阿门！"

登 基

　　生活在这小宫殿中，日子真的是太无聊太漫长了。政府的官员们身着黑衣坐在宫殿之上，双手扶着椅子，目视前方，哈欠连天，似乎在想为什么两只脚上的鞋子会一模一样呢，为什么不能一只是长筒靴，一只是舒服的拖鞋呢。紧接着他们又开始打哈欠，侍者们坐在楼梯上也开始打哈欠，厨师们在楼下的厨房里用手蘸油，品尝美味的食物，然后彼此对视，问："酸味还行吗？会不会让那些贵族绅士酸得皱眉？"

　　马被马车夫套在了马车上，用的是黑色的羽毛和缰绳。能看得到的桌子全部被黑色的细平布遮挡住了，有的甚至缝在上面。老国王被安葬在灰修士岛的教堂里，黑色的华盖和织锦现在还挂在那里，在国家的各个角落里丧钟长鸣，目的是纪念国王。被大雪覆盖的街道上走过送葬的队伍，人们都身着丧服，唯一不同的是青年国王，他身上穿着紫色的朝服。葬礼的日期正好赶上了圣诞节，泰斯科巴格的人们还没有从欢快的情绪中抽身，就不得不沉浸在悲伤的情绪中。

一天中午，天气沉闷，太后的主厨走了过来，手里拿着煮番茄。

"今天我们要忙起来了，身份尊贵的霍尔斯坦公爵会过来停留片刻，他已经给我们送了一件十分昂贵的礼物。太后和格蕾塔·兰热尔公主已经尝过美味的水果了，泰新过来厨房告诉我们要充分准备。行了，大家都别站着了，那个锅用抹布擦干净，最好能够擦亮。"

那天，王宫里聚集了很多瑞典官员，他们准备商讨国事。但是现在，番茄的话题却占据了整个饭桌，每一个人都在讨论着番茄，那些应邀参加集会的老官员一边喝饮品，一边互相赞扬，似乎他们之间从来没有尔虞我诈。

吃过饭后，国王扯住拉斯·瓦伦司特德衣服的纽扣，带他来到了窗户的壁龛前，那个样子就像是揪着一个鼻孔中穿着针的熊。

国王着急地问："你跟我说，君主如何才能把自己奉献给百姓？去年春天的那场布道，在我的脑海中还是挥之不去。"

往日里，瓦伦司特德总是喜欢张大嘴巴说话，就像是说："啊！"但是今天面对国王这么深沉的问题，他丝毫不奇怪，平静地回答："国王应当放弃那些微不足道的顾忌，集中权力，成为百姓心目中的榜样。还记得我们在教堂中听到的祷词吗？那才是发自内心的祷告。不过，司佩格尔主教似乎说过每个人都会按照自己信仰的主行动。从太上皇开始，有权有势的贵族们从未停止过争执，他们不过是想维护自己的权力。比如，阿克塞尔·冯·雅戈尔、盖伦斯特纳，这些人在这里都是有人的。但是无论如何我都会尽力帮助您，虽然您还年轻，但您应该接管太后手中的王国，自己统治。"

太傅克伦姆就站在壁龛的边上，他听到这些话后，用手指在湿了的窗户玻璃上写下了这样一句话："在太后的眼中，这种沉重的责任不过是她的头巾。"

国王回应道:"没错,亲爱的瓦伦司特德。我一直认为这些是我应该做的。身为国王,我应当统治自己的王国,想要统治好王国确实不容易,为什么不容易呢?今天我希望能够前往康莎猎熊,但是我却不可以这样做,为什么呢?因为我还要做其他的事情,我应当担负起这些责任。对我来说,责任是一种约束,像铁链一样铐在我的胸前,我无法逃离,责任决定了我做的所有事情。"

他到达寝殿外的房间时,房间中的蜡烛已经燃烧了起来。一个完全封闭的铁盒子放在桌子上,里面藏着老国王在世时所有的隐私和希望。老仆人好几天之前就把这个盒子放在了这里,但是他一直没有亲自开启箱子。一天晚上,他下定决心打开锁,但又突然胆怯了。这一天黄昏时,他开启这个铁盒子的愿望十分强烈。

他把钥匙插进了锁内,但是他的脑海中再次闪过了一丝恐惧,那是对夜晚的恐惧。在他眼里,放在眼前的就像是老国王的棺材,人们用铲子铲着泥土不断覆盖上去,他感觉自己对面站着一个死人。他叫哈孔进来,让他往火里添加柴火。然后他扭动钥匙,扔回盖子,双手抖动着拆开已经叠好的纸张。

他看着:"一定要把权力掌握在自己的手中,对身边的重臣多加关注,其实他们大部分人都是懒惰的。多数人都是为了追求自己的利益,都在谋划自己的事情。"

他看完了老国王的提醒,能够感受到老国王的忧心,他甚至没有注意到哈孔早已从房间里走出去了。

现在,他已经成了整个瑞典的国王,很多政治上的重要人物都在门外聚集着,要求他马上登基。他们是真的希望他登上王位吗?还是另有所图?他们会比爱自己的孩子和兄弟更爱他吗?但是,他不会直接质问这些老人，因为他们恐怕早已反复斟酌过自己说的话了。那么，他可以和同伴们聊这些事情吗？那些和他一起玩耍的伙伴一直十分谨慎，对于这些政治上的事情，他们一窍不通。他感到了寂寞，这是他从未有过的感觉。他即将独自承担起老国王留下的权力。现在，最重要的就是瑞典王国，他希望自己能够成为全部瑞典国王中，最与众不同的那一个。难道上帝没有提醒过他吗？他如此年轻便成了国王，以后还有很多路要走。老国王因为得罪了上帝，永远离开了。歌声从远处传来，鼓和小号奏出了欢庆的乐曲。

主教说得没错。主教说，在这个世界上，最伟大的王国就是瑞典，她的宫殿坐落在一座平凡的城市中，除此之外再无其他。他戴着主教帮他戴上的王冠前往教堂行礼。其实，在他出生的时候，在六月的那个凌晨，黎明到来的时候，他已经接受它了吧！他的马蹄在大街的地毯上踩出了无数个洞，他把毯子赏赐给农民制作衣服，但是贵族们还要在地毯上行走，政治官员们还要穿华丽的衣服，他需要让这些人满意。对于那些我们心里本就不尊重的人，我们为什么要尊重他们呢？国王给予了他们特权吗？他并不需要发誓，那是政治官员们的事情。他成为国王时内心的誓言已经在圣坛之上对上帝说过了，只不过是默默自语。现在，他成了整个瑞典的统治者。

他走近挂镜，看见自己少女般的皮肤上长了小痘痘，虽然他并不在意，但还是用手指用力挤了挤眉毛的尾部。

接着，他站了起来，跨坐在一把椅子上，在房间里骑着椅子转圈。

"向前，兄弟们，为你们的国王而战！亲爱的，快跳过去，跳过去啊！"

他的脑海中出现了这样一幅画面，他骑着马穿越草地和敌人战斗，无数支枪瞄准他的胸膛，不停射击，但最终却掉在了草地上。很多人站在周围的高地上看热闹，远处，法国的国王身骑白马飞奔而来，帽子在他的手里不断挥动着。

那些政治场中的老人依然坐在楼下的大厅中畅谈。撞击声传进他们的耳朵，他们停止聊天认真听着。克伦姆边写边喊："这声音表明陛下正在勤劳地治理他的国家。他满脑子想的都是，我们对他这么支持，他应该怎样报答我们呢？"

瓦伦司特德显然对此不信，对着他翻了个白眼，露出不屑的神情。

国王在房间里转了半天，感觉累了，他突然想起了什么，快步向门口走去。

他喊道："科林克，我刚才特别想去康莎骑马打猎捕熊，你能告诉我这是为什么吗？"

科林克听到声音，十分开心，他面色红润，压低声音说："现在天还黑着，天气状况也很差，熊都在睡梦中，打猎的事情陛下还是别想了。需要我命令他们拿着火炬牵着马过来吗？"

"还有什么比这更好的主意吗？"

"其他的都可以，不过——"

"不，你说得很对。我们一定要骑着马去康莎，因为这看起来根本不可能实现，但是我们希望这样。"

很快，国王便骑着马从皇后大街上走过，途经圣克莱尔墓地周围的教区，来到了一栋被黄色的油漆涂满颜色的房子。寡妇玛琳大妈就住在这里，她开了一家小旅店。泥土里插满了纸板，人们以此作为围栏，工匠们就站在上面修筑城堡，夏天，他们结束了一天的工作后，就会来到玛琳大妈这里喝点儿酒，愉悦自己。在旅店的角落里有一间休息室,这间休息室里烟囱和壁炉齐全,有一扇窗户面对皇后大街,透过另一扇窗户我们能够看到里面的栗子树和花圃,此时花圃里早已白雪皑皑。在之前的几周,玛琳大妈每天都会往休息室放一些吃的,但是她的老客人却对休息室的人一无所知,不知道那个人到底是什么身份,虽然玛琳大妈的存款并不多,但还是给那个人买了一架钢琴,是从一个衰败的贵族家庭中买的。夜幕降临,关闭的门窗后面会传来一阵音乐的声音,有时候还掺杂着轻声歌唱的声音,那是人们以前从来没有听到过的声音。

国王的仆人举着火把走了过来,玛琳大妈趴在门缝上看向黑暗的街道。

"那是国王!"她喊道,然后快步走到休息室的门口,敲了敲门说,"是国王来了!把灯熄灭吧,我们从窗帘的缝隙中悄悄看。"

她走回自己的小房间,边走边说:"他长得太帅了,真是青年才俊。他的生命如此地高贵、纯洁,但是他为什么要和上帝作对呢?为自己加冕?这就是他出差错的原因,在教堂时,神圣的膏药盒掉在了地上,发出了'砰'的响声,这就预示着某些事情要发生了。"

从那晚开始,几个月过去了,花园中的栗子树、李子树、灌木和茶树都已经长出了嫩芽。王宫到卡尔伯格堡的路上,立满了五朔节花柱。

霍尔斯坦公爵就坐在国王的身边,他这次来的目的是和国王的姐姐海德薇格·索菲亚公主联姻,给宫廷的沉闷增添一丝喜悦。他们从玛琳大妈的休息室路过,霍尔斯坦公爵无意间看向敞开的窗户,看到了房间里的人。

黄昏降临,一个披肩领子竖得很高的人,悄悄来到了旅馆敲门,但是玛琳大妈的态度并不友善,她说:"你就这样去见鬼吧!"

他笑了起来，用不太流利的瑞典语解释着。

"我现在就在一艘德国的战舰上作战，来这里的目的不过是想讨要一杯果汁，喝完就走。"

他给她塞了几枚硬币，然后让她去一边。她很生气，就差给他一巴掌，但是看了看手里的钱，怒火就消失了。那杯糖浆被她放到了花园的泥制长椅上，她坐在窗口，半拉窗帘，悄悄观察着新来的客人的一举一动。

他喝了口果汁，把脚后跟在沙子上摩擦，仔细观察着周围的一切，他坐了几分钟后，感觉并没有人注意到他，于是站起来，拉了拉高领。他算得上青年才俊，看上去很精神，惹人喜爱，他顺着小路走了过去，走得很慢。

玛琳大妈嘴里嘀咕着："这人真的是太粗鲁，太顽皮了，我想他一定是去休息室那边敲门了。"

果然他去了，也敲门了，只是没有回应。他慢慢把身体向半开的窗户那儿挪动，同时把帽子夹在胳膊下面，就像一位骑士，他坐在窗台上，轻声细语地说话，但能听得出态度坚决。

此时，玛琳大妈已经忍无可忍地走出来。到沙路上，手里拿着一圈线不停地绕，同时把头探出来悄悄看。她脑子里想的是应该怎样骂这个人。但是她才迈出去几步，树篱后面就跳出来一个年轻人，满腔怒火地喊道："你这瘦弱的老太太，走开！我就是霍尔斯坦公爵，但是你要向我保证不跟其他人说我让她做了什么，帮我保密。"

玛琳大妈听到他的声音吓了一跳，她转身敲打了自己的膝盖，然后走回休息室，向里面的人打听情况。在那个人做出解释后，她难以相信，在她经营的小旅馆中竟然也会发生这么不一般的事情。

夏日的夜晚，感受不到丝毫微风的气息，栗子树静止不动，公爵经常来这里，不管他用什么办法，休息室的房门从未开过，但是他会在窗台上坐着，会给玛琳大妈一枚达科特金币，玛琳大妈收起来放进围裙的口袋，然后在那里摆放果酱和酒，特别是有一次，玛琳大妈拿来了一块葡萄干蛋糕，上面有几个字："身份尊贵的国王"，这些字是玛琳大妈用蛋清写的。

这一天的黄昏，公爵待了很长时间，比平时都长，钢琴声从休息室传了出来。

终于，他站起来准备走了，说："为什么大家都希望能够获得权力呢？为什么只有你一句话也不说呢？你仔细考虑下，你的父亲真的一无所有了。再见，再见吧！如果你无法让狮子臣服，那你就会成为狼的食物。"

公爵独自在窗户前站着，周围的一切都寂静无声，这个时间，小旅店里的人早就睡着了。

他接着说："你不回答我，是因为羞涩吗？那就换种方式吧。用手指在琴键上按一下，这就代表了肯定，但是如果你的小手指颤抖一下，那就成否定了，而且是坚决的否定。"

他在小路上来来回回地走着。夜晚的天空干净纯粹，没有云也没有光，这对他来说就像是亲临栗树丛，却没有可以摘下的果实。突然，休息室中传来了悠扬的钢琴和弦声，他把帽子从头上摘了下来，用斗篷把自己包住，步伐轻松地离开了花园。

从那天之后，一到傍晚，玛琳大妈就等着绅士的到来，等着开门，但却再也没有等到。她有些心烦，把所有的金币从口袋中拿出来数着，她不断埋怨自己，因为在她看来，她本可以从绅士那里获得更多的金钱，但是她却没有及时利用。

某一天黄昏时，离玛琳大妈家不远的圣克莱尔墓地埋葬了一位新人，是一位理发师寡妇。举火把的人有十二个，后来他们走了，只留下了两个掘墓人看着。他们就坐在坟墓边的木板那里，一直在说丧家的各种不好。

　　"他们总该有点儿脑子吧。那个老太婆的脸上盖着的麻布帽子上还系着黑丝带，看起来像一个贵妇人，香草蛋糕和蜜饯就摆放在桌子上，但是我们有什么呢？什么也没有。"

　　"从墙头那儿能看到玛琳大妈的房间，那里还亮着，不然我们去那里找些吃的？"

　　他们出发了，经过大街，走到黄色的木房子面前，开始敲门。

　　玛琳大妈半拉窗帘。

　　看见这些人后，她说："你们来得真巧，孩子们，最近几天不会有人同情你们，但是我可以给你们一些钱。"

　　她又拉了拉窗帘，压低声音说话。

　　"你们每个人都拿一张查理币。放心吧，是真的，不要怀疑，不管你怎么揉搓都不会有意外。在我这里住了一个身份尊贵的仆人，不久你们就会明白。一般天刚亮的时候，宫廷中的很多白痴会从这里路过，其中有一位十分英俊的绅士，你们故意过去搭话，然后把他绊倒，揍他，直到他趴下，你们再赶紧走。"

　　他们摸了摸钱币，回答说："这事听起来还不错。只有那些具有挑战性的事情，才会让我们有兴趣去做，不然多没意思啊！"

　　接着，他们返回墓地的大门，在那里等着，房间里传来了玛琳大妈和那个人说话的声音，声音很小。

　　时间似乎变得越来越长。停尸房的上空有一颗星星不停地闪动着，在泰斯科巴格的打更人，一直提醒人们要注意防火，天马上就要亮了。

玛琳大妈向休息室走去，木质的地板发出嘎吱的声音，那个装扮成宫廷仆人，身份尊贵的人走路的时候有些内八，他整理了衣服上的扣子，然后走向掘墓人。

吵闹声和马蹄声从皇后大街尽头的小巷中传了出来，宫廷中的人从那里走出来。科林克走在最前面，他已经喝醉了，只有拽着马的长鬃毛才能勉强维持平衡。国王、霍尔斯坦公爵等十几个人骑着马在他的身后走着。他们身着衬衫，佩带宝剑。国王已经醉得不成样子了，拿着宝剑捅开了窗户上的玻璃，打翻告示牌，甚至连木门也已经被他戳烂了。他根本不需要听命于任何人，现在的他，想做什么就可以去做什么，没有人敢责怪他，谁会有这个胆量呢？吃晚饭的时候，仆人手中拿着的放点心的盘子被国王打碎了，他把蛋糕屑抹在了仆人的衣服上，那些衣服上本就有的白色脏东西越来越大，就像是冬日里的雪球。人们不敢相信旧时代就这样宣告结束了，老人们哈欠连天，他们随时都可以吸鼻烟，只要他们愿意，他们不需要参加社会活动，那些所谓的大事件也和他们毫无关系。国王的目标是希望老王国变得更加有朝气、有活力，让整个欧洲都为之惊讶，现在是他统领着全瑞典。

此时，那个没什么名气的尊贵的人穿着仆人的衣服躺在墓地大门的面前，任由两个掘墓人欺侮、折磨，他们挠他的喉咙。

国王喊着："那里是谁？"紧接着追着两个掘墓人远去，他们从坟冢和十字架的空隙中逃跑。国王紧追其后，用剑在一个人的左胳膊上刺了好几下，流了很多血。为了抵御国王的攻击，他们把寡妇填了一半的坟头上的一块木板举在头顶上。国王看到这一场景，哈哈大笑了起来，并让他们回去了，国王又回到了墓门边上。

那个打扮成仆人样子的人从地上爬起来，国王问道："你是宫廷里的人吗？你竟然这么笨，我们在这种情况下是不戴假发的，你不知道吗？算了吧，你去科林克的身后坐着吧，抱紧他的腰，现在就去！"

这群人身着衬衣，从街道和山坡上走过，挥动着手中的宝剑，国王把帽子从头上摘了下来，一剑分成两半。昏昏沉沉的人们听见声音后站在了城门边上，国王从中穿过，马歇尔·斯特恩伯克将军被叮叮当当的声音吵醒了，他是一位威望甚高的老者，身穿睡衣来到窗前，低头叹息，旧时代已经宣告结束了。

霍尔斯坦公爵大喊："生活就是这样！帽子扔出来吧！如果那些喜欢国王，追求国王的女人能够跟着我们就太好了！发套扔出来吧！脚下踩着马镫，在你们的码头上撒尿吧！快来啊，兄弟们！维瓦特·卡罗勒斯，见鬼去吧，瑞典国王，自由的领袖！"

衬衣飞了出来，大街上扔满了帽子、手套和头套，马儿们赶紧跑出来，蹄铁似乎能够摩擦出火花。

城堡中，狂野的骑士们回来了，他们从马上下来，让马儿疯狂地快速奔跑。他们在楼梯上破坏了灯罩，瞄准维纳斯的大理石雕像射击。

国王带着他的手下冲进了一个小教堂里，喊着："冲啊！"把教堂里所有的人都残忍地打了一顿，"星期天要让他们好好挨揍。"

公爵抽打着地面，告诉众人保持安静，科林克往祭坛中投掷色子，并伸手做出了安静的手势。

公爵张嘴说："各位听众们，我妻弟身份尊贵，今天上午，他会遵从自己的内心做出选择，并把这个选择告诉那些对他忠心的百姓，这可以说是今天最庄重的事情了。想象那些主动表达善意的女人，那个从巴伐利亚来到这里的女人，和她亲爱的母亲一起漂流至此，虽然城堡被大火烧成一片废墟后，这里已经没有她的藏身之处了！有个白痴说，这个女人仅仅大了陛下八岁。符腾堡公主已经去祭祀先王了，她的胸口感到有些不适，她在葬礼上就一直咳嗽。就像皮梅克伦堡格拉博公主和她的母亲想法一样，她们都想得到国王的宠爱。蒲露莎公主也是，她大了陛下两岁；丹公主，小金丝雀儿大了陛下五岁。她们都对国王很痴心，把自己打扮得十分精致，尽量使自己的形象保持完美，这都是爱情从中作祟啊！”

国王有些不好意思了，回答说：“我不是说过吗？我在四十岁之前不想结婚。”

公爵们感觉到了国王的尴尬，对那些从旅店里走出来的宫廷仆人装扮的人使了个眼色，那些人又开始敲打地板了。

“不错，瑞典的国王心里只有荣耀和百姓，对美女没有丝毫兴趣。你们都见鬼去吧！如果我是瑞典的国王，我一定会把全部的美女都传过来，让她们陪我开心，让这些老家伙感到震惊。我很认真地说，她们一定会在我们眼前的马上坐着，陪伴着我们一起到天亮。不过，我好像还有时间说些什么！在椅子上跪下！颠覆传统，改变现状，猛踩地板！国王感到口渴，把水拿过来，水或者果酒都行，不要水了，只要果酒，只要果酒！”

国王的脸色苍白，他把手放在额头上。那些人红着脸在他的身边来回走着，他一点儿也不介意。也许他内心深处，对于任何人都没有爱意，他们喝得醉醺醺的，破口大骂跟他一点儿关系也没有。只要他人的言论不涉及他就行，他是上帝指派的国王啊！

他大喊：“好了，你们够了。”说着想把剑放回剑鞘，但是剑鞘呢？他怎么也找不到，然后，他淡定地把剑放进外套，迈着坚定的步伐走向门外。

公爵拉着那个装扮成宫廷仆人的人的胳膊，压低声音说了几句，还做了些手势，那个人就紧跟着国王走去，帮助国王开门，然后和他一起回宫。

国王心想："我以后绝对不喝酒了。我无法接受他人对我评头论足，说我说话结巴，走路需要仆人搀扶，我希望能够赢得尊重，和其他人相比，更加受人爱戴。果酒的味道并没有比啤酒好很多，这取决于人们生活的习惯。那些真正有智慧的人永远都喝水。"

这些人一块儿上楼梯，从走廊中穿过，到了国王的寝殿，瓦伦司特德和另外几位职位较高的官员早已等候多时，瓦伦司特德嘟起嘴巴。

他说："一般情况下，我们会在早上六点来这里讨论国家大事，这是正常的时间。"

国王回答说："如果有犯罪行为发生，我会比现在这个时间提前一些，否则我不会提前上早朝，我需要思考我想要做的一些事情。"

他和他的父亲区别很大，他不喜欢扑克牌，他十分注重尊严，就像是仕女重视宫廷的礼仪一样。他笑着点了点头，径直走向官员们的面前，这样他们就必须从房间里后退，一直退出去。

瓦伦司特德听见了官员们愤怒的声音："我们帮助一个孩子登上宝座，就得到了这些吗？"

他们走后，那个装扮成仆人的人"砰"的一声关上了门，这使国王瞬间开心起来。他靠在高床上，旁边放着的是他父亲装珠宝和稀世珍宝的匣子，不过现在那个匣子里面放着的都是在大象宝库中保存着的珍宝。

他转向仆人问："你的名字是什么？为什么你从来没有回答过

我的问题？"

那个仆人喘气的声音很重，一直在撕扯自己的衣服。

"快告诉我啊，你不可能不知道自己的名字，你一直用后背对着我，我根本看不出来你是谁。"

仆人走进了房间，把头上的假发拿了下来，顺手扔在床头柜上，回答说："我是罗达·德乐维利。"

此时，国王才看出来这位仆人竟然是一个年纪不大的妇女，长着浓黑的眉毛，黄色的鬈发，应该是卷发器的杰作，嘴巴边上有一道阴影，颜色很浅。

她一下冲到国王面前，双手搂着他的脖子，然后热情而又急切地亲吻着国王左边的脸颊。

十六岁的国王第一次感觉到自己似乎不能控制自己了。他的眼前开始冒金星，脸颊慢慢变成了灰白色，两只手垂在身体两侧。他的眼睛看向少妇，少妇的外套很特别，胸部以上根本没有扣子，里面的蕾丝就这样露了出来。她没有停止，而是继续抱着他，嘴巴一直亲吻着国王的嘴巴。

国王既不回应也并不拒绝，只是把双手微微举起，使她的手臂高于头顶，然后他对着少妇鞠了一个很深的躬，继续向后退，离少妇越来越远，"对不起，女士，真的对不起！"

她本来想跟国王说的话，已经在心里重复很多遍了，但是现在她却什么也想不起来了。她随口说了一些，但她也不清楚她到底说了些什么。

"先生，你善良一些，好吗？如果上帝因为我现在的言行对我略施惩戒，他一定会因此后悔的！"

她单膝下跪。

"先生，我看到过你在马背上的样子，就在我的住所窗前，我看到了你。在我到此之前，我曾经无数次地幻想过我见你的时候会是什么样子，你就是我的男人，我的亚历山大。"

他快步走到她的身边，扶着她的胳膊让她站起来，像绅士一样带着她到了一把椅子的边上。

"别这样，别这样。快坐下，快坐下！"

她一刻也不曾放开过他的手，她的眉头有些皱，用渴望的眼神看向他，然后笑了起来，笑声十分轻松。

"先生，你真的像极了一位绅士，你和那些牧师太不一样了。在我见过的所有瑞典人中，你是唯一愿意正视他人而不轻视他人的人。你的亲信们每天喝酒、赌博、好色，但是你却什么都不做，甚至根本看不上这些。先生，我们好好交流吧！"

她的身上喷满了香水，她的头发上有种奇怪的味道，这些味道让他感到难受。她拥抱他，那温暖的双手，对他来说就像是一只老鼠或者是一具尸体，让他感到十分恶心。国王是天之骄子，他作为一个男人，竟然被一个陌生的女子抓着他的衣服，摸着他的脸和手，他认为这所有的一切都是对他的侮辱和不尊重。现在这个女人已经完全控制了他，他根本无法摆脱，也就是说，这个触碰他的人很快就会成为他的敌对者，他希望能够战胜她、压倒她，以此来惩罚她。

她接着说："当我还是一个孩子的时候，我的牧师就成了爱慕我的人。他的双手发抖，一直独自念那些祈祷词，我成了这个疯子的玩伴，一直欺骗他。先生，你和他们是有区别的，你并没有奉迎我，而是表现得十分淡定。先生，无论从你的内在还是外表来说，都有一身正气的感觉。"她像开玩笑一样笑了起来，"哈哈哈，我不知道这样说合不合适。"

他开始用力，希望能够把手从女人的手里抽出来。几个星期以来，公爵、侍从和侍卫们一直在他的耳边给他引荐一些漂亮的女性，这个人也是他们的杰作吗？是他们背着我找到送给我的？难道我就不能过一点儿安静的日子吗？

"对不起，女士！"

"先生，我知道你喜欢看版画，一坐就是几个小时，你最喜欢的应该是那些个子较高的年轻的女人，或许是因为你遗传了你祖母高雅的艺术品质，但是你会一直如此吗？我是个活生生的人啊！先生。"

经过内心的挣扎，他使出了很大的力气，挣脱了罗达·德乐维利的撕扯，把椅子上的她拉了起来。

"不，女士，你是一个活生生的仆人。现在，我下令，你去楼下送我的同伴到东边的前厅。"

她意识到自己的想法根本没有实现的可能，嘴巴边上的阴影又重了一些。

她回答说："好的。"

房间里只有国王一个人了，他又一次平静了下来，不过还有一些愤怒。这个小小的意外让他醉酒的微醺完全消失了，他不希望自己像一个不能喝酒的人，忙碌了一个晚上之后倒头就睡，他希望能够一直吃喝玩乐。

他把外套脱下，把剑拿在手里，然后穿上衬衫前往东边的前厅。

这个房间里全部都是已经干透的血迹。地板上凹凸不平的地方全都被血液填满了，原本挂在墙上的那些人物肖像画，有的眼睛被挖掉了，头发挂在上面，还有很长的血迹。

一声牛的叫声从外面的房间里传了过来，一只牛犊被人牵着，来到了地板的中央。

国王用力咬着下嘴唇，嘴唇已经变成了白色。口哨声一响，牛转头了。血腥味传进了它的鼻子，它从窗口破碎的玻璃中伸出头，看着路上来来往往的人。

此时，公爵和罗达·德乐维利正在门外说话，声音很低，也很急。

"难道没有人能够制服我妻子身份尊贵的弟弟了？老哈尼酷爱烹饪和美食，十分可爱，但这些似乎一点儿价值也没有。如果他身上没有父亲的冷淡，那么他就会成为瑞典最大的魔头。如果他不能变成一个神，那么他就一定会成为魔头。这个小小的洞穴根本不可能装下大鸟，他一定会把这里全部摧毁。不要说话，有人过来了。今天晚上九点，我们在玛琳大妈那里见面，不要忘了啊，记得准备一些无花果和葡萄干！"

老仆人哈孔牵着两只山羊从身后的楼梯上走了下来，他在那里站着，摊开双手，着急地感叹说：

"他们对我的小主人做了什么？瑞典的国王家族中从未出现过这种事情。上帝是万能的，千万不要再让我们这些可怜的人们承受更大的灾祸了，因为瑞典人和我们的君主都希望生活能够平静一些。"

征　兵

草地上站着两个小女孩，她们的手里抬着一个筛子，旁边是一块满是苔藓的石头，上面坐着的是她们的哥哥——阿克塞尔·弗雷德里克，看起来有些慵懒，像是没睡醒的样子，今天是他二十岁的生日。小乌里卡是他的未婚妻，今天也来家里帮忙了，她用镰刀把松枝砍下来，然后放在筛子里面。两个小姑娘用双手抱着松枝，希望尽力帮助乌里卡。桦树和桤树上的雪已经融化了，雪块慢慢融化，然后掉落。

姥爷从下面的大房子里走了出来，乌里卡看到后喊着："哇，天气真是太好了，姥爷都出来了！"

两个小女孩也变得兴奋起来。她们一起用力抬起筛子，跑向大房子，筛子摇摇晃晃，她们唱着：

> 春天到了，鸟儿的歌声多么动听
> 小牧羊女，过来吧！

今夜，让我们在山谷里载歌载舞

邻居家的田地就在围篱的另一边，雇农埃利亚斯从树林里出来了，他身上带着的木头是最后一捆了。他的木屐上有水珠滑落，银角和约曼是两头红色的牛犊，它们的轭架上挂满了花楸树枝，据说有辟邪的功效。埃利亚斯也唱了起来：

春鸟的歌声，多么轻松愉快
我的小羔羊，过来吧！
今夜，花朵将会破土绽放

唱到这里他停止了，弯下腰，和围篱这边的阿克塞尔·弗雷德里克聊了起来，他说："捕猎时，火药的味道让我感到难受，烟囱里的烟尘又开始落了，看样子冰冻还会持续一段时间。"

大房子的前面是一个茅草棚，棚顶的那些茅草有些杂乱。每到夏天，家里人就会在这个棚子里饲养一只羊。姥爷就坐在下边的长椅上，穿着灰色的双排锡铅合金扣大衣，乌里卡带着两个小姑娘问候姥爷。她们身上穿着的粗布衣服都是家庭手工制作的，颜色全部用越橘汁浸染，小女孩只要跪下一次，潮湿的台阶上就会留下一个紫色的圆圈印记。

祖父的手背从乌里卡的脸上抚过。

"孩子，以后你就是阿克塞尔·弗雷德里克的好帮手了，我相信你一定可以。"

"姥爷，如果真能如此，那就太好了。这个园子太大了，这里的很多地方都需要有序治理，但是我对于这些还不习惯。"

"没错。阿克塞尔·弗雷德里克从小就没了父母，这一点真的太令人惋惜了，现在，他只有我和他的姨妈两位亲人了。我们每天都需要照顾他，照顾你，你要开始学着管理这个家了，知道吗？这是你逃不掉的。在所有人里面，他还是最难照顾的，因为他的身体状况比较差。亲爱的孩子们，谢谢上帝让我们度过如此完美的一天，谢谢上帝给予了我们一个和平的年代！"

烧着的杜松烟味传了过来，姥爷咒骂了几句，木头还没有干透，这样燃烧会导致很多烟尘产生。

厨房就在他的身后，两个女人站在门口，正在调制海狸香和月桂树叶浆，因为有一头小母牛生病了。两个女孩身穿黑色衣服，头发都是银灰色的，被梳在脑后。

她们转向乌里卡问："阿克塞尔·弗雷德里克没和你在一起吗？不要忘了跟他说，今天的晚餐有蜂蜜布丁蘸糖浆和青葱猪肉，那是他最喜欢的食物。"

姥爷听到了，说："没问题，今天晚上给仆人们放假吧。"

乌里卡向仆人的房间走去。此时，仆人们都在拣短麻线，不过收获并不大。她似乎听见了声音，天真的脸上表现出来一些着急。

姥爷喊着说："我看不清这个，乌里卡你过来，过来啊，乌里卡！"

她把原本拿在手里的钥匙挂在门的后面，快步走出去。

姥爷问："那边是不是有人骑着马往过走？一定是邮差。我都快三个月没收到信了。等信的感觉真的很着急！你看，你看，他在翻包呢！"

邮差在楼梯前停了下来，拿出一个已经叠好的信封。

姨妈们走到姥爷的身边，帮他把老花镜戴上，但是他的双手却一直在发抖，根本无法打开信封。大家对此有些焦急，希望下一秒就能看到信里写的东西，乌里卡只好帮忙。信封被打开了，乌里卡靠着姥爷的胳膊，指着信里的文字，读给大家听。

接着，她紧握双手，朝阿克塞尔·弗雷德里克的方向看去，眼睛里满含泪水。

她从沙地向草地跑了过去，喊着："阿克塞尔·弗雷德里克，阿克塞尔·弗雷德里克，这真的难以相信！"

阿克塞尔·弗雷德里克把嘴里的干草吐了出来，心不在焉地说："怎么了？"他长相英俊，声音动听。

"你知道吗？阿克塞尔·弗雷德里克，丹麦就要对霍尔斯坦发动进攻了，国王已经下达了征兵的命令，你竟然在名单中。"

他跟在她身后走向大房子，她一直抓着他的手腕。

姥爷有些结巴地说："我可……可爱的孩子们啊，没想到我八九十岁了，竟然还能遇到这种事情，我们居然要打仗了，这真是一个噩耗！"

阿克塞尔·弗雷德里克站了起来，思索了片刻。

然后抬头说："我拒绝参加。"

姥爷很着急，在楼梯上不停跺着双脚，两位姨妈在他的身边走来走去。

"可爱的孩子，你已经在名单上了。我们现在唯一能做的就是雇一个人一起去。"

阿克塞尔·弗雷德里克淡定地说："这是最好的办法。"

他进了大房子，乌里卡用围裙擦着眼泪，倒在床上。

晚饭时，吃了蜂蜜布丁之后，大家在桌子边上坐着。一般情况下，这个时候姥爷需要做出一百张网，但是今天，他的双手却一直在瑟瑟发抖。

他说："斯德哥尔摩现在肯定一片混乱。芭蕾舞会、假面舞会，大街上到处都铺着地毯，各式各样的小丑、巫师遍地都是，这种铺张浪费的时代已经结束了，我听得太多了。国王花光了所有的钱，然后变卖王冠上镶嵌的宝石。我们现在的这位国王一定学到了一些什么。"

阿克塞尔·弗雷德里克返回烛台旁边，有气无力地在桌子上趴着，两位姨妈和乌里卡已经把桌面打扫干净了，乌里卡的眼睛红肿，她流了太多眼泪。姥爷点头示意，咳嗽了几声接着说了起来。

"在过往的和平年代里，留下了什么呢？什么都没有，我们看到的只有懒惰和勒索，最坏的人夺取了权势。我想权贵们现在根本不知道该怎么办。你们应该了解，我在青年时期就曾经收到了参军的命令。在战场上，战鼓声震天，军旗迎风飘扬，战马身披绣花的长马鞍，我们穿着带有穗带的大衣，整理军容准备出发。"

姥爷拿起纱线，准备系好，但又扔在了旁边，站起来。

"阿克塞尔·弗雷德里克，如果你看到过那样的场景，就再好不过了。夜幕降临，月色照耀着大地，我们即将出征，我们站在天寒地冻的大地上唱圣歌。我看到了纳尔金人的红色军装，上面镶着白色的绲边，就像是郁金香有皱纹了一样；我看到了克鲁努贝里人身着黄色的军装；卡尔马人身着灰色的军装；达拉纳人身着天蓝色的军装；西哥特兰人身着黄色和黑色的军装，当然，其他着装的人也有很多。战争即将打响，所有人都保持沉默，所有的一切都显得庄重肃穆。"

房间里顿时没了声音。

接着，阿克塞尔·弗雷德里克像是在跟自己说话："如果衣服和装备都齐全的话，军旅生活应该还不错！"

姥爷摇头表示否定。

"阿克塞尔·弗雷德里克，你的身体状况太差了，想要从整个王国穿过，前往丹麦，这一路太远了。"

"确实如此，我无法走太长的路，但是如果埃利亚斯和棕色的长马车跟着我，我或许可以试试。"

"当然，你可以这样做，他们随时听你吩咐，但是你缺少一些其他的必需品，如带桩和钩子的布帐篷。"

"埃利亚斯会在路途中帮我准备好这些东西，至于军装，我本来就有。"

"稍等，稍等！"姥爷突然激动了，从房间里走过，把衣柜打开，"乌里卡，你过来，再把那封信给我读一遍，国王说要穿什么衣服？"（他深鞠一躬）"就在桌子上呢！我们家有镶着铜扣子的大衣，上面还有绿呢绲边。对了，还有防护衣。就把对外套的那部分要求重新读一遍吧！"

乌里卡把牛油蜡烛的烛芯剪掉了一部分，把手放在眉毛的上方，提高声音淡定地读："外套要求是短款蓝色的，衣领要求是红色的，镶着红色的呢子内衬，前面要求有十二颗铜制的扣子，上面要有四颗，口袋的下方要求有三颗，衣服的两边每边一颗，每一个袖子上还需要有三小颗。"

"八，十二，没问题。那对裤子有什么要求呢？"

"裤子要求是鹿皮做成的，镶嵌三颗扣子，上面都镶着麂皮。"

"家里本来有一条这样的裤子，但是太薄了，穿不了多久就会破。埃利亚斯会在路上重新给你买一条。另外，帽子和手套在哪里放着？"

阿克塞尔·弗雷德里克回答说："就放在门口的箱子里。"

乌里卡接着读："手套要求是那种比较大比较长的黄色牛皮手套，比较结实，鹿皮或者山羊皮的也可以。鞋子要求是用质量上乘的瑞典皮革蜡制作而成的，带着鞋带。鞋子的底部有鞋垫，鞋口是黄铜色的。"

"鞋子和皮革蜡制作的靴子，这里都有，质量还不错。至于马刺，你可以用我的。可爱的孩子，我相信你一定会成为一个英俊的瑞典战士。"

"需要一条瑞典羊毛呢制成的黑色领带，长两英尺半，宽九英寸。此外，两边需要各有一条长半码的皮革绳，还需要准备两条白色的。"

"让埃利亚斯去厄勒布鲁帮你买上。"

"需要四把手枪，枪套是黑色皮革制的，上面需要镶嵌细平布。"

"记得带上我的枪和大刀，护套都是牛皮制的，刀把是麋皮做成的。这才是瑞典的士兵该有的样子。我们也需要考虑考虑埃利亚斯要带些什么，把这些东西全部放进背包里。"

阿克塞尔·弗雷德里克摊开双手。

"我觉得我现在应该上楼休息，这是最好的。"

这间房子里充满了争吵的声音。这里每天都会上演敲敲打打的一幕，壁炉里的火燃烧着，夜晚，点起蜡烛。这里只有一个地方是黑暗的，那就是阿克塞尔·弗雷德里克的房间。

这是阿克塞尔·弗雷德里克最后一天住在家里了，这一天只有他睡着了。黎明到来，所有的灯光都暗了，姨妈们把他叫醒，端给他一杯热水，让他在床上喝了，因为昨天晚上，她们听见了他咳嗽的声音。

他从楼上下来，到客厅的时候，所有人都已经起来了，男仆女佣们都在这里，和平日里一样，桌上摆放着各种东西。他们一起吃完早餐，没有人说话，但是早餐过后，他们站起来给姥爷拿了本《圣经》，乌里卡读着《圣经》，声音却明显带着哭腔，等她读完后，姥爷紧扣双手，闭上眼睛说：

"在离别的一刻，我效仿我的祖先，把双手放在你身上，祝福你，我的外孙，我的岁数已经很大了，说不定哪天就会离开。尊贵的上帝，在此，我祈祷，希望他能够为你赢得荣誉，我们忍受的这些微不足道的苦难会使我们的国家更加强大、更加繁华。"

阿克塞尔·弗雷德里克就在桌子的一个角边站着，他的手里托了一个盘子。突然，马蹄声从屋外传来。屋外，棕色的长马车已经停了下来。

人们都出去了，阿克塞尔·弗雷德里克坐在埃利亚斯边上，身着外祖父的狼皮外套，但还是感到了寒冷。春天的屋檐和树枝上全都是露珠。

姨妈们说："这个是黄油桶，这里还有面包袋。埃利亚斯，你记住了，方块的蛋糕和水瓶就放在座箱里。阿克塞尔·弗雷德里克，如果任务过重，压力过大，要记得回家。"

外祖父从她们的中间插进来，双手放在马车的后面。

"右边有箱子吗？打开看下，刷子、掸子、刮刀、粮食包、水瓶等一些生活必需品都在里面放着，还有罗盘、刀和勺子。"

乌里卡站在这些人的身后，但是却没有人注意到她的存在。

她说："阿克塞尔·弗雷德里克，夏天到了，每天黄昏我都会出去在黑麦上画上表示快乐和悲伤的线。第二天起来，长得高的——"她的声音很低。

外祖父打断了她的话,说:"所有的东西都收拾好了,希望上帝能够保护你和埃利亚斯。"根本没有人意识到乌里卡说话了。

很多农民和工人站在道路两边。

埃利亚斯扬起鞭子,阿克塞尔·弗雷德里克双手抓着缰绳。

他说:"这一路也许不会很顺利。"

埃利亚斯回答说:"现在享受到自由了,但未必是好事。"

阿克塞尔·弗雷德里克把手缩回衣袖,人们看着马车离开,一句话也没有说。

几周过去了,各种树都开花了。军队缓慢地穿过荒凉的瑞典大陆。阿克塞尔·弗雷德里克身穿大衣在埃利亚斯的旁边睡着了,面容平静,羊毛手套早就湿透了。自从离开了兰斯克鲁,棕色的长马车就成了队伍中最后一员,落后了很多。阳光照射着大地,马儿在壕沟边上吃草。马儿的主人和他的伙伴并肩在旁边睡着了。

牛虻吓到了马儿,马儿把水拨到沟渠,几个乞丐的骂声传了过来,是在说睡着的人,但是他们并没有被影响到,依然睡着。

一个衣着简陋的人从他们的身后走来,骑着马,头上戴着大号的亚麻色假发,就停在他们的马车边上。

阿克塞尔·弗雷德里克被埃利亚斯摇醒了,埃利亚斯拿起缰绳,但是阿克塞尔·弗雷德里克却始终不愿睁眼,只是嘟囔着:"埃利亚斯,继续走吧,我只是想在灾难降临之前,好好睡一觉。"

埃利亚斯又摇了摇他。

他低声说:"快醒来!"

阿克塞尔·弗雷德里克慵懒地睁开了一只眼,突然面色通红准备起身,还没从车上下来就对这个人行礼。

以前看过的画像迅速从脑海中闪过，这个人就是只有十八岁的国王，但是他的变化很大。面前这个身份尊贵，看起来十分庄重的年轻人和几个月以前砍牛头、砸玻璃的小孩子，真的是同一个人吗？在他的印象里，国王还没有他一半高，脸形比较小，前额很高，是蓝色的大眼睛，深深地镶嵌在眼窝中，发出令人着迷的亮光。

来人平静地说："这位绅士，我想你只有脱下外套，我才能够更方便地检查你的军装，万物早已复苏了。"

阿克塞尔·弗雷德里克费了很大的力气，才把外祖父的上衣脱下来，累得不停喘气。国王认真检查外套和扣子，他知道这件衣服的材质很好，然后，他扯了扯衣服上的扣子，并认真数了数。

他用成熟的语气说："不错，我们现在都是刚刚入伍的新兵。"

阿克塞尔·弗雷德里克笔直地站着，不知所措地看着马车轮子。

接着，国王开口说："这几天，我们很有可能会遇到敌人。有人跟我说，在战场上，最痛苦的事情就是缺水。如果你有幸能在战场上看见我，不妨给我递来一个水瓶。"

国王重新上马，阿克塞尔·弗雷德里克又坐了下来。他反应平静，不是仇恨，不是激动，不是担忧，不是兴奋，他只是在想刚才国王说的那些话。

他睡觉的时候把大衣放在自己和埃利亚斯中间。天亮了，马车进入兰斯克鲁，大部队早已搭建好帐篷。阿克塞尔·弗雷德里克四处张望，想要找到自己想象中的被桌布盖着的桌子，但是他却只看到了一大群沉默不语的人，人们彼此握手，看向厄勒海峡，天边的云朵被海浪冲刷着，各式各样的旗子在瑞典军舰的上空飘扬。

次日清晨，埃利亚斯前往牲口棚送马和马车，全部船只都被国王掌控了，现在，前往泽兰的只有一艘渔船，舰队出发后，他们才能跟着一起去。国王就站在海滩上，感觉都快到水里了。钢缆发出吱吱的响声，硕大的船锚被抛到了水面上，泥土满天。船只开动了，风帆在桅杆上鼓起，船只上的灯笼和船尾的玻璃窗在阳光的照射下反射出金色的光芒。大海上波浪滚滚，金光闪耀，巨型帆船的影子随风摇曳，船上的三叉戟远远地指向海岸对面，那是一片人们并不熟悉的领地。船开了很长一段时间，云雾缭绕的景色渐渐消散，海面显得湛蓝清澈。

接着，国王似乎忘记了自己的身份，他内心男孩的天性开始冒出来，他站在船尾的灯笼前拍手，身边坐着的都是和他父亲年纪差不多的发丝灰白的人，他们也跟着微笑拍手。主教大人走上木梯的动作像海员一样敏捷。这里没有长幼尊卑，没有明争暗斗，有的只是朝气与活力，有的只是激昂的斗志。

音乐和鼓声似乎收到了暗号，一起发出声响，刀鞘中的刀不安分地飞了出来，海军将领安卡斯特纳的声音从喇叭里传出来，十九艘战舰和几百艘小型船上的歌声一齐响起。

阿克塞尔·弗雷德里克在船上坐着，身下是外祖父的外套，周围到处都是废物和灰尘，埃利亚斯看在眼里。但是埃利亚斯看到这一切的时候，他已经慢慢站起来了，和他人一样挥动手里的刀，水上的战舰越走越远，他举起手在眼前挥动着，紧接着摇摇头。

埃利亚斯转身面向牲口棚，有些埋怨地说："他的身体素质这么差，如果少了我，他真的太惨了！"

过了几天，埃利亚斯一个人驾车前往斯莫兰。他从守城门的官员面前经过，官员已经睡着了，但是农妇们只看了一眼，就知道他是一个瑞典人，于是开门互相询问，讨论瑞典是否已经攻占了泽兰，他们听说战争胜利了，国王为了表达对上帝的感谢，甚至下跪了，但是由于羞涩说话有些结巴。

他点了点头，表示自己已经听懂了，但是并没有回答。

他日复一日地向北走去，紧紧抓着马车边上的缰绳，马车上面是一块陈旧的帆布。

一天黄昏，他终于返回了大房子，站在树篱前面。大家刚听到马车的声音，就分辨出来了。他们十分震惊，纷纷站在窗前，外祖父走出来站在台阶上，乌里卡就在院子中间站着。

埃利亚斯紧紧握着缰绳，走得很慢，马儿就在台阶上站着。

埃利亚斯小心翼翼地从马车上取下帆布，上面是一具很长很窄的棺材，一个黄色的叶环放在棺材盖上，是用山毛榉树叶编成的。

埃利亚斯说："我带他回来了，他给国王递水瓶的时候，胸部中枪了。"

女算命家

里加的某个碉堡中，正坐着一位在纺纱的八十岁老妇人。她手臂很长，一眼看过去，静脉凸起十分健硕有力，胸部特征很小，几乎和男人没有区别。几丝银白色的头发在额头前飘着，头上那个像帽子一样的圆圆的东西其实就是裹着的一块布。

手纺车不停地工作，发出咯吱咯吱的声音。她的孙子是一名号兵，现在正躺在炉火前的石地板上。

他说："奶奶，您在纺线的时候可以唱歌吗？我一般听到的都是你的埋怨和指责，除此之外再无其他。"

她转身用锐利的目光看了他一眼。

"唱歌？唱你的妈妈吗？她早已被人带到莫斯科去了；或者唱你的爸爸，他就在桥上那座房子的烟囱里，是被别人吊上去的。我对我的诞生充满了怨言，我要咒骂每一个我见到的人，包括我自己。你认真想想，那些有声望的人怎么可能不骂人呢？"

"奶奶，如果您开始唱歌，今天晚上您会感到开心的，那样我也会感到开心。"

"那些看上去开开心心的人，多半都是骗子。没有人是开心的，大家都被苦难包围着，撒克逊人竟然要攻占我们的城市，这对我们来说真是一件羞耻的事情。今天晚上，你为什么不去做你的工作，为什么要悠闲地躺在这里？"

"奶奶，为什么您不能说一些能够让我感到开心的事情呢？我走了。"

"如果我还年轻，腿脚灵活，我一定会打你的。你不是希望我能算算你的命吗？他们都说我是女算命家。那我现在就跟你说，你眉毛上有一条曲线，这条曲线表示你可能会英年早逝！我能够看到还没有发生的事情，但是我看到的所有东西都是丑陋和卑劣的私欲。你的情况比我的更差，我的情况比我母亲的还要差，总之，后代的子孙们总会比自己祖先的情况更差。"

他从地板上站起来，然后拿了点儿木料放进火里。

"奶奶，我跟您说，今天晚上我在这里休息的原因，还有让您说一些让我感到开心话的原因。今天，老总督下令，所有的女人在晚上到来之前都要离开这里，不管是年长的，还是年幼的，不管是身体健康的，还是患有疾病的，都必须离开，这样才能够保证男性的粮食不会短缺，那些不愿意离开这里的人只有一条路，那就是死亡。这几十年来，您从来没有离开过这里的院子，去得最远的地方也就是那边的仓库，现在您要被赶到树林中，忍受寒冷和饥饿，这怎么可能？"

奶奶听了这番话后，笑了起来，笑声很大，转动纺车的速度也加快了很多。

"哈哈！自从我接到看管仓库和国王宫殿的命令后，我就一直等待着这一天的到来。詹？你怎么办呢？没有人帮你烤面包了，没有人帮你在长椅上铺床了，你对此一点儿也不担忧吗？作为孩子，你能担心些什么呢？主才能够享受所有的荣誉，希望主能够饶恕我们犯下的过错。"

詹用手揉了揉他头上棕色的鬈发。

"奶奶，奶奶！"

"走吧，让我安静会儿，让我把这些纱纺完吧，然后我就会自己推门出去结束生命。"

他向着纺车的方向又迈出去几步，然后转身离开了房间。

纺车咯吱的声音直到火炉熄灭才停止。次日清晨，号兵詹回到房间，发现这里一个人也没有。

攻打这座城市已经有一段时间了，但是这里戒备森严，一直没有取得成功。在那条禁令下达后，全部女人都离开了这座城，走进一望无际的雪地里，那时正值二月份，那些身体孱弱或者患有重病的女性只能跟着垃圾车和马车出城。里加只剩下男人了，他们无法给那些讨饭的女人什么东西，有时候甚至还会悄悄地翻墙离开。男人们根本顾不了自己的温饱，那些饥饿的马匹互相咬着，马槽被吞了，木制的墙壁上有一个大大的洞。城郊的战火还在继续，夜幕降临，士兵们经常会在警报声中突然醒来，拿起房梁上的刀剑，投入战争。

但是，号兵詹每天傍晚回到和祖母曾经居住的房间时，总会发现折叠椅已经变成了床，而且椅子的边上还放着一碗霉干肉。他不好意思跟其他人说这件事情，但是他内心其实很担忧。在他的脑海中认为，他的祖母早就难以忍受寒冬了，因之前她对他的态度恶劣，现在她感到十分后悔，于是没有休息一分钟就出门了。他害怕到了极点，甚至身体打战，在无数个夜晚里，他就这样滴水未进地躺在雪墙边上睡着了。他在心里悄悄地祷告，希望能够感受到平静，但是只要他再次看见那把整齐干净的折叠椅，看到那把空荡荡的椅子，他就会感到十分忧虑。接着，他走到纺车跟前坐下，用脚轻轻踩着，咯吱咯吱的声音传了出来，从他生下来开始，这种音乐声就一直伴随着他。

某日清晨，总督艾瑞克·达尔伯格听到了十分激烈的枪声，他已经七十五岁，对这种声音感到很烦躁，不得不放下正在观察的地图和防御模型图，站起来。他的脸色苍白，但是从他的面容中我们依然能够感觉到他年轻的时候十分帅气英俊，只不过在他青年时期温柔的容貌中新长出了一些皱纹，紧闭的嘴巴看起来非常狭窄，透出几分庄严肃穆之感。他理了理头上的那个大发套，用手从几根胡须中轻轻拂过，双手看着有些发抖。他从楼梯上走下来，用手杖敲打着石制的地板，声音很重，说：

"我们的瑞典人啊！瓦萨王国最亲近的人，以前从未从战乱中解脱，他们只能在自己的房间中躲避所有的一切，这个民族对黑暗充满了恐惧，多年来，一直有一颗黑色的种子埋藏在我们的内心，现在它已经慢慢成长起来了，且长得十分茂盛，足以遮挡阳光，甚至已经结出了果实，只不过是恶果。"

他慢慢走远了，但是心情却更加激动了，他终于走到了墙壁的面前，然后沉默了。

国旗在几个营里缓缓升起，军乐响起来了，枪声消失了，大量刚从战场上回来的人流着血，拖着疲劳的身体从门口一拥而入，他们刚刚击退了攻击他们的敌人。跟在队伍最后面的是一个孱弱的老者，他胸口红色的伤口依稀可见，那是刀留下的痕迹，他抱着一个人，那个人和孩子一样瘦弱，看起来很小。

艾瑞克·达尔伯格认真看着来人，把手放在眉毛上，希望能够看得清楚些。他看到受伤的那个人长着一头棕色的鬈发，他知道这是号兵詹，是那位城堡中的少年。

老兵筋疲力尽，身负重伤，只能靠着城门口的大石头，受伤的那个人则靠着他的膝盖躺着。部分士兵弯下腰查看伤势，把伤者胸口的衣服打开后，血色的衬衣露了出来。

他们吓得倒退一步，喊着："怎么会是个女人！"

他们十分好奇，纷纷弯腰查看这个人的面容，看了看她的脸。她面对着墙壁，头巾从头上滑落，银白的头发散落下来。

"这不是那个女算命师吗？叫贾娜尔！"

她呼吸的声音特别重，像是在用尽全身的力气睁开沾满脏东西的眼睛。

"我不应该让这个孩子在这个残酷的世界中独自生活，当我打扮成男人的样子在战场上为了他人奋战时，我想我做的是对的。"

众人用怀疑的目光打量着艾瑞克·达尔伯格，她的做法违抗了他的命令。他冷冰冰地在那里站着，一句话也没有说，人们能够感觉到他手里的手杖有些颤抖，在石制的过道上不断敲击。

他慢慢向士兵们转了过去，薄唇微启，说了几个字。

他说："都散了吧，别在这儿看了。"

一个法国佬

在波兰的沼泽地里，有一辆敞篷的马车深陷其中，马匹已经摆脱了缰绳。站在车上的是一个年轻人，他是军队里的人，刚刚升级了。大家称呼他为法国佬，是因为他曾经追随一位贵族老爷，在那段时间他到过法国，在那里学到了很多当地的礼节。站在外面的是奥克斯胡福德上尉，此外还有几名中尉和士兵们，他们就这样在狂风暴雪中等候，冰冷的雪花拍到了他们的脸上。

奥克斯胡福德说："我们应该扔掉马车和箱子。"

法国佬把箱子打开，然后把所有能够带走的东西全部拿了出来。

奥克斯胡福德和中尉们异口同声地说："这件晨衣真是光彩照人，做工既细致又美丽。这双拖鞋真的太精巧了！这顶帽子真的太好看了！"

"这是礼物吧，是——"

"扔了吧！"

"是妈妈送的。"

"你看，那里还有一顶假发，很小！"

"有中号！"

"也有大号！"

奥克斯胡福德再也忍不了了，拽着他。

"没听见我说的话吗？全部扔掉！"

法国佬面色苍白，但瞬间被气成了红色，他的一只手按住刀。

"这太重要了，上尉大人。"

"你的身份太重要，这样会耽误我们行程的，你认为呢？"

"不。我想说的是，你们这支军队几乎所向披靡，这些破烂的衣物真的不适合你们，你们的晨衣已经穿了很多年了。"

"简直就是胡说八道，像个女人似的，滚！"

"上尉，你这么说就是侮辱我，但是我很有素质，我曾经去过法国，没错，我还和沃邦（一位著名的军事工程师，生活在法国路易十四时期）说过话，而且是面对面地说。"

"沃邦跟你说了些什么呢？"

"说了什么？"

"没错，这就是我的问题。"

"他说：'滚！'因为当时他准备外出，但是我在门口堵着。"

"我的天哪！你赶紧从马车上下来。你们两个人过来，把他的这些东西全部收拾了！"

拖鞋和假发被法国佬放在了晨衣里面，那件晨衣上还绣着花斑纹，他把衣服背起来，把那副长柄眼镜在鼻梁上推了推。

他从车上下来，来到瘦弱的奥克斯胡福德面前，此人看起来面容十分精神，下巴上长着黑色的短胡须。

"先生，你听清楚，你来战场上的目的是什么呢？是做出点儿事情来吗？"

"虽然我的身份卑微，但是我希望能够取得成就。未来的事情谁会知道呢？也许有一天我就会立下大功。"

"你真是白日做梦！我来到这里从来没有听人说过要建功立业，大家唯一的目的不过是尽其所能。"

奥克斯胡福德就这样一直骂他，持续了很长时间，但随着时间的推移，他冰冷的内心似乎开始变得柔软了，从声音中就能听出来，语气温和："去做吧，胆子大些，你可以去战场！很多瑞典人在我们的影响下，都发生了改变。前面那片小树林中，有一座很大的房子，楼梯是白色的，那就是你侦察的目的地。算算我们剩下的所有人，估计不超过二十五个，所以我不能答应其他人和你一起去，你侦察的时候一定要用心，尽量了解敌人的情况，只有这样，我们才有可能获得胜利。"

奥克斯胡福德带着一部分人走了，法国佬带着一些衣服走到房子面前。

他看了看，这里没有人，他有些忐忑地靠墙站着，这面墙背风。他全身上下已经湿了，感到了刺骨的寒冷，靴子里全都是泥土。他想透过窗子观察里面的状况，但是这样不行。他希望在房间里看到一张干净整齐的大床，上面有丝质的床罩，旁边还放着脚套。

房子的下方横着一张黑色的门，他小心翼翼地靠着墙移动，走到边上。他擦干净沾满了雪水的眼镜，小心地伸出头观察情况。

动物的踢踏声和嘶吼声从里面传出来，他一眼就看到了那双明亮的眼睛。他十分紧张，心跳加速，不由得倒退一步，把刀抽出来。这时，冲过来一匹黑色的马，在院子里不停地跑，马的后蹄把落在院子里的雪花踢了起来，雪花在半空舞动。

法国佬心里想着："这匹马不可能听命于我，如果哪个士兵碰到性子这么烈的马，它的上一位主人一定会出现在沼泽地中，悄悄潜伏到士兵的后面，然后把他从马鞍上拽下来。夜晚，他们坐在一起烤火时，总有人会讲这类惊悚的故事。"

他拔出刀后，马被吓跑了，他走进去。对面是一扇门，他把门推开，阳光更好了。此时，他才发现，原来房子的周围全部都是门。

那匹马又吼着回来了，法国佬再次把它赶走，接着他走出去，走到窗户边上，一个满头银发的女佣把头伸出来。

他问："这里住的是谁呢？斯坦尼斯洛思王的朋友？或者撒克逊醉鬼的朋友？"

"住在这里的是一位老隐士，他算不上是谁的朋友，但也不算和谁为敌。"

"不错，那他应该不介意收留一位难以忍受寒冷的瑞典人吧？"

女佣走了，但没过多长时间，她就回来了，还带了一个梯子，他顺着梯子爬上来然后进去了。

房子很大，墙边摆放着干净粗糙的木质椅子，墙壁上什么也没有，他试图用刀鞘把一把椅子推回原位，女佣看见后，马上动手把椅子搬回了原位。两个小女孩走了进来，她们身穿蓝色衣服，头发卷着，面色苍白，但是一句话也没有说就离开了。只要有一个人没有跟上，就会加快脚步和另一个人走在一起。她们彼此推着，用长手指探索着，虽然是白天，但是她们每个人都拿着一盏亮着的灯。

女佣帮他把靴子里的泥土倒掉，然后擦了擦地板上湿湿的鞋印，接着，小心翼翼地推开另一个房间的门。

她压低了声音说："放轻脚步！"

一个中年男子站在那个房间里，他穿着晨衣，鼻子尖而长，头发卷得很严重，洁白的手指上戴满了钻石戒指。

法国佬把衣包放下，坐在上面，透过眼镜观察这个人。看着法国佬的神情，那个人笑了，张开双臂并弯腰下来。

他说："我是一个有礼貌的大善人，我有机会认识你吗？"

"好心人，请坐。我只是一个隐士而已，恐怕大多数人都不记得我，你既然是身份尊贵的绅士，那就听我说一些不一般的故事吧！"

两位男士就这样直直地坐了下来，把双手放在膝盖上。

"从前的我十分快乐，我穿的所有外套上都绣着花纹，那是全华沙讨论的重点，但是在我过三十岁生日的时候，我和朋友们聚在一起喝酒，我拿着酒杯跟朋友们说话：朋友，时间就这么消逝了，我们的眼睛似乎被蒙蔽了，心眼儿变小了。有人喜欢性格残忍的斯坦尼斯洛思大帝，有人则对仁善的奥古斯特大帝偏爱有加。所以你们都有自己的想法，想要获得职位或者奖励。我不希望在我去世的时候才看清楚，原来我的兄弟们和该隐（在《圣经》中，他残忍地杀害了自己的兄弟）一样，那么凶残。在我看来，友情甚至比爱情更加可贵，因为友情是灵魂的交流，所以今天在这里，我要和你们告别，虽然我们都还很年轻。从今往后，有关我的任何事，你们都不会听到了。但是你们现在还在我面前，在我房间里坐着，跟我在一起，我却要离你们远去，孤独终老。女佣在门外听到我的声音，会说，'主人现在正和他年轻时候的朋友聊天呢'。"

"那后来呢？你应该离开了吧。"

"是啊，跟他们道别后我就回家了。到家后我便关上了门，在这个时候，我的用人们通常会刻意地放轻脚步。"

"你如此地重感情，那客人在这里一定住得很舒适吧？"

"舒适？那你可真是错了。我的两个双胞胎女儿到了半夜就会拿着灯闯进客人的房间，顺便提一句，她们的妈妈曾经可是个修女。你听听这是多么的荒谬，她们像疯子一样。所以，客人不可能在这得到任何的舒适感。"

"或许，你的言外之意是说，我扰乱了你们的生活？"

"不不不，我可没有这个意思。但是我得告诉你，这儿确确实实闹鬼。"

说完这句话后，他便站了起来，严肃地说：

"身为这个房子的主人，我觉得我有责任告诉你这件事情。你知道吗？原来这里有个叫乔纳森的傻男佣，他非常钟爱棕色的衣服，还经常把自己的头发扎成小辫儿，躲在门后和窗边。他特别喜欢仆人这份工作，每次都会认真地完成各项任务，即使是死了也不例外。他总是趁客人不注意的时候，贴心地服侍他们。不过这并没有什么影响，因为很少有人来这儿做客。哦，忘记问了，你的身份是伯爵吗？"

"啊，你问我吗？我不是。"

"那你是王室贵族吗？"

"很遗憾，也不是。"

"难道连一般的贵族也不是吗？"

"嗬，你这是什么意思？是在羞辱我吗？"

法国佬像是被看破了心思，尴尬得满脸通红。随后，他为自己辩解道："我的理想是当一位贵族，所以才这样问你的。我要把这个理想带给上帝，只有这样，才能让那些说我像女人的人闭嘴。相反，他们会说，'那个人非常厉害，我一看就知道他是个能做成大事的人。'"

"真是奇怪，这种幼稚的问题都能伤害到你？"隐士兴致勃勃地说道。

"我的祖上是非常有名的贵族，那么我自然也是贵族啊。"

"如果这样的话，就要另当别论了。不过，这样也很好。虽然乔纳森的葬礼是遵照基督徒的规格举行的，但这无法改变他是一个贵族奴隶的事实。一旦他的身边出现了身份高贵的人，他就会本能地去逢迎他。"

法国佬捋了捋自己那几根少得可怜的胡须，又推了推眼镜框继续说道：

"我这儿有一瓶意大利红酒，你要品一品吗？"

"不必了，我不太会品酒。"

"是吗？我也是。相比意大利红酒，我更爱喝澳洲红酒。如果能配上蘑菇炖肉就再好不过了，那可是我最爱吃的一道菜。对了，用百里香炖羊肉也很美味。说到底，一道菜好不好吃，关键还要看所用的调料。唉，我真不想回家，回到家也只能在黑夜中吃燕麦片。"

"黑夜？你说的可是夏天的黑夜？"

"夏天的夜晚是有光亮的。"

"冬天的夜晚也是有光的，因为冬季会下雪啊。你在黑暗中会感到惶恐吗？如果真的是这样，那就离开南方吧。你生活的地方有著名的艺术家或者学者吗？"

"一个都没有。之前没有，之后更不会有。"

"你也太小瞧你们家乡的人了吧？"

"世界如此之大，而我只去过其中几个小小的地方，先生。我去过法国，并且在那儿待了两个月。你一定不会想到，我可是跟太阳之王（路易十四）住过一夜的人。"

"就你？你陪伴过路易十四？"

"没错，我在路易十四身边待过一段时间。有一次，路易十四去剧院时，我就站在他身边的空地上。曾经最有威望的瑞典君主都没有能力统领这个圣洁的王国，可是路易十四办到了。为此，他们也应该尊重路易十四。"

"瑞典国王也是普通人啊。"

"是啊。正是因为他，我们在国外才会受人关注，可是这并不是我们想要的啊。"

"听说华沙那个地方很是贫穷。斯坦尼斯洛斯有一个很怯懦的妻子，他也曾带着他的妻子到教堂出席加冕礼。他得到了瑞典人赐予他的贵族王冠、权杖、珍宝、兵器、衣物，不仅如此，他还得到了绶带、教堂中的织锦、丰厚的礼金和加冕仪式上的士兵。在加冕礼的最后，他为了表达对主教的感恩还亲吻了他的手。你呢，你是穷人吗？"

"你问我是不是穷人？"

法国佬想了想，自己全部的积蓄现在只剩缝在衣服中的那两张废弃的查尔斯币了。但是，他并不想让人看出他的窘迫，于是他平静地摘下眼镜，放到了桌子上，快速地说："我当然是个有钱人。你看过什么演出吗？我可是剧场的常客。如果我的钱包里不足十块钱，那我是不好意思出门的。"

"真的吗？那我能跟你借五块钱吗？"

法国佬愣了愣，随即仰起头看向房顶。

"五块吗？哦，真是不好意思，我今天换了一件衣服，钱包没有带在身上。等我回去找找，找到后我就立刻把钱借给你。先生，你可不要把我们瑞典人看作是不讲诚信的人啊。虽然我今天拥有了很高贵的地位，但我却从未忘记这一路打拼过来的艰辛。"

"听说你这次要参加我们波兰的选举大会？如果你真的要参加，那一定会让你很烦恼的。阿维德·霍恩有一个笔记本，专门用来记录大会上所有反抗瑞典统治的人名。还有我们的国王，出于无奈，他只好宣布解散了他名下的政府。嗯，还有你，毫不客气地把我家当成你的家。你看，香水瓶的旁边是烟斗，下边是胭脂盒，而胭脂盒又被放在烟盒上，这些东西又全部堆在了洗手池上。"

　　说完这些，他便安静了下来，开始读书，那是一本用皮革包着的书。

　　"你想这么多事，难道不是在自寻烦恼吗？"法国佬说着，又用怀疑的眼光看了看他，在内心想着，"总有一天我会成为一个上流人，得到高贵的地位。那时候，大家都会用羡慕的眼光看着我，或许还会说'马格努斯·加百利，你是我们最伟大的爵士'。"

　　夜晚，两个双胞胎小女孩果然闯了进来，用灯光照着他，每当这个时候他就会很绅士地站起来，向她们鞠躬。隐士沉迷在书本中，不再理会他，也可能是忘记了他这个客人。一段时间后，他有点儿坐不住了，便拿起外套走到了外面的房间。

　　出来后，他对女佣说："天色已晚，我有一些疲倦，想休息了。"

　　"您请跟我来，我们已经在大厅里为您铺好了床。因为只有大厅点了火，所以那儿会比较暖和。"

　　房间的地板上还残留了一些石灰水，椅子也被随意地堆放在了一个角落里，隐约还能看见椅子后还有两张年岁已久的桌子。门后放着一张铺着荷兰亚麻布床单的床，一位老妇人点燃了烛台上的四根蜡烛，之后便转身离开了，此时的房间里就只有他一个人了。

　　他突然感到很冷，冻得瑟瑟发抖。接着他又开始在房间里走来走去，细细地观察着房间，随后又不放心地拿了一把刀放在了桌子上，最后才慢慢地放下他的行李。他吹灭了烛台上的三根蜡烛，在熄灭的蜡烛上放了三个发套，没想到竟不小心把第四根蜡烛碰到了床下，他又赶紧把它捡了起来，放到了烛台上。

"真是该死的破包裹！"他咒骂着，"我真的不想进来，这儿还不如在外面雪地中待着自在，但是又能有什么办法呢，毕竟已经进来了。那我只好时刻警惕着，看看他们会有什么动作。"

他想把门反锁上，却发现门上并没有门闩，而且他也没有能开锁的钥匙。他想把自己那臭气熏天的脚从湿乎乎的靴子中解脱出来，可是费了很大的力气也没有成功，最后他放弃了，只得穿着衣服和鞋子睡觉。

他不敢睡熟，只能稍稍闭一会儿眼睛。在这个夜晚中，他有时会听见地下牲口棚中野马的嘶吼，不过那不会持续太长的时间，一会儿就能安静下来。他又开始研究蜡烛，总觉得蜡烛不如之前明亮，毕竟屋子里比刚才又黑了不少。为了能够清晰地看见周围的事物，他戴上了眼镜，可是，四周还是漆黑一片，并没有什么异常的动静。

就在这时，他瞥见了一个身影，那个人就站在他的床头边的门柱旁，在蜡烛的照射下显得很高很瘦，仔细一看，他还穿着棕色的衣服，扎着一个小辫儿。

看到这一幕，他心里害怕得不得了，只能在心里默默地给自己打气："这是上帝给我的考验，上帝要看看我有没有足够的勇气去实现理想，所以我要坚强。"

突然，他想到了隐士对他说的话，于是战战兢兢地把右腿伸到了床罩外。

"乔纳森！"他喊道，"快帮我把鞋脱下来。"

在寂静的黑夜中，只听那个人发出了轻轻的笑声。在蜡烛微弱的光亮下还可以看见他黑色的嘴巴笑得就要碰到耳朵了。除了这些，他便再也没有其他任何的举动。

法国佬内心更加恐惧，浑身哆嗦起来，但是他依旧没有收回放在床罩外的腿。

"乔纳森，我说的话你没有听见吗？还不快来为我服务。"

只听那人发出了更大的笑声，并且摆了摆手表示拒绝。

法国佬看到这个动作后恍然大悟，原来这个人早已识破了他的心思，而且还把他当作下等人，他慌张得不知所措，轻声地哼唧着，不过腿还放在外边。

"乔纳森！我再说最后一遍，快来给我脱鞋子。"他低吼出来。

那个人终于有了动作，拿起双手蹭了蹭自己的屁股，笑了笑，不过依旧站在门柱旁。

就在这时候，地下牲口棚中的马发出了刺耳的嘶吼，不一会儿，房外传来了其他马回应的吼声。

法国佬连忙从床上蹦了下来。

"啊，敌军要来进攻了！我要完成我的使命。"他说道。

他冲向桌子，猛地拿起早先放在那儿的刀，同时他也看到那个人正向他走来，上下打量着他。

他不敢再做其他的动作，只是静静地站在那里。接着，那个人一手拿刀，另一手伸向蜡烛，很容易地就拿起一个头套把蜡烛盖灭了。

"哦！上帝。"法国佬吓得哆哆嗦嗦地说，"我一直礼待您，从未做过什么忤逆您意思的事。这一次的确是我疏忽了职责，请您一定要原谅我啊。等这件事过去后，我任由您惩罚。"

马的嘶吼声由远及近，越来越清晰，野马狂奔着冲了进来。

法国佬连忙用手紧紧地护住头部，躬着身子，一个不注意便扑倒在那个人的身上。

"你简直就是个魔鬼！"法国佬尖叫道。

法国佬举起手中的刀，疯狂地挥舞起来，墙上留下了很多划痕，椅子也都坍塌到地上。他挣脱了乔纳森的控制，在盲目的砍杀中，最终砍着了墙，伤到了自己的手。这时，门开了。两个双胞胎姐妹拿着灯，只穿着内衣，一脸疑惑地看向屋内。即使她们只穿着内衣，但一点儿都不让人感到尴尬。因为她们只是很气愤地看着把她们吵醒的这个陌生客人。法国佬这次看见她们并没有鞠躬，而是立刻打开窗子，逃命似的跳了下去。他身上的衣服是睡衣，手里还拿着一把刀，就如此狼狈地跑了出去。在逃跑的过程中，他依旧听到窗户那儿有嘶吼声，但他已经辨别不出来那是乔纳森还是隐士的声音了，更无法求证他们是否是同一个人。

"你真是蠢极了！"那个声音吼道，"我就是要暗算你，你就是一个蠢货，并且还是孤身一人的蠢货。要是你被他们发现，他们一定会对我的家发起进攻，我可不想让我的房子在一夜之间化为乌有。"

法国佬一口气跑到了丛林中，心想："我终于可以去当军官了！从那以后我就可以飞黄腾达了。"

月光照亮了雪地，所有的一切都被雪覆盖着。突然，他看见一位戴有波兰头饰的波兰人，那波兰人看起来离他很近，于是他便想藏起来。可周围都是干枯的树枝和矮小的树桩，并没有很好的藏身之处。

天无绝人之路，他终于找到了一个被雪覆盖的干草垛。他快速地跑过去，不料干草垛后面竟然还有一位士兵。士兵看到他后，轻声问道："你是谁？怎么会出现在这里？"

"哦，你不要感到惊讶，上帝让我们相遇！我们可是战友啊。"法国佬回答说，之后他就走进了三角区，看到奥克斯胡福德后，说："你知道吗？敌军来了。"

"我说我怎么总觉得周围有马蹄声！原来是这样。"奥克斯胡福德继续说，"可能现在最有效的方法就是抢先占领前面那座房子！"

"啊，上尉，我刚刚从那里出来。他们把我当作客人，所以我想求您千万不要让我带路，不然的话您就让我痛快地死去吧。"

"你先说说他们是如何对你的。"

"把我当作一位尊贵的客人。"

"好吧，我知道了，我们会视情况而定，天色不早了。准备！开火！"

波兰的战士们一拥而上，奋力地把自己手中的长矛刺到树的另一边，可是紧接着，对面的人就骑着马来反击他们了。

"啊！哎哟！"类似于这样的喊叫声充斥着整片树林。一批一批的战士和骑马的士兵让人看得眼花缭乱。在冬季微光的照射下，他们像极了寒风中摇摆的枯树枝。

"我想这里即将要爆发一场激烈的战争。"奥克斯胡福德预料道，"我们现在有二十五个人，而敌方却有差不多三个营的兵力。"

"不。"法国佬说，之后，他便弯腰捡起遗留在地上的枪，"我们只剩二十四个人了。"

"哦，只有十九个了。"不一会儿，奥克斯胡福德又无奈地开口说道。

敌军接连不断地向奥克斯胡福德他们发射着子弹，结果战士们就一个接一个地被打倒在地。当骑马的士兵后退时，瑞典人也中止了攻击，可是这又给波兰人带来了希望，他们认为对方都被杀死了，所以义无反顾地冲了上去。没想到，他们过去后却遭受到了刀剑、石头和树枝的攻击。就这样，又一场对抗开始了，没有一方肯轻易放弃。

奥克斯胡福德躲在栅栏后，嘴上嘟囔着："八个、十个、十三个，我们现在竟然就只剩这么几个人了。十三，真的是一个令人讨厌的数字。"

他手上拿着枪，腿上还有那些死去的战友留下的弹药。

"兄弟！"他说着便走到还穿着睡衣的法国佬身边，"兄弟，眼前的状况我都跟你说过了，你应该也很明白。"

"现在还活着的只有七个人了。"法国佬边回答边拿起子弹装到枪中，上膛开火，"又能有什么办法呢，三个钟头过去了，我们依旧对峙着。"

"兄弟，我听说瑞典人很看重他们的朋友，真的是这样吗？哦，我的兄弟，你记住，用假发来伪装的人是不会有好下场的。"

"现在只有我们两个人活着了。"

"大概是两个吧，因为我刚刚受伤了。"奥克斯胡福德委屈地说着，接着坐到木桩上，又嘟囔了一句"不算两个"。

当前的形势又有了新变化，只剩法国佬一个人了。其实他早就受了伤，于是，他撕开自己的睡衣，把受伤的左臂从睡衣中拿了出来，随后用布条缠住流血的伤口。包扎完后，他把身上的背心脱了下来，随手一扔，把眼镜也藏在了鞋里，之后就躺在了那些亡兵的身边。不过他没有装死，而是缓慢地向前挪动着。周围的尸体并没有阻碍他前进的方向，那些尸体在他看来就像枯树枝一样。

波兰人又一次猛烈地发起了进攻，不过并没有引起太大的波澜。

他们叫喊着跳到了树丛的这边，进行着一系列的烧杀抢掠，当他们看到浑身都是血的法国佬时，并没有理睬他，而是任由他自生自灭，直到天快亮了他们才离开。

"真是幸运。"法国佬想着，"经历了这场战争，我回去之后一定能升官发财了。"

他小心地从树丛中向外张望着，果然，在房子不远处的一片雪地上看到了他的假发，那是他之前逃跑时被人扔出来的。

"真是个混账！"他咒骂道，"这可是我做了好事之后别人送给我的礼物。"他拿着假发在树丛中穿行了一天，天快黑时才看见了一个瑞典部队的警卫兵。

森林中没有能隐藏帐篷的壕沟，所以瑞典部队的帐篷和单间在这片森林中随处可见。车马上或营帐前的小路上零星地坐着几个女人，有的在哄孩子，有的则和她们的丈夫聊着天。男人们聚集在火炉的四周，用布满了老茧和伤痕的手拿着烟，时不时吸上几口。一旁，科尼特·布罗肯和勇猛的中尉皮斯托正兴致勃勃地讲着他们在探险路上遇到的趣事。奥博姆中尉则热情地邀请他旁边的人抚摩他的伤疤，那是在克里索夫的战场上，敌方用箭穿透他的脑袋留下的。而德师博·阿德勒费却在一旁发着牢骚，他说这儿的敌军射箭的速度慢极了，和多瑙河上的敌人有一比，毕竟慢箭容易划伤他的美腿。生性爽朗的达姆基依旧像往常一样讲着笑话，更可笑的是，他的手臂上一直绑着一个吊袜带，听说是一位西里西亚的女公爵赠予他的。司凡特·霍恩受伤了，他的仆人黎波正为他包扎着。霍恩说他一定会跟哥萨克抗争到底，除非受了重伤，不然他可不会放弃。站在他面前的是涂冯威瑟，那是一位德高望重的老医生。他喜欢反复地把眼镜戴上摘下、摘下戴上，并且他还有一个癖好，就是当他给富贵人家看病时总会跟人家讨要杯酒喝。所有人都聚在一起讨论着战场上的运气，同样是奋勇杀敌，有的人可以在战争后享受荣华富贵！而有的人可能会受伤，甚至把自己年轻的生命都献给战争。国王下达了整晚都要表演打鼓和双簧的命令，虽然它们发出的声音跟动人的歌谣没法儿比，但是在这寂静的夜里，若是用心去聆听还是会感受到一丝美好，听起来就像叶子漂在潺潺流动的小河里似的。

士兵们并没有完全遵循国王的指令，他们悄悄地把枯草盖在他的军帐上，并且在枯草上又加上一层草皮，从远处看，这个军帐像极了烧木炭的炉子。军帐散布在军营的四周，并不在军营的中间，一到晚上就很难看见它。军帐中有一个帐篷杆，边上有一个用石头堆砌的火炉，士兵们经常会在别处寻找到火球拿回来放在里面。靠近火炉的地方有一个脸盆，仔细一看，你会发现它是纯银的，桌上放着亚历山大大帝的人物雕像和一本镶金的《圣经》，对了，还有小狗庞贝的小银像，不过它已经去世了。如果你低下头，就会看见一把破旧不堪的椅子和一床有破洞的被单。狗儿特克和斯努夫卧在军帐的中间，而国王却独自趴在地上的冷杉树枝上。清酒已经没有了，只剩下一杯雪水和两个烧饼，仆人胡特曼赶紧把这些都送到了国王的房间给他当晚餐。吃过饭后，国王就立刻戴上了睡帽，并且还裹上了被子。此刻，瑞典的国王到达了自己事业的巅峰时刻，躺在床上的头靠近了即将熄灭的火球。他嘴里不停地重复着晚祷词，那是他在风吹过卡尔伯格宫的菩提树的夜里读过的一段。他一直很崇拜上帝，可他竟然变成了《旧约》中的上帝——耶和华，他随时能接收到上帝的指令，不需要再去祷告。他把军营中的士兵们推到了战争的风口浪尖，并且还得让他们在这里定居繁衍。

符腾堡的小王子马克斯兴冲冲地闯进了军帐中，这引得两条狗大声地叫唤起来。

"陛下，陛下！"他奶声奶气地喊道，"快醒醒，别睡了。二十五名斯莫兰士兵和城外的敌人打起来了！"

他的后面，法国佬和上尉司米德紧紧地依靠在一起。司米德之前可是带着十二个士兵大战三百波兰人的勇士啊，但是现在也受了伤，身上缠满了绷带，手里还拿着拐棍儿。

虽然已经筋疲力尽了，但是法国佬依旧挺着胸膛高傲地抬着头，可是当他听说这是国王的军帐时，却又表现得不知所措。他紧张地弯下腰，颤巍巍地擦拭着受伤时留下的血迹，擦拭完了之后，他拿出最大号的假发戴在了头上，并且随意丢掉了小号和中号的假发。等一切都收拾好后，他便把双手紧贴着裤缝，最后才支支吾吾地讲出自己的故事。

国王依旧趴在冷杉树枝上，认真地听着他的讲述，生怕错过什么。每当法国佬讲到有趣的事情时，国王就会像孩子一样哈哈大笑。听完故事后，国王跟法国佬友好地握了握手。

"我很赞同奥克斯胡福德的话！"他说，"士兵们和敌人已经进行过一场战争了。我们这儿很静寂，不是吗？如果不安静的话，我一定会亲自去管理的。你说那个波兰人要你借给他五个法币，我一定要给他，不仅如此，我还要给他十个法币。你快去他们家，把这十法币从窗口里扔进去。"

法国佬听到这个命令后便走出了军帐，司米德赶紧迎了上来，半搂着把他拖进了那堆对他很是好奇的人群中。他们中有很多是上尉、中尉、少尉，跟他年龄相仿，但获得的荣誉却比他多，自然地位也比他高。

"法国佬！"他们吵吵道，"我们以后再也不会笑话你的眼镜和假发了。可是，国王赏赐你的荣誉呢？我们怎么没有看到！"

"大家快安静下来！"司米德喊道，"他那么可怜，得到的奖赏一定很与众不同。要是国王不发话，他一定不会得到任何奖赏，国王只想让我们大家为荣誉而战。"

大家听到司米德的这句话后就都安静了下来，并且没有一个人敢驳斥他。之后，他便松开伙伴的胳膊，借助他的拐杖一步一步地走近火炉。

"你一定不会想到，"他低喃着，"陛下竟像对待自家人一般，紧紧地握着他的手。"

"那是我这辈子最珍贵的荣耀！"法国佬说道。

他的帽子还没有干，时不时地还会往下滴水，衬衣也是皱皱巴巴的，双臂自然下垂着，嘴上依旧不清楚地嘟囔着什么。

"你想获得爵位，"司米德回答说，"只要你努力下去，一定能实现。"

女绿林

　　纳尔瓦教堂中的警报声总算是不响了。俄国人声嘶力竭地喊着闯了进来，他们脚下踩的可是一个个反侵略的瑞典英雄的尸体啊。一部分哥萨克士兵剖开了客栈主人的肚子，并且塞进去了一只活着的猫，之后便站在他的旁边狂笑起来。沙皇彼得大帝听到这个消息后，快速地穿过街道和人群赶过来了解情况，他的右手和肩上沾满了自己手下士兵的鲜血。士兵们立刻结束了荒谬的屠杀，跑到广场上和院子中准备集合。接着，士兵们又以教堂已经被无神主义玷污了为理由，进行了新一轮的烧杀抢掠。士兵们用铁棒撬开了教堂地下的大石头，同时也掀开坟墓，最后还摔坏了所有的首饰盒，当然，银器也被他们瓜分干净了。道路上堆满了腐朽或者烤焦了的棺材。战争刚爆发时，人们纷纷把火把和方砖扔在道路上，道旁的水渠中还残留着亡者的血迹。有时棺材的棱上会耷拉着一些长发，因为那些都是长发尸体。还有一些尸体在防腐剂中泡过，或许会因为染上一些尘土而显得很焦枯，但大多数尸体死亡前的面部表情都很沉着，所以看起来还算完整。周围的居民总是会趁着夜晚来到这里，寻觅他们的亲人。他们借助微弱的月光看棺材上的名牌，当然也总会在名牌上发现亲朋好友的名字。其实这里的夜晚也并不宁静，他们经常会看到侵略者把遗物从棺材里拿出来丢到河里，有时他们也会在深夜中偷取一些值钱的东西，然后悄悄地出城，把它们埋在城外。所以，人们在深夜时总会碰见一些行为很怪异的老人和带着孩子的妇女。

在一个夜晚，侵略者们聚在教堂院子的旮旯里野餐。他们用破床板、垫子、木椅子、旧棺材当作燃料，这真的棒极了！火苗一下蹿得很高，都快到了牧师的窗口了。周边放着一大摞棺材。远处棺材的底部已经裂开了，被放在里面的亡者像是戴着帽子立了起来，好像在说："求求你们放过我吧，我不想被带走啊。"

"嘿嘿！老家伙。"强盗们烤着苹果和洋葱大声地回应道，"你应该快渴死了吧，一定想润润喉咙吧。"

熊熊的烈火蹿进了牧师家的客厅，接着，火花又从窗户那儿冲了进去。此刻，房间中只剩下牧师一个人了，他还用手臂遮住了脸。现在，陪伴他的只有一张破桌子和一把烂椅子了。

"事情到底会怎么样呢？她应该被送出去了吧。"他嘟囔着，突然脑袋中闪现了一个好办法，于是他站了起来。

他让头发任意地披在肩上，还把白花花的胡须散在胸前。他并没有太多的存款，因为他曾经只是一位皇宫教堂的牧师，当然他也从来没有拒绝过身边的意外之财。后来，他便一直独身一人，不愁吃喝，执着地崇尚着上帝，如果他不按时去教堂的话，他身边必定会有美女相伴。对于现在发生的不幸，他比常人表现得更加豁达，也正是因为这样，他对所有的事情都很镇定自若。

他悄悄地走了出去，小心翼翼地撬下楼梯口凹槽上纸板间被腐蚀了的螺丝钉，之后又拿开了纸板。

"孩子，不要再藏在里面了。"他说道。

但是他并没有得到任何回应，随即他便喊得更大声了，他不停地喊着："卡洛琳！我知道你在里面，快点儿出来。那俩女孩子早就被抬走了。我限你在一分钟内出来，这是我能收留你的最大期限。你想想，你已经一天没吃没喝了，不出来的话，你的身体也是承受不住的。你说对吧？"

可是依旧没有人回答他，于是，他烦躁地把身子钻进去，很坚决地说："你怎么那么不懂事呢？这里真的一点儿吃的都没有了，你必须要尽快离开这儿。如果被强盗发现了，你一定会被抢走的。如果真的是这样，我也只能对你说，无论他去哪里你都要跟着他，不要离开半步。我见过很多在战争中产生爱情的例子，毕竟我曾经是一名军人，也跟战友们出生入死过。喂，你有听到我的话吗？孩子，我跟你实话实说吧，你死去的父亲是一个经常酗酒的酒鬼，他曾当过我的马车夫，也救过我的命。我当时答应过他，一定会给他和他的孩子一个回报。而且，他和我都是瑞典人。我现在扮演的就是你父亲的角色啊，这是毋庸置疑的。你肯定也感觉出来了，对吗？"

这次，漆黑的墙洞中终于有了动静，像是有人在里面爬动。于是，牧师便把身体退了出来，把手靠在墙上等待着，听到一阵摩擦声后，他终于看到了卡洛琳·安德斯多特的身影。她有着一头棕色的长发，随意地散在身后，并且只穿着一件内衣和破了洞还没有袖子的红外套，甚至连鞋子都没有。

窗户上反射出了火光的颜色。她用内衣盖住膝盖，蹲在一个角落里，耷拉着脑袋，可是稚嫩的脸上却洋溢着喜悦的神情，像极了冬日里初升的太阳，是那么的温暖。

牧师看到小女孩的这个神情后，涨红了脸，因为这一刻他的身份由主人变成一位父亲。

"真是令人难以想象，如此贫苦的一个家庭中竟能养出这么水灵的女儿。"他赞美道，说着便伸出手拍了拍她的肩膀。

她仰起头看着牧师。

"您谬赞了。"她害羞地回答道，"只是我现在非常冷。"

"嗯，这很正常。我很欣赏你的直接，可我身上的是我全部的衣服，所以我并没有衣服能让你取暖。这个房子不知道什么时候就会着火。我身上只剩一个硬币，所以我要去街上乞讨。可毕竟我只是一个老乞丐，没人会可怜我的。可你不同，卡洛琳，我深知那些下等人的心思。所以，我一定会想办法送你离开。为了避免你的情绪波动，所以我还不能告诉你采取什么方式。"

"不，我不会害怕的。既然已经这样了，就任由它吧。说实话，我没有什么跟你是不同的。哦，我现在感觉有点儿冷算吗？"

"快走到门口吧，不必紧张。你看到那个木棺材了吗？没错，就是那群小混混身旁的那个。它看起来很轻，你快藏到那里面去，我可以用那个把你护送到城外。不过，你可以藏进去吗？"

"那还不容易，我一定能藏进去。"

牧师刻意避开那群小混混好奇的目光，靠近棺材，打开了密封得不是很紧的棺材盖，方便身边的卡洛琳藏进去，里面没有什么特别的东西，只有几个刨花和一条棕色的毯子。

"哦，真是太好了，我太喜欢这条毯子了。"她开心地拿起毯子，轻轻地把自己包裹起来，抬脚迈进棺材里，乖乖地躺了下去。

牧师弯下了腰，把手搭在她的肩膀上，凝视着她无所畏惧的双眼。她也就十八九岁吧，她的头发可真顺滑。

他就这样静静地看着她，感觉自己对她产生了一种父亲般的爱，那可是从来没有过的。现在他感觉他真的是她的父亲，可能之前都只是装作她的父亲而已。

"孩子，祝你好运！我老了，生还是死都无所谓了。我也经历过不少劫难和考验，也要做些好事了，就当赎罪吧。"

他笑着对她点了点头，而后站直了身体。

周围的喧闹声大了起来。他拧紧了棺材外所有的螺丝，赶紧藏到了棺材的后面，之后蹲下用绳子拴住棺材，最后用尽浑身力气把棺材背了起来。终于他整理好了一切，一步一步艰难地走着。

"你们快瞧！"一个参与野餐的士兵喊着，但是他身边的同伴阻止了他，并说："差不多得了，那就是一个乞丐的棺材而已。"

牧师累得直冒冷汗，费力地走过了漆黑的街道，胳膊和后背也因为棺材的缘故被勒得生疼。当然，他也会时不时地放下棺材歇一歇，就算是歇着，他的手也不会离开棺材，或许是怕被撒酒疯的士兵抢走，也可能是怕有人赶走他。很多时候，因为要给装有被放逐俘虏的马车让路，他都是紧贴墙边前进。还有一个原因，那就是他很怕自己被当成俘虏而带走，毕竟这种事还是时常发生的。

走了很久之后，牧师终于到了出城口，守门人迎了过来，他虽然表现得很不耐烦，但还是强撑着精神应付着守门人。这时，他一手托着棺材，另一只手插进口袋摸索着那唯一的硬币，看来他是想用那一枚硬币来买通看门人。

他成功了，看门的士兵同意他出去。

他满怀希望地想向前走，可怎么也抬不起脚来，他看着护城河的水不断地流淌着，结果越发害怕会被人发现，于是轻轻地把棺材从背上放了下来，之后他觉得两眼昏花，不一会儿就失去了意识，猛地向前栽了过去，死了。

另一个守门人跑了过来，看到这一幕埋怨起来。城门前可不能一直放着这个棺材啊。

炮塔中正在赌博玩乐的领导们这才反应过来，觉得情况不对劲，便冲了出来。一个瘦瘦巴巴、戴着方形眼镜的人拿着灯笼慢慢地走向棺材，用身上的佩刀撬起了棺材盖，看起来很有经验的样子，但是给人的感觉他更像牧师而不是军官。

他好奇地探着头看向棺材里面，可当看清里面的东西时，吓得手中的灯笼都快掉到地上，迅速地缩回了头。他再一次凑近，想仔细看看，但是他怕别人看出自己的内心，就抬起一只手遮住自己的脸，看完后，他怔怔地站在那里思考着，眼镜也被摘了下来放在手中。他第三次凑近棺材，打着灯笼观察着棺材板的缝隙，卡洛琳·安德斯多特正安静地躺在里面，但是她很想知道外面到底发生了什么，所以只好睁大眼睛想借助灯笼的光看清他。

"我很饿。"她很委屈地说。

他背着手走了几步，顺手放下了手中的灯笼，终于，冰冷的脸上露出了一个很阴险的笑容。然后大声地下达着指令，当然也没忘记给卡洛琳丢几个烤苹果。

"朋友们，快过来。你们八个把这个棺材抬到奥吉福将军的军帐中，就跟他说，这是他最忠实的仆人伊凡·阿列克谢维奇送给他的一个惊喜。哦，那八个执勤的哨兵也过来吧，跟在他们的后面，要把围裙卷起来，就像吹喇叭似的，还有最前边要有两个人帮忙举着灯芯草蜡烛照路。快，动起来吧。"

士兵们对此感到非常疑惑，可是依旧听从了他的指令。他们开心地用枪杆挑起棺材，随后，又有士兵把几根涂好煤油的木柴捆好放到灯笼里，灯笼亮了起来，指引着队伍向前走着，士兵们吹着用围裙制成的喇叭，唱道：

噢，你选择了保卫国家
对住所毫不在意
你像是最尊贵的王子
不关心女人和小人
那你何时才能有所收获呢，朋友？

他们走到军帐前，原本待在工作桌前的奥吉福将军听到动静后就走出了军帐。

"亲爱的将军大人！这是伊凡·阿列克谢维奇中尉大人让我们给您送来的，他说要给您一个惊喜。"一个士兵说。

奥吉福看到这是一个棺材，顿时脸色变得煞白，胡须下的嘴唇被咬得发紫。皱纹爬满了他的脸，显得冷酷无情，可事实上他是一个很温和的人。

"他有病吧！简直就是个疯子。把它打开，让我看看他到底有何居心。"他佯装生气地怒吼道，可心里对这个棺材很好奇。

士兵们努力地撬着棺材，只听见"咚"的一声，棺材盖就这样掉到了一边。

奥吉福瞥了一眼棺材里的东西，突然哈哈笑起来，结果笑得停不下来，不得不去旁边的凳子上休息了一下。士兵们也都笑得无法自已，随后整个军帐的人都笑了起来，就像是一群喝醉了酒的人，无法站立，只能相互扶持着。卡洛琳·安德斯多特迷茫地看着他们大笑，时不时咬一口手中的苹果。此刻的她就像是一个迷人的布娃娃，身上暖暖的，脸上红通通的。

"哦，我的上帝！"奥吉福诧异地喊道，"这简直就是个奇迹，即使是在圣安东尼墓地中，这也是不曾发生的。我想，这具尸体必须要交给沙皇陛下。"

"不可以！相比较我前两天给他的那两个金发碧眼的美人，他更喜欢黑色头发的。"一位官员制止道。

"那好吧。"奥吉福回答道，接着便转过身说，"这个伊凡·阿列克谢维奇真让人感到无奈，别忘了在棺材里面放上一份上尉的任命书，一块儿给他送回去。嗨，我的小宝贝！"

他走到卡洛琳·安德斯多特的面前，轻挑起她的下巴。

这个动作让卡洛琳·安德斯多特猛地坐了起来，一拳又一拳地打着他的脸庞，还拼命地揪着他的头发。

奥吉福依旧哈哈大笑着，没有任何生气的迹象。

他说："这个女孩正合我心意，我太开心了。从现在开始你就是我们军营里的女绿林了，小姑娘，我想你需要佩戴点儿首饰了，毕竟你现在的穿着太简陋了。这是我的手下在纳尔瓦的霍恩伯爵夫人的墓里挖出来的绿松石镯子，先送给你吧。"

说着他便把镯子从自己的手腕上摘下来，递到卡洛琳的面前，她看到后立马拽了过来。

到了傍晚，布料和被褥都已经送到了，卡洛琳·安德斯多特一直待在奥吉福的身边。此刻她头戴金丝编成的发饰，身穿带有花环的法式衣服。唯一不足的就是她的双手粗糙丑陋！所以她练习着戴着手套吃东西，奈何有些皮肤还是会露出来，可能是因为手指过于粗大吧。

"啧啧,啧啧!"军官们起哄道,"这双手真令人感到激动,这可比战胜匈牙利有意思多了。真是要命!快,束好你的腰带让我们抱抱吧!我们会为你疯狂的。"

面对这样的情况,她保持着淡定,用盘子装满了食品,细细地品尝着蜜饯,品尝时,勺子还会停留在空中。如果你看到她调皮地做鬼脸时,那说明她觉得东西不好吃。但她还是吃了很多,只是没怎么喝东西而已,也就抿了一小口,之后就把酒吐到了军官们的衣服上。她对现在的这个环境适应得不错,有一种很轻松的感觉,毕竟她已经学会了说脏话,并且还会跟士兵们对骂。

"真是要命!快灭灯,我们可不想再看到她这个样子。小心一点儿,别碰到东西!女士,你要支烟吗?"军官们嘻嘻哈哈地喊着。

"真希望你们被上帝带走,让我清净一会儿好吗?"卡洛琳·安德斯多特满脸嫌弃地回应道。

奥吉福很善于隐藏自己的真实情感,所以他并没有引起那些哈哈大笑的人的注意,要不然的话,他们一定会拽着他的胳膊,抓着他的衬衣说:"哦啊,长官,你已经被她迷住了!希望上帝眷顾你,眷顾你和你的小情人!"

他像对待其他人一样对待她,和她保持着安全的距离,没有任何亲密的举动。他从未帮她摘下过手套,让她的双手贴近自己的脸,也没有抱过她。就算是这样,她还是经常打他,用高冷的态度对待他,甚至是比对其他人更冷漠,可他一点儿也不介意,照旧跟军营里的人一起笑着,闹着。

有时,他很想狠狠地打她一次,可碍于面子,他不敢那么做,他害怕别人知道这个女孩厌恶他,担心他们会知道真相,好吧,毕竟他和女孩在一起的时间还很短。"你给我等着。"他暗暗地想着，"终究有那么一天，只有我们俩单独坐在锁着的门后，到时候，一切都会像从前一样。"

"哦，上帝！"军官们说着，"她骗了我们！我们可要控制住全场啊！上帝啊！你快看她的表情，真让人感到害怕。"

"你们真是够了！"她喊道，"你们不配看到我其他的样子，快滚蛋吧。"

就这样，她每次来吃饭和离去时，总会有一群人来戏弄她。

有一天傍晚，一群上了年纪喝醉了的老男人把她围在中间，其中一个副官冲了过来，说话支支吾吾，很是为难的样子。他看向了奥吉福。

"我能说实话吗？"

"你看着办。"

"无论我怎么说，是不是都得挨罚？"

"不，不会的。你有什么话直说吧。"

"沙皇去了军营，现在应该还在路上。"

"好，他是我的领导。"

副官指了指卡洛琳·安德斯多特，示意奥吉福把她交给沙皇。

"沙皇比较中意身材高挑的女人。"奥吉福说。

"可是，长官，这几天他好像变了口味。"

"那好吧，只能把她交给沙皇了。把枪拿上，顺便把那个用三匹马拉的车也带过来吧。"

这时，警报声响了起来。士兵们打鼓的打鼓，吹号的吹号，拿枪的拿枪，势不可当地前进着，那伙喝醉了的人也被惊醒了，卡洛琳·安德斯多特也被带上了一辆装有行李的马车。

这时，她清楚地听见了车夫向他身边的一个士兵询问要去哪儿。

士兵冲着车夫指了指他身后的女孩，说："把她送到沙皇那里去。"

车夫惊出了一身汗，因为这个答案实在是出乎他的预料，于是他便颤颤抖抖地驾起马车，不停地抽打着马匹，喊着指令，命令它们更快速地前进。灯笼经受不起颠簸，最终掉到了地上，地上的冷杉木被马车上掉下来的灯笼烧了个精光。马车发出嘎吱嘎吱的声音，摇摇晃晃地走在石头路上。

卡洛琳·安德斯多特抬头看着天空，卧在枯草堆中。此刻，她的心中乱得像一团麻，她不知道她会被带到哪儿去，也不知道未来会面对什么样的生活。奥吉福给她的手镯成了她的护身符，同时也成了那个美好猜测的证物。女绿林！虽然她刚开始并不知道什么是女绿林，但听起来很不错。她不停地抚摩着镯子上的小银圈，之后便坐起来，透过灯笼的光查看着前面凹凸不平的道路。她小心翼翼地把身子往边上移了一下，悄悄地越过车门槛，脚触碰到了地面，并且没有人发现她。她会被摔死吗？她犹豫了一下，没想到却失去了重心身体摆动起来，挣扎了一会儿，就摔进了路旁的灌木丛中。

三匹马拉着马车飞快地从她身边离去，不一会儿，马车就消失在了她的视线之外。随后，她擦掉脸上的血，从灌木丛中爬了起来，义无反顾地向着森林深处走去。

她碰见了一群狂野的亡命之徒，他们献给她很多的野果子和蘑菇，因为他们被她的美貌所迷惑，并且下定决心要一直追随她。就这样，她轻易地得到了一群跟班，但是她并没有给他们好脸色看，所以他们也只是远远地跟着她，不敢靠近，可有时他们也会互相伤害。最终，她还是结交了一位船长的妻子，她和她的丈夫打算去格但斯克，船长同意让他们在船上工作。

天逐渐黑了下来，大家纷纷出来工作，他们不要任何酬劳。船长悠闲地坐在船舱中享受着月光，无忧无虑地吹奏着牧羊笛，应该是为得到那么多免费的员工庆祝吧。他的妻子也很喜爱像丽娜这样能干的用人。当他们启程出海时，卡洛琳·安德斯多特就立刻凑到了船长身边，交叠着双手，不一会儿，所有人都过来躺下了，伴着笛子的旋律唱起歌来。

　　"你认为我这个人怎么样，能不能当你的妻子？"她抬头看着他问道。

　　"真是不知道羞耻，快打她！"他的妻子听到这句话后怒吼道，可船长却靠得她更近了，依旧吹着笛子。船帆不分昼夜地漂在海上，船长陪在卡洛琳·安德斯多特身边从未离开，为她吹奏着笛子，而卡洛琳·安德斯多特却一直和逃亡者们舞动在船的中央，那个船长的妻子，却默默地坐在角落里不停地流着眼泪。

　　终于到了格但斯克，船长一手拿着笛子，另一只手牵着卡洛琳·安德斯多特，和她的朋友们走下了船。他们都觉得她会去驻波兰的瑞典军队，拜托国王接纳她。

　　当她和她的女朋友们唱着歌走进瑞典军队中的女性营地时，听见了一阵嘈杂声，她们非常焦躁，因为唯一的食物也被军营中的小贩和士兵们瓜分了，她们被饿了整整两天。但是她依旧把手叉在腰上，向着那个下士走去。

　　"你没有羞耻心吗？"她问道，"你们竟然让我的女人们忍受饥饿，难道你能离得开她们吗？"

　　"谁是你的女人？还有，你是谁？"

　　她抬起手臂露出手腕上的手镯，说道："我可是女绿林卡洛琳·安德斯多特，你派五个人来，跟着我们走。"

下士看向自己的上司雅各布·艾弗兹伯格，而他却盯着她美丽的脸庞和她的属下。她在一群扛枪拿棍的男人女人中是那么的显眼！不久后，她带着那五个士兵就搬来了粮食。晚上，正当营地中的篝火燃得正旺时，国王来了，并且一脚跨到了马上。士兵们围在装满牛羊的车旁竭力地吼道："查理国王万岁！女绿林卡洛琳千岁！"

女人们拥向前，挡住了国王的马，马夫们不得不命令她们后退，卡洛琳·安德斯多特赶紧迎上去，可国王却没有理睬她，而是踩了一下马镫对下士和那五个士兵说："这件事你们干得真漂亮！"

就是从这时候起，不管她碰见的是普通战士还是军官，总之她再也没有对他们说过好话。可当马尔科·约克曼对她伸出手时，她只是很随意地把自己没装任何东西的包扔了过去，并没有用言语伤害他，毕竟他是一个对国家做出巨大贡献的士兵。当然，她也会显露出无比的狂躁，比如说她看到梅尔菲特将军在骑兵团前吹口哨或是见到上校戈乔森那蜡黄的脸庞和黑帽子时。但是，她还是会帮助路边的伤员，当他们伤得重时，她还会用尽全身力气把伤员抬到自己的马车上。她的脸被寒风一吹结出了一层薄薄的冰。她对军营中的人，结婚和没结婚的女人及追随着她的逃亡者们下达着命令，手中还紧攥着缰绳，其实士兵们看到晚上燃烧的烈火时，就猜到是马劳德王后到外面掠夺去了。

很久之后，在萨克森刚结束了一个漫长的冬季，军队开始向乌克兰进攻之时，国王竟下令要清空军营中所有的女人。

"你还是先管管你自己吧，其他军队的你就别管了。"卡洛琳·安德斯多特埋怨道，之后就头也不回地走了。

当军队进入别列津纳时，她们围绕在卡洛琳·安德斯多特的马车四周。女人们变得躁动不安起来，胳膊绷直，把小孩子举在半空中。

"你还能想出其他方法吗？男人们都到了河的那边，并且他们还把唯一能过河的桥也拆了，我们被丢在了哥萨克。"

她静静地待在那儿，脚上穿着很高的皮靴，膝盖上放着长鞭子，还有那个镶有绿松石的镯子，依旧戴在她的手腕上。她的周围充斥着女人的尖叫声和孩子的哭泣声，而这时，一些化着浓妆的女人从装有行李的车子后面跑了出来，还有几个穿着很华丽的衣服，戴着金链子，之前她从未见过的女人都一股脑儿地挤了过来。

"真是个贱人！我总算是见识到了那些军官的口味了，我们只是一群穷人，你们能夺得什么呢？我现在是知道那些男人在没事干的时候，都做了些什么了。"她骂骂咧咧道。

她们紧紧地拽住她的裤腿角，把她当作她们唯一的救命稻草，纷纷跪倒在她面前。

"你们听过那首歌吗？"她提问道，"就是叫《当我走过死亡之谷》的那首圣歌，有没有人能唱一下？"

一些会唱的女人听到后开始哭泣着唱起来，而另一些人却跑到河边，捡起了一些破碎的船片和木片当作船桨，凭借着自己的力量划船过河。有丈夫和爱人的女人都想再回到军队中，可是卡洛琳·安德斯多特被一群衣衫褴褛、毫无品位的独身女子包围着，她们没有机会靠近卡洛琳。

与此同时，哥萨克的士兵离她们也越来越近，她们可是要保护好她们仅剩的物品，因为那些哥萨克士兵可是惦记她们的东西好久了。果然，他们埋伏在矮草丛中准备抢东西。

最终她还是狠不下心来自己一个人走，又从马车上跳下来。

"我可怜的女人们啊！"她同情道，边说边抚摩着女人们的面颊，"真是可怜得让人心疼，你们放心，我不会抛下你们离开的。可是，请原谅我，因为我也不知道该怎么帮助你们，除了辱骂男人和勇敢地死去，我真的想不出其他什么办法了。你们还是求上帝原谅你们的罪过吧。"

她拉开马车上的帘子，拿出了一把没上膛的枪，并且还把车厢中那些自己掠夺来的长矛和瑞士军刀都分给了唱歌的女人，就这样，她们围坐在一起，在夕阳中静静地等待着。

突然，哥萨克的士兵跑到了马车前，把她们当成男人一样杀害了。河上的女人们吓得想掉转船头的方向，士兵们已经飞快地从河岸上冲下来开始进攻了。

"查尔斯国王英明！"他们整齐地喊道，"哦，还有那个女绿林，可……可怎么会这样，大家快看！卡洛琳握着一把枪牺牲了。"

马泽帕和他的大使

　　一间装饰很豪华的房间里，有一张极高的床，上面用羽毛做了些点缀，隐隐约约能够看见床帘后面有一个人影，走近后才知道，那是个六十三岁的老头儿，被子被他拽到了下巴那里，一头银发随意地散在枕头上，头上敷了一块石膏。这便是马泽帕。

　　床头边有一个橱子，上面放着很多装有药物的杯子，杯子之间还夹杂着几本拉丁文和法文的书本，彼得大帝派来了两个使者，瘦弱干枯的牧师正在门口跟他们说着话。

　　"他已经无法理解你们说的话了。"牧师轻声说道，之后又悲伤地瞥了一眼病人，"他一躺就是一天，也不说一句话。前两天还很健壮的一个老人怎么说倒下就倒下了呢？"

　　"伊凡·斯蒂凡诺维奇！"其中一个使者走近床边，用尽力气呼喊道，"上帝让我们来看看你。你还能想起那件事吗？就是你的三个哥萨克手下悄悄去拜访陛下，说你要谋反，但是陛下并没有相信他们，而是把他们三个捆起来给你送了回来，以此表示对你的信任。伊凡·斯蒂凡诺维奇，他相信你是不会叛变的。"

听完使者说的话，马泽帕转了转眼睛，微微抬起了眼皮，嘴巴也张开了，含含糊糊地说了几句话。

"我们都理解你。"两位使者异口同声地说道，"我们知道你想说什么。你一定是在感谢陛下对你的信任，我们会替你转达感谢之意的，但是现在看起来，你的状态不太好啊。"

"我有些担心，"牧师轻声说，"我怕他很快就会死去。"

使者们伤心地点了点头，走出了房间。

等那两个使者离开后，牧师立刻推上了门。

"他们已经离开了。"他说。

马泽帕松了一口气，坐了起来，同时也把头上的石膏拿了下来，丢到了一边。他的眼睛中散发着光芒，脸颊也红润起来，英俊的鼻子下唇红齿白，简直跟年轻人没什么两样。他掀开压在身上的棉被，只见他身着长风衣，脚蹬铆钉靴，轻盈地跳下床，开心地戳着牧师的腰。

"你真是聪明极了，真像个赖皮！我们这次配合得很好。莫斯科的人们这下可相信马泽帕快死了，对他们构不成威胁了。希望上帝保佑我们！你这骗子、无赖！哈哈。"

牧师不屑地哼了一下。他本来是保加利亚的一个被开除的主教，一张圆脸上长着一个塌鼻子和一双眼眶凹陷的眼睛，给人一种颅骨的感觉。

马泽帕还沉浸在无比的喜悦中。

"马泽帕就要一命呜呼了！哈哈，你可以去他的女人们那里打听打听，只需要问问她们就可以知道真相！哦，我圣明的莫斯科沙皇陛下啊，我会坚强地活着的，因为我还没有打败你呢。"

"长官，沙皇不信任您啊。他希望您能够主动交出军权，当然，他也的确是这么做的。"

"要是他喝醉的那晚没有抽我嘴巴的话，我想我会主动交出军权的。我是个很注重面子的人，可是，他却当着那么多人的面羞辱了我，这次我是绝对不会原谅他的。你无法想象这件事对我造成了多大的伤害。即使我不是国王，但我也有想成为国王的愿望啊！他让我的哥萨克士兵穿德国的军装，这又有何居心呢？好了，我们还是谈正事吧，快讲讲你的探险过程，我的小骗子。"

"我穿着一身乞讨的修道士服，一刻不敢停歇地走到了瑞典军营的驻扎地。当然，在这过程中我也会喝点儿小酒，调戏调戏女人，但是每当我低下头看见露在鞋子外的脚趾时，我就会暗示自己，'我可是马泽帕派来的使者！'"

"嗯，听起来不错，你又是如何寻找到那个纨绔子弟的？"

"纨绔子弟？"

"哦，就是那个查理，瑞典的国王！听说他甚是酷爱破烂的布条，就像法国王子热爱香水和丝袜一样，你没听说过吗？他的手下都是北边的野蛮人，他们奋力地抽打着马鞭，怒吼道：'混账！连废物都不如，不知轻重。'他从不把烦心事带到第二天。这或许就是他能够当统治者的关键吧。等到他失眠的时候再可怜他吧。我只是太想再见见他了，也非常憧憬之后会发生些什么事。好了，你接着讲吧！"

"女人的丝巾和衣服上，水杯和食物上，甚至是餐巾纸、烟盒、小摊上都印着他的军装像，真的是无处不在。街上的人都在议论着他，连小孩子都会去教堂为瑞典祈祷。农夫们都说他是上帝选择的新教皇，一旦谈到他时，都会礼貌地摘下帽子。"

"哇，真的是这样吗？那你又是怎么在军营里见到他的呢？"

"我想跟您先说一件事，那就是我能够预测不幸的事，我觉得他是个很骄傲自大的人，总喜欢用眼角看人。"

"他是不被世人喜爱的桀骜之人。"

"我到了军营之后，马尔伯勒带领我去撒克逊找他，可是在我跟他谈话的过程中，他一直表现得很冷漠，不一会儿就走出了军营，别的国家都在背地里暗暗地嘲讽着他。他的下属也都感到很疲惫。

"你要知道，他现在成了一个散漫人群的统领。就算是这样，我也要借助他的力量俘获人心。要不是你跟我说，你曾亲自见过他吃饭，我是不会相信他还是个活人的。瑞典的新主人还没有从纳瓦尔战争的胜利中清醒过来，可他依旧关注着军队，充当着军队的精神支柱。雪还在下着，鼓声也没有停止过，军队中的士兵渐渐减少，谁也不知道他们去了哪儿。敌军在战场上认出他来时，不敢冲他开枪，都是乖乖地放下手中的枪。可能他从来没有留意过他的敌人被他杀害时的姿态。有一些刺客见到他后就会立刻放下兵器，举手投降，当然他也会赦免他们。不能跟他签订协议！他不是个会向金钱妥协的人，他只会用武力报仇和奖惩。他在这场没有硝烟的战争中想得到什么呢？钱财还是领地？他在奥地利时，曾受过一个诬赖过他的官员和一伙俄国逃兵的援助，正因如此，他才能够把新教徒从水深火热中带出来。在普鲁士时，他下令通缉过一位曾向沙皇投降的上校，并且还流放了一名反宗教的文人。在撒克逊时，他审问了帕特克尔和每一个叛变瑞典的民众，释放了索别斯基王子和屈服于瑞典的撒克逊人。瑞典国王逼迫着奥古斯特王把他在波兰的一切权力都交给斯坦尼斯洛思王。而如今，他已经处理好了波兰的事务，恐怕，下一步计划就是要攻打沙皇了。可矛盾的是，他一点儿也不看重他们的权力和地位。从古至今，从来没有出现过让外人统治自己国家的情况。"

他说这段话时，只见马泽帕紧紧地攥着床上的柱子，装饰着床脚的羽毛也因为他的动作而摇摆着。

牧师把手举起，做出一个发誓的姿势，说道："我想我已经给过您警示了。的确，他把所有的事情都处理了，可我们也不得不承认，他是探险者的护身符。正是因为这些独特的人生历程，他才成为一个如此伟大的人。当然，我的大人，您也是一位优秀的探险家，而我肯定是无法跟您相比的，所以我会一直追随着您。"

他放下了手，指了指马泽帕："伊凡·斯蒂凡诺维奇，你难道没有想过我来投奔你的理由吗？"

"你不忠诚于你的上一个主人。所以被驱赶出来，之后就来投奔了我。"

"那你知道我具体是因为哪件事被赶出来的吗？其实事情很简单，我想偷教堂的东西。神像上镶嵌着很多翡翠……"

"所以你把它们偷了下来，之后替换上了用玻璃制成的仿制品，最后再想办法把它们卖掉，这样你就能成为一个有钱人，告别原来的穷日子。"

"不，请听我说。后来，我听人们谈起过马泽帕，说他曾经是乔翰·卡西米尔宫中的一个仆人。但是他有一个怪癖，就是喜欢和形形色色的女人性交。有一天，他和一个女人亲热时，被女人的丈夫捉奸在床，接着他就被提溜起来，一下甩到了马鞍上，最后让马带到了荒山野岭中。但是他并没有屈服于恶劣的环境，凭借着自己的智慧，在这片贫瘠的土地上创造了一个属于探险者的国家。马泽帕，上帝一直眷顾着你。我很想要一个善良的主人，他最好能给我提供一个安静的环境来读希腊文和古典文学，我会跟他说：'好了，朋友！过去的都过去了，包括我们如今维持的主仆关系。'所以我选择来投奔你。我一心向往探险，所以我不能接受现在的平静，我实在是忍不了你奢靡的生活，你简直就是个小气鬼。马泽帕，如果你想做关于军火的生意，我一定会义无反顾地追随你。瑞典国王没有理会他手下的建议，也不再顾及他的祖母和百姓的感受，踏上了这条无法回头的路，他希望跟你缔盟。一旦他拥有了你和你部下的支持，他就一定能够扳倒你的主人。你看，这是详细的文档。"

说完后，牧师褪下了长外套，穿着一身哥萨克的衣服，腰上别着一把枪，郑重地从胸前拿出一份文件。

马泽帕突然变了脸色，猛地拽过了那份文件，颤抖地盖到脸上，深深地朝前鞠了一躬，像对神像一样的虔诚。

"敲……鼓，敲起鼓来！"他兴奋得声音都紧张了起来。

可牧师却立刻跑到门口阻止了他。

"今天就算了，还是等到明天再鸣鼓吧。"

所以，他只好停了下来，转身走进了隔壁的一间小屋子里，坐在了桌子边。他叫来了侍从，精确地算着所需的牛奶数量，算了很久才确定下来。他不仅是风流倜傥的爵士，同时也是一个有文化的小气鬼地主。侍从们总算给他收拾好了行囊，当然，他也会时不时地翻看一下。终于到了第二天，一大早他就穿上了一身陈旧却很奢华的哥萨克衣服，之后便想坐下休息休息，可还没等屁股沾到椅子就立刻弹了起来，冲到镜子前，不放心地一次又一次地整理着服装，最后用纤长白皙的手指捋了捋胡子。

鼓声一传到他的耳朵里，他就迫不及待地上了马，马不停蹄地奔跑着。

他就这样昼夜不分地赶着路，终于，在一个风雪交加的早上，他到达了瑞典军营的根据地，正巧碰见了国王的护卫队，牧师装作很随意的样子，赶着马来到他身旁。士兵们走过的路上扬起了灰尘，他们害怕手中的兵器会沾满灰尘，还给它们裹上了一层布。

大部分的马车上载着受了伤的士兵和军队中的行囊，也有的马车上还装着棺材，从边上看过去，就能看见军队的最后面还跟着很多牲畜。醉酒的瑞典战士，策马奔腾的哥萨克士兵，还有身着红色、绿色斗篷衣的波兰瓦拉军人，他们都戴着装有铃铛的、坚固的钢头盔。一些战士手中拿着有红缨球的长矛和弓箭，还有些拿的是用银和象牙装饰了的明火枪，其余的人则只背着一个简陋的木棍。这是一支带有神秘色彩的军队，他们穿过荒无人烟的森林深处，走过结着冰的沼泽地，翻过白雪皑皑的高山丛林，迈着坚定的步伐向传说中的东方进发。

"马泽帕。"牧师轻轻叫道，"你说过你会带着三万哥萨克士兵去瑞典，可现在看来你身后的人应该不足四千吧？"

马泽帕在马上点了点头，这引得牧师在一旁大笑了起来，笑声中充满了嘲讽的意味。

"前天溜走了二分之一的人，昨日离开的则更多。相信过不了多久，你的军队连一百个人都不会剩下，甚至连能给你管理行囊和钱财的侍从都没有了。你就是个失败者，你辛辛苦苦建造的王国被一场大火烧成了灰烬，一直对你忠心耿耿的侍从也被抓到了监狱里。你剩下的东西已经不多了，可能到了最后，你也就只能是个没有任何权力的瑞典爵士了。"

马泽帕没有做出任何回答，牧师便接着说道："我想，我今天也该走了，你们瑞典的酒真的是让我难以入口，再说了，我的鞋子也已经破到不能包住我的脚趾了。我想要的是一个有钱的主人，所以，真的很抱歉，我要离开你了——伊凡·斯蒂凡诺维奇！"

这时，马泽帕坚定地回答道："我在这个世界上存活一天，我就还是那个创造奇迹的马泽帕。就算所有的哥萨克士兵都走了，依旧会有冲在前面的将领和武器，这就要到达瑞典王国了，我一定会用我最快的速度走过去，即使没有那么多士兵，我也要表现出那种气势来。他呢，就是一个管理着贫瘠土地并且不被战士尊重的国王。他的风光时刻就要结束了，而现在，我能来帮助他，是他最大的荣幸。我能给他提供多少兵力、物力并不那么重要，他可是一位天子，有着与生俱来的贵族光环，最终他一定会成为一个出类拔萃的天子。他对历史的研究，简直就像是一个男人研究着自己喜欢的女人那般透彻，不凭出身富贵的优势，而是用自己独特的魅力吸引她。假如把我和他放在一起生活，哪怕是刚从危险中活下来，逃到了一个大草原上的小破屋中，我们还是能在一起很绅士地谈论哲学，就像是在晚会上一样从容淡定。"

"你竟然能预测到他的风光时刻马上结束！他已经变得跟从前不一样了，再也没有资本像马车夫似的自吹自擂了。"

"所有的人对你都很是赞扬，所以你只要低调一些就可以了。"

马泽帕高傲地回过身，走向了正举着帽子向众人示意的国王。

周围响起了一阵嬉笑声，原来是军官们在闹着玩儿，也不知道国王听没听见，应该是听见了吧。

"有一次我的裤子破了，就拿沙皇的睡帽补了补，当然，这是我来到莫斯科后发生的事。"安德斯·雷格克罗纳说。

"嗬！斯帕尔家族的人以后一定会成为克里姆林宫的主人，这可是古人留下的预言。"

听完后，少尉们喊道："在这里，谁都不能制止国王！他是如此的尊贵，那么的努力，一步一步地走向了成功，若是有人阻止，我们就会打死他。"

"俄罗斯帝国万岁，俄罗斯帝国万岁！"国王兴奋地唱着。不一会儿，国王就走远了，也听不见少尉们的喊声了，所以他们就停止了喊叫。

马泽帕的眼睛中闪过一丝狡黠的光，接着他用拉丁语说道："国王陛下，您那么善战，又那么想赢。我们不如向着俄罗斯的方向走个七八英里，当然得找个天气不错的时间。"

"不行，不行。"国王说道，脚步没有停，接着向前走去，思考着自己脑海中所有的拉丁文，可目光却紧随马泽帕那双白嫩的手，"距离俄罗斯的领地还有很长的一段路呢，但是我们一定要赶过去。"

所有的人沉默下来，牧师也紧紧地拉住马儿的缰绳。

他嘟囔道："俄罗斯！那个地方离欧洲中部还远着呢。探险家们，无论如何我都会跟着你们！我现在的模样能骗过所有的瑞典人，毕竟我的名字和衣服都发生了改变。我依旧是那个乞丐牧师，可你们也要记得，我也是马泽帕的使者，他会把你们带到人迹罕至的地方，并且他的智慧能够帮助你们过上一种与以往所不同的生活。你们很棒，不管是查理国王还是马泽帕。不过不管过程如何，最终做出决定的还是聪明的人类。"

牧师冒着雪呆呆地骑在一匹瘦小的马上，部队也不断地向前走着。牧师紧紧跟着部队最后面的几位战士，但是他那异于常人的头骨却很是骇人，这不，当前面的战士回头时就被吓到了，赶紧往前快走了几步，与他拉开了距离。

胡克上校

当餐桌上的蜡烛燃掉二分之一时，人们才喝完了餐后的汤。之后，他们就离开了餐桌，坐到了一个离火近一些的位置。这个庄园的房子跟周围其他庄园比起来，可以说是最差的，但是单拿晚餐来说，那一定算是很好的了。木质地板上铺着一块用稻草制成的毯子，在看不见的隐蔽处还有一棵杜松树，木墙上的白色颜料也在火焰的映衬下显得黄灿灿的。刚才仆人还放到桌子上一杯浆果汁。每个人心中都清楚，一天中最令人兴奋的时候就要到了。房子中的两个女佣都已经换好了她们最漂亮的节日礼服，站在门口慢腾腾地收拾着餐桌，就在此时，查理国王手下的一位老首领——胡克上校，从口袋中拿出他的烟盒，径直地走到了火焰旁边的主座边，并且坐了下来。之后，他更是弯腰脱去了鞋子，直接把脚从鞋子里拿出来搭到了火炉的外围上，他这才松了一口气，舒舒服服地蜷缩在椅子上了。但这并不影响他说话，他已经喋喋不休地讲了一个晚上。此刻，他终于费尽心思地铺垫了关于艾伦克罗纳的事情，讲起了弗雷特里克国王授予他骑士勋章的光荣事迹，在他抽了一口烟后，拿出了勋章，戴上了它。其实，大家都知道他擅长说假话，可并没有人在乎，没有人会因为这点儿小事而扰了他的清静。就在这时，胡克上校脸上的表情突然变得凝重起来，像是回忆起了曾经。他不再年轻，鼻子上被冻得满是疮痕。很少有人能看见岁月在他身上留下的印记，就像从来没人关注过他已经变了颜色的头发和胡子。他一切如常，穿着一件略小一些的衣服，抬头挺胸地坐着。当然，平时讲故事的时间现在依旧进行着。

"在斯拉夫那年的深秋里，我在森林中穿行的时候迷了路，我当时就想我要死了。那是卢文霍特命令我们破坏完了周围的一切东西之后，就率领我们在索扎河沿岸寻觅浅滩，只有找到浅滩，我们才能顺藤摸瓜，找到国王的驻扎地，可是当时却有一部分的步兵要去劫车。我当时还只是一个少尉，斯塔克伯格将军就让我和另外几个人去阻挡劫车的步兵们。更令人头疼的是，有一些俄国人也混了进来。现在想想，我已经记不清在那个伸手不见五指的黑夜中是如何过的河，只记得过了河之后那几个同伴就如同消失了一样，无影无踪。河里的泥垢和脏水浸透了我的衣服，我就这样孤苦伶仃地站在河岸上。果然，上帝是公平的，当我站在河岸上四处乱看时，从一个不远处的草窝里看见了一个骑兵。我曾在军团中见过他，他很高很瘦，但是力气却不小，他可是能举起瑞典刀的，所以一般士兵们都喊他长詹。他的胸膛很瘦，显得很窄小，但是手却不小。他的胳膊和腿，毫不夸张地说就是皮包着骨头，一点儿肌肉都没有，巴掌大的脸上皮肤光滑，但是他的五官却长得很奇特，两只眼睛是歪着的，嘴巴的下唇比上唇厚很多，真是猜不透他是怎样长起来的。不过，那时候我还是很开心能遇见他，竟有点儿看到爱人的感觉，我上去抱了抱他，短暂的庆祝后我们就赶紧地向森林中走去。

"我们为了让身体尽快暖和起来，便跳着往前走，当然，还有一个好处，就是跳着走能让我们身上的衣服快点儿吹干。我们之前也曾把衣服脱下来放到树上晒干，可是并没有用，因为秋天的湿度太大了，所以我们只好又穿上了，但是穿上后却觉得比之前还要冷。靴子就这样一直穿在脚上，当在平地上行走时它还是干的，一旦进入沼泽地带，遇到雨水天气靴子就会被水浸透。

"我的背包里只有一点儿肉和一片黑吐司面包了，但我还是跟他分着吃了，每当这样的事情发生时，他都是沉默地坐在一边，听从我的安排。到了全部吃完的时候，我们就只能吃树枝树叶，有时运气好的话还能找到点儿别的吃的。相比其他的困难，饥饿不算恐怖，我们最害怕树林中的夜晚，温度很低，冻得我们根本睡不着觉，浑身都会哆哆嗦嗦的。唉！也不知道那样的日子持续了多长时间，我们再也无力挣扎，四肢都像冻住了一样，动一下就会有很强烈的疼痛感。

"有一天，太阳刚刚落山，我们突然听见了狗的叫声，我们很是诧异，既兴奋又惶恐，之后就不知所措了。我觉得这并不是什么好事情，所以一心向着狗叫的相反方向逃跑，长詹也像原来那样一直跟在我的屁股后面，可我们跑了几步后却听着狗吠声越来越清晰了。我立刻反应了过来，抓起长詹的胳膊就向另外一个方向跑去，但是无论怎么跑，我总感觉那条狗离我们越来越近。最后，精疲力竭的我放弃了逃跑，松开了长詹的胳膊，可他却没有停下来，一直向前跑去。

"'停下来！'我冲着他离开的方向喊着，虽然我早就在这个恶劣潮湿的地方待够了，但是我却怕闯进敌人的领域，如果真的不小心闯进去了，那我们就凶多吉少了。

"'停下来，停下来！'长詹一直重复着我的话，脚步也一直向前跑着。

"之后，我就追上去拉住了他的衣襟。我抓到他后，他就停了下来，笔直地立在那里，纹丝不动，可是我一旦松开了手，他就会再向前冲去。

"'站住！不要再往前走了！'我愤怒地冲他喊道，急得就像是热锅上的蚂蚁，他可是接受过军队的纪律教育的，怎么能如此一意孤行，不听从命令呢？真的让我很费解。'我是少尉，你的上司，你竟然敢不听我的命令？'

"'站住！不要再往前走了！'他又重复了一遍，可脚上的步伐还是没有停止，他的脚就像不受控制似的。

"'那你接着往前走吧，我以神的名义命令你！'我吼道，'我们现在的处境很危险，你现在的行为就像是你觉得自己是个少尉，而我是你的属下。不，你错了，请你记好，你才是士兵。'

"长詹就像是没有听见我说的话似的，他没有给我任何回答。我又追上了他，不一会儿，我们走到了一块平坦的土地上，这里满是房屋和牲畜棚。一座很多层的木头房子就离我们不远。阳光穿过木墙缝隙中的雨滴反射出来，玲珑剔透。玻璃窗也在阳光的照射下像极了亮着的无数小灯，闪闪发光，可门上却落着锁，烟囱上也没有一丝烟冒出来。这座房子死气沉沉的，像死不瞑目的僵尸，没有血色的嘴唇闭得紧紧的，鼻子也没有了气息，可眼睛依旧发着骇人的冷光。枯草堆后面的木桩上拴着一条瘦骨嶙峋的狗，它在木桩周围不停地转来转去，木桩因为它的动作而变得松动，那条狗看见我们就摇起了尾巴。

"长詹径直走向了门口，抬手敲了敲门，可是敲了很久也没有人回应。突然，他抽出了刀，拿着刀柄大力地砸向了一块玻璃，紧接着我们听见一个女人的尖叫声传了出来，她在大喊着瓦瓦拉的名字。被砸碎的玻璃稀里哗啦地全部摔了下来，窗户上的边框也碎成了一段一段的。然后我们就听见房间里传来了一片混乱声，有尖叫声，也有跑动声，不一会儿，一个身强体健的女佣推开了门，她那颜色很浅的头发从背后束了起来，黑色头巾和红绿相间的裙子上都有亮闪闪的亮片，手上还拿着个在混乱中忘记点亮的灯笼。

"'我……我们没有恶意。'我对女佣说道，接着用我生平最温柔的声音向她说明了我们的来意，'真的很抱歉惊扰到您，上帝会原谅我们的。敬爱的女士，我们已经好久没有吃上饭了，能不能——'

"'干的衣服！'，冻得浑身颤抖的长詹打断了我的话，并大声喊道。

"真是个奇迹，我可是那么久以来第一次听见他主动说话，并且是如此没礼貌地打断别人的话。女佣留了一半的门后就转身进屋了。长詹走到了边上给我让出了门口，但是我态度很强硬地对他说，还是'少尉先生'先进吧。

"'希望上帝能眷顾到我，不要让我再次面对这样的事情了。'他答道，同时也不停地摩擦着鞋子的后跟。我很庆幸那个房子里的人能收留我们，可我的面子上还是有点儿磨不开，所以就冲长詹喊道，'少尉'您先请进。

"他等我说完这些话后，才抬脚先我一步走进屋门。我们刚进去就直接步入了大厅，原来这个房子并没有玄关，大厅正中间放着一个多色混合的瓷炉头，墙角堆着些掉了漆的凳子，橱柜上还放着个青色的瓷罐子。

"女佣去叫瓦瓦拉了，不一会儿她就出来了，她一脸恐惧地远远地站着，同时还有两个女孩子在旁边小声地说着什么。

"但是，当听见我叫她们'高贵的小姐'时，她们很是开心，彼此看了一眼对方，就打破了内心的防线，不再认为自己是低贱的奴婢。就这样，我们之间的关系拉近了，她们跟我俩说，两周之前，有人说瑞典人要来了，所以所有尊贵的客人都走了。她们还悄悄地对我俩说，这个房子所有值钱的东西都被拿走了，不过她们还是力所能及地帮助着来到这里的陌生客人们。

"瓦瓦拉有着一口整齐亮白的牙齿，可是身材却矮胖矮胖的，穿着一身黑色的衣服，之后她就哈哈大笑起来，这令我感到很尴尬。这儿还有一个黄发飘飘的叫卡塔琳娜的女孩子，当她拿着柴火经过火炉时，我伸手捏了捏她的耳垂，因为她的模样真的太可爱了。长詹把他的破旧蓝色上衣脱了下来，里面没有穿衬衣，也没有穿马甲，裸着瘦得只剩下骨头的膀子立在那里，大家看到了他这副样子后都忍不住笑了起来，就只剩他一个人还一脸严肃地站在那里。从我见他的那天起，他的那张板着的脸上就没有出现过一次笑容。我们俩一人穿上了一件羊毛外衣，然后喝了几杯酒，吃了一些萝卜泥，等肚子填饱后就到火炉旁休息了。我们不敢放松警惕，把刀放在我们两个中间，同时也对'少尉先生'下了死命令，让他跟我交替着值班，防止有人要谋害我们。我没有让那两个大厅的女佣离开，用洪亮的声音念着瑞典语祷告词，把我们交给上帝。

"可是，上帝为什么让我们沦落到这种地步，之后又给了我们希望？周围一切都很安静，也没人来烦我，很快我就进入了梦乡，踏实地睡了好长时间，突然，我感受到了一种热的感觉，然后就惊醒了，低头一看，原来是脚碰着了火炉，曾经我称这种热为疼痛，而现在它却在警示着我，我是一个还能呼吸的活人，不是没有一丝生气的僵尸。等我清醒过来后，发现昏暗的大厅中一个人都没有，可是旁边的卧室里却有很大的动静，这让我的心又揪了起来，真是害怕极了。

"我立刻提起了大刀，冲向门口，却看见厨房的火炉中燃着正旺的火苗，长詹穿了一件格子的丝绸睡裙和一双高跟鞋站在旁边。再仔细一看，发现火炉上架着烤架，上面正烤着一只鸡，我不得不佩服他找东西吃的能力。他给我丢过来一个热乎乎的瓶子，里面装满了他在女佣那儿软磨硬泡得来的东西。他又从一个破橱柜中拿出了个玻璃杯子，放到火炉旁打碎，碎片溅得到处都是。我一个箭步走到他的身边，想抓住他，奈何他的力气太大了，我实在拉不住他，此刻他那瘦小的身体中像是释放出巨大的能量，我再次拼尽全力拉他，可他依旧岿然不动。他转过了头盯着我，眼神空洞，我嗅到他身上散发出了一股酒臭味儿。我吓了一跳，一把推开了他，原来他喝多了。

"一头黄发的卡塔琳娜看到这一幕后，眼神中并没有露出任何恐惧，反而笑了起来，之后她向我走了过来，亲切地告诉我，哦！那时胡克上校正值青年时期，长得也帅气，身材也很魁梧……言归正传，我们继续讲，刚刚讲到哪儿了？啊，我想起来了，那个黄发的卡塔琳娜说，他串遍了所有的房间，把东西也都翻了个遍，摔坏了各种瓶子、罐子和钟表。最后，他又去了酒窖，把那里也都翻了个遍，还剩一个房间他没进去，那个房间没有钥匙，所以他没能进去，她慌张地补充道。

"'可是，你这个让人怜悯的人，到底想找什么呢。'她边说着边把我领到了另外的一个房间，这里曾经一定装修得很华丽，因为墙面上还留着一块绿色织锦，上面绣着月亮女神捕捉鹿的画面。其中颜色最亮丽的一部分被当作了一块地毯，椅子的周围像是撒上了一层金粉，一个盘子和几只杯子放在桌子中间，杯子里装满了黄色的酒，看上去既不像是啤酒，也不像是麦芽酒。

"走进这个金碧辉煌的房间后，我两眼放光，迷失了自我，内心的防线也逐渐消失，也可能是受那两个女佣有机会如此挥霍的影响。她们也厌倦了天天对客人恭敬低微的生活，而此刻，她们品尝着香甜可口的酒，坐在原来望尘莫及的椅子上，脚踏在曾经想都不敢想的贵重装饰物上，这些小小的尝试都会让她们感到非常荣耀。她们给了我一件银色的西装，之后又在衣服上装饰了鲸须之类的工艺品，这让我觉得像是穿了一条能拖到地板的长裙，所以我用尽全身的力气把靴子脱掉之后，重新换上了一双袜子和一双红皮鞋。可是，在这期间我的心中一直保持着高度的警惕，所以我一直拿着那把刀，丝毫不敢丢掉它。

"卡塔琳娜笑得像个孩子一样，温柔地拍打着手，虽然这双手不似孩童般白皙柔嫩，但是她的话却让我很感动，她说她跟我待在一起时很快乐，因为我们之间没有阶层上的差异，所以她想怎么样就怎么样，没有任何的束缚，但是当她面对严肃的'少尉'时，就会感觉很压抑，以至于做什么都要很小心。

"我坐在桌子边的板凳上，我的衣服都快要把这个凳子包裹住了，我坐着和身边的那两个女佣聊天、喝酒。

"我对她们说，那个'少尉'身份很尊贵，他未来会成为一个高官。我想那一定是我说过的最扯淡的一句话，可是没有办法，我只好继续把故事编下去，'可是，我们各位都知道，那些身份尊贵

的人，身上多多少少有一些毛病，四肢发达，头脑简单，所以我必须时刻待在他的身边协助他工作。'

"我很喜欢恶搞别人，因为那让我很快乐，但是我也会时不时地犯一些错误，总的来说我这个人还是很好相处的。就这样，我不去理会长詹在厨房里的一切行为，而是独自一人愉快地吃喝玩乐。但是不知不觉中，每多喝一口酒，我就觉得自己的意识越加模糊一下，这个酒让我昏昏欲睡，简直就是安眠药啊。我仅存的一点清醒告诉我，快丢掉酒杯，可是，当我回忆起前些天的艰苦岁月，我就会很懊恼，不想放下酒杯。我想我一定是被这些女人迷惑了，不过我不能怪罪上帝，因为是我之前的那段痛苦经历才让我无法抵抗美人计。

"那次喝了很多酒后，我就拿着刀卧在椅子中睡过去了。睡梦中，我迷迷糊糊地听见一阵走动的声音，她们绕到了我的椅子旁。我告诉自己要醒过来，可是任我怎么挣扎，就是动弹不得，但我能清晰地看见不远处织锦上的月亮女神和她身边的守护狗啊。渐渐地，我的眼前模糊了起来，刚刚在跟我聊天的那个女佣的脸庞，也在烛光的映射下变得很不清楚。好吧，我承认我喝醉了，我的意识已不再清醒，可椅子后依旧有人走路的声响。一位我不认识的奴隶立在一边，怀里还抱着一把斧子，突然，他挥舞起手中的斧子，我吓得脑袋里一片空白，之后所有的一切都归于平静。椅子为什么一直定在这里？假如它移动了，我又怎么可能坐下去呢。我在梦中呢喃道：'啊，有鬼，这里有鬼！我跟你说，我可是什么都不怕的，你休想吓到我。为了让我的身体稳定下来，我靠在了一个垫子上，那可是国王的军队用过的垫子，不可以……砰！快看！我被丢在了石头路的中间……喂！这有什么可笑的？刚才你在酒窖里为什么说……一……一……一，二，一，二，身着蓝衣的青年，二，三，二，三，喜悦和伤心，三，四，三，四，他们英勇无畏保卫国家，四，五，四，五，奋勇杀敌，五，六，五，六，热爱自己的查理国王。'

"最后，我强撑着手臂，使自己保持站立，我唱完了整首《第六圣诗》，但是却唱得无比的难听，我估计哪怕是妖魔鬼怪，也能被吓跑。

"我原来也喝过很多酒，可从来没有像这次一样难受。第二天清晨，我渐渐醒了过来，醒来时发现我整个人都蜷缩在椅子上。我坚信我是被那群女佣骗了。无意之间我看见那两个女孩躺在桌子下的一张羊皮地毯上，还在睡着，桌子上的蜡烛也在燃烧着，吓得我一哆嗦。之后，我听见有什么奇怪的动静从厨房里传出来，一个独眼的老太太娜塔莉亚和一个脏兮兮的仆人马卡走了过来，那个仆人好像在我的梦中出现过。他们说，害怕我们是坏人，所以就藏到了房顶的阁楼里，但是通过这两天对我们的观察，觉得我们并不是坏人，才放心地出来见我们。他们还说，附近的那几个村落都出现过相同的事情，一些人听说我们要来，早就收拾好行李逃走了。

"听完他的这番话，我放下了心中全部的防线，开心地回到了大厅，对那几个女佣笑了笑后就径直吻上了卡塔琳娜，许久没有放开。

"她被我吻醒了，笑了起来，而后又想扭过头去继续睡觉，可我还是不依不饶地吻着她，她嬉笑地蹦了起来，跳着跑开了。

"'哦，我的好姑娘，卡塔琳娜，我相信你了。'我继续说，"那麻烦你帮我拿些清水和少许的盐来吧。'

"她给我做早饭时，我来到她身后，用手臂环住她的腰，低头轻轻地吻着她。她慢慢地开始学着回应我，紧紧地贴在我的身上，笑着或哭着。我们手牵手漫步在房间与房间之间，但是每当走到'少尉'先生的房间前她总会停下来，整整自己身上的服装。走累了，我们就相拥着躺在一个黄色的椅子里，我把她抱到我的膝盖上，玩着她的头发，在手上缠上缠下。我附在她的耳朵上轻声说着话，此时我的内心柔软极了，这是从来没有过的一种感觉。

"每当我回忆起那些美好的时光时，心中总是很悲哀，因为留下了太多的遗憾，我再也不敢轻易地去想那段日子，我想把所有的都交给你，特别是孩子们，发挥你们的想象力吧，无忧无虑地去幻想。我接着讲，那段时间，我会让那个叫马卡的仆人按时在房子周围巡视，当然我也会把刀一直带在身上。卡塔琳娜有时也会嬉笑着把刀从我的刀鞘中拿出去，握着刀把举着它，在房间里跑来跑去。秋季的雨水拍打在窗户上，她把织锦放在了风道中，每当有风时，织锦就会随风飘扬，上面的图案也会在风的作用下饱满起来，呼之欲出。当她摘下遮挡着一头秀发的帽子，喊着'快来！'时，声音会大到有回音。之后，我就会越过桌子和椅子等障碍物，跳到她的身边，牢牢地抱住她，抢过她手中的大刀。这时，我的脑海深处就会忘记了我的战友们，忘记了他们应该还生活在水深火热之中，忘记了他们或许还在战场上厮杀着，我不愿再想起他们来，因为我只想永远待在这个能令我开心的地方。

"卡塔琳娜的身上有着一种很好闻的味道，像是淡淡的薰衣草香气。我们走进了一个角落里的房间，她把贴着蓝色方格纸的箱子搬了过去。箱子中放着她的衣服和生活用品，打开后就闻到了扑鼻而来的薰衣草香气。她很享受收拾东西的时光，把箱子里的东西都拿出来，然后仔仔细细地把它们整理好，再放到属于它们的位置上。不一会儿，我就感到了疲惫，可能是屋子里太湿冷了吧，我牵着她的手走回了大厅，一起坐在火炉的旁边。为了逗她开心，我跟她讲了我之前在战场上用大刀奋勇杀敌的故事。我告诉她，我的那把大刀染过十一个人的鲜血，当然我的胳膊上也留下了一些伤痕，可是她并没有被我逗笑。之后，我又开始讲大布兰德季迪恩王子的事迹，她就开始躁动起来，挣扎着想离开。'这都是骗人的事情。'她说道，接着用手拿起了皮靴子，费劲地缝着红绿相间的布条。说实话，她缝完后较之前要漂亮得多。

　　"'少尉先生'待在酒窖里从未离开，并且对待这里的女佣还很凶狠。卡塔琳娜也意识到了这个问题，可她并没有介意，她解释说，'少尉先生'可是身份高贵的人，粗鲁是他的权力，如果他变得很温柔，那我们的处境就会很危险。一天，'少尉先生'突然想起了那间丢了钥匙的房间，我们都快忘记这件事了，结果他又提起来了。他径直走向了那儿，这使得卡塔琳娜很是惶恐。她紧握我的手臂，想让我帮她阻挡'少尉先生'继续向前走，我被卡塔琳娜可怜的小眼神打动了，抑制住之前对那个房间的好奇，向着'少尉先生'跑了过去。

　　"我们跟在'少尉先生'的身后进了那个有光亮的酒窖，他一进去就直奔那间锁着的房间。

　　"'停下来'，我冲他喊道，他点了点头，可手上的动作还在继续，给人一种不打开那个房门不罢休的感觉。

　　"卡塔琳娜和几个仆人听见我对'少尉先生'的语气后，纷纷责备着我，他们都认为我不可以用这种态度和我的上司讲话。就在我想开口替自己辩解的时候，'少尉先生'把门弄开了。

　　"那个小小的房间中，坐落着一尊金光闪闪的俄国圣母像，它的面前放着一张桌子，桌子上面摆着很多食品，旁边还有一盏灯和一张不同寻常的床铺。仔细一看，就能发现墙和床中间有一个庞大的东西在移动着，哦，原来是一个人啊。那是一个弯着腰的老男人，他看到我们后就向'少尉'爬了过来，死死地抓着他的大腿，嘴里喊着'原谅我吧，原谅我吧'。他说他是这栋房子原来的主人，把妻子和孩子送走之后就藏在了这间屋子里，希望我们能可怜可怜他，他甚至可以为我们作牛作马。

"'伙计，你不用感到那么惶恐！'我说道，我们会尽我们所能来帮助你的，'我想，你可以在我们喝酒的时候帮我们奏乐，让我们开心。'

"到了晚餐的时间，我们都聚在大厅里准备吃饭，'少尉先生'还是坐在贵宾的位置上，我和卡塔琳娜分别坐在他的两边。苍老的白胡子主人站在长桌的最左边，手里晃晃悠悠地握着一个铜钵，他身边的马卡的手中也有两个锅盖子。他们把餐具当成了乐器，有顺序地击打着，老娜塔莉亚也被这个氛围感染了，坐在两个人的中间，应着拍子哼起了歌曲。

"说来也奇怪，我这段时间感受到的所有欢乐，在听她唱完了一首悲哀的歌曲后，都消失得无影无踪了，我竟然开始想念我的战友们。我的衣服中还装着他们的亲人写给他们的信，他们的亲人多希望在战场上奋战的战士能读到这些信啊，所以他们叮嘱我到了国王的军营后一定要把信亲自交到战士的手上。这些信中倒也没有什么私密的话，因为有很多信交到我手中时，并没有信封。

"我向烛台的方向靠了靠，看到了一封没有写收件人名字的信，我读着：

亲爱的儿子：

　　虽然我们隔得很远，但我还是希望你能收到我的祝福，我现在待的地方，有鳄鱼、蝎子，还有很多大型的动物偷袭人类……

"我原本想用一种很欢快的语气读完，可是我没有做到。相反地，读完后我的心中油然而生了一种责任感，瞬间变得沉重起来。其实我也感受到了卡塔琳娜在踢我的脚，虽然我知道这是她在对我表达爱，但我还是躲开了她。我迟疑了很久后，放下了手中的信，抬头一看，却发现她的脸色很不好看，她也放下了餐具，不吃不喝。我走到了她的身边，想知道发生了什么，旁边的白发老头也一直看着她，没有吱声，依旧用手击打着铜钵。

"我的心中还是存有疑惑的，可却不知要如何获得真相。之后，我就以大厅里冷为理由返回了暖和的房间，回房间之前，我还在黑漆漆的大厅中摸索了一番，假装在找我的羊皮大衣，找了一会儿，喊道：'亲爱的卡塔琳娜，你看见我把外套放在哪里了吗？'

"她向我走来，用力地扑进我的胸膛，搂着我的脖颈哭泣着。

"'你不知道，'她小声地说，'马卡要联合主人杀你们，刚刚我听到他跟主人说已经有六十多个用人集合起来了，当他打碎大厅的玻璃时，他们就会冲进来砍死你们。'

"我尽量使自己镇定下来，并且一直在安抚着她，告诉她不要怕，可她哭着继续说她之前也像其他人一样，一心想置我于死地，但是时间一久，她就觉得离不开我了。

"我回抱着她，吻上她那沾满泪水的嘴巴和脸颊，一瞬间，我心中所有的不安都没有了。我知道我将要离开了，我和她的故事也已经接近尾声，可惜的是，我没有什么东西能够留给她做纪念，如今我也老了，所以心里一直对这件事耿耿于怀，这算是我人生中的一大憾事了吧！我不知道为什么事情会发展成这样，不管是读完信后这突然来袭的危险是如何发生的，还是我和卡塔琳娜的无果。但是，我谁都不会抱怨，这只怨我自己。

　　"'我真想带着你一起走，如果真的可以，那该多好啊。'我低喃道。

　　"借助门缝中透过来的光，我可以清晰地看见她坚定摇头的样子。她牵着我的手，把我带到窗户边，让我从楼上跳下去逃命。而我就装作很气愤的样子，一把推开了她，让她摔倒在地，我向她大声吼道：'你这个恶毒的女人，我真没想到你会这样对待我！'

　　"话音刚落，我就拿着大刀，冲进了大厅，'少尉先生'看到我这副样子，也赶紧站起来拔出了刀。

　　"白发苍苍的房子主人举高了手中的铜钵，想砸向旁边的玻璃窗，但我就一直站在他身边，他紧张得全身哆嗦起来，挺不直的后背显得更加弯曲了。他渐渐地弯着腰，手中的拐棍随着他的动作摇晃着。娜塔莉亚默默地祈祷着，在胸前画着"十"字，马卡眼看着主人就要摔倒在地，一个箭步冲上去用双手扶住了他，当然，在这个过程中他把锅盖扔到了一旁。他可能想把拐棍扔向玻璃，可他的主人阻止着他。

　　"我们就这样静静地看着彼此，站了很长一段时间后，直到厨房中水都烧开了，我听见了'咕嘟咕嘟'的声音。

　　"接着，我还听见了一阵匆忙的脚步声，外面等候的仆人已经通过窗户目睹了室内发生的一切。灰色的大衣挂在厨房的门框上，一颗纽扣发着光。之后，一声枪响震破我的耳膜，接着就看见有烟从衣服里冒了出来。

"那时的我忘却了长詹是一个假的'少尉'，猛地推开了他，想独自一人跟他们决一死战，可是，长詹的行为很是令我感动。他一动不动地站着，用力拽着我的手臂，一下把我扯到了他的身后，我真的没有想到他会有那么大的力气。

"'少尉！'他对我说，'请你记住，现在我是少尉，你只是一个普通的士兵，当遇到危急时刻时，往往都是我们这些军官冲在最前面的。'

"说完后，他还没等我反应过来，就孤身一人闯进了仆人堆中，手中挥舞着大刀，不断地砍着逼近他脖颈的棍子，之后他又像疯了一样砍向那些仆人。我听见了枪声，果然，那群人像接收到什么暗号似的，一起拿着斧子和叉向我们奔来。他的右手臂被砍伤了，血不停地流出来，但他还是坚持用一只手拿着大刀战斗着，我只好一直跟在他的身边乱砍乱杀。

"最后，我们被逼到了厨房的死角，此时，我的银色斗篷竟被砍成了破布，都能看见里面的黑色鲸须装饰了。长詹的脸上沾满了火炉上的灰，一脚没有站稳，把头倚在我的肩膀上。我扶住他那只完好的胳膊，轻轻地按了按对他说：'我开始理解你了，长詹，我们这次要是能活着出去，就不要再分开了。'

"他没开口回答我，眼睛一只闭着，另一只睁着，就以这样的姿态摔在了我的身前。

"从那以后，我再也没有见过长詹。之前的我时常会对他冷嘲热讽，他也会惹我发脾气，可那时我竟以一种平等的伙伴态度对待着他，这令我很欣慰。

"在一个瞬间，我想守住他的尸体，哪怕会付出一切代价，可是又有什么用呢？后来，我进入了丛林，再次深陷其中，身上也沾满了泥巴和雨水。哦，当时我的手指还负了伤。

　　"不过，我的运气向来很好，这次也不例外，因为我碰见了二十多个瑞典的士兵，之后我爬上了一棵冷杉树，从高处遥望着远方的希望。

　　"'你有望见什么东西吗？'伙伴们问。

　　"'漆黑的天空。可如果紧闭双眼，我就能看见我想看的一切。我看见前方不远处有敌人的营帐。我的脚下踏着绿油油的草地，不过，不久的将来就会变成我们战友的坟墓。我的后面什么都没有，我战友们的遗体已经腐烂在了一片片的树叶之下，农场也被烧了个精光，鸡没有什么能吃的了，马儿们也只好去吃高处的树枝。再往远处看，那里有一片海，有一条小路弯弯曲曲的看不到尽头，小路两旁立着不稳固的栅栏，之后又看见了一座古老的红色房子。走进房子，仆人刚刚收拾了桌子上的萝卜，一位德高望重的老者翻开了他手中的皮革封面的《圣经》，一支黑色的鸡毛被当作书签放在了启示录中，他应该在想，我们有没有带着大部队到达国王的驻扎地，他的儿子有没有收到他写的信。'

　　"我虽然是那么想的，但并没有如实地说出来。毕竟，卡塔琳娜早就变成我的过往了。

　　"'现在呢，现在呢，你还能看见别的什么吗？'我的伙伴不依不饶地继续问着，'你现在可比刚才站得更高。'

　　"哦，丛林的那一边有燃着的烽火，并且冒出了黄色的烟，那烽火看起来很像熔化的铁块。我又用手揉了一下眼睛，仔细一看，发现还有一条灰色的长波浪，那一定是海岸线了。

　　"'那里有红色的光，'我压低声音告诉伙伴们，'我们要拿好刀啊，那应该是一个多籽的红苹果。不过，大家不用太紧张！前面不是俄国。你们听见刚才那两个站岗士兵说的话了吗？我还不至于分不清我们国家的语言吧？如果我没听见七次"鬼"的发音，我就去死！'

"至于后来我是怎样跳下冷杉树的，我完全没有印象。我只记得我下来后，一直张开着双臂，拥抱了每一个穿黄色和蓝色衣服的人。我知道，我还有很多人要拥抱，很多历程要讲。之后，我便进入了军帐，当然是被他们一会儿抬着，一会儿拽着进去的，他们还时不时嘲笑一下我外面装饰着鲸须的大披风。只要有我在的地方，就一定会有他们的笑声。

"'我这儿有一封巴格将军的信！'

"'他已经战死了。'

"'西德上尉呢，也有一封他的信！'

"'他也死了。'

"我从一匹死马的尸体上越过，它身上的毛大部分被火烧焦了。雨水淋灭了大火，我隐隐约约地看见浓烟后有几个军官聚在一起，表情都特别凝重。在他们中间的空地上好像躺了个人，脖子上缠着围巾，脸也被披风遮住了。我想过去看看，但当我拿着信准备过去的时候，一只手抓住了我，他说：'你没看见吗？陛下在那里啊！'正是因为这句话，打消了我要过去的念头。

"之后，我板板正正地站好，手举着行囊超过我的头部，瞬间，眼泪就从眼眶中流了出来。"

胡克将军讲完了他经历过的全部事情，随后站了起来，跟在场的所有人说了句晚安，走出了大厅，剩下的人则都静静地坐在那儿，而胡克将军走到楼梯那儿时就停下了脚步。后来一个女佣用手拉紧她的礼服，拿起了桌子上剩余的唯一半截蜡烛。她一直拿着蜡烛的底端，因为那样蜡油就不会落到枯草堆上。之后，她向将军走去，给他照路。将军一直为查理国王工作，并且他不敢面对黑暗，这是尽人皆知的事情。他对黑暗的恐惧，甚至严重到无法独自走过黑暗的阁楼。

少　尉

　　那年的冬天比往年都要冷，为了能够尽量地挡住点儿冷风，瑞典士兵不得不把驻扎地迁到哈达石墙后面。但是，军营里依旧有很多士兵被冻伤，甚至被冻死。士兵们痛苦的叫喊声响彻整条街道，如果你去大街上走一走，你会发现道路两旁多了很多半截的手指、断掉的腿和脚。运输遗体的车一直没有停歇过，好像这些遗体永远都运不完。这不，那些车都已经从菜市场堵到城市入口了。冻得哆哆嗦嗦的士兵们试图从四周向中间聚拢，但他们只能从车轮子和人群中匍匐前进。马儿们被马具束缚起来，毛皮上结满了冰，看样子是很长时间没吃过东西了，毕竟没人能腾出空来照看它们。马夫们虽然早就把手都抄进了衣袖中，但是仍被冻死了。有几辆马车看起来像冰冷的棺材，因为车厢中的人脸色都很苍白，可有的人嘴中会念着祈祷词，还有的人则充满希望地看着窗外的风景。遭受着痛苦的人们常常会小声地向上帝祈祷，祈求一点儿好运气。城墙附近站着许多快被冻死的士兵，他们贴身穿着满是破洞的瑞典衣服，外面套的是红色的哥萨克服装，双脚也被裹上了羊皮。斑鸠和小麻雀站在那些士兵的尸体上已被冻得有些僵硬了，如果不是牧师们来主持葬礼时拍了拍它们，它们一定也会被冻死在那里。

遭受过大火洗礼的市场里，还剩了一栋大房子，突然房子里传出了一阵吵闹声。一个士兵给站在门廊中的少尉送去了木柴，当他返回时，发现很多人趴在屋门上偷听，他很无奈地耸了一下肩膀，说："没有什么大事，仅仅是有人在屋子里争吵而已。"

走廊上的少尉是跟着卢文霍特军队刚过来的。他把木柴放进了里屋，随意地扔到火炉旁边。果然，屋内的争吵声小了下来，可当他关上门后，里面又传出了一轮新的争辩声。

主教站在房子的最中央，他脸上坑坑洼洼的，由于卖力争吵而变得通红，嘴巴大张着正大口大口地喘着粗气。

"这件事，实在是发生得太过猖狂！"他喊道，"简直是太放肆了！"

尖鼻头的赫梅林在一旁眨巴着眼睛，紧握着的双手不停地抖动着，他焦躁地一直在房子里走来走去；英俊的费尔德·马歇尔·任斯基尔德则立在火炉旁，安逸地吹着口哨，有时还会吹出音调来。假如他此刻说出自己的想法，那这次的争吵就能立刻停下来，毕竟他们原来已经协商出了一个大家都同意的方法，可他就是不说话，立在一旁哼着小曲，多么令人气愤啊。卢文霍特在窗边抽了一口鼻烟，之后就合上了鼻烟盒的盖子，红棕色的眼球快要脱离了眼眶，这使得他的脑袋变得更大。假如现在的任斯基尔德不再吹口哨、哼小曲儿，他一定会恢复平静，但任斯基尔德并没有停下来，他只能皱着眉，尽力克制着自己激动的心情。

他最终狠狠地合上了鼻烟盒，咬牙切齿道："陛下不懂军事方面的事情，我并不介意。可他怎能指挥部队打仗？如果遇到必须正面交手的情况，他能处理好吗？那些骁勇善战的老战士不受陛下的重用。假如我们一定要成功地攻占一座城池，那敌军无论用哪种盾和挡箭牌都是无法阻挡我们的，那他们必然都会牺牲。说实话，各位先生，我不介意刚上战场的士兵乱砍滥杀，但我绝不能忍受一军之首在战场上瞎指挥。如果真的会这样，我是万万不能允许他上战场的。"

"还有，"主教接着说，"将军阁下，陛下从未经历过难打的战争，一开始时，我们就应清楚地认识到战争的局势，但现如今到了这种地步，陛下竟要求与对方和平解决，这真令人发狂。"

他激动地晃动着手臂，与卢文霍特保持着一样的看法。他说着说着就掉头走进了另一个房间。房门被猛地关上了，但还是能听见任斯基尔德嘟嘟囔囔的声音。如果他能开口说点儿话，那一切问题就解决了，可惜他什么也不说。在桌子旁的椅子上坐着的准备出发的吉伦克鲁克则表现得很是亢奋，只见一个面黄肌瘦的人趴在他的耳边说着："想要主教对他的想法产生些变化，不妨试着送给主教夫人一副钻石耳环，再让卢文霍特和她共进晚餐，那样的话，说不定就会奏效。"

假设此刻的任斯基尔德不再吹口哨，那卢文霍特就还能抑制住自己的不满，保持镇定，整理好文件，平静地坐在桌子旁；那如果任斯基尔德不停止，情况就会继续向糟糕的方向发展。他满腔愤怒地走到门口，可又一下立在了那里，之后又像一个平常士兵一样，靠拢了自己的后脚跟。终于，任斯基尔德的口哨声停了下来。门被推开了，凛冽的寒风钻了进来，少尉拖着长腔喊道："陛下——驾到！"

如今的国王早已长大了，褪去了小孩子的稚嫩，如果一定要说哪里没有改变，那一定是与之前一样瘦小的身材了。他穿在外边的衣服有点儿脏脏的。皱纹布满了他那又短又有些往外凸的上唇。他的鼻子和半张脸上都冻得长了疮，眼皮也在如此寒冷的环境中冻肿了，头上的头发倒还被梳得很光滑，像皇冠一样竖着。

他手里攥着一个毡帽，拼命地摆出一张冷淡的面庞来遮掩自己内心的胆怯，他礼貌地对面前的每一个人鞠躬，脸上还带着很僵硬的微笑。

每个人都在不停地向着国王鞠躬行礼，国王则迈着步伐向着房间内走去，等他走到正中央时停了下来，不自然地向四周鞠着躬，虽然他来得有些着急，但他很明白他应该要讲些什么话。所以，他站在那里不再动弹，陷入了深深的思索中。

许久之后，他抬起脚走向了任斯基尔德，停在了他的正前方，身子向前靠近，握住了他胸膛上的一颗纽扣。

"我有一个小小的请求，"他道，"请主教大人同意派两三个士兵来保护我，最普通的那种士兵就可以，我想出去看看，不过你不用担心，我身边可是还有两个重骑兵呢。"

"可是，我的陛下啊，这儿很危险，到处都是哥萨克，您从军营来城里，只带了那么几个人，这就算是很危险的事了。"

"哦，乱讲，不必再多说什么了。我相信主教大人会同意的。在场的将领们，你们有谁能腾出时间来，就带着士兵和我一块走吧，不过，只能带一个士兵。"

卢文霍特转身向后。

国王站到了任斯基尔德刚刚站立的位置上，并没有关注到他。其他的将领都没有出声，更没有动一动脚。

一段时间过去了，他们依旧保持沉默，国王只好又对着他们鞠了一下躬，之后便离开了。

"你快去吧。"

卢文霍特边说着边拍了一下少尉的肩，装作一副很体贴的样子，"我觉得少尉要跟着陛下一起去！这可是少尉能够陪在陛下身边的绝佳的机会啊。"

"我真的不知道他会是这样的一个人。"

"他一向如此，虽然很高傲，可他不会强迫别人。"

他们陪在国王身边一起走了出去，国王费劲地经过了马车，从一匹牺牲了的战马身上迈了过去。他的步伐坚定却很轻快，走得很慢也很小心，可看起来依旧没有失了体统。走了很久后，他终于到了城门口，和七个士兵一块坐上了马车。

马儿在覆满冰雪的道路上艰难地行走着，时不时打个滑，结果有一次滑得有些厉害，国王就想起了刚刚卢文霍特脸上的表情，有些不开心地踹了一下马。国王每天晚上都会让男佣胡特曼给他读书、讲故事，有时他也会从男佣的口中听到一些令他开心的事，比如：男佣给他说他要不是一国之主的话，一定能成为一个文学大家，他会创作很多流芳百世的文章，以记录战场上发生过的事情。有时候，他也只想静静地听男佣讲故事，不去想那些扰人的事情，可他就是说服不了自己。前段时间的劳累感一下涌入了他的身体，他不禁想起了在那个房子里看见的一张张的孔。他曾经的少年时光都被他封印在了记忆中。他实在无法再忍受路边痛苦的喊叫声，他也不想去听他人的意见。今天和他原来度过的每一天没什么差别，他甚至都没发现他们的变化。他没察觉到他们给他准备了跑得最快的马匹、最软乎的面包，也没察觉到他们在他的钱包里多放了五百达科特，更没察觉到在战场上为他而战的战士们。他只注意到士兵们看见他时表现得很安静。战争让他不再相信任何人。难以打败的政治方面的敌人，只说不做的军官将领，其实他们的行为、语言、动作，他都看在眼里，记在心里。不知道什么时候，他就会失去一个可以让他依赖的得力助手，正是因为他每时每刻都在经历着这些，所以他的心也渐渐凉了起来。

在经历了一次又一次的失败后，他原有的一腔热血也被消耗一空。走出了军营他才如释重负，步伐也轻盈了起来。

忽然，卢文霍特怔了一下，一动不动地定在了那里，心里想着该如何让国王关注到他。

他抽了一下自己的马，说道："勇士啊！你不再年轻了，我也老了，很快也会到你现在的年纪，我已没有任何理由再限制你了，现在我以神的名义发誓，朋友，追随国王去吧，他在等着你。"

少尉怀着忐忑的心情看了看国王，当然这没能逃过卢文霍特的法眼，卢文霍特说："没关系的，朋友！国王很和蔼，对人很友善，不会随便发脾气的。"

国王装作什么都不知道的样子，骑着马肆意地奔跑在雪地上。他的身边只有四个侍卫了。就这样，又过了一个小时，剩下的一匹马也因为伤到了前蹄而摔倒在地，骑马的人对此很是伤心，但还是狠心地打死了它。之后，骑马的人就孤独地离开了，走进了远方的风雪中。

最后，只剩少尉一个人陪在国王身边了，他们缓慢地走在丛林中，远远地看见了一栋灰黑色房子坐落在前方的山上，它的窗子很小，时不时会有嘎吱嘎吱的声音从那传出来，院子的外边还筑着一面墙。

突然，他们听见了一声枪响。

国王警惕地看了看周围，问道："什么情况？"

少尉答道："那是一颗充满了仇恨的子弹，可是它并没有打准目标，只是穿过了我的帽檐而已。"他说这话时尽量保持着镇定，估计是想在国王面前好好表现自己。但是他那略带斯莫兰地方口音的语调却透露出了一些庆幸之感，估计正是因为他躲过了那颗子弹才会如此吧。

他为自己能跟一个掌握着国家最高权力的领导人一起战斗而感到自豪，所以他又问："我们需要冲到他们面前，揪他们的胡须吗？"

国王听到后哈哈大笑起来，他跳下了马，说："我想我们应该先把马扔在这儿。"他一脸兴奋地说着计划，"之后我们就快速地跑上去，这样就能把他们吓跑了。"

他们丢下了累得筋疲力尽的马，趴在地上悄悄地往上爬，一直爬到山丘上的树林中。埋伏在墙里面的哥萨克士兵从里面伸出了头，金黄的长发顷刻间散了下来，像极了即将被执行死刑的犯人。

"快看！"国王压低声音悄悄地说着，但是双手却使劲地拍了拍，"那个门要被关上了，真是一群令人讨厌的人！"

他之前失了光泽的眼神突然变得明亮了许多，竟发出了光。他用手拿着剑，高高举起，一个箭步就跑进了那个还没有关严实的门中。少尉则在他身边保护着他，不停地挥舞着手中的刀，砍向那些试图靠近他的人。当然，国王有时也会被刀柄误伤到。一颗子弹射中了国王右边的太阳穴。国王在进门的位置处砍死了四个士兵后，又将握着火铲刚冲进院子的第五个士兵活捉了。

之后，国王擦干净了剑上的血，顺便拿起了两个达科特金币扔进了哥萨克士兵的火铲中，用尽全身的力气喊道："你们这些人也太弱了吧，难道你们只会逃跑吗？快去找个武器吧，我等你们回来决战！"

而那个哥萨克士兵却表现出一脸不解的样子，他双眼紧盯着火铲中的金币，后背倚着墙一步一步地向外挪去，不一会儿就移到了门口，成功地逃走了。在他跑出了很远的一段距离后，依旧能听见他那"哎呀，哎呀"的呻吟声，可能在呼唤战友来救他吧。

国王朝着那个哥萨克士兵离去的方向喃喃自语道："不起眼的哥萨克士兵，不起眼的哥萨克，快去搬你的救兵吧。"

晚上的院子里黑得不见人影，给人一种很压抑的感觉。听，有一阵悠扬的曲调响起，像是从最里面的房间传出来的，国王轻轻地推开了屋门，迈了进去。这栋房子中，果然有那么一个房间，里面的灯光很暗，什么都看不太清楚，隐约中仅能看见火炉旁有一堆衣服，走近一看才发现上面沾满了血迹，可能是逃兵们从死去的瑞典士兵身上扒下来的。"砰！"门被重重地关闭了，国王向着一旁喂马的地方走去。那儿没有门，可传出的声音却越来越大。透过月光，国王看见马厩中有一匹饿虚了的白马，它被牢牢地固定在墙上的铁圈中。

国王并不害怕与敌人厮杀，却怕极了这样的黑夜，所以他不敢再向前挪动一步，但是他并没有说出自己的恐惧，只是把少尉叫到了自己身边。他们一起走过一条陡峭的楼梯，谁知楼梯的尽头竟是个地下室。地下室里有一口井，一个哥萨克士兵正坐在提水的绳子旁边，不过，他好像没有听见他们进来时发出的声音，可能是个聋子吧。他正在聚精会神地鞭打着一个瑞典军官，并没有意识到危险正一步一步地靠近。

他们悄悄地拿着绳子从哥萨克的背后偷袭，一下用绳子套住了哥萨克，成功拯救了那个瑞典军官。没想到少尉竟然认识那个瑞典军官，他就是福尔霍森，一个霍尔斯坦人。他原来在新骑兵团担任少校，却是很不幸地被哥萨克俘虏了，只得每天像牲口一样干活儿，累得半死不活。

他扑通一声跪倒在地，用带有地方口音的瑞典话说："尊敬的陛下！到现在为止，我都不敢相信是您救了我，您对我的大恩大德我这辈子都不会忘记……"

正在兴头上的国王直接打断了他的话，对少尉说道："快去，把那两匹马送到马厩去。我们现在有三个人，两匹马肯定是不够骑的，所以我们还要一直待在这里，等再劫到一匹马后，我们就离开。先生，那你去外边望风吧。"

国王交代完事情后就回房间了，顺便带上了门。马儿也已经很久没吃东西了，饿得只好啃树枝。很快少尉就把它们送进了马厩，之后，少尉也没有离开，仔细地观察着外面的任何一点儿风吹草动。

时间一点一滴地流逝着。天渐渐地变黑，冬日里的暴风也疯狂了起来，雪花在这黄昏中随风飘舞着。哥萨克们终于敢从藏身的树林里探出身子来，观察着那栋房子里的一举一动。

风怒吼着"哎呀！哎呀！"仿佛是在同情无家可归的人们。

福尔霍森的身上布满了被鞭子抽打出的伤痕，寒风吹过之后变得更加疼痛了，无奈之下他只好靠在了两匹马的中间，借着马的身躯阻挡寒风。等他看到树林中有哥萨克时，他便走向了国王所在的房子。

"尊贵的国王陛下！"他呼喊道，"天色已经很黑了，我看见外面的树林中埋伏了很多哥萨克士兵。我想，我们必须要离开这儿了，我可以和少尉共骑一马。如果再不走的话，保不齐您就会在今夜葬送了生命，这可是上帝绝对禁止的事情。"

国王听完后，回答说："我们还是按照原计划行事吧，两匹马是承载不了我们三个人的。"

"你们瑞典的国王也太自大了吧，不听取别人的意见！他愁得在屋里一直转圈，别以为我没有听到他的脚步声。他肯定也累了！你看人家莫斯科的沙皇，对待他们国家的民众就像是一位德高望重的老者，那么的慈祥，商人都是他的伙伴，不仅如此，他还把他的婢女当成王后一样尊敬。但是，如果他喝酒喝多了的话，情况就会有点儿变化，比如会做出一些不雅的动作，但是对女人还是一如既往的好，他把'我做的所有决定只为俄罗斯帝国能有一个更美好的未来！'这句话一直挂在嘴边，想起来就会说一遍。查理国王毫不留恋地离开了自己的家乡，身边没有了伙伴，也没有了家人。就这样，查理国王成了孤单的一个人，一无所有。跟那群被万人围绕的达官贵人相比，他简直就是沉睡了千年的僵尸，被所有人都遗忘了，冷落了。他还活着吗？唉，希望上帝可怜可怜他吧！可是他并不把他的臣民们放在心里，也不站在臣民的角度上思考问题。只知道搭桥和建立堡垒，不顾一切地发起侵略战争，哪怕只是抢到一些毫无价值的旗子和手鼓，他就会开心得不得了。他从来不管理军队和国家的事情，只要有人就行！"

"听起来，你说得好像也对。"少尉说道。

少尉一直走来走去，没有一会儿是停下来的。他的身体快要冻僵了，手指也很难弯曲，但他还是坚持地握着长剑。

霍尔斯坦人为了挡住脸，立起了外套上的领子，大幅度地摇晃着自己的胳膊，叫喊着："当桥梁塌了的时候，查理国王在一旁笑得直不起腰，他忘记了那些掉到水里淹死的士兵和战马啊。他真是一个没有良心的国王，我诅咒他快去死！查理国王沦落成了一个无家可归的人，可他依旧敲着鼓、打着锣奋勇杀敌，可最后他还是失败了，人们抛弃了这个国王，不再拥护他。嘿！"

"这正是瑞典人卖命的原因。"少尉气愤地说，"这就是原因啊。"

"息怒，息怒，伙计！我还记得刚见到你时的那个场景，你笑得很开心，露出了洁白的牙齿。"

"我很喜欢和你一起聊天，可是我太冷了。你可不可以去国王那儿，看看他有什么动作？"

霍尔斯坦人悄悄走到了国王的门外，把耳朵贴在门上听了听里面的声音。然后他回去对少尉说："他一直在屋里徘徊着，时不时会叹口气，内心应该也很痛苦。听说，他这个样子已经有一段时间了，深夜里还会失眠，他可能意识到他的问题了，但最可怕的事情莫过于磨难会让人一蹶不振。"

"我们应该同情他。你能帮我把右手上的雪弄下来吗？我的身体被冻住了。"

霍尔斯坦人帮助了他，之后又去了国王的房门口。他抬起手放在额头上，下巴上的胡子立了起来，喊道："哦，上帝啊！深夜已经降临了，再不离开的话就真的没有机会了。"

少尉接着喊道："少校先生，还要麻烦你把我脸上的雪也弄下来。我的脸已经没有知觉了。啊！还有我的脚，痛得要裂开了，我快坚持不住了！"

霍尔斯坦人蹲下来捧起一把雪说："我来替你守卫一会儿吧，不过，只能帮你一个小时。"

"不行，谢谢你的好意，但是我要遵守国王的命令。"

"国王陛下！我很明白他的心思。我可以给他讲哲学的道理，或者男女之间的关系问题，他很乐意听的。上次我给他讲了，有一个人从窗户里钻进去找女孩约会的事情。他表现得很兴奋。他没有接触过女人，我想他可能连做梦都会梦到那些美丽的女人。可是他极度缺乏信心，要是有女人爱上了他，一定要女人主动追他，但是又不可以直说，其中肯定会有各种障碍，他的外婆一定会激动地喊道：'快结婚！快结婚！'这样只会适得其反。查理国王的行事作风像极了瑞典女王克里斯蒂娜，虽然他不是个女的。他们两个如果能在一起的话，真是很令人羡慕的一对。不过，那是不可能发生的事，真可惜，可惜啊！假如一个国王能骑着马一路狂奔过去，毫不顾及正处在水深火热之中的国家和臣民，并且没有私通奸情，那他尚且还算诚恳。哦，真是抱歉，请谅解我。你知道吗？有一部分诚恳的人可以在一周的时间里爱上两三个女人。"

"好好好，我承认我们也会如此。可你还是要帮我弄掉落在手上的雪花。我真的不是故意在这儿哼唧的。"

通过门上留的缝隙向外看，倒在草堆中的哥萨克们，个个脸色白得吓人。灰色的天空吞噬了刚才的黄色，在剩余的光亮中，在眼睛能看见的范围里充满了凄惨的哭泣声："我们快要死了！我们快要死了！"

就在这时，国王走出了房间，大步大步地穿过院子。

国王一脚跨上了马，可骑了几步后，他的脑袋却感觉越来越疼，眼睛也睁不开了。他的脸上依旧保持了国王应有的高傲，如果仔细看，还能看见他的微微上挑的嘴角，透露着一些紧张。他的太阳穴因为之前被伤到过，所以还泛着黑紫色。

他从衣服的内兜儿中拿出来一个面包，小心地分成了三份，边分边说："快吃吧，这可是新面包。"三个人分食了面包。之后，他把自己身上的斗篷解下来赠予了正在站岗的少尉。

他没有让他们进入房间，为此他感到很不好意思，所以当他和霍尔斯坦人分享了硬面包之后，又拉着他的手臂，走到了院子的另一头。

霍尔斯坦人心想，终于可以转移话题跟国王聊其他的事情了。

他吃着面包说："我们不能跟敌方和平解决这个问题，这样只会让事情变得更糟糕。咦——我想起来了！我原来在德累斯顿的一个偏远地方探过险。哦！多么令人激动的一次经历啊。"

国王拉着他的胳膊，从未放开，霍尔斯坦人也轻声地讲着故事。他把事情讲得活灵活现，同时也很荒淫，所以国王对此很感兴趣。渐渐地，他听出了故事中暗含的讽刺意味后，就表现得很不高兴，所以后来的情节也就没有再仔细去听。

不一会儿，国王又认真起来，原来，霍尔斯坦人正在分析他们现在的处境。

他回答说："没关系！没有想象的那么恐怖，但是我们务必要做好一切准备，一直跟他们抗争下去！他们一旦要对我们发起进攻，咱们三个就藏在门后，找机会砍死他们！"

霍尔斯坦人扶着额头看了看后，就讲起了天空中闪闪发光的星星。他说："我知道该如何算出我们和星星的距离。"话音刚落，国王就兴奋起来，对他的态度也有所改变。他对很多事情都感到疑惑，所以就一一提了出来，但是他的鬼主意很多，想法也与众不同，就这样，他跟国王聊起了宇宙、灵魂……不过最后还是重新聊起了星星。他们之间的共同话题像是说不完似的，之后国王聊起了一些关于日晷方面的东西。他为了确定他们所处地方的方位，就把剑立在雪中，静静地立在剑的旁边，如此一来，根据北极星的位置，第二天一早就可以确定方位了。

他说："宇宙的中心就是一颗恒星，并且这颗恒星不是在地球的上空就是在瑞典的上空。毕竟瑞典是最大的王国。"

哥萨克们围在墙角旁，大声地嘶吼着，可当霍尔斯坦人说到他们的阴谋时，国王就沉默了。

"等到天亮时，我们应该就可以骑到驻地了。"他说，"我们已经没有办法再去抢马了，要不我们就能一人骑着一匹了。"

他解释完后，转身又走回了屋内。

霍尔斯坦人兴奋起来，抬起手指向国王的房间和少尉说："少尉，真抱歉。我们德国人是不会欺骗对我们有恩之人的，我发誓，我一定会对你们伸出援助之手，少尉，相信我，我可以为他而战。可是我之前还嘲笑过他，人们只有见了他之后才会知道他的脾气秉性。少尉，你快进屋暖和暖和吧，再这样下去，你会受不了的。"

少尉回答："我身上的这件斗篷已经是最好的一件了，我只希望上帝能保佑我们！少校先生，烦劳你再去国王的门口看看吧，我怕陛下会想不开。"

"陛下不会那样做的，他比你想象的要坚强，看得出来，他很想打一次仗。"

"我在这个位置，就已经听到了他的鞋踏在地板上的声音了。敌军的吵闹声相比之前也大了不少。他只有一个人，显得太孤零零了。当我看着他向那些将军一次次低头弯腰时，我就在想，他该有多孤单，多可怜啊！"

"假如我们能逃出去的话，我一定不会忘记今晚听到的走来走去的声音，并且我还会把这个令人恐惧的地方看作是世界上最美丽的景色。"

少尉赞同地点了一下头，说："少校，你快去马厩吧，躺在两匹马之间暖和暖和身体。在那个位置您能更清楚地听见国王发出的声音，正好也能保护国王。"

之后少尉唱起了一首歌：

> 啊，上帝啊，谢谢您的恩惠……

霍尔斯坦人听从了少尉的建议，走到马厩中，用歌声回应道：

> 不管什么时间，什么地点，
> 我的灵魂都追随着你
> 啊，上帝，求您保佑。

"兄弟们，向前冲啊！"哥萨克们顶着狂风暴雪怒吼着，可能是在应和他们的歌声，不过，此刻已是半夜时分了。

霍尔斯坦人躺在马的中间，时刻关注着国王的举动，到了最后，他实在抵不住困倦，睡了过去。等到天蒙蒙亮时，他听到有人在争吵，一下醒了过来。他赶紧跑到了外边，结果发现国王早就站在了那儿，盯着地上的一把剑，那是昨晚判定方向时插在地上的。

哥萨克们一窝蜂似的拥到了门口，可当他们看见定在那里的侍卫时，吓了一跳，之后便想起瑞典人是金刚不坏之身的传说。

霍尔斯坦人慢慢地靠近少尉，终于移到了他的身边，牢牢地拽着他的胳膊。

"这是什么情况？"他询问道，"布兰迪？"

问完后他就松开了拽着少尉的那只手，因为他已经摸不到少尉的脉搏了。

少尉就这样倚在大门旁边的墙上，经历了一夜的风雪后，他被冻死了。但是，他还是保持着死前的姿势，身上披着国王的斗篷，手里紧紧地攥着长剑。

"少尉死了，只有我们两个人了。"国王平淡地说着，说完后就走上前，拿起了地上的那把剑，"我们还是按原计划，先冲到有马的地方吧。"

霍尔斯坦人见他竟是如此冷漠的一个人，看向他的眼光也不自觉地带了些嫌弃，并且他特意忽略了国王的话，还是一动不动地站在原地。

可是，国王还是把马从马厩中牵了过来，两只手冻得颤抖，紧紧地握着，仿佛一不留神缰绳就会从手中脱落。

哥萨克们拿出了藏在身后的刀剑，可侍卫却还直直地挺立在门口。国王镇定地上了马，立刻飞奔了出去。他的额头上很光滑，脸颊红扑扑的，手中的长剑亮得发光。

霍尔斯坦人凝视着少尉的脸，看上去他死得很平静，没有露出狰狞的表情。霍尔斯坦人也就稍稍放宽了心。他们上了马，根据少尉教的，把手放在帽檐上，并狠狠地说："兄弟，遇见你是我最大的荣幸，你在我心中是永远的英雄。再见了！"

干净的白衬衫

哥萨克拿着长剑刺向了二等士兵彭戈廷，没承想长剑竟穿透了他的身体，他的战友们把他抱了起来，放到了一堆木头上，并且还请来了雷牧师为他做圣餐礼。这个地方位于委培里克城很寒冷的一个旮旯里，即将凋落的树叶被凛冽的寒风吹得到处都是。

"上帝会一直陪伴着你的！"

雷牧师温柔地说着，"今天已经过去了，你需要做的事情也都做完了，你这是要走了吗？"

彭戈廷的身体抽搐着，手上的伤口也不停地有鲜血流出，看样子随时都会死亡。他睁大眼睛，瘦得颧骨凸出的脸被晒得黝黑，早已看不出原本的脸色，只能从他变得青灰青灰的嘴巴上才能看出死神的足迹。

"不，我还没有准备好。"他回答道。

"彭戈廷，你对我说了第一句话。"

被死神折磨的士兵剧烈地抽搐起来，张开了嘴，想说些什么。

"到了这种时刻，"他缓缓地讲着，"无论地位有多卑微，哪怕是最低贱的士兵，也会有遗言要说啊。"

他拼尽全力地用胳膊支撑起自己，之后呻吟了几声，雷牧师也不知道是因为他内心的痛苦，还是因为不小心扯到了伤口。

他把放在地上的圣杯，用手绢遮住了杯口，以防飘落下来的叶子掉进里面。

"我，"牧师边说边把手搭到了额头上，"我是一位基督徒，会一直观察着周围的变化，每时每刻。"

彭戈廷的伙伴们纷纷拥上前，都想听一下他的遗言，可他们什么也没听见，因为上尉提着剑愤怒地把他们都赶走了。

"不要让这个人说话！"他吼着，"他可是军营里的一颗毒瘤！我敢肯定也就只有我才会对你们这么好，可是我也有我的责任，卢文霍特让我带一批无组织、无纪律的年轻新兵。他们听见了他的哀号声就吓得不敢再往前了。你们怎么也不让我省心呢？没听见我刚才的指令吗？"

雷牧师向前迈了一步，掉落下来的枯叶子都挂在了他的头发上。

"上尉！"他说道，"能够给即将要死的人下命令的，只能是上帝，你没有这个权力。这三年中，彭戈廷在军营中一直表现得勤勤恳恳，并且他从未跟人有过任何交谈。如今，他将要死了，有上帝给他撑腰，谁也无法禁止他说话了。"

"我能和谁交谈呢？"浑身都是血的彭戈廷悲哀地问，"我的舌头打不了弯了，不受我控制。那么长时间我从未张口说过话，也没有人主动来跟我说话。我只能用耳朵去听，因为只有这样，我才不会坏了规矩，错过指令。'快去！'他们对我说，'从沼泽和雪山中冲过去。'对于这样的命令，我还能说什么呢？"

牧师屈着膝盖跪到了地上，把他的手捧在自己的手中。

"你可以说你想说的话了，彭戈廷，尽情地说吧，把你心里的话通通说出来吧，你的战友们都会仔细聆听的。我们每个人都没有权利打断你的话，所以你开始说吧。你还有母亲或妻子在家吗？你还有什么话要给她们捎去吗？"

"我的妈妈不给我饭吃，让我饿着，之后就把我送去了军队，到了军队之后，我再也没有听过别人骂我'滚蛋吧，彭戈廷，快滚！你如果非要跟我们待在一起，那离你的死期就不远了！'"

"你需要让上帝原谅你做过的错事吗？"

"我很后悔小的时候没有掉到河里淹死我自己，后悔每个周日你让我们保持一个好的精神状态继续打仗的时候，没有勇敢地拿出枪来毙了你。难道你不好奇我为什么会这样想吗？你知道吗，当马夫和侍卫的那些人，一旦看到他们的伙伴在夜色下快被打死的时候，他们就会匍匐到地上，悲痛地喊：'再见了，我的母亲！'他们说人死了之后就会去一个叫黑暗军队的地方。我马上就要看到黑暗军队了。我想我唯一的遗憾，就是要穿着这身破得全是洞并且带着血迹的衣服死去了，遗憾啊，遗憾！我只是一个等级最低的士兵。我深知我不可能和战死的列文将军有一样的待遇，用一个特别正式的仪式把我送回家乡，但我很想当多幅思尼凯手下的士兵，那样的话我就能有一个棺材和一身干净的寿衣了。他们凭什么死了之后还会有那么好的待遇呢？而我，死了之后什么都没有。他们死去时身上穿的干净寿衣，真的让我很羡慕。"

"我很同情你，伙计。"雷牧师说道，"不管你听不听得进去，我还是要跟你说，在黑暗军队里跟你一样的士兵还有很多。比如说吉尔登、思博林、莫纳中校，他们都战死了。那一千个士兵你还有印象吗？还有那个和蔼慈祥的瓦特朗中校，就是那个给我们部队的每个士兵都发了一个苹果的那个中校，如今，他也已经去皇家骑兵军团的陵园报到了；嗯，还有在霍洛夫战死的战士们。你知道我之前的那个好朋友尼克拉斯·阿彭迪吗？他可是信耶稣的基督徒，可他也在卡利什布道的战争中死去了。安葬他的地方荒草丛生，一到冬天就会被雪覆没，现在已经没有人记得安葬他的具体位置了。"

牧师伤心地把头埋在胸前，而彭戈廷却仰起了身子，颤抖地抬起手。

"上帝留给你的时间已经不多了，也就只有十五分钟了。你一定要好好珍惜这段时间，这可能会比你之前三年的时间都有意义。你就要离开我们了。你没有看见上帝身边的天使已经来到你身旁了吗？现在，请说出你一直想做却没有做的事情吧，我命令你快说。但是也要想好了再说啊，毕竟这是你能说的最后一件事了。因为你一个人的原因，耽误了整个军队的行军计划。你皮开肉绽的身体更是吓坏了那群新兵蛋子，现在，我的命令对他们已经不管用了，他们只会听你的话，所以，请你快点儿结束这一切吧。只要你发话，他们一定会去打仗的。我们也会一直牢牢记着你最后的遗言，可能很多年后，那些回到家乡的士兵聚在一起吃饭时，还会聊起你现在说的话。"

彭戈廷愣愣地躺在地上，眼睛中充满了迷茫，之后便抬手作揖，乞求道："求您帮帮我吧，上帝！"

他努力地张了张嘴，却只发出了很小的声音，雷牧师把耳朵贴近他的嘴巴，想听清楚他的话。待彭戈廷说完后，雷牧师转身对士兵们转述，可是他转述的过程中，声音抖得几乎说不清楚话，所以士兵们一句话都没听懂。

"彭戈廷说，他最后的愿望就是……就是，"他说，"让你们能扶着他最后再上一次战场，打最后一次仗。"

命令士兵们去打仗的鼓声响起来了，军队交响乐也演奏起来了，一个士兵搀扶起彭戈廷的身体，艰难地拖着他走向有敌人的地方。军队的人都跟在他身边，雷牧师也不例外，他一直走在最前面，甚至没有注意到彭戈廷早就死了。

"我会告诉他们的，"他轻轻地说，"一定会给你换上一件洁白的衣服。在国王的眼中，所有的人都是最普通的士兵，包括他自己，你想穿白衬衫死去的愿望也正是他的愿望啊。"

殖民地波尔塔瓦

五月一号的那天晚上，任斯基尔德将军策划了一场宴会，席间，艾培格伦上校表现出一副对战场上的事情很好奇的样子，之后他便捻了捻残留在手上的碎屑，瞥了将军一眼，问道：

"您能跟我说，您袭击乌克兰波尔塔瓦的理由吗？"

"国王陛下想玩弄一下波兰和鞑靼支援的部队。"

"可是，事实是他们并没有支援波兰啊。我们的戴奥真尼斯式宫廷已经被欧洲人遗忘了吗？官员们爱骑马，还经常和秘书吵架，还有那些战死的管家。哦，对了，权杖是一根树枝，宫殿是由帐篷搭成的，国王也只是喝啤酒、吃松饼。"

"陛下一生致力于事业，最喜欢的一件事就是骑马打仗，我想，肯定还有很多战争等着我们呢。波尔塔瓦已经成了俄国的殖民地，但是它的面积非常小，几下就能干掉他们。"

听完艾培格伦的话后，将军默默地放下了手中的刀叉，陷入了沉思。

"俄国人早就打探到了情报，埋伏好了。"

他跑到了外边，骑上了马飞驰出去。"砰，砰"的枪声传到了屋内，所有人都慌乱起来。

吉伦克鲁克上校悄悄地靠近着俄国的领地，所幸，站岗的俄国士兵到了晚上会有拖着长腔吆喝"吃肉，喝酒！"的怪习性，所以，吉伦克鲁克上校很顺利地到达了俄国的地盘，之后他便开始挖暗沟。他刚挖了几米，国王就亲自冲上了战场，和那群军官站在一起聊天。他刚才冲上来的时候还拿着一把刀，现在看来竟如此可笑啊。吉伦克鲁克害怕聊天声会惊扰到敌军，就让他们小点儿声，可是，已经来不及了，敌军看见了他们，并对他们展开了攻击。他们发射的火球直冲天空，山川和草地在耀眼的光照下一览无余，倒映在沃尔斯克拉的湖泊中。吉伦克鲁克命令那些挖暗沟的哥萨克士兵们，都扔掉手中的工具，仓皇地逃回来和瑞典士兵们一起保护国王，奋勇杀敌。由于和敌军的实力悬殊，他们没能成功，最终还是伤的伤，亡的亡。

此刻，又有枪声传过来了。

"快瞧！"藏在树后的吉伦克鲁克对国王和下属们说，"不经意间的一个行为就能引发如此大的灾难，我们的士兵已经都筋疲力尽了，还有一些士兵受了伤，他们需要接受治疗啊。我请求你们停战吧！我们可以趁这段时间好好地养精蓄锐，等到了冬天的时候再开战，那样的话，我们肯定会毫不费力地打赢他们，占领他们的地盘。你们再看现在的战况，敌军防守得很严谨，士气也足够强，而我们呢，连三十座大炮都没有，甚至有的炮弹还失灵了，即使能射出去也射不了多远。"

"瞎说！马都追不上我们的炮弹呢。"

"可我们需要的是能发射几百里甚至上千里的炮弹啊。"

"不要小瞧它，它能射一里就一定能射百里。我们要振作起来，相信我们会成功的。我们要通过这场战争向乌克兰哥萨克们证明，他们在我们这儿是很安全的。"

国王握着长剑，骑着马奔向了危机四伏的战场。他的副官一直跟着他，虽然面如土色，但是身体却一副昂首挺胸的样子，像极了一心保家卫国的英勇少年。

原本非常粗壮的两棵树，在经历了一场战争后被烧得只剩下了两段树桩，伫立在暗沟中。国王刚躲在树桩后，正巧一颗火球冲他射了过来，就这样，他暴露在了火球刺眼的光亮中，很快就被敌人包围。副官战战兢兢地看着国王，哆哆嗦嗦地摸着他手中的长剑，之后迅速爬到了其中的一个树桩上。还有一个叫莫滕·普里彻的低级军官跳上了另一个树桩。他的头发颜色很深，可脸色却是棕色的，还有两个大大的铜耳环挂在耳朵上。他们站在树桩上的样子，宛如天主教堂门口左右两边染色的木神像，哪怕俄国人用弹弓、炮弹、机枪威胁他们，他们依旧坚守在国王的身边。他们都忠诚于国王，没有想过逃跑。敌军的炮弹落在他们周围，大地猛烈地颤抖起来，所有的一切都被炸飞了，石头、木头飞舞在空中。很快，他们就被打得溃不成军了。

"快看，瑞典国王！别让他跑了！"敌军的首领对他的士兵们喊道，之后所有的士兵一窝蜂地都冲向了国王，把乌克兰哥萨克们通通包围了起来。乌克兰哥萨克们赶紧拿起扔在地上的工具，让国王躲在用枯草和泥巴砌起来的暗沟中，等安排好一切后便和敌人们进行了一场激烈的战争，所幸，保住了国王的性命。

战场上灯火通明，每个人都为自己的国家而战。莫滕·普里彻打了一天的仗，终于等到了夜幕的降临。夜晚，他就可以休息休息了，可是一静下来，就会想起那些可怕的回忆，什么时候才能过上和平的生活啊！他记起被自己不小心杀了的阿克塞尔·哈德，也记起了在战场上战死的儿时朋友科林克斯特朗。虽然他已经接受了他们死亡的事实，但他们沾满鲜血的衣服一直萦绕在他的脑海里。他已经记不清曾经美好的年少时光是如何度过的了，可能那段回忆已经被暴风刮走了吧，反正他现在只能听见耳边呼啸而过的子弹声。现在，他每天都要上战场打仗，对于他来说，每一天都是一个新的开始，一次未知的探险。仗越来越不好打了，取胜的次数也越来越少，他的一腔热血就这样被挥洒得所剩不多。有时他也想像过去一样，带着一百多名士兵去跟大国抗争一番。他做好了随时会死去的准备，这一刻，终究还是来了，唯有无畏地死去，才可以结束战争，让世界和平啊！他希望自己可以死在战场上，为国牺牲，可谁也没想到，他竟能一直活到现在。他年事已高，首长是不会让他再领兵打仗了。他想让别人知道自己是个很卓越的人，如果无法证明，还不如平凡地死去。

这样回忆起以前，普里彻亢奋了起来，久久无法入睡，于是便拿出身后的枪。大家都知道，莫滕·普里彻是个百发百中的神枪手，连国王都自叹不如。他能扮演不同的角色，步兵也好，骑兵也罢。他自言自语着，开心地笑了起来，然后举起手中的枪，打向了远方樱桃树上凸出来的一角，凸出来的那一角被打中后落到了缀满樱花的树枝上，那应该是一只鸟。莫滕·普里彻像猎人打到猎物似的，开心地冲向了那儿。

结果，等他跑过去一看，发现一位老人正躺在那里，身边站着一个九岁的孩子，看样子已经死了，还是被枪打死的。

"这是我的父亲。"她冷冷地说着，脸上也没有泪痕，只是一动不动地盯着莫滕·普里彻，"我们今天是来找荨麻草的，回家的途中——"

"回家途中怎么了吗？"

"听到远方有枪声传过来，之后，我父亲就爬到我们家的樱桃树上查看情况。"

莫滕·普里彻叹了口气，抬手摘下帽子，懊恼地拽着头发，"扑通"一声坐在了地上。

"上帝啊，请原谅我吧——我们素未谋面，他对我也没任何不良的居心，孩子啊，你还太小，不会明白的。我这里还有一些科特，都给你吧！我跟你说啊，孩子，我是一位很有经验的老猎人。我曾经也有过房子和妻子，可是，我的妻子经常以我不拿着铲子去田里干活为理由，打我骂我。你见过铲子吗？我现在的状态就是待在丛林里听黑雄松鸡叫唤，不信，你听，黑雄松鸡还叫着呢。之后，我就拿出了火枪，带着狗去环游世界了。"

莫滕·普里彻把女孩抱起来放在膝盖上，低头亲着她的脸颊，而女孩则借助着微弱的光盯着手中的那些科特。

"我们从森林中出来后的第一天，我就把狗给杀了。第二天，我迷路了，多亏碰见了一个人，他给我指明了方向，为了报答他，我把我的火枪给了他，从那以后，我就什么都没有了。"

"那铜板呢？你也没有了吗？"

"不，不，铜板我还是有的。我凭借铜板找到了军队，得到了一把打仗用的枪，后来的事情你也知道了，我又恢复了猎人的身份。现在想想真是太可惜了！晚上时，我一般都会待在这里，如果可以你就来找我吧，我可以把我一半的猎物和捡到的全部东西都送给你。"

说完他便站起来走远了，可是他并没有捡起地上的枪，所以那个女孩的眼睛死盯着草堆中的那把枪。

"那个女孩肯定不会猜到是我开枪杀了她的父亲，她不会猜到的。你真可怕，一个活生生的人就这样葬送在了你的枪下。你不该开枪的！"

他手扶着头，晃晃荡荡地穿过草地，之后就走进了达备狄尔的骑兵团。他看见达备狄尔躺在火炉旁读着祈祷词，于是他便坐在了达备狄尔的旁边跟他一起读着，不知不觉中，他的声音越来越大。

"最近有什么好玩的事儿吗？"第二天上午，士兵们围着军队中布拉克尔的商贩韦斯德·哥特兰德询问着，哥特兰德染着红色的头发，穿着灰色的上衣，身边满是一些小瓶子、小罐子，还有很多晾在半空中的衣服，算起来，他多少也是见过一些大世面的人。

"好玩的事情？我想想。哦，一天夜里莫滕·普里彻醒来后就变傻了，这算不算？他脱了鞋子，大声喊叫着冲下了河。我想他肯定是犯病了，整个人都狂暴起来，嘴里还一直重复着他杀了个人，他杀了个人。"

士兵们默默地接过盛饭的碗，虽然里面的饭连一半都没有。

"要么吃要么死。我们完全可以趁这个还有可能取胜的时机，再去跟敌人打一仗，你们说对不对？"

"吉伦克鲁克昼夜不分地陪着国王，而国王一心只想着挖掘暗沟。再看莫滕·普里彻，他又去河边祈祷、唱圣歌了。原本应在战场上奋勇杀敌的将军现在却变得让人心产生动荡啊。"

天快黑的时候，莫滕·普里彻又出现在了樱桃树地里，而那个小女孩早就在那等他了，散着一头白花花的头发，一脸严肃。

他说到做到，于是他给小女孩拿来了他全部的粮食，不仅如此，还给了小女孩他仅有的几个铜板，亲了亲她的脸。

"你母亲呢？她还活着吗？"

小女孩悲伤地摇了一下头。

"你能告诉我你叫什么吗？"

"邓尼娅。"

他再次凑过嘴去，想再亲亲她的脸，可是她却扭过头避开了。

"我要一个铜板！"

他只好走回军营，无论看见谁，都会跟人家索要铜板。

"我想一直保护她，不会让她有任何的危险。她永远都是我心中的小公主。我可以把自己所有的钱都留给她，以后她嫁人的时候就不愁嫁妆了。她凭什么不可以嫁人？不，她一定会嫁人的。我有妻子，也有情人，最重要的是长得也不像好人。但是，我的小公主还是可以嫁人的。"

他手写了一份《约翰福音》，之后坐到椅子上为达备狄尔朗读：

　　春天来了，从山上到沃尔斯科拉河的这片土地，万物复苏，一切都是新的样子，可士兵们却只关注波尔塔瓦。透过树林能隐隐约约看到白色的围墙、木塔楼、围栏和防御城墙，防御城墙上站着很多人，原来他们是在用车子和桶装着泥巴和木头，准备堆砌一个矮墙啊。

"还有什么消息吗？我们不用再上战场打仗了吗？"士兵们问着营帐中的商贩。

"对，我们等着敌人来找我们。"他边说边掀起衣服蹭了蹭脑袋，"夜晚的时候，我看见他们在准备野战要用的炮弹。瑞典的武器很少，没有重武器，而我们只有乌克兰哥萨克们提供的武器。沙皇的大部队已经在河的那边集合完毕了。"

就在这时，雷格克罗纳少校骑着马出现在了大家的视线中，嘴里还喊着'国王的脚被砸伤了'的话。元帅走近了抬着国王的担架，弯下身子告诉国王敌军开始攻打派彻斯卡的消息，那可是仅剩的十七个战点了啊。

"有发生什么大事吗？"这个问题士兵们每日必问，商贩也会把自己知道的都告诉他们。

"其他人如果没有，我倒有一个。"他回道，之后把手中的勺子柄指向远处的田地，"国王的脚伤让他的情绪一落千丈，他觉得那很可耻。我这儿什么东西都没有了，也就只剩一点儿粥了，今天给你们这些粥后，我真的一无所有。我们的周围全是敌军，他们截断了为我们运输物资的道路。唉，真是该死，真是该死！这种苦难也就只有瑞典人能承受了吧。"

他使劲跺了跺地。把勺子拿到眼前，瞄准国王居住的地方，而他身边的士兵都因为他的这个动作默默低下了头。

"你不应该开枪的！"莫滕·普里彻张开双臂，低吼道。

五月份过完了，迎来了烈日炎炎的六月。军帐中，士兵们坐在了一起，手中编着花环，像是在庆祝夏季的到来，奇怪的是，他们都各忙各的，没有一个人出声。

原来，他们是想起了家乡，想起了家乡的农场、房屋、无边无际的田野。

周末晚上祈祷之前，莫滕·普里彻偷偷跑去了果园，因为小邓尼娅在那等着他。小邓尼娅很感谢他给予自己的帮助，所以就给他送来了一筐不太熟的樱桃。他和她坐在一起，吃着筐子里的樱桃，他还拍了一下她的手，跟她一起玩耍。然后他轻轻地把她抱起。可小邓尼娅并没有露出一丝笑容。最后一个铜板还是起了作用，她终于肯让他亲自己的脸。

等他送走小邓尼娅回到军营驻扎地时，军营已经乱得不可开交了。军官们监督着士兵们收拾行囊，为他们打磨着刀剑武器，结果都磨得和镰刀似的，布拉克尔的商贩们也把锅交了出来。看来国王准备抗争到底了。

国王望着外面的田地，把将领们叫在一起，给他们下达着作战命令。卢文霍特无精打采地呆坐在一边，身上外套的扣子上还刻着拉丁字母。对什么都很谦逊的科鲁兹也坐在那里，两只手交叉着放在长剑上，静静地看着斯帕尔和雷格克罗纳吵得面红耳赤，而吉伦克鲁克上校则站在地图前，认真地研究着战术，旁若无人地轻轻吹走落在地图上的沙子。元帅皱着鹰钩鼻气愤地站在门口，嘴唇也因为生气被咬成紫色。

等到太阳快落山的时候，士兵们准备上路，旗帜也被小心地折叠起来，这次军队并没有演奏乐器，一切都是安安静静的。就这样，他们行走在树林中。国王则躺在担架上跟在队伍中，突然抬着国王担架的士兵冲到了警卫队的前方，并且停了下来。因为他听见了战场上敌军铿锵有力的脚步声。早期的查理国王军队趾高气扬，谁都不放在眼里，如今，他们只能凭借着仅剩的一点儿子弹、三个半野战炮苟延残喘。敌军一步一步地向他们靠近，这让那些受伤的战士感到很不安，而那个商贩也不收战士们喝酒的钱了，早早地逃跑了。月亮圆了之后又缺了，马儿们也都戴上了新的马鞍，士兵们的手中拿着的不是滑膛枪就是卡宾枪。这时，牧师发圣餐的话语传到了步兵团士兵的耳朵中，牧师只好在黑暗中不断用左手试探着前行，终于到了跪着的士兵们身边，于是就把圣餐杯递到他们的嘴边。国王抽出长剑，猛地一下插进了身边的空地上，军官们披着斗篷休息了一下，主教则坐在鼓面上，倚着身后的大树。之后，他就和国王开始交流哲学方面的事情，因为他不想再让自己去胡思乱想。国王被哲学家们围在中间，就像是一个教导学生的老师似的教导着他们，而对国王忠贞不渝的老拉丁语学者，上校卢文霍特并没有听，只是在一旁读着罗马的诗章。

卢文霍特读了一会儿后就停了下来，拿过随从手中正燃烧着的火把，走到国王身边一看，发现国王已经睡过去了，头都耷拉了下去。主教和军官们纷纷站起来，看着国王温柔的睡颜，也停止了之前的争辩。他的膝盖上放着帽子，有伤口的脚上也绑着绷带。脸蛋和鼻尖也被冻伤了，满是冻疮，形容枯槁而显得非常沧桑，但是却给人一种很刚毅的感觉。脸色虽蜡黄但还算有点儿光泽，只是看上去比原来老了一些。熟睡中的国王像是做了什么梦，嘴巴一动一动的。

查理国王的确进入了梦乡，不过并不是什么美梦，而是梦见了很多人在嘲笑他，他们用手捂着脸从他的面前走过，虽然没有露出全脸，但还是能看见那勾起的嘴角一脸嘲讽的样子。他们一会儿变成蓝绿色，一会儿又闪着光。最后，他到达了一个堤坝，一个身材魁梧，穿着丝织品的人冲他走了过来，"别靠近我！你这个混账瑞典人！"他咒骂道，但是接着又狂笑起来，说："就是这个位置。三百年前，帖木儿国战胜了联合在一起的西方军队。你们的士兵都快死光了，弹药也只剩下四个炮弹，我不信我还能输给你们！我手下的士兵可都是既蛮横又不讲道理的小偷和酒鬼，他们活得没有任何价值，但我可以借助他们的力量，让他们为我卖命。我最近在创建一个巨大的战舰，比原来的任何战舰都大，并且我还得到了很多人的支持。"

国王想开口回答，但是嘴巴怎么都张不开。

卢文霍特光着头，跪倒在他的身前，把手放在他的肩膀上，说："敬爱的国王陛下，天要亮了，上帝一定会眷顾您的，但愿一切顺利，早点儿取得成功。"

当第一缕阳光照到树桩上时，国王醒了，他赶紧拿起插在地上的长剑。当他看见长满胡子的牧师诺尔伯格和随从们都在他的身边时，才松了一口气。他面无表情地对着卢文霍特点了一下头，但他依旧没有走出梦境。他甚至认为自己刚才做梦的样子都被他们看到了。

"什么是王国？"他问，但是接着又自己回答道，"王国的建立只是一个巧合，它需要大片大片的农场和带有堡垒的土地。对外扩张和结交盟友都会影响土地的面积。可是，国王，你觉得你可以称霸称王，那你可以管住自己吗？上帝不是让你纠结于国家土地面积的，而是让你多为百姓着想。假如我战胜了你，那你所拥有的东西都没有了，但你若战胜我，你只不过拥有我曾经的战绩。"

卢文霍特抓着科鲁兹的衣袖，唉声叹气地问："伙计，我一直忘不掉那件糟心的事。我是不是再也不能像原来一样快乐了？你瞧，元帅偷偷地赌咒发誓，生怕乌克兰人发现。吉伦克鲁克把元帅的话当成耳边风，而你，也只是知道后退。主教得多瞧不起我们啊！"

"所有的瑞典人都瞧不起别人。我等着他们被消灭的那一天，从此被世人遗忘。我们的后人不会知道曾经还有个叫瑞典的地方，现在才只是个开头。"

"希望上帝听不到你的这些话！在我心中，瑞典人是最强大的，他们一直追求着自由平等，从未忘记过。虽然国王还拼命装作沉稳干练的样子，但已不再受人拥护，他不能把我们拧成一股绳，不能让我们团结起来。他生来就是国王，而如今——"

"如今怎么了？"

"他成了一个不可理喻的人，连上帝都看不过去了。"

卢文霍特把帽子扣到了头上，抓起长剑，他看向科鲁兹并悄悄说："我也就能照顾一下最常见的那些士兵，可吉伦克鲁克不同，他考虑问题很全面，甚至把驻扎地的周围都装上了栏杆，或许我们不能理解他的这些行为，可还是要听他的命令。我看到了一些未来发生的事，我们今天一定能跟他完成任务。一旦到了第二天，活着的士兵就会羡慕那些死去的战友。"

他们都骑上了马，卢文霍特也向他的步兵团奔去，他们透过阳光看到了目的地，那儿即将会打起一场激烈的大战。

战场被炮火烧了个精光，土地都变成了黑色，上面还有成堆的灰烬，所有的植物也都失去了生命，不过没有了植物的阻碍，马车就可以肆意地驰骋。

一个骑着马的红衣哨兵从俄国面积最大的前哨站中出来了，打响了手中的枪。之后俄国人就在外垒打起了军鼓，士兵听到后，举着旗帜拿着枪冲了出来。紧接着，瑞典也演奏起了他们的音乐，和俄国人的鼓声对应起来。

阿克塞尔·斯帕尔和卡尔·古斯塔夫·鲁斯率领着自己的部下冲在整个军队的最前方，攻击着俄国的前哨站。马儿哼哼着鼻子，马鞍也嘎吱嘎吱地响着，当长矛刀剑打在一起时，把灰烬土块都震到了树上，就这样，原本绿油油的大树被污染成了灰色。

国王在斯帕尔的部队后面安排了科鲁兹的左翼士兵，敌人快速地从暗沟后面冲到了沃尔斯科拉河旁湿润的草场上。而在另一个方面，卢文霍特已经率领着步兵从南边打到了敌人的指挥处，并且攻下了两个前哨站。此时的战场上硝烟不断，女人们开始动手把马拴到马车上，年仅二十来岁的沙皇王后，身材高大，胸前凸起，还有饱满的额头。她拿着纱布和水壶，高冷地在一旁看着受伤了的士兵。

这时，国王也被瑞典的军官们围着，在距离东哥得兰不远的地方，还趴着一条狗。国王让所有人原地待命，而那些军官都脱冠下跪，希望国王收回成命，继续攻打敌人。随行人员霍特曼拿着银制的高脚杯给国王倒着水，国王终于开口说话了："鲁斯将军已经被敌军围起来了，元帅让雷格克罗纳和斯帕尔解救鲁斯去了，所以敌军很可能会来攻击我们。"

因为这个原因，军队就停在那里不再前行。果然过了没多久，斯帕尔骑着马跑了过来，身上沾满血迹，也不知道是他的还是别人的，他向国王汇报说敌军太强大了，以至于他根本无法拯救鲁斯。军队停留的时间太长了，可是他们又该走向哪里呢？没有人知道。更不幸的是，在他们耽误的时间里，俄国人的情绪高涨起来。此刻，卢文霍特选择了出兵，走到了科鲁兹中队的领地，想趁敌人不注意时杀他个措手不及。这一切都是卢文霍特的主意，并没有请示上级军官，但是他的做法却引怒了元帅，元帅气呼呼地跑到国王面前问罪。

"国王陛下，卢文霍特袭击敌人的这件事，是您命令的吗？"

"不……不是啊。"他犹犹豫豫地答道，但是脸色却因为撒了谎而变得通红。

元帅一听，觉得他和国王之间已经没有一丝的信任和尊敬了，更加气愤起来，那么多天的愤怒和伤心都通过声音表露出来。其实他在国王的心中是一个很真实的人，但是国王又不好意思服软，不想被元帅当作士兵一样辱骂，所以他想把这一切尽快地糊弄过去。

恰好，任斯基尔德走过来，他认定国王说了谎，也就没有跪下请安，安安静静地站在一旁，心里却想着怎么让国王长长记性，不再撒谎，毕竟国王都快把撒谎当成习惯了，所以他下定决心，一定要好好劝劝国王。

"是，是的！"他大喊起来，"你之前就说过很多谎话了。我可没少被你欺骗！"

喊完后，他赶紧把身体扭到另一边，不敢直视国王。

国王冷漠地躺在担架上。他的手下在那么多人面前让他出了丑，他也只能用沉默抵挡嘲笑了。他的手下听到了他的谎言，他更没有颜面耍赖说不是他说的。他宁愿放弃王位，也不想现在如此丢脸。他想站起来，骑着马逃离，带着还拥护着他的战士。可是因为脚上的伤还没有愈合，他根本无法站立。不仅如此，他还发着高烧，脸蛋摸起来还很烫手，他的手不受控制地抖着，甚至连剑都拿不住了。

"我要去前边！"他命令道，"快把我抬到前边去！"

"可是，我们的骑兵团还没赶回来呢。"吉伦克鲁克着急地回道，"我们现在就要开战了吗？"

"他们现在竟然还在路上。"国王气愤地说道，"可是，敌军的步兵团离我们已经不远了。"

吉伦克鲁克没有再跟国王争辩，而是骑上了自己的马，立在护卫军旁，替国王向上帝祈祷着。战争已经开始了。

帽子上绑着麦穗是战争的标志，战士们的吼叫声已经压过了炮弹声和军乐声，他们喊着："上帝会保佑我们的！上帝会保佑我们的！"远在他乡的战场上，有着许多常年征战在外的老士兵，他们的家人也来到这里。战争爆发之前，他们本可以在家乡安享晚年，但是现在却边哭边喊地说着告别的话语。战争开始了，军官们带兵上了前线，面色非常苍白。他们根据军乐的节奏，像接受民众检阅似的踏着整齐的步伐，士兵们相互挽着胳膊，手中拿着已经没有子弹的空盒子。不承想，一支人人都拿着枪的队伍从护卫队前哨站那边向他们冲了过来，但是当他们到了敌军的面前时，就把枪丢在了地上，换上了刺刀，跟敌人面对面地搏斗起来。

　　激烈的搏斗中，他们的衣服沾满了泥巴，已经分不清对方是自己人还是敌人，所以经常会误伤到自己的战友。科尼特·魁科菲尔特冲在科鲁兹部队的最前方，不幸被敌人的流弹打中，放在身体前面的旗帜随之从马上掉到了地上。早上的时候，他刚在国王的担架旁，看见他父亲的少校——李德伯格少校，少校身受重伤，意识不清，被他的手下从战场上拯救了出来。托尔斯滕森上校摔在了尼兰军队的前方，基仑柏格尔的脸上也都是伤口，可还在奋力抗争，重复着杀人的动作。霍恩上尉的右腿疼得无法动弹，只能由他的随从丹尼尔·里德波姆挽扶着，在斯堪的纳维亚骑兵团后边的草丛中慢慢地挪动，丹尼尔·里德波姆时不时还会帮他擦掉额头上的冷汗。骑兵波尔·温蒂洛浦死在了马背上，可还是把破烂不堪的旗子紧紧地拿在手中，保利中尉并不知道他已经死了，于是就把手中的水壶递给了他。兰克上校骑着马到了卡尔军队最前面的时候，被敌军射中了胸膛，一下从马背上摔了下来，列永耶姆将军同样也摔下了马，因为他的腿被射中了，德克罗少尉一直守卫着在西尔维斯帕尔中校遗体旁的那面旗子，直到他死去的那一刻。他身边的土地上躺满了受伤的战士，英烈占了一半。离前哨站台最近的是强克平部队，带队的上校受了伤，中校和奥克谢将军也都牺牲了，所以现在是莫纳上校领导着他们。泰格斯基尔德少尉用双手紧紧捂着脸，立起双肘保持身体的平衡，再仔细一看就能看见他身上还没有止住血的伤口。军队中几乎没有一个健全的人了，不是少个胳膊就是缺条腿的。

此刻，元帅骑着马跑了过来，温柔地问莫纳："那些军官呢？我怎么没看见他们。"

"他们有的受了伤，有的去见了上帝。"

"还好你们没有死！"

"我想，是我母亲的祈祷起了作用，上帝一直在保护着我，所以我能侥幸活命，还可以带领大家一起打仗，我一定会当好这个指挥官的。稳住，兄弟们，我们一定能赢！"

兰格尔上校也离世了，他脸上的伤让他面目全非，看不出原本的样子，他的部下想把他拖起来，但是怎么都拖不起来。在西哥特兰军队指挥的伍尔夫斯帕尔上校，用手捂着胸口重重地摔倒在地，而他的上司，勇敢的斯温·雷格伯格呢，被打中后也是从马上掉了下来。敌军向他展开了进攻，"嗒嗒"的马蹄声和马的嘶吼声萦绕在他的耳边，他赶紧从地上滚动起来，泥巴和灰尘因为他的动作飞得满天都是，他身边躺着很多尸体和受伤了的士兵，其中一个骑兵伤员帮助他上了马，一并运上了货车。

烂成破布的旗子飘扬在空中，仿佛下一秒就会掉落下来，最终一面旗子都不会留下。乌克兰军团中大多数士兵都是从斯维尔人最原始的家乡梅拉德尔来的，那可是瑞典的城市中心，但是，很不幸，这个军团早就没有了战斗力。在战场上受伤的士兵手中攥着带有苹果图案的旗子，斯特恩胡克上校也被打倒在地，手中拿着哥萨克士兵的长剑、枪托和马刀，磕磕巴巴地说："让我们喊起来吧：
上帝……我的上帝啊，我们……可……可算是解脱了！"凡·波斯
特中校和安乐普将军躺在相近的位置上。格里彭博格上校、胡尔汉
姆上校、艾森中尉还有三个瘦小的少尉非格尔、布林克和杜本也都
奄奄一息了。"坚持住啊，兄弟们！再坚持一下！"将军鼓舞道。
可这并没有起到作用，因为士兵们还是接二连三地倒下去，而他们
的尸体、衣服上的碎步和泥巴筑起了一面墙，保护起那些还活着的
战士。炮弹和子弹在战场上随意地飞着，也不知道会落在哪里。炮
弹爆炸时产生了大量的烟雾，阻碍了士兵们的视野。

　　部队准备撤离战场，士兵们也都逃跑了。卢文霍特知道后赶了
过来，拿出放在皮套中的枪，冲士兵们逃跑的位置开了几枪，希望
能吓住他们，让他们乖乖回来。之后，他又大喊道："坚持住啊，
兄弟们！国王马上就要到了！""国王要是现在出现的话，我们一
定能坚持住！"士兵们回应道。"我们不能放弃，更不能逃跑，快
停下来，不要再逃了！上帝会保佑我们的。"士兵们也自我鼓励
着，想让自己放弃逃跑的想法，可是他们的身体却一直在抖动，汗
和血湿透了衣襟。最后，他们还是选择了继续向后退，骑着马的士
兵拽紧了手中的缰绳，划伤了手和脸，终于，他们踏着牺牲者的尸
体消失在了远方。国王隐隐约约出现在硝烟中，但是紧接着就倒在
了士兵中间，光着脑袋，身上还披着奥克斯胡福德的斗篷，拼命地
用胳膊撑着自己，当然，担架上还挂着那只瘸了的腿。脸上被炮灰
熏得黢黑，可还是无法掩盖他眼睛发出的光，他虚弱地说："战士
们！战士们！"

　　一种微弱渺小而又孤独的声音在他们耳边响起。他们停下了
撤退的脚步，如果他们今天能平安地逃出去，那么日后在临死之前

他们也一定会再次想起这种声音。最终他们还是回到了国王的面前，把无法站立的国王抬到了一副担架上，如同对待受重伤的士兵一样。在撤退时也有很多人受了重伤，但是他们互相搀扶着支撑着他，避免让他再次摔倒在地。后来，沃尔菲特将军赶了过来，把国王扶上了自己的战马，而他自己却在哥萨克的枪炮下牺牲了。国王受伤的腿挂在马脖子上，沾满了灰土的绷带下一直在不断流血。然而，这时候对面战壕里射过来的子弹打中了马腿。国王被受伤的骑兵戈尔塔挪到了自己的战马上，他自己骑上了那匹受伤的只剩下三条腿的马。不幸的是，国王依旧没能躲过追兵的抓捕。

吉伦克鲁克看见了撤退的士兵，于是他冲过了战场，想要把他们聚在一起。士兵们绝望地说："我们所有人都受了伤，而且军官也牺牲了。"这时，他看到了元帅，在危急的战场上不需要多余的礼节，所以他并没有动。

吉伦克鲁克冲着元帅大喊："左边还在响着枪声，您难道没有听到吗？骑兵团里受伤的人数太多了，没有办法去别的地方了！"

"所有的一切都乱成了一团！虽然他们不是自愿的，但一定会有人跟随着我的。"元帅骑马往左走了。正在这时，吉伦克鲁克看见了往右边去的主教和将士们。他大声地喊着让他们不要中了敌人的诡计，但是并没有人理会他。手扶着马鞍的吉伦克鲁克十分明白，大家都丧失了理智，肯定逃不过被俘或者牺牲了。

他的身后空荡荡的，再也没有了瑞典士兵的拥护。俄国人像是一窝蜂一样冲向这边来，他们踏过浑身是血的伤员和牺牲的士兵尸体。这些沙皇的部队杀进乌克兰，侵占了那里的土地，使俄罗斯帝国名垂千古。有一种奇怪的声音正在缓缓地走过来，一步一步地越来越近了，像是葬礼上的圣歌。一面宽广的旗帜出现在了人群的后面。旗帜的最上边是耶稣像，与它在下面相对的是沙皇本人的画像，中间是沙皇的家族图谱，它的周围还围绕着圣人画像。剩下的士兵把国王搀扶到了行李车旁边，一些瑞典贵族护卫队和其他的军团在这里看管行李。国王自己动手清理好了伤口，就坐到了蓝色马车上，受伤的哈德上校坐在马车旁边。

"那个叫阿德勒费尔特的侍从去哪里了？"国王问。

"他中了一枪摔下去了，就在您的担架旁。"国王身边的人回答道。

达勒卡利亚军队闹哄哄地路过他们的休息区。

国王问道："达勒卡利亚人，你们那个叫谢格罗斯的上校和一个叫斯温胡福德的将军都去哪儿了？还有那个骁勇善战的统领军队的德雷克又去了哪儿？"

"他们都已经在战场上牺牲了。"

"那……我的副官、主教还有元帅呢？他们又去了哪里？"

国王周边的人互相使着眼色，默契地摇了摇头。应该现在就告诉他所有事情的真相吗？他的队友都牺牲了，他最敬爱的姐姐死了半年却依旧没有入土……这些都要告诉他吗？没有人敢冒着个险。

"被俘虏了。"他们磨磨蹭蹭地回答道。

"被俘虏了？是莫斯科人干的吗？也算比被土耳其人俘虏去要好得多。继续前进吧！"

他的脸惨白惨白的，但是却淡定地说着话，脸上甚至还带着一点儿笑意。

"从纳尔瓦到现在，这是我第一次见他这么地有精气神儿。那时，斯滕伯格和他在一起，他以为胜利的人是他自己。"一位头发灰白的士兵在达勒卡利亚军队里同伙伴低语。

查理国王神气十足地坐在马车上离开了这崇高的胜利之地。七零八落，死伤惨重的军队看着他渐渐远去。

到两点左右时，枪炮被用完了，战场上迅速地安静下来。这些侥幸活下来的人中有马泽帕最后的一点哥萨克和大多数的乌克兰哥萨克。农田和工厂被烧得干干净净，树木也都不成样子了，风沙掩盖了英雄们的躯体，他们无法安心死去，就像是从另一个空间里盯着这世上发生的一切。被俘的牧师和士兵们漫无目的地四处寻找着他们的搭档，他们会时不时地在一个坟墓前，用家乡话轻轻地念着坟前的文字。后来，杂草在坟头上肆虐地生长。过不了多久，他们也会在这片沼泽地中长眠，这块墓地后来被俄罗斯人叫作俄罗斯士兵公墓。

中校维泽尔和他的两个儿子长眠的地方被一个牧师发现，他捡起了旁边一个祈祷书的封面，这上面带有维泽尔家族的饰物。

他说："你是你们家族的最后一代。"他的表情悲痛又严肃，"谢格罗斯、曼纳斯瓦尔德、任斯基尔德、凡·波斯特这些家族都在战场上灭绝了，就连我也是我们家族的最后一个。我把你们的饰物扔掉了，就让我用我的武器来祭奠你们吧！"

以战争最激烈的地方为圆心，越向外尸体越少。暮色降临，天空中飞过一群乌鸦，受伤的士兵仍然对生命抱有一丝渴望，他们需要水。受重伤的人则一心求死，然而并没有人会帮他一把。他们会在用手枪自我了结之前，去战死的马匹跟前为家里人祈祷。有一个士兵非常激动地讲了一些慷慨激昂的话，他已经受了很严重的伤，可他依旧感谢上帝能让他如此光荣地结束生命。他替同伴和自己念完悼词后捧着泥土盖到了自己的胸口上，这个动作他整整重复了三次。"我们从哪儿来就要回哪儿去，现在我们要回归土地了。"接着他开始用很大的声音唱着葬礼上的赞美诗，天已经完全黑了下来，天上闪烁的星星和地上的同伴们都在应和着他的歌声。

莫滕·普里彻一直都在游走着唱歌，他从不惧怕地上横七竖八的尸体，士兵们渐渐地都沉默了。一个举着火把的老妇人带领着一队人马朝这边走过来，笨重庞大的马车上装着他们抢夺来的物品。他们发现了一个脖子上戴着银质十字架的号手，他正在紧紧地护着自己仅有的项链。最后，他还是被他们用干草杈打伤并抢走了项链。

莫滕·普里彻突然扑了过去："你们不可以杀人！不可以杀人！"他的声音低低的，却又很是坚决。猛然间他看见了邓妮亚，也就是他九岁的女儿，她此刻正站在那群强盗中。他的表情一下变得温柔起来，他向她伸出了双手，这完全是出于一个父亲的父爱，又像是局促的恋人那样。她的目光紧紧地锁在他身上，然后无情地笑了。

"他就是那个用钱收买我，得到了樱桃后还亲我脸的瑞典人！"她喊道，"他真该死！"

她灵活得像一只猫，蹿到了他的身上，强行扯掉了他的耳环，两道血迹从他的脖子上流下，他倒下了。女人们对他拳打脚踢，撕扯着他的衣服，并且撕光了他抄写的《约翰福音》，最后还脱下了他的靴子和破旧的袜子。他看到了拿着干草杈的邓妮亚，顿时被气得浑身颤抖，连伤口血流不止都未曾在意。

"这世上还有什么所谓的真诚？"他费力地爬上了一匹闯过来的瘸了的战马背上，"我们已经被上帝抛弃了！这就是上帝所宣布的结果！一切都结束了！这个世界充满了黑暗！"

他骑着那匹伤残的战马走了整整两天两夜。在路上，他碰到了一些受伤的被队伍落下的士兵，他们给他指明了方向。在沃尔斯克拉河和德涅河之间有一座小岛，他在那里发现了瑞典逃兵。德涅河面积宽广，看起来就像是一个湖泊。俄国兵很快就追上了他，哨兵被穿着血衣并光背骑在瘸马上的莫滕·普里彻给吓到了，开枪时失了手，他幸运地活了下来。

烈日炎炎，灌木丛下躺着受伤的士兵和患有野营热的病人。卢文霍特与科鲁兹在聊天，他神色痛苦，看起来状态很差。

"战争就是被国王操纵的棋盘，我请求国王渡过河去继续往前进攻，如果国王被俘，我们所有的瑞典人都会背负应有的责任，我们会不惜牺牲一切去救他回来，可是他却拒绝了我，理由是还需要思考。"

"我亲爱的兄弟啊，你对他说话的态度犹如对待一个患有痛风的病人，你从来没有觉得他是一个真正的男子汉，在你的眼里，他只是个年轻人在显摆自己的男子气概。"

科鲁兹来到马车旁边，一直在用手套对国王做一个假打的动作，但是很快又被国王的犀利眼神给制止了。

"国王，您遇到什么麻烦事了吗？"

"我经常告诉自己，我不可以被失败打倒。如果可以，我要把遗言写好，选好下一个国王。这样，我们就能继续开战了。如果我会死在战场上，我只希望我可以穿着自己的衣服埋葬在我倒下的地方，就如同普通的士兵一样。"

科鲁兹捏着手套低下了头，他同大多数人一样被这番话所震惊。

"尊敬的陛下，我懂得英雄所渴望的东西是什么，所以，我不会向上帝祈求饶过自己。唉……都过去了，以上帝之名。可是陛下您没时间再犹豫不决了。希望上帝原谅我这么说话，陛下您现在已经非常危险了，如果就连我们最后一个士兵都牺牲了，那么被抓捕的人就只有您了！"

"我可以很轻易地面对小部分人的反对，但是面对所有人的反对却是一件很难的事情。"

"那是事实，那是事实。但是——希望能得到上帝的原谅——像我们这种穿着军装的普通人是绝对不能做那样的事的。以一己之力来抵抗一切？也就是说，要靠一个人的力量来与整个世界抗衡，那一定是实力出众的人才能做到的，但是我们没有那么幸运，我们用来保护自己的武器只有握在我们手里的刀剑。我的观点已经说得很明确了，恳请陛下不要过河，请您和我们一同留在这里吧，如若不然您就会孤立无助。之后，人们就会说：这个国王毫无能力，将自己的军队拱手让给了俄国人！让人感到耻辱的冷酷无情的蠢人！看看，看看！他并没有把所有的东西都送给俄国人，他还是把在撒克逊得到的金钱带回去了呢。噢噢，对啊，哈哈哈！我们身为最忠诚的将士，再也不会让陛下独自去面对那些与您对抗的人，您这么尊贵的人怎么能听从像元帅、主教、卢文霍特和我们这种卑贱低微之人的意见呢？什么时候，愚钝的人才能了解灾难呢？陛下想要舍弃自己，然而，死亡不是劫难，更不会带来荣誉，我们这些老兵都明白这个道理。但是，尊严，尊严，陛下您要有尊严，您的子民是绝对不想看到您做出这样的事情的啊。我们都知道，敌人很难被打败。我们没有船只和锚，没有钉子，缺少木料，也没有木匠。所以我希望陛下能遵从大家的意愿，留在这里。"

"准备好一艘船！"国王下达了命令。

那个英勇地地主马泽帕提前把自己的所有钱物准备好，坐在船上等待着了。将士们的背上绑着衣服，胳膊下夹着船桨和树枝，跳入水中。在午夜的时候，国王也坐到了由两艘小船拼接在一起的船上。吉伦克鲁克站在船上，保持着静默，将贴在纸板上的作战计划交到了卢文霍特手上，所有人都保持着沉默。晚上十分静谧，繁星点点，水光潋滟的河面上安静得连划船的声音都听不见。

"我们俩再也没机会见到国王了。"科鲁兹跟卢文霍特说，"刚才他的眼睛里神采飞扬，透着光亮，我很想去探求一下他的未来会是什么样子。等他瞎了，老了，被人羞辱时，那会是怎样的情景啊？"

卢文霍特回答说："他将自己拥有的所有名誉都送给了他的子民，这一点将会被永远铭记在那些在沼泽中没有人会知道的坟墓上。所以我们应该感谢他为我们所做的这些事情。"

莫滕·普里彻悲伤的声音在黑夜里远远地飘散开来："约伯曾经这样说过：'我成为别人的笑柄，整日地被人们所嘲笑，我哭瞎了眼睛，我整个人都安静得像影子般被人所忽略，我对坟墓和蠕虫说，你们是我的父母和姐妹。可我的希望却毫无地位，当我自己撑不下去了，它也会就此消失不见。'"

天亮了，莫滕·普里彻身穿血衣，骑着马依旧向前奔走着，他不停地向人们询问着和基督教教义还有《圣经》有关的问题。战士们默默地守护着国王的空帐篷，但是敌人却想让他们投降。皮肤被阳光晒成了棕褐色的俄军将领保尔，爬到山上来，夺取了属于他们的战利品，莫滕·普里彻的双手不停地颤动着，从山上走了下来。

哥萨克头上戴着由黄铜制成的头盔，佩带着武器，马匹因为疲惫不堪而不停地在嘶鸣着，他们前面的空地上有许多半球形铜鼓、低音鼓、喇叭和滑膛枪等随意堆放在一起，遍地都是。他们像是看到了在奔赴战场之前母亲和妻子在门口、台阶和窗口上饱含着泪水，向他们挥手告别；老官员们因为伤心而抱在一起痛哭；有的人还拆下了绷带，任由血液喷洒出来；有两名战友当着侵略者的面同时将剑刺向了对方的身体，同时倒在了地上；有的人因为受到了惊吓而躲了起来；一群年轻人向这里走来，脸上生了冻疮，没有了鼻子和耳朵，看起来和死人差不多；派柏少尉——他在还没有成年的时候就已经被人削去了后脚跟，拄着拐杖步履蹒跚地走过来；作为侍臣的甘特菲尔，没有双手，他将两块黑亮黑亮的法国木头塞在了他的外套里面；有很多伤员安装了以木头为材料的假腿，靠拐杖保持着平衡，在急救马车和担架上安静地坐着。

莫滕·普里彻站在那里双手交叉，一片火光映入眼底，火光生之后，车里传来阵阵呻吟声。老普里彻脚步匆匆地走了过来，十分急切，他的声音十分不稳定，发抖且沙哑，随后声音却又变得听起来更加粗糙了，他的声音让人感觉到好似随时能够消失变成烈焰一样。

他急切地向那些没有杀伤力的伤员跑过去，并且对准了那个属于国王的空帐篷。

"这里就他一个罪人。您，无论有没有子嗣，都应把丧服穿上，将他的照片对着墙放好！你，小邓妮亚，你要跟你的伙伴们去坟墓旁边采花，他的墓碑要用人的颅骨和马的头颅来做！你，这个瘸子，你要用拐杖敲打着地面，让他去参与地狱的聚会，那么多因为他而丧命的人都会在那里等着他！虽然我知道，在不久的将来，面对公正的审判时，我们都将在木腿上或者凭借着拐杖跪下，那时我们会说，'上帝，希望您能宽恕他，我们都不再追究了，他会因为我们为他丧命既感到荣耀又感到羞耻的。'"

所有的人都保持沉默，面朝前方弯下了腰，保持不动，似乎是没有听到他的话，他感到越来越伤心，用双手捂住了自己那张消瘦的脸。

"以上帝之名说国王还活在世上！"他喊道，"他一定还活着，对吗！"

甘特费尔特用黑色的木手指从头上把帽子摘了下来，回答他说："国王陛下逃脱了危险。"

莫滕·普里彻将头磕在地上，抑制不住地激动，身体不停地发抖，很快就感到情绪又高昂了起来。

"感……感谢上帝的保佑！"他断断续续地说，"只要陛下平安无事，要我付出任何代价都可以，所有的一切我都可以接受。"

"对啊，对啊，感谢上帝保佑！"所有的瑞典战士都在小声地表达着感谢，将头上的帽子缓慢地拿了下来。

仅剩的水

下士安德斯·戈洛伯格安静地立在撒拉逊草原上，手中捧着唯一有水的水壶。他的身后藏着为数不多的瑞典和乌克兰哥萨克士兵，除此之外，还有一些受了伤躺在马车上的波尔塔战士。安德斯·戈洛伯格从昨天晚上开始就没有喝过一口水，他强忍着口渴的不适，因为只有这样才可以多省下一点儿水。可是坚持到现在，他实在是忍不住了，可当他的嘴巴碰到水壶的边缘时，他还是决定放下水壶，继续忍受口渴。

"神啊！"他长舒了一口气说道，"我身边所有的人都干渴难耐，我又怎么忍心自己一个人喝水呢？假如是您指引着我们走进了这一片荒郊野岭中，那得多久之后您才会说：'我要求你们像英雄一样拿着武器远离贫困落后的祖国，朝着世界大胆迈进，可是你们毕竟都是我的心头肉啊！看到你们的心地还是那么的善良单纯，我又怎么忍心呢！于是我把你们外面的衣服扯开，让你们拿着拐杖才能行走，再给你们一双用木头做的腿，这样的话，你们就会乖乖地做我的信徒，永远不会再想着统治别人了。那时你们就会知道，只有我才能铸造你们的伟大。'"

安德斯·戈洛伯格依旧捧着水壶站在那里，站了很长一段时间后，他终于抬起脚，走向国王并把手中唯一一个有水的水壶递了过去。国王安静地躺在马车上的枯草中，因为高烧一直折磨着他，他的身体特别地难受。国王死死地咬着嘴唇，血很快就沿着他的嘴角流了出来。

"我不要，快拿走它！"国王虚弱地说道，"我刚才已经喝过一壶水了，还是让那些受伤的战士喝这壶水吧。"

安德斯·戈洛伯格知道国王是在骗他，因为国王刚才并没有喝过水。这么多人中只有他知道以后用水的地方肯定还很多，所以他需要能省一点儿就省一点儿，而且他并没给任何人水喝，况且前方的路途还很遥远，到目前为止，他们没有找到任何泉眼，甚至连沼泽的痕迹都没有。不过，他知道国王是不会喝这壶水的，因此他离开了国王，可是他也变得更加的口渴和虚弱起来，但他还是忍住了想喝水的欲望，只是一步一步地向前走着，丝毫没有任何停留的想法，也没有把水给任何伤员，而是挂在了自己的肩膀上。每当喝水的欲望不断袭来时，他就会在心里做无数的挣扎，可当他把水送到嘴边时，就又会放下来，因为他必须要让自己留下这些水。

"或许，"他寻思着，"我能找一些别的东西来替代水源，那样我不就不渴了吗？也能显得气色好一些。"

中午的阳光是那样的毒辣，他看见了一个头发灰白并且没怎么穿衣服的副官，那个副官的肩膀上还裸露着骇人的伤口。于是他撕开自己的衣服，帮他简单处理了一下伤口，包扎完后还把自己的外套脱下来送给了他，本来他想把水也给他的，可是转念一想，自己还有很长的路要走，比他更需要这些水，所以他就放弃了这个想法，可心里却很不是滋味。后来他遇到了一个赤裸着脚的马车夫，因为光脚的缘故，脚上血迹斑斑，所以他就把自己的靴子给了他。只要一想到身边所有的人都没有水喝，他就不忍心喝掉自己壶中的水，这让他更加地纠结和煎熬。他用带有讽刺的眼神看着那两辆马车上满满的金银财宝，一心念着这明明是满箱的财富啊，可是怎么就不能给他那些可怜的战友一丝生存的希望呢，哪怕是一滴盐水也可以啊！

"走！"他冲大家喊道，"我们接着向前走，这些箱子也一起带着，坚决不能扔掉！行动起来，伙计们！"

士兵们好像没听到他说话似的，没有一个人回应他。因为大家感觉他现在的这个样子像极了从前，总是在战争爆发前站到队伍的最前面，发表很多鼓舞士气的演讲。士兵们这次没有看到。他喊完以后，一边用手捶打着自己的脑袋，一边在小声地嘀咕些什么。

"唉，我这又是何苦呢？没有人逼着我把这么珍贵的东西送出去，那我又何必非要把它们送出去？"他心里想，"呵呵！那我们就可以不用手搬运，而是让那些钱筒在草地上随意滚动！我记得彭戈廷在委培里克将要死的时候，特别羡慕那些能穿着白色衬衫死去的人。唉，我可不会幻想那么美好的事情。我只希望上帝能满足我一个很简单的愿望，那就是当我死的时候千万不要死在裸露的草地上，而是像大多数人一样，能躺在泥土里面，泥土上最好还要有鲜花和墓碑，碑文为：安德斯·戈洛伯格　生平不详。"

太阳快下山时，大家不再前进，坐在一起休息，只有几个乌克兰哥萨克士兵在一旁拿着铲子挖坑，以便让那些在白天死去的弟兄们入土为安。一些战士发现茂密的草堆中竟有几棵矮小的樱桃树，他们兴奋起来，摘下樱桃分给了所有的战士。安德斯·戈洛伯格一个人悄悄地走到了灌木丛后面，想偷着把节省下来的那壶水喝掉。恰在这时，提醒大家俄国人已经追到了草原尽头的喇叭声响了起来。

本以为并没有被任何人发现的安德斯·戈洛伯格打开了水壶的盖子，嗅到了壶里面水的香甜。当他刚把壶口放在自己的嘴边时，却心虚了起来，原来他发现那个看管银子的博尔耶克夫正坐在离他最近的一辆车上，并且眼睛死死地看着他。

安德斯·戈洛伯格很想光明正大地看回去，可是他不敢，只好把靠近嘴边的水壶又重新放了回去。

"上帝啊，求您保佑那些忍耐着饥渴却敢于探寻正义的人吧！"他喊着。

安德斯·戈洛伯格特别无私地把水壶递给了博尔耶克夫，博尔耶克夫也没有客气，一口气就喝光了水壶里面的水，因为他实在是太渴了。

安德斯·戈洛伯格让后背倚在马车的挡板上，当车子刚刚走动时，由于双手没有抓紧挡板，所以一下就摔在了地上。

"马车上没有我能坐的地方了。"他边说着边拿过一把铲子来撑着，"虽然我现在才二十多岁，可是我感觉我的体力已经和九十岁的人差不多了。我还是拿着这把铲子吧，这样一来，就算我只剩下一丁点儿的力气，也能给自己挖一个墓地，安安稳稳地躺下去。唉，我这潦倒的一生啊，这么快就要结束了吗？不知道为什么，我的耳边经常有一个声音响起：'我亲爱的孩子们！'"

所有的人又重新上路，继续向前走去，号兵们也都骑着马向前走了，就连那一群一群的鹳鸟也跟着张开了翅膀，向着夕阳的另一个方向飞去。而可怜的安德斯·戈洛伯格啊，从来都没有换过动作，一个人一直孤零零地在草地上跪着。

从那天之后，再没有人见到过他，也不知道他是生是死。

议　会

会议室接待厅门口站着的是秘书史密德曼，他手中拿着的是给瑞典贫困地区的百姓们增加税收的文件，不过文件还需要各州首领的签字同意。

各个州的首领一个接一个地来到了会议室。坐在生病的福肯伯格旁边的人是老弗洛里奇，他原本是睡着的，可是不知道怎么的，他突然从酣睡中醒了过来。

"我觉得国王的权力应该是至高无上的，所以应该收回我们手中的权力。"还没彻底睡醒的老弗洛里奇低着头说道。

一听老弗洛里奇的话，阿尔韦德·霍恩暴跳如雷，气得把椅子都推倒了，接着他伸出两只手说："我劝你还是去找修女伊娃·格蕾塔吧，跟着她一块祈祷。省得你无所事事，把我们这些对国王一心一意的大臣，当成一些只会抢夺国王财富和权力的龌龊小人！"

"恶魔，你就是个恶魔！"福肯伯格愤怒地吼道，搭在椅子扶手上的手指也气得发白，"不管是哪一天，都会有人诬陷或者诋毁这些瑞典人，可怜的他们从此再也不知道，尊重他人的荣誉究竟是怎样的一种感觉，谁也不敢违背国王的意愿。霍恩，你不能再这样下去了！你知道吗，所有人都烦极了你在战场上的那些所作所为。你的行为就像科鲁兹讨好海德薇格·索菲亚公主一样，只会用武力赢得乌尔里卡·埃莉奥诺拉公主的欢心。唉，你说得对，我们现在不要再议论国王了，我想你还是好好理解一下他的信吧！读明白了你才能知道，信中并没有对我们提出要求。"

"呵呵！算了，不用读了！"霍恩心虚地说着，他把刚刚推倒的椅子扶起来后，稳稳地又坐下了，"信中说的都是些和女人有关的事情，还有就是为做这件事找的借口，既然没有什么重要的东西，又何必浪费时间来读呢？我可从来都不会相信，一个从来都不懂得与别人沟通的人，竟然会把自己的所有事情都写在纸上，简直是天方夜谭！不过我还是相信，当所有的磨难都度过之后，还是要算清楚的。"

"什么，你竟敢这样说！"福肯伯格一边说着，一边慢腾腾地撑起自己年迈多病的身体，"总会有那么一天，瑞典人不再是那种懦弱、道貌岸然的人。克里斯丁和埃里克十四世这些暴君所做的事情已经让我们足够难以忍受了，可是他现在的行为远比这些暴君还要可恶，说他是个恶煞也不为过！你可以想想，当我们瑞典的男人们战死后，家里就只有一些年迈虚弱的女人了，是她们，延续了我们瑞典的香火啊！"

费边·瑞德这会儿也非常严肃地从椅子上站了起来，但是他的声音却很温柔。

"我们开始开会！"他大声喊着，并用手指了指没有关闭的门，"我不是一个胆小的人。我也从来没有为了让主人喜欢我而刻意讨好他，也正因为这样，我从未得到过国王的喜爱。对我来说，我的祖国就是我的一切，那里有我的父母、家人和各种回忆！我知道我们的祖国现在正面临着很大的危机，但是我相信，我们一定能克服掉所有的困难。只是，现在考虑这些问题太早了。上帝给了我们带刺的帽子，最厉害的不是那些抢夺帽子的人，而是能把帽子戴在自己头上的人，并且他们还会说'天父啊，不管您有什么问题，都请随时来找我，我永远会服侍您'。其实你们应该知道的是，无论过去我们取得了多大的成就，那都不如现在的一丝一毫。"

霍恩也向会议厅走去，当他看到福肯伯格时，突然转身对他小声地说："我母亲可不是只有我一个儿子，可是我所有的兄弟们都死在了战场上，只有我一个人活下来了，我却感觉自己还不如死了算了。你刚刚说到了国王，假如因为一个人的行为，让国家遭受了那么多的灾难，那么他又有什么资格当国王？"

听到霍恩的话，瑞德又接着小声说："现在人们受的苦已经太多了，你又怎么忍心继续让他们遭受更多的磨难呢？"

所有的首领都走进了大厅，只有福肯伯格一个人还在接待厅里来回踱步。直到秘书把那份纳税文件全部读完时，他才坐到会议室的桌旁。接下来就只需要首领们同意了。

此时的会议室里没有一个人说话，福肯伯格把自己的身体陷进了椅子里，红了眼眶。他已经不记得刚才发生的一切了，只是两只手不断地在身上来回摸索，并小声说着：

"我的笔呢，我的笔去哪里了？"

教堂广场上

　　容·斯奈尔是莫拉人，肩膀很宽，他有两个农民邻居，即蒙斯和马赛厄斯，此时，他正在跟这两个邻居一起喝着粥。斯奈尔平时很抠门，因为害怕生火取暖会浪费木柴，所以他冬天都是在挂着床帘的床上度过的。从圆形窗户伸出头来的他，脸盘很大，皮肤也很粗糙，满脸都是皱纹，然而下巴上却没有胡子，不过这张脸看起来比原始人还要难看。虽然他说话时的速度很慢，但是嗓门却很大。

　　"我认为吧，"他一边说着，一边用手敲着桌子，"冬天粮食不够，或许我们又要开始啃树皮了。我还剩下最后一头牛，我决定明天就把它杀了。政府收取的税真的是一年比一年多，征兵也一年比一年紧，如今连牧师都不干活儿了，教堂里空无一人，更别提会有人敲钟了，可能是给上帝买贡物和粮食的钱都被他们一并带走了吧。"

　　蒙斯赞同道："你说得没错啊！"

　　蒙斯说完后还在脸上抓了抓痒，接着又用喝粥的勺子舀了一勺盐。他之所以就着盐喝粥，完全是因为那天是安息日。平时的蒙斯也很小气，常向左邻右舍要东西，有时还会计算在粥上的盐粒数、锅下的柴火数。

桌子上趴着马赛厄斯，他的皮肤干瘪并且长得也很难看，牙齿是黑的，眼睛虽然很小却带着狡猾。三人中就数他最抠门，他的贪心程度在这个地区是没有人能比的。他能小气到不买鞋子，每次都会去祭衣间向牧师要鞋子穿。

每当这时，他都会粗着嗓子说道："我觉得没那么难，上帝是让政府给我们钱的，反正他们是不会从我这要走一分钱的。"

"他们要是能要走你的钱，我的渔网就让你拿去卖钱。"容·斯奈尔说道。

蒙斯说："我也这么觉得。"

"喊，都快饿死了，还能怎么做？"马赛厄斯边嘲讽地说着，边切了一块面包。

容·斯奈尔拨弄了一下他那黄色的长发，起身大声喊道："喂，你别光说！干脆把你父亲的大口径短枪拿下来，把那些官员和税员都杀了，然后把尸体藏在稻草堆里。在他们被发现之前，我们就去斯德哥尔摩找那些官员，告诉他们平民们的意见。我们只求稳定的生活，社会稳定就够了。"

蒙斯颤抖地站起来，说道："我同意你说的。我跟你们一起干。"

这时，马赛厄斯也起身跟容·斯奈尔握了手，表明了他支持的态度，并说道："现在我们应该跟教堂中的人商量一下，毕竟我们还是要遵守过去那些规矩的。"

容·斯奈尔回答道："这是一定要说的，我们只是想要稳定的生活。"

说着，他们便动身前往教堂，走出门跟路上碰见的妇女、用人、老人和小孩都说了他们的想法。等他们走到教堂的时候，已经有二三十个人跟在身后了。

　　木屋、湖面还有白色的教堂都被秋天里带着冷意的阳光照射着。聚集的人们站在这教堂的广场前，不时地低声交谈。教堂的走廊里安安静静的，那些在圣坛旁边的小孩乖巧地坐在那里。那些穿着皮毛大衣的老人从森林里出来时就开始喊叫，因为他们看见了容·斯奈尔，他是这个教会区最有权威的人，当然也被认为是最吝啬的人。有一些上身穿着白色衬衣或是背心，下身穿着短裤的人转过身来看向他，在他们眼里，任何东西都没有他的话能让人充满信心。

　　这时，他喊道："信徒们，你们是值得骄傲的。所以我们要学习一些新的有关容忍的祈祷词。"

　　这时所有的人都沉默了，他们都安静地站着，一声不吭。

　　突然，有人喊道："国王被抓了！国王被抓了！"

　　容·斯奈尔突然目光一定，紧握双拳，"这是真的吗？"看样子他很想知道这到底是不是真的。

　　蒙斯说："我确定，这是真的。"

　　容·斯奈尔大声地喊道："不要再说了，你们知道事情的真相吗？"他边说着边激动地挥动着双手，人们都吓得躲到了一边，给他让出来了一条路。

　　他走到一个长椅前坐了下去。人们依旧跟在他身后，不一会儿就又把他围了起来，因为大家都想听他说的话。

　　"我再问一遍，国王真的被抓了吗？"他说。

　　"这是真的，所有人都知道了。听法伦的铁匠说，国王当时在草原上逛着，结果就被抓了。"

马赛厄斯走到他的面前，屈下身子，伸出他的手指。

"容·斯奈尔，你能说说你对这件事的看法吗？"

容·斯奈尔把手搭在膝头上，额头和嘴巴上洒满了阳光。他低下头看了看地板。

"对啊，你说说吧！"人们说，"一个斯德哥尔摩的议员把他全部的积蓄都捐给了国家，另一个则贡献出了他的官位，人们还想让那些有钱人把他们的钱都捐出来，不能留下一分。唯有太后，还在浪费着物资，真是可恶，人们都去教堂砸玻璃了！"

"我们呢，"马赛厄斯说，"容·斯奈尔让我们拿下挂在墙上的大口径短枪。"

"这是可以的。"蒙斯说。

容·斯奈尔一直都没说话，周围的人也都在沉默，教堂的钟声是那么的清晰。

好久之后，他终于开口说道："对啊。"声音中饱含了沉痛和哀愁，"我们确实应该站起来了，拿上大口径短枪，走出这里。啊！伟大的上帝！达勒善良的人们啊，要是国王被抓了，请一定让我们上战场，去决一死战，或许还能救出国王。"

虽然马赛厄斯没有说话，但是在他的眼睛中，我们能看到希望的光。

"记住，这是规矩，更是我们的希望。"

蒙斯赞同道："说得太对了。"

众人听后，赞同地高举起双手，兴奋地喊道："对啊，对啊，这就是我们的规矩和希望。"气氛越来越热，呼声也越来越高，教堂的钟声都淹没在这高涨的热情之中了。

囚　犯

　　最近的这段时间，斯莫兰芬何德的气氛和以前不太一样，好像所有的工作都不再重要，所有人都看不到未来似的。这里的人们不是忍饥挨饿，就是放肆地吃吃喝喝，不停地唾骂。无论在哪个农场，你都能看到些穿着新丧服的女人，其中一部分女人还带着孩子。从早到晚，女人的嘴里都说着那个已经逝去的丈夫或者被抓去当俘虏的丈夫，甚至半夜都会被噩梦吓醒，醒来后便会听到那些身着黑色油布衣服的马车夫牵着他们的马车赶路的声音，他们的车上可都是些死于瘟疫的人啊。

　　海德薇格·索菲亚公主的尸体在达尔摩教堂待了整整七年了，就是因为太穷了，所以迟迟不能让她入土为安。如今，她旁边又多了一个棺材，棺材里的人就是查理家族的老太后海德薇格·埃莉奥诺拉夫人。她的尸体上只盖了一张简陋的亚麻织物，守护她尸体的那几个侍女早就昏昏欲睡了，只有暗淡的烛光在晃动着。

　　这时，最小的侍女边打着哈欠边走向窗户，拉开厚重的窗帘，想看看天亮了没有。

接待室里有个人在走动，通过他走路的声音可以判断，他的腿脚应该不太好。不一会儿，果然看见一个身材矮小并且腿脚不太好的男人一步一步地走近棺材，他刻意调整了自己那条木腿的节奏，严肃地拉开了帘子。这个男人的头发从脑后垂下，一直垂到了衣领，白花花的头发显得他更加苍老。只见他拿出了一个装有防腐剂的瓶子，把里面的液体倒进了棺材中的一个盒子里，而那个盒子位于尸体的长裙和马甲之间。防腐剂流下的速度特别慢，所以那个男人就站在一边耐心地等着，等防腐剂流完后，他便把瓶子放在了盖尸体的那块布上，然后朝着站在窗口处的侍女走去。

"布隆伯格，现在应该还不到七点吧？"她小声说。

"对啊，才六点钟。今天外面的天气特别差，我觉得可能会有暴风雪。只是这个时候的瑞典，已经没有人可以幻想好的事情了。恕我直言，我们不可能凑够钱办一场体面的葬礼了。圣人埃切罗特曾经预言过，他说我们会遭遇火灾以及其他的一些灾难，现在才只是个开头。我只希望我们王宫前面的土地不会遭受火灾！大火把乌普萨拉草原上的教堂和城堡都烧光了，暴风雪把大火燃烧时的火花带到了韦斯特罗斯市和林雪平市，使得整个王国也跟着烧起来了。很抱歉，这就是事实，尊敬的女士，我还是比较擅长说实话，毕竟说实话会让人很舒服，并且这也是我做人的底线，我在第聂伯河时，还曾经因为坚守这条原则保全了性命呢！"

"你怎么侥幸逃命的？那个时候的你不就是你们队伍里面的一个普通医生吗？快跟我说说，我很好奇。天色还很早呢。"

布隆伯格坐到侍女身边，他的样子就像是个牧师，认真地说起自己的遭遇。时不时地把自己的食指和中指伸出来，而其他三个手指却一直弯着。

他们两个都看向了棺材里的尸体，尸体很舒适地躺着，脸上有皱纹的地方都涂满了蜡和防腐剂。于是两个人走到窗口下的长椅上坐下，布隆伯格向侍女讲起了自己的遭遇。

那个时候的我，已经躺在波尔塔瓦那贫瘠的沼泽里昏迷了很久了。在那之前，我靠着这条木腿走了很长的一段路，途中还被马踢了一下。当我真正走出沼泽时，天都黑了。这时我突然感觉有一只手在我身上摸来摸去，外套上的扣子也被他撕扯着。一开始我以为是鬼，可是后来又听到了他特别温柔的说话声。于是我就镇定自若地拽住了他的胸口。这时他说话了，从他那慌张的话语中，我知道他是一名哥萨克，那个和瑞典结盟的乌克兰就是他的故乡，不过他一直在外打仗。我可是一名军医，当然见过一些其他国家的人，比如被俘虏的波兰人、莫斯科人啊，所以对他们的语言也有所了解。

"只能说现在人心难测，"我低声说，"可是上帝却教导我们学会忍耐。早晚有一天正义会压倒邪恶的，不真诚的人终究会有一天被上帝惩罚的。"

"善良的先生，请不要怪罪于我。"乌克兰哥萨克小声说，"瑞典的国王抛弃了我们乌克兰的哥萨克们，任由我们自生自灭，而我们曾经背叛过的俄国沙皇现在也追杀着我们。如果我穿上了你们瑞典的军装，他们就会以为我是瑞典士兵，如此一来，我就能活命了。请原谅我这样做，善良的先生。"

我趁着他说话的工夫，找出了身上的火石和兵器，并且点燃了身旁已经干枯的野草和树枝，因为只有这样，我才能知道他身上有没有武器。火光照亮了周围的一切，我也就顺势看清楚了这个矮小的老男人，可他的脸上竟表现出来了一丝狡猾，手上却什么也没有。突然，他像一个饿狼捕捉到食物似的跳了起来，弓着腰径直走进了草丛中，因为那儿躺着一个死了的瑞典少尉。他已经死了，所以不会反对别人穿他衣服的，我也没有阻止那个乌克兰哥萨克。当他脱下这个瑞典少尉身上的衣服时，一封信被抖搂了出来，通过信封上的通信地址，我才知道这个因流血过多而牺牲的孩子叫福肯伯格。他像一个刚出生躺在房子里草堆上的孩子似的。这封信来自他的姐姐，信中的一句话我非常喜欢，以至于后来成了我的做人准则："实话比谎言更有力量。"

"请允许我把火灭掉，好心人。"他小声说，"否则，会有很多人过来抢我们的东西。"

我已经听不进他说的话了，一直在反复重复着那句话："'实话比谎言更有力量。'这完全可以称作格言啊，老伙计，你能明白吗？我按照这句话做，一定比你隐姓埋名换一种身份更容易存活下来。"

"让我们试试吧。"乌克兰哥萨克答道，"不过，活下来的那个人一定要为死去的那个人祷告。"

"好的！"我回复道，并向他伸手握去。此刻我把这个满脸是胡子的人当成了我的亲兄弟。

他把我从地上拉了起来，天刚亮时我们碰到了一些伤员。这些伤员想在隐瞒自己乌克兰哥萨克身份的同时潜入波尔塔瓦投降。一直跟在我身边的那个乌克兰哥萨克穿着一双特别大的靴子，靴子的靴口都快到他的屁股了，衣服也耷拉到地上。当一名哥萨克过来询问他的时候，他背过了身子，并用他在军营里面学到的瑞典话大声呼喊："做什么，我是瑞典人！"

那些人把我也带走了，最后让我和那个乌克兰哥萨克以及我的八个伙伴，挤在一栋大房子的阁楼上。我们两个到那里时，里面没有任何人，于是我们就把过道中的一个靠近窗户的地方清理了一下，然后铺上了一层厚厚的草，看着就很软和。恰巧我身上有一支锡做的长笛，这还是在斯塔罗杜步卡尔梅克人的尸体上找到的，为了不让日子那么无聊，我就自己摸索出了一些好听的曲子。不过我们发现了一件很奇怪的事情，那就是我的笛声一响，小巷对面的窗口处就会出现一个很年轻的女人。我注意到了有女人在听，所以我吹笛子的时间也就比之前延长了，不过我并不知道那个女人长什么样子。也有可能是因为我生活的地方没有女人，所以对于她的出现我还是感觉不太习惯，不过我真的很开心她能来听我的演奏。可惜的是，每次她站在窗口的时候，我都不敢跟她对视，毕竟在女人面前我还是很羞涩的，不知道该怎样去和她们交流，而且我也没跟那些会花言巧语的男人学习过。"每一个人的心灵都是纯洁的。"《圣经》里面有句话，"不信奉基督，不崇拜上帝的人，心灵就不会纯洁，也不能理解自己的兄弟们，毕竟上帝是全能的。"

不过我知道，作为男人不管是什么时候都要把自己最完美的样子表现出来，因此我在吹笛子时，总是把外套上的那个破袖子藏起来。

她则是两个胳膊互相交错着放在窗台上，两只手白嫩细腻，不过就是有点儿大。她一般穿着一件猩红色的外衣，扣子是带有一些花纹的银制品。我之所以知道她叫菲多索娃，还是因为一个老妇人，那个老妇人每天都会推着一个手推车卖果酱面包。

天黑之后，她就会点上一盏灯。她的窗户没有挂帘子，所以每次她点了灯之后我们就可以很清楚地看见她，不过偷看是一个很不道德的行为，所以我和乌克兰哥萨克就围坐在干草堆上。

我看到祈祷书中有几张很烂很旧的纸，上面写着穆勒布道词，于是我就把纸上的内容讲给哥萨克听，不过我发现他并没有在听，所以我只好和他聊一些其他的事情。我和他聊起了刚刚那个女人，他告诉我，那个女人已经成家了。因为按照当地的习俗，没结婚的女人会梳长长的辫子，并且要绑上红色的丝带，而那个女人她的头发却一直散着，更像是一个刚失去丈夫，现在正在服丧的人。

　　晚上的时候，我们一起躺在了干草堆上。我察觉到那个乌克兰哥萨克正偷拿着我的鼻烟勺，我很生气并且大声训斥了他。不过，训斥完之后，我们就和好如初像朋友一样躺下休息了。

　　天刚蒙蒙亮时，我为自己在这里苟活而感到羞愧，所以就和乌克兰哥萨克一起祷告。当我们做完祷告后，我便洗漱收拾了一番，走到窗口吹着自己最熟练的曲子。

　　菲多索娃已经沐浴在晨光中了，为了让她知道我们瑞典人和她们乡下人的不同，我特意叫乌克兰哥萨克和我一起打扫了房间。没多久，整个房间的墙都变成了白色，蜘蛛网也全部被清理掉了。我不想再思考其他的事情，于是就休息了。在休息时，我突然发现自己竟然能适应现在的生活，并且过得还很开心。我的伙伴们现在都坐在客厅的地板、椅子上，他们一边叹息着一边谈论着家中的亲人。那个时候，我和乌克兰哥萨克每天都可以去防御墙外散步、透气。每当晚上我在干草堆处躺下来时，我总感觉自己没有脸向上帝祷告，我觉得把他们从这里救出去是我的责任，所以不能再这样混日子了。我特别希望自己能有一个小时的自由，可是这必须有一个合适的理由，不然俄国人是绝对不会同意的。如果我执意要这么做，那我就会面临着很大的风险，可我最后还是没有选择承担这个风险。

第二天的早上我又站在了窗口处，这时我看到菲多索娃正穿着衣服躺在地板上睡觉，她的脖子底下还垫着一个垫子。天还很早，稍微有些凉意，所以我根本无法静下心来吹笛子。不过等了一会儿后，菲多索娃好像察觉到我在看她，于是她便起来了，笑着向我张开了双臂。她这个突然的动作，让我慌张得不知该怎么办，可眼睛却没有离开她。我的脑袋和脸变得越来越烫。当我把长笛放下时，我才意识到自己此刻究竟有多窘迫，同时我也对自己刚才的行为而感到懊悔。于是，我把皮带勒得更紧了一些，重新拿起长笛，做出吹走灰尘的动作。负责监视我们的那个俄国副官告诉我和那个乌克兰哥萨克朋友，说他也是那天进城的人选。我们没有搭理他，我只是请求乌克兰哥萨克帮我带一束满天星来，那些花儿长在被烧掉的房子旁，是黄色的。他帮我摘回来，我就可以把它们送给菲多索娃了。也许菲多索娃会发些善心，回赠给我们一些能吃的水果或者干果。沙皇给我们的那点儿面包实在是太少了，不够吃。

乌克兰哥萨克其实是不想去的，可是他又怕我会为了这件事不再相信他，只好很勉强地去了。

他刚走一会儿，我就后悔了，因为没人陪着我了，只有我一个人，这让我感到很无聊。我一个人孤独地在干草堆上坐着，没有被任何人发现。

我总希望下一秒就能听到乌克兰哥萨克的说话声。所以我立刻跑到窗口，正好看到了菲多索娃，她的旁边站着乌克兰哥萨克，此刻他正拿了一束特别美丽的满天星，想送给她，可是菲多索娃并不想要。她说这些花是一个粗鲁的人给她的，不够单纯美丽。而乌克兰哥萨克却表现出一副不太理解她话的样子，试着用挤眼睛、点头以及各种手势来让她知道送花是我的想法，这样一来她才把花收下了。

看到乌克兰哥萨克的行为，我觉得很羞愤，就走回到了干草堆旁。等他回来，我就按住他的肩膀，使劲地摇着，然后让他站在墙壁前反思。

我的手抓着他，可他竟然还在窗口欢快地向菲多索娃做手势，给她飞吻。我走了过去，把他挤到一边，向菲多索娃鞠躬道歉。可是，当我看到菲多索娃把那些花的花朵都扯碎，并且叶子也全部扔掉时，我真的是气急了，也正因为这样，我终于有了勇气和她说话，不过我根本没有想出怎样才能特别绅士地和她对话。

我紧张地对她说："尊敬的女士，请不要因我这个野蛮没有礼貌的同伴而恼怒。"

她一直在很认真地摆弄着那些花，过了很长时间我才听到她说："我丈夫还在世时就常常和我说，瑞典士兵是最帅气的士兵。他原来看到过一些赤裸着身体的瑞典囚犯，旁边还有女人拿着鞭子抽打他们，边打边骂。最后，那些女人却被他们拔手枪和射击时的动作迷住了，不再欺负他们。所以这段时间，你引起了我的好奇，对了，你吹的笛子特别好听。"

我对她说的话很满意，作为回报，我可以称赞她的胳膊修长或者身材高挑，可是我并没有这么做，而是拿出了长笛，给她演奏了一曲我很喜欢的一首歌，歌名叫作《我需要你的时候，我从内心呼喊你》。

那天以后，我们就经常在一起畅谈，虽然我对俄语不是很了解，但我们的关系却变得更亲密了，时间也过得更快了。

她摆好碗筷后，又看了眼炉子里的火，然后她拿下了挂在房顶的渔网，那是她丈夫活着的时候用来捕鱼的。她把刚炒好的甘蓝和一瓶啤酒放到了渔网里，借助渔网上的长竿，隔着过道就把食物给我们递了过来。我举杯示意感谢她，她点着头说道："真替你们感到惋惜，但是俘虏也没有什么错啊。"当太阳快落山时，她将纺织机挪到了窗台边，我们就这样一直聊着天，直到深夜。这让我很高兴，并且也不觉得在这战争的废墟中有这种感觉是一件很罪恶的事，何况我对她没有任何非分之想。我看着这片满天星，像是为上帝演奏的颂歌，令我很是满足。

到了深夜，我和乌克兰哥萨克一如既往地坐在一起祷告，而他又想偷我的鼻烟勺，我再一次训斥了他。这时他突然小声对我说："您是喜欢上菲多索娃了吧，她那么美丽纯洁，值得你拥有，我发誓你不会遇到一个你更爱的人了，所以，您想法子让她跟您一起走吧。"

我呵斥道："真是多管闲事！"

"实话比谎言更有力量，不是吗？这可是你告诉我的。"

我听到这句话后，不知该如何再开口，而他却继续侃侃而谈："沙皇给那些有意投降并且想为他效劳的瑞典人安排了工作，并且还给予了他们很多奖励。"

我对他的此番话没有表达意见，倒是认真思考起来："真是糊涂啊，要是能这么做的话，我早就带她逃跑了。"

次日清晨，长笛响起后，我才知道今天是我的放风日。

我很是兴奋。我梳了头发，并且相较于以前梳得更加认真，然后穿上了乌克兰哥萨克少尉的衣服，让自己显得更加整齐，不仅如此，我还做了一次长时间的思想斗争。我要去见她吗？见到后说些什么呢？也许这是最后一次能那么近地跟她说话，要是就这么算了，那会是我这辈子都后悔的事！我的心脏跳得越来越快，这可是站在子弹横飞的战场上，或者是看着周围的人一个个死去时都没有过的紧张。最后，我拿着长笛就走出去了。

我走到她的窗下，她并没有看到我。我要是去她那里，是需要请假的，我一时不知道该如何是好了，只能是一边思考着一边走着。

这时，她可能听到了脚步声，便伸出头看见了我。

我挥手示意，正打算对她说话，她却笑着大喊道："瞧啊，哈哈哈哈，他的那条腿是假腿。"

我突然愣住了，手停在了空中，大脑一片空白，只能目瞪口呆地看着她。我的心快速地胀大，挤满了胸腔，都快要爆炸了。我不知道自己在慌乱中说了什么，也不知道转过身去了没有，因为我还能感受到她的嘲笑。这一瞬间，世界上的一切都变得不再重要，无论是被关还是被放出来，两种状况都让我感受到了害怕。我猛地想起自己已经是个废人了。

我隐约记得有一个很高的梯子，我就是在那里碰到了瑞典的另一伙逃犯，好像还跟他打了声招呼，拿了一些他们烟枪中的烟灰。

这一天感觉过得如此之久。我在外边待了一会儿，就沿着路往回走，又走到了她的窗下。我想方设法地耗时间，不是跟这个人寒暄，就是跟那个人打招呼，很快我就被俄国军官呵斥到屋子里去了。

我待在过道里，告诫自己一定要控制好自己的情绪，不能有所流露，而且要到她面前跟她道歉。她一直等待的瑞典士兵竟然是一个安着木腿的残疾人，这不是她的错。

这时军官朝我喊道："走快点儿！"无奈之下，我只能加速走，房子四处都回响着木腿与地面摩擦出的声音。

我小声地说道："上帝啊！我诚心诚意地伴您左右，您就给我这样的奖励吗？让我在风华正茂的时候成了囚犯，连女人都看不起我，您肯定是想让我受到更大的磨难，那我什么时候才能享受您给的奖励呢？"

我又站到窗边，挥手示意着，但是菲多索娃却不在那了，我的内心有些慌乱。我慢悠悠地挪到干草堆旁，艰难地走着每一步。

乌克兰哥萨克小声告诉我："我去找过她了。"

听后我没有说话。本来是段有希望的爱，却像是经历过了战争一般被摧毁了，如若它又发芽了，我也会毫不留情地用这条废腿把它踩死。所以乌克兰哥萨克说什么都与我无关了。

他还在喋喋不休："是的，你离开了之后，我见了菲多索娃，和她说了你对她的爱慕之情不是她所想的仅仅是有好感而已，我还告诉她，要不是碍于你现在的身份，你早就想把她带走了。"

我低头不语，但攥紧的拳头和紧闭的双唇出卖了我的不安和恼火，虽然被别人讽刺和侮辱，但我仍感激上帝。

我推开去往厅堂方向的门，准备和这些跟我一样被关在这里的人聊天：

"为了寻找吃的，我们历经痛苦，就像是野驴在沙漠中找不到方向，就像农民似的在他人的地里劳作，劳动的收获也被这些异教徒所夺取。白天没有蔽体的衣服，夜晚没有保暖的被褥。还有在洪水中挣扎的我们，除了高高的崖顶再无其他，没有什么能够救我们啊。伟大的上帝啊！我们不求您的可怜，只是希望您能够给我们指一条出路，并且能够一直陪伴在我们左右。可是，您却不管不顾地走了，还在脚下的道路上铺满荆棘，但我们依旧是您的子民啊。在战争的废墟下埋着我们的弟兄，这是首最美的壮歌，比您指派的领导者占领的城池更美。"

这触动到了他们的内心，他们小声地跟着说道："伟大的上帝，请指引我们方向，保佑我们！"

这时，一个颤动的呼喊声从那边最阴暗的角落中传了出来，"上帝啊！生命原来是如此美妙，您在时刻地保护着我，用阳光温暖我，鼓励我走出阴暗的地狱，我的生命也过完大部分了，但我身边还有孩子，祈求您与我们同在！我跟约伯的心在一同呼喊，但是我却什么都听不见，我只能哀求：放过我吧，我可以告诉您我听到的所有事情，不！上帝，您快出现吧！"

突然，乌克兰哥萨克压低声音说："别说了，别说了。沙皇陛下来了。"说着还用他那哆嗦而冰凉的手扯了我一下。

小孩子、乞丐、老妇人还有士兵们都拥挤在走廊上。人群中，沙皇步履款款地走进来。他的身材比较瘦，但是个子却很高。周围并没有保护他的士兵，跟随着他的是一些不停叫喊着并且乱跑乱跳的矮个子的人。他有时会像个父亲一样，回身拥吻着身后那个最矮小的人，有时驻足在房前。周围不断有人拿来白兰地让他喝，当然他也很高兴地都喝光了。毫无疑问，这个人就是沙皇，这里发生的一切都跟他有关。我站着的窗台离他很近，近到一伸手就能碰到他那绿色的帽子和棕色大衣上快要掉了的扣子。有一颗镶有贵重钻石的银扣子坠在他的大衣下摆上，他下身穿着粗羊绒线制成的袜子。他有一双炯炯有神的棕色瞳孔，而粉色的嘴唇旁边却长满了浓密的胡须。

他看了菲多索娃一眼，就被她迷住了。这时，手中拿着酒杯的她走上前，在沙皇的面前跪下，他暧昧地揉捏了下她的耳垂，手指挑起她的下颌，让她抬起头看着自己的眼睛。

他开口问道："夫人，我问你，这里有能够让我吃东西的地方吗，你家行吗？"

原来沙皇出访的时候，也只是带着很少的随从和官员，更不会带什么生活用品和食物，想在哪儿住，就会有人把东西提前为他收拾好。也正是这个原因，一群人忙前忙后地收拾着东西。有拿锅的，有拿盘子碗的，还有拿水杯、勺子的……她家的屋子里铺着满满的厚枯草。沙皇很勤快地收拾东西，完全没有傲慢的态度。指挥着干活的是一个叫帕瑞奇的小矮子，并且他的后背也挺不直。他时不时地就用手指头去挖挖鼻孔，擦擦鼻涕，我都不忍把这些不雅的动作告诉夫人您。

之后，沙皇把双手交叉在背后，慢慢地踱步到窗台边，看见了我和乌克兰哥萨克，还给予了我们队友般地问候。这时，扑倒在地上的乌克兰哥萨克小声地说道："我真的是瑞典人！"但是我踹了他一脚，提醒他不要发出声音，因为我们瑞典人的问好方式并不是趴在地上，而是要站起来的。我怕他被发现，连忙走到他的身前，用我的身体紧紧地挡着他。

沙皇看了看我，"不太对劲啊！"便接着用俄语问道："你是什么人？"

"我是乌普兰军团的一名军医，我叫布隆伯格。"

我回答完便看到沙皇目光如炬地看着我，眼神中透露着尖锐，我从未遇到过这种锋利的目光。

这时，他开口说："乌普兰军团早已经消亡了！瞧瞧吧，这是不是任斯基尔德的佩剑。"他边说着边从腰旁拿下了一把剑鞘合一的佩剑，随手丢到桌子上，力度大到使桌上的碟碗都晃动了，"你穿着不知是什么军衔的衣服，所以你肯定也不是什么好东西。"

"'您这话说得可是不太好。'这可是圣约翰曾经说过的。这军装是我跟自己牺牲的战友借的，要是这也算作错误的话，我祈求自己得到原谅，但事实是我就是一个军医。我一生都视为真理的一句话就是，实话比谎言更有力量。"

"不错，这要是你认为的真理的话，那我想，我们应该好好讨论一下，我允许你领着你的用人来这里。"

我走在前面，乌克兰哥萨克跟在我身后，浑身颤抖不止，步伐中充满了恐惧。一进门，沙皇就招呼我坐下，没有把我当作囚犯的意思，"木腿人，请坐吧！"

接着他没有顾及周围人的目光，就让菲多索娃坐在了他的腿上，随着旁边的用人们不停地跺地吹口哨发出声响，很多官员都围拢了过来。有一个小矮子用人随手抓了把虾米扔向了屋顶，顿时屋内像是下了场虾雨一般，虾米散落得到处都是，这人名叫犹大，他的名字来源于他颈上的犹大铜像的项链。就这样，他成功地使人们的目光都看向了他，他神色怪异地对着沙皇叫喊道："彼得·阿列克谢维奇！这下你高兴了吧。这个波尔塔瓦的菲多索娃，我在没来之前就听说她长得很漂亮，我也知道你，贪图美酒佳人，真是个不折不扣的可恶之人！"

聚拢在沙皇四周的人们都在说："彼得·阿列克谢维奇，毫无疑问，你就是那个狂妄自大的偷盗者！"

沙皇时而回答他们，时而仿佛什么都没有听见，坐在那里像是在思考什么事情，两只眼睛绿油油的，如同一只虫子。

我想起了一些过去的事情，比如，查理十一世和鲁德贝克之间的战争，以前多数都是鲁德贝克先承认自己输了，现如今情况却相反了。尽管沙皇已经放低了身段，如同一个卑贱的仆人般亲自打扫着这个地方，而我却只看到了菲多索娃在他的大腿上坐着的场景。在城门口，我看到他把自己收拾妥帖，穿了短上衣，还刮了胡子，从这一些行为里，我能轻易地看出他的目的，这是毫不夸张的。

我晕晕乎乎的，大脑中如同装了一盆糨糊，我下意识地跪在了草堆上，紧张得说话也结巴了。"陛下，实话比谎言更有力量。上帝对摩西说过，'你不要和那些魔鬼待在一起了。'正是如此，我请求您让我走吧，再在这里待下去，我怕是马上就要醉死了。去年我被困在沼泽地里的时候，我们国王把水给了我，救了我的命。您与他有点儿相似，但是也不太像。"

沙皇右眼的下眼皮开始跳动。

他说："对啊，我的上帝，我和查理并不是同一类人啊。他对女人和美酒丝毫不感兴趣，却唯独喜欢炫耀子民们的财产，就如同妻子以拥有她丈夫的高额财产而沾沾自喜一样。哪怕他曾经狠狠地侮辱过我，我却依旧很敬重他。那么，让我们为了他的身体健康而干杯吧！木腿人，快喝吧！"

沙皇突然跳到我跟前，抓住我的头发，强行往我的嘴里灌酒，杯子中的啤酒洒了出来，弄脏了我的衣服。两个穿着蓝色领子、棕黄色军装的士兵端着枪冲进了屋子，径自向地上开了两枪，搞得尘土飞扬，屋子里的洋葱味与枪药味也趁机混合在了一起，发出了难闻的气味。

沙皇重新回到了桌子旁坐好，尽管周围的环境很嘈杂，但他却是安静地坐着，好像在想什么事情，我知道他是想让大家好好玩玩，因此还特别交代了不让任何人喝酒。他再次把菲多索娃抱上了膝盖，多么可怜的孩子啊。她坐在那里，举着两只胳膊，微微张着嘴，似乎在抗拒着，又或是想远离这好似充满了关爱的一切。但是，她为什么没有拿起桌子上的刀子勇敢地结束自己的生命，以确保在这一切成为定局之前，能保留住那仅剩的尊严？无论她怎么嘲讽我身体的残缺和我的窘迫都无所谓，我只希望能帮助她守住这仅剩的尊严。这是我离她最近的一次，也是我第一次见到她这样的盛世美颜。菲多索娃，你真可怜，你竟然不知那个被你侮辱的朋友，他唯一的愿望仅仅是简单地希望你能平平安安而已！

宴会进行了很长时间。疲惫的侍从和醉酒的达官贵人们在草坪上东倒西歪地躺着，或是呕吐，或是随地大小便。沙皇探出身子看了看窗外，随后他又鼓动那些权贵催促我喝酒："木腿人！来！喝！"他看着我慢慢地喝完了所有的酒之后，不仅不高兴，脸色还变得越来越不对劲。当我重新坐回到桌子旁时，他又把三碗酒放到了我面前，说道："木腿人，现在你要为所有人的健康而喝完这些酒，以此来证明你的誓言。"

我使出了全身的力气，努力地站了起来。

为了使自己的话听上去更加真诚，我特意用了最大的声音说道："沙皇陛下，愿您永远健康！不得不说，您就是天生的统领！"

"是吗？我想，如果还有比我更好的统领人选的话，估计士兵们就不会拿着武器向我敬礼了。没有什么能比一个不能胜任统治者这个角色的人，更加让人瞧不起了。如果我的儿子没有能力接手我的伟大王国，那么他就没必要继续活着。所以说，你也不用因为这个理由而喝酒，木腿人。"他回应道。

沙皇的话音刚落，所有人便都放下了手里的枪，开始喝起酒来，不过唯独沙皇没有喝。

看到这，我清楚地知道，我越加不能懈怠了，就如同乞丐贪婪地收集着每一枚硬币一样，我要拿出自己全部的精力。我坚信，如果我能感化沙皇，让他变得善良和仁慈起来，那么我就可以把菲多索娃给救出来。

我尝试着继续说服他："陛下，您要知道，阿斯特拉罕浓啤酒是由蜂蜜酒、白兰地、胡椒还有烟草共同发酵而成的。它在发酵之前还经历了不断的炼烧，所以它是很容易醉人的。"

　　说完这句话，我顺势把碗举了起来，并重重地砸在了地上，刹那间，它就碎成了一地陶瓷渣，而后我又举起了另外一个碗。

　　"碗里是匈牙利酒。'在平常，我只喝白水。'在阿波斯尔写给蒂莫西的信里有这么一句话，有一位圣人曾经对生病的人说过，'因为你时常生病的原因，你可以喝一点儿酒来缓解胃的疼痛。'如此说来，那些在战火纷飞的战场上受伤的士兵，则更加需要一杯甘甜的酒，以减轻自己的痛苦。"

　　说完后我把这只碗也同样摔碎了，然后又拿起了第三碗酒。

　　"这一碗是达官贵人们最瞧不起的白兰地。贵人们在享用完饭后甜点的时候，是不会像沙漠中求雨的人一样强烈地需要一碗白兰地的。但是他们还是会嘲讽那些享受般喝着它们的人。白兰地会给人源源不断的力量，那种感觉如同君王在杀戮和死亡中攻克了新的领土一样。正因为这样，我觉得白兰地才是最好的一种酒，我是一个勇士，总归是要说实话的，撒谎不是勇士该做的事情。"

　　沙皇大声地说："是的，你讲得不错！"他端起碗来喝酒，还给我拿了两根金条，但是，他的枪却不小心滑了出来。"我可以把通行证和马匹给你，你随便想去哪儿都行，但是我要你一定要讲述清楚关于波尔塔瓦的故事。"

　　我又跪在了地上的草堆里，犹豫着说："陛下，您身边的女人真的好美丽、好纯真啊！请宽恕我这么说。"

　　所有的贵人和侍者都哈哈哈大笑起来。

　　沙皇把菲多索娃领到了我身边。

"我懂了，这个带着木腿走路的人也遇到爱情了。这很不错，当然，鉴于你和我是当朋友处的，所以我让她跟你走。甚至我已经下达了命令，我命令所有来投奔我的瑞典人都将是我的臣民。"

菲多索娃傻愣愣地站在那里，向我伸出了手。她曾经嘲讽我木腿的那件事我已经忘记了，她会因为我对她的关爱和操劳而不再嘲讽我的木腿，我会和她一起祷告，给她一个幸福的家。我想把她搂在怀里，问问她有没有被我的诚心所感动。她的脸逐渐地变红了，我想她已经想好了怎样回复我。在斯德哥尔摩普里斯特街，有一个孤独的老妇人就住在那条街上的一所偏僻的房子里，她拿着祈祷书，认真地听着人们祷告，思考着会不会有一封属于她的信。无论我是死是活，我都不会千里迢迢地去看望她，虽然我每晚也都会为她祷告。

在这动荡的年头，人们的命运如何早已不是自己能够决定的了，为此，我才会经常想念我的母亲，但就在那个时刻，我却没有想起她。眼下，能够引起我注意的只有菲多索娃，仿佛我的世界中只剩下了她。我愤怒，我怎么能为了这个女人而忘记我本该心心念念的母亲呢？即使她现在站在我眼前，但母亲也应该一直在我的心里啊，我不该这样的。

我弯下了腰，想要去亲吻这个女人的手，但她却小声地提醒着我："沙皇，他在呢，你要先去亲吻他。"

然后，我又找到了沙皇，弯下腰去亲吻他的手。

"我，"我说道，"我会忠于您，我亲爱的王。"

沙皇的脸色并没有任何缓和的迹象，乌克兰哥萨克一直躲在角落里，尽管他是如此的恐慌和畏惧，但他还是被侍卫们拽了出来，只是因为他们想让沙皇看看他现在的这副模样。此时的沙皇变得更加激动了，他的脸色变得非常难看，甚至身体都在颤抖。他朝着乌克兰哥萨克走去，用拳头去击打他的头部，他的鼻子和嘴巴开始流血，沙皇的声音变得粗而且重，或许连他自己都想不到自己的声音怎么会变成这样，他用这种嗓门喊道："我一开始就认出你来了，骗子，你以为你穿上瑞典人的衣服，就能够隐瞒你是乌克兰人的事实吗？可笑，从你一进门我就认出来了，快把他拉出去，快！"

所有人都被沙皇吓到了，甚至已经喝醉了的人都开始发抖，并逐渐去靠近门口。这个时候，一个贵人突然出声："快点儿把那个女人带过来，送到他面前去，只要看到美丽的女人，他就会变得平静的。"

他们开始拉扯那个被选中的女人，她的衣服已经被撕扯坏了不少，她低声地哭泣着，但是没有用，她最终还是被推到了沙皇面前。

我的眼前已经变得漆黑一片了，离开这个房间之后，我站在星空下的街道上，听着耳边的喧嚣声一点点地减少，甚至还听见了侍卫们嘹亮的歌声。

我握紧自己的手，想起我曾经在战场上答应过的一个人，我要为他祈祷，他很可怜，但他同时也是个罪人。悲哀的是，当我越是想要集中注意力去为他祈祷的时候，我脑子里想的东西就会越来越多，这样撑到最后，我的祈祷已经变成了为另一个罪人的专属祈祷，他或许已变得更加的伟大，但那些原本一直忠诚地跟随着他的人已经找不到了，他们早就去了荒野里游荡了。

故事结束了，军医朝着棺材焦急地看了一眼，他很着急，侍女跟着他到了跟前。

"阿门！"她说道，然后两个人合力再次用被子把查理王国的太后盖上了。

二
一

钟　声

　　有一条小路，可以从斯莫兰南部通往斯堪尼亚的几个小村庄，同时也能通向教区教堂。这条小路的边上有一个红色的风车，这是个以风为动力的磨坊，在这一片区域，它的风车叶片是最大的。在很早以前，这个磨坊的主人就去世了，他的夫人科尔斯汀·布尔继承了这个磨坊，在管理方面，她有着自己独特的经营模式。童年的时候，她的家境很好，衣食无忧，但她从来没有跟别人说过她的家境，以及她会从那么宽裕的牧师家庭嫁到这个小磨坊的原因。在她睡床的正上方，可以清楚地看到这个磨坊的横梁，它看起来很是危险，不过她却从没有过怨言。因为家里没有钱，买不起别的房子，所以他们就在磨坊的房顶上凿了一个烟囱，把这里当成了家。就这样，过去了一年又一年，他们的生活一直是如此的和谐，比如：当丈夫在一边工作时，她就默不作声地在一旁边纺纱边看着丈夫。有时候，别人也会向她询问些什么，她也不说话，或是她的回答问题的方式就是点头或摇头。她沉默着，把自己的大部分时间都消磨在了这座磨坊里。她的个子很高，长得又很瘦，所以面色看起来并不是很好，她戴着一顶看起来材质很硬的帽子，十指细长，让人看到她就不禁会联想起挂在教堂里的抹大拉的马利亚画像，虽然画像经过岁月的洗礼已变得又硬又黄。她从来没有跟女人们说过话，以至于这些女人就算跟她擦肩而过，也不会跟她打招呼。对她的这种行为，她们不明白是傲气还是不好意思，不过大部分的人还是觉得也许两种可能性都有。当衣着严谨的教堂司事和牧师来向她寻求捐赠时，她很是不好意思，甚至是怯懦，害羞得连脖子都红了，只知道摇头。

有一天清晨，她走在小溪边的时候，突然看到一个小婴儿孤零零地躺在一堆树枝上，这是个漂亮的小男孩，这种情况下没有人知道他是谁家的孩子，所以她便把孩子轻轻地抱在了怀里。

她看着孩子说道："你是个什么样儿的人，现在谁都不知道，不过以后我就能知道了。因为我会把你养成一个单纯善良的人，我已受够了生活对我的压迫，以后我会给你足够的钱，让你生活得衣食无忧，不会让你再过我这么痛苦的日子。嗯，我想你以后就叫乔伊吧。"

后来，这个男孩子渐渐长大了，到了他行坚信礼成年的那天，他的虔诚让在场的所有人都为之动容。他有一头及肩的光亮的亚麻色头发，在一个明朗的夏夜，他坐在磨坊的台阶上，在养母的面前，拿着本从牧师那里借来的书，认真刻苦地攻读着。母子俩坐在台阶上沉默着，谁也没有说话，不过有时候，这个男孩子会把一些他认为很有意义的段落，用手指指着并且带有感情地朗诵出来。

收获自牧场的草料全部售出了，所以，他就用了一些三叶草的叶子当作书签，夹在书中，不过有的却干枯了。夜色渐深，漆黑的天空中那唯一的一颗星星散发着耀眼无比的光亮。人们都在交谈着，还没有进入梦乡，屋子的门还都是开着的。

清醒着的人们，都在低声地谈论着瑞典的军队在波尔塔瓦被打败的传闻，还有瑞典王国即将被丹麦人所统治的消息。

在一个星期六的晚上，磨坊的台阶前来了一个骑马的人，他是来请求借住的。

乔伊听后，用不太肯定的眼神看向母亲，继而转过头问来者："您可否到山上教堂的牧师那儿借宿一晚？"

但男人却拒绝了，他说道："不，我今晚就想住在这里，我想了解一下大家的日常生活是什么样儿的。"

说完，他便径直走到了磨坊下面的入口那里，跟人们一样坐着，心满意足地喝着面前盘子里的酒，吃着黑面包。

他留着跟普通农民一样的络腮胡子，看上去跟他们不差丝毫。他有时会张着大嘴，扯着嗓子说着刺耳的斯堪的纳维亚语，又有时会眯缝着眼睛，深情地说着斯莫兰方言，一直说了整晚，甚至没有睡觉。有一次，他还用木炭块儿在墙壁上给乔伊画了一幅肖像。他还教科尔斯汀·布尔如何给机器的轴承润滑。他还喜欢唱圣歌，甚至还会唱他自己填词的波尔卡舞曲。一天清晨，他从随身携带的包中拿出了一件整齐的军装。正当乔伊和那些妇女从百叶窗的缝隙中，疑惑地偷看他的去向时，他已经走到了教堂的广场上，并站在那里，人们议论的声音越来越大，感觉几里外都能听到。

这时，人群中有人大声喊道："他是蒙斯·波克！是的，是英勇无畏的斯滕波克将军！要是他能带领我们，我们一定会奔赴战场奋勇杀敌，我们所有的人不论老少都能做到，求上帝成全我们吧！"

突然，科尔斯汀·布尔用从来没有过的坚定语气，对着十六岁的养子喊道："乔伊！你现在最主要的是用心读书，等你长大以后要当神圣的法官，就像教堂的神父一样，而不是要去管这些战场上的厮杀。穿上你的皮大衣，把刀枪都藏到里面，外面系上腰带，躲到树林里去，等到什么时候这里恢复了平静，你再回来！你要给我牢记！外面的那些人是怎么吵闹的，你都看到了也听到了，不过应该用不了多久他们的嘴巴就要被泥土堵住了。"

乔伊听了母亲的话，通过一条偏僻的小路向着森林深处走去。他用大衣蒙住脸，在这大片大片的笔直挺立的冷杉树林里，走了很长的一段路。天黑了，这时他走到了一处湖边，远远看去对岸的一个小岛上桤树密布。

"这应该是个安家的好地方。"他看着对面的小岛想到。可是，在这片漆黑的夜里，他根本就看不清这湖水到底有多深，更不用说他的一只脚现在还陷在水中拔不出来，最后他实在是累得坚持不住了，只得顺势坐在了一块儿石头上。

此时，丛林中突然传出了一阵哗啦啦的声音，可是湖面上却没有一丝波澜，连水面上倒映的云影都没有晃动。在湖对岸的方向，有一阵阵急促、微弱的放羊的铃声响起。原来是两个牧羊姑娘在吹牛角，萤火虫一闪一闪地在坟堆的草丛里飞舞。

一个声音传来："你是从战争中逃出来的士兵吗？"转向声音的方向，乔伊看到了一个牧羊姑娘，她正在编着手里的东西，站在刺柏树丛里，看起来像是大他一两岁，她的身后还背着一双皮靴。

乔伊回答道："是的，但是这片湖水挡住了我的去路，天就要黑了，我还没有找到足够果腹的野浆果和野菜。"

"看样子，你对这片森林肯定不熟悉，这里的人们是不会去那边寻找食物的。我从九岁开始，年年夏天都到这里来放羊。我建议你用藤条把砍伐的小冷杉树绑好，做一个木筏，这样就能划到对岸的小岛上了，到了那里以后，你可以用冷杉树当作原料，搭一个木屋，再做一套打鱼的衣服。"

说完这些，她又从衣服里轻轻地拿出了一根长棉线，接着又从头巾里面拿出了一根银针，她仔细地将它掰弯，又穿上了一根棉线。

"这个给你当作渔钩和鱼线吧。"她一边说着一边将做好的东西递给了乔伊，然后又继续编着手里的东西离开了。

乔伊目送着她离开之后并没有立即采取她的建议，建造木筏。但是到了第二天早上，当柔和的太阳光照射进这片树林里时，乔伊拿出了随身携带的刀子，开始行动了。

很快，乔伊就做好了木筏，并划着它来到了小岛上。当他一脚踩到了小岛的草地上时，那感觉就像是踩在了棉花上一样软软的，这是因为这里的土地都是湿的，所以他没走几步就成功地找到了蚯蚓。他用手挖开草根下的泥土，发现里面有很多蚯蚓。可是，接下来的钓鱼活动就没有那么幸运了。最后，当他不经意地往水里扔了几片莎草后，情况有了转机。幸运的是，恰好在他的衣服兜里还有一盒火药，这样他就可以用来烤鱼了。

之后，他就开始搭建房子了。在这晴朗的夏天的夜晚，他一直忙碌到天亮。他深知，这里的泥土太过湿润，要是搭建的房子太高，就会坍塌，所以他就盖了一个矮小的木屋。屋顶是茅草的，大门窄小得需要他爬着进出，还有房顶也很矮，以至于在这个屋子里他做任何事情都需要蜷着身子。每天日出的时候，他就去岸边捡些冷杉树的枝干、树皮。后来，他终于垒好了一个石头灶台，每晚他都会点火以便驱赶蚊虫。有时候，他还会在繁忙的时候自己跟自己说话，声音洪亮，就像在监督着很多的工人工作似的。他还给这个岛起了个名字，叫奇迹岛。

再往后，乔伊时常会碰到那个名叫莉娜的牧羊姑娘。她一般都是在不停地编织着东西，同时还赶着羊群。乔伊跟着莉娜学会了设置套索和陷阱，两人每天早上都会一起去查看收获的猎物，他甚至还学会了怎么跟动物们交流。

"乔伊，"莉娜问道，"你看到那儿有只鸟儿了吗？真好看。"顺着她手指的方向，他看到了一只大鸟，它浑身是黑蓝色的，两个翅膀完全展开，快速地飞越了整片森林。"它叫韦克射的王老五，这个名字是我给它起的，因为我从来没有看它回过家，它也没有朋友伴侣，就披着这身美丽的羽毛，孤零零地待在树上。"

"你听！"有一天深夜，山谷的深处传出了猫头鹰的叫声，莉娜说，"它的名字叫收税员，脖子上长着一圈儿白毛，当它回过头的时候，愤怒地睁大红色的眼睛，张着大大的嘴，不管是经过的人还是动物，都会被它吓到。不过，当你看到它巢中的那一个个小鸟蛋的时候，你就会知道了，它其实是个很合格的父亲。"

不过，莉娜对鹤的了解是最多的。

"在秋天的时候，那种有着大长腿的白鹤们，成群结队地在沼泽边准备起飞时，伸直双腿的场景是什么样的啊，我还从来没有见过呢。它们会在住地的四周安排一些白鹤警卫员，它们用爪子抓着石头，若是不小心睡过头了，石头就会掉下来。还有个非常有意思的现象，那就是若有人能侥幸看到它们起飞时的景象，那人也会不自主地张开胳膊，摆出像是与它们一样在天空飞翔的动作来，若真能成功的话，那从天上鸟瞰这一潭湖水就像是一颗水珠一样了。"

乔伊向往道："我真想亲眼看看白鹤的样子。"

"等秋天到了，你就能看见了，但是在秋天来临之前，你还有很多东西需要了解。首先，你要做到可以像一棵枯黄的刺柏树一样挺直站立，像一颗石头似的蹲着不动，或是像干树枝一样保持一个姿势躺在地上。"

"你说的这些，我回去会练习的，但是我的小岛你不能去，想都不可以。烧火的炉子被我建得很高，东西大多也在墙上挂着。地板很光滑，若是你走在上面的话很可能会摔跤，所以你也只能爬着前行。"

这时，他想到了曾经在教堂的书籍中看到过的那些完美的故事，他想让莉娜知道自己也是很棒的，可莉娜接下来说的话却动摇了他的心思。

她说："要是你让我去参观你的房子，我会给你一把有子弹的枪还有火药桶，当作交换条件。"

他坚持道："我不能让你去我的岛。"

她再次说道："要是你让我看你的房子，不出五天，我就能教会你寻找果子和其他食物的办法。"

最后，他妥协了："这是能保证我长期在这里生活的技巧。我答应，但是你可要说话算话啊，你做到之后，我再带你去我的岛上，当然，前提是你自己能过去。"

话刚说完，乔伊便把双脚踏上了木筏，不一会儿就划远了。

"敌方已经到达岸边了。不过他们没有工具用来做木筏。只要我们坚持不懈，保持好的精神状态，就一定可以平安地渡过这次危机。"乔伊对着假想出来的部队说道。

当天的日暮时分，牧羊姑娘坐着木筏，顺利地划过湖面来到了他的小岛上，当时的他正在准备新的刺柏树枝，打算重新铺在灶台边上。

他又自言自语地说道："敌人加快了攻占我们阵地的速度，不过我早就料到了，我还留了一手，你们绝对想不到我可以让这个岛顺水漂走。"

随后，他拿出了一根长杆在水面上拨动了一下，于是原本就漂在水上的小岛，又向着湖水深处漂了一段距离。

之后，他便睡着了，旁边的火堆依旧燃着熊熊的火焰，噼啪作响。在他的不远处，牧羊姑娘通过矮小的房顶一直在偷看他，没过多久，他就醒了。

但她没有立刻质问乔伊跟她说过的任何东西，无论是高火炉、墙上的东西，还是会摔跤的地板，她只是平静地说道："很快又要有风暴了，这个小岛又会顺势漂到别的地方了。你怎么不把狐皮铺到地上，而是放到屋顶上呢？我们需要用刺柏树枝把小岛四周围起来，这样别人就不会发现我们还有房子了。"

乔伊认为她说得对，说干就干，他立刻去岸边开始捡拾刺柏树枝了。凌晨之后，黎明时分，他们一直没有停歇地在维护和隐藏着他们的小家园。他们甚至还钉了一个房屋入口的指示牌，后来，在木杆的帮助下，小岛顺利地漂离了陆地。

"我们应该再架一座可以移动的桥。我们得让人们住得舒心，这是我们的工作。"乔伊说。

"我们要加快速度哦，女厨还有女佣。"她一边说着，一边把火堆上的烤鱼翻了一下。

蜜蜂在一旁叫着、飞着，湖水发出轻轻的流动声，顺着水面的波纹看去，小岛和岛上的水草在轻轻地摇动着。吃完了饭，乔伊就躺在了火堆旁，莉娜却有些不自然，只是蜷着身体躺在门口，枕着手臂，却没有进入屋子里。水珠从刺柏树枝上滴下来，发出了滴答的声音，这节奏与她的心跳是一致的，在她还没有睡着的时候，她边看边数着这些从房檐上掉落的水珠，就像是星星一样从夜空闪过……七、八、九……这不禁让她回忆起了一首歌：

> 一周中它是最后一个上午
> 教堂的钟又被敲响
> 心痛的眼泪流满两颊
> 虽然这新娘花冠依旧娇艳

到了第二天，莉娜就不想离开这里了。又过了一天，慢慢地，"我们的小岛"成了他们对这里的称呼。每天清晨，他们还是会照例去岩石上。然后，莉娜依旧去放羊，要不就跟着乔伊一起去设置套索和陷阱。终于有一天，她开始教给他靠果子和树皮为生的技能。没多久，她就发现他已经青出于蓝而胜于蓝了。他虽然看上去很瘦，皮肤就像没有水分一样，像一根被折断的枯枝，但他的肌肉却很是发达，透露着精壮。他一般都不怎么说话，就算是她主动去问一些问题，他也只是转身走开，并不准备回答她的问题。

他们在小岛上生活，对年月日以及时间全都一无所知，但有一天，教堂的钟声被风吹到了森林深处，那天是安息日，乔伊穿着他自己改过的皮大衣，带着莉娜来到满是草的土堆上，他们看到了湖对面的景象。然后乔伊握住了莉娜的手，向她倾诉起了上帝广博的爱意，之后，他们两个总是会一起跪在草地上向上帝祈求，希望能得到些爱的种子。

但是，每当他们祈祷完这些之后，乔伊总是像有心事一般，独自一人默默地走掉了。

深夜来临，每次放羊回来，莉娜都要高举着火把一人穿过树林间的小路。高高的紫杉树好似把天都遮住了，把四周也围得像是隧道一样，黑色的树杈从枝干上分出来，像是藤条一般缠绕着她，可她却沉浸在思考中，丝毫没有感到恐惧。唯有一点茫然的是，夏天要过完了，但是她和乔伊却面临着一个无知的未来。

　　十月的一个早晨，乔伊叫醒了睡梦中的莉娜。

　　他问："你还记得你跟我说过的白鹤吗？我终于可以做到站如刺柏，蹲如石头，躺如枯枝一样。当然，我学会的可不止这一些，我还学会了用果子和树根果腹，有了这些东西，我就不用再吃其他食物了。"

　　她坐了起来，随后又仔细地听了听远处传来的声音。

　　"这不是鹤的声音。"

　　"我去看一下到底发生了什么。"

　　乔伊快速地在湖水中冲洗了一下，然后就穿上了周日时穿的那件皮大衣。这时，为了阻止他离开，莉娜挡在了他的面前，却被他轻轻地推到了一边。

　　莉娜乞求道："乔伊！别走！我不能让你丢下我！"

　　两个人都没有说话，乔伊把小岛放好之后就上了岸，走出森林后，他看到了一大片空地，那里长满了青苔和荒草，他还看到了教堂和磨坊。

　　她歇斯底里地喊道："乔伊！我们回去吧！"然后就用双手死死地拽着他的衣摆。

　　"莉娜，我在心里思考了很长时间。你看到了吗？那里，站在草地上的那个瘦高的穿灰衣服的人！还有那些像是白鹤一样站在他身边的警卫，那个人就是蒙斯·波克。这次他又来征兵了，我很想去参加。"他温柔地对她说道。

之后，他突然挣开了她的手，外套的后摆都被撕掉了，他跑到森林和青苔中间的草地上。

她犹豫不决地跟在他的身后，当看到他跟警卫说过几句话之后，便列入征兵的队伍中时，她着急地凑到了他的身边。

就在她往人群里挤的时候，乔伊已走到了蒙斯·波克的跟前，拿过了他手中的钱。

蒙斯问他："斯莫兰人，你的背包呢？"

"我不需要背包，因为我可以五天不吃东西。"

此时，从他和将军骑的深棕色的马中间，莉娜冲了进来。

"这个人，乔伊，他是我的丈夫，不是你们的士兵，在森林里，我们有自己的家。"

"是否是夫妻，我只认证明。"蒙斯·波克看向莉娜回答道，不过他的脸却在说话的时候慢慢地变红了。

莉娜拿出乔伊的大衣后摆给蒙斯看，让他知道这真的是从乔伊的衣服上撕下来的。

他提高声音说道："这个是真羊皮证书啊，是属于牧师的。这些钱就归你了，姑娘，他现在已经当兵了，从此刻开始，他就是一名勇敢的斯莫兰的士兵了，承载着上帝的希望，英勇奋战吧！我们虽然没有激励士气的战鼓，但是依旧可以踩着木屐走向战场，这一点确实让我动容。"

不论是谁，士兵们踩着木屐走过石地还有土地，马上的人也是穿着木屐的，以至于他们都踩不到马镫了。

最后的队伍也走完了，莉娜来到了磨坊。她没敢跟科尔斯汀·布尔说乔伊去参军的事情，只告诉了她他俩在森林里初见的经过，还把衣服的后摆拿给她看了，科尔斯汀·布尔接过后认真地看了看。

"是的，就是这件衣服。虽然，我对于女人来找我这件事是很不高兴的，但我还是希望你能在这里等待乔伊回来。我现在很需要干活的帮手，我年纪大了，身边所有的男性家属都争先恐后地跑到战场上去了，就连教区里都没有一个男性劳动力了，只剩下了一个蠢笨的神父！"

等她说完这些之后，她没有再向莉娜问过任何关于他们俩在森林里生活的事情，就连乔伊的去向她都没有再提及，只是还像往常一样默默地做着手里的事情。磨坊的机器也没再转动过，因为没人来磨粮食。刺骨的冬天更是寂静，听不到任何说话的声音，就连来乞讨的人都以为这里没有人住了。

冬去春来，蓝蓝的天空中点缀着朵朵白云。有一天，磨坊里跑来了一个小男孩，他跑得满头大汗，上气不接下气，他对着所有看见他的人喊出了一个字，之后就跑到了另一个方向的森林里。刚过了几个时辰，又来了一个骑马的人，叫喊着飞奔着离开了，一瞬间就不见了踪影。这时候，教堂前的广场上已经站了很多妇女了。瑞典军队胜利了，蒙斯·波克带领着士兵在厄勒海峡战胜了所有的敌人！

只有科尔斯汀·布尔一人从没过问过这件事情，她依旧在每天中午的时候，坐在台阶上，晒着阳光，跟莉娜一起剪羊毛。春天渐近，冰雪消融，溪中的水流也逐渐变大了，在日光下的两人默不作声地修理着羊毛的同时，旁边教堂的钟声响了起来。那天是周三，没有到做礼拜的时候，道路的两边站满了心怀期待的人们，这时教堂的门打开了，教堂司事慢慢地踱出来，一群穿着整齐的牧师跟在后面。

士兵的木屐又一次踏在家园的土地上，但这次是欢天喜地地用芦管和风笛吹响了胜利之曲。征战沙场的农民和军人凯旋了，他们的胡子都很长了，身上穿的外套也都破烂不堪了，只有那饱含忠心的蓝色瞳孔依旧明亮。他们手里拿着棍子，腰间别着枪，宽松的帽子下是乱糟糟的头发，获胜的部队终于回家了。这个喜讯最先是从最北的拉普兰人的破旧木头建的教堂中传回来的，他们在那里拴养着驯鹿。

蒙斯·波克走在前面，他身后的马车上拉着伤员，他还是穿着那件灰色的大衣，而手里拿的却不是剑，而是一根拐杖。农民们为庆贺这次的凯旋而大声祈祷，大家激动地挥舞着手里的围巾和帽子，可是他却鼓动着少尉们，起哄让他们唱歌。

等到他们都静下来了，蒙斯·波克丝毫没有受到影响，继续独自前行，唱着自己编的曲子，一首又一首。

那边磨坊的台阶上，科尔斯汀·布尔慢慢地站了起来，她用手遮着阳光，认真地寻找着，莉娜怀着恐惧的心情跑进了森林，她受够了等待的滋味，她跑到空空如也的粉袋间里大哭不已。

科尔斯汀·布尔一步步走到了台阶的最高一层，后背靠在磨坊的墙上，两只手做成望远镜的形状，放到眼前继续向远处张望。在最后一辆运载伤员的马车上，她看到了乔伊的身影，像过去一样，他还是不会用语言来表达内心的开心之情，她还看到他的手臂和肩膀都受伤，还打着绷带，脸色很是惨白。

她用双手捂住了眼睛。

"我真的预想对了，他真的按照我预想的去做了，虽然我之前明确地告诉了他绝不可以参军。就算他是科尔斯汀·布尔收养的孩子，但他还是选择了自己的人生道路，他选择了跟那个女孩在一起，丝毫不在乎那个女孩是个贫穷的牧羊女。"

同时，她听到了教堂司事和牧师在教堂尖塔的天窗里的议论声，钟声也在那时第一次响起。

她拧紧了眉头进了屋子。"就算没有粮食，我也要打开机器，我的磨坊还要继续营业，这跟没有儿子上战场的牧师仍要履行义务继续敲钟一样。"

机器打开后，轴承吱呀吱呀地转动起来，当军队唱着胜利的歌路过时，那什么都没有的打磨机的转速却越来越快了。

军委秘书古斯塔夫·谢尔星

苏丹想要去了解一下居民的情况，于是便提上了一篮子的坚果向着大街走去。当他走到房子后面的花园时，却碰见了他的母亲。

母亲抬手将戴着的面纱掀了起来，露出了整张脸。

"人民都时刻关注着现在的形势，北方军队要与沙皇开战了。大家都想知道，你何时会号令你的士兵们助他们一臂之力？"他母亲说道。

苏丹环顾四周，发现旁边有张石桌子，便把篮子放了上去，随后回答道："我碰到他时他刚逃出来，又是刚刚流浪到此，虽然大家都在讨论着他的事情，然而我却并不十分了解他到底是一个怎样的人。我甚至都不敢相信，像他这样一个没有任何背景、一穷二白的流浪者，竟然成功地当上了国王。虽然我和他信仰的宗教不同，但我仍然想和他成为盟友。在普鲁特河边，我们的军队遇上了他的军队，当时，人们是非常拥戴他的。在清真寺时，人们甚至都点起了火把，夹道欢迎他的到来。不过我想说的是，我的想法一直没有改变，还是想和他成为盟友。我的宰相激动地告诉我，用那颤抖着的声音说道：'瑞典国王从遥远的本德骑着马，穿过水路一路上飞驰而来。'确实，瑞典国王连湿透的衣服都没来得及换下，就直接冲进了我的帐子里，在靠近桌子边缘的地方坐了下来。他所坐的位置的上方正挂着穆罕默德的旗子。他急不可耐地要来了刚刚签订的联盟条约，并急急地撕毁了它。做完这一切，他又恢复了他的高傲，明明是个身在异乡的被俘虏的失败者，却像统治了全世界一样，气定神闲地指挥着我的军队该怎样做。随后，他一拳打在神圣不可侵犯的绿流苏上。这时，大风呼啸而过，帐子被吹得轰轰作响，也吹起了穆罕默德的旗子。发生了这些事情后，我仍然坚持助他一臂之力。从那以后，这里仿佛就成了他的家，他总是从我这里得到财富和各种宝贝，从不肯离开。而宰相却与我持不同的意见，他认为，瑞典是一个不富有的国家，所以不可能有作为，我们不需要相信它，更不必给他们提供财富。这便是所有我想说的话了，母亲。"

接近傍晚时，他才说完所有的话，而这个晚上注定是个不眠之夜。托马斯·冯克家里聚集了很多人，这些人都是在这个城市的瑞典国的重要政务人员。他们彻夜讨论，气氛中充满了紧张。后来天亮了，桌上的蜡烛被冯克推到了军队里的牧师——阿格瑞尔面前。

"我们讨论了一个晚上，但仍然没有结果，让我们在解散前再次一起诵读一遍《圣经》吧。他们的宰相之所以同意让军队协助我们，是想要财富和美人，而不是想让士兵们受伤。当时，在普鲁特河他就已经被俄国人收买了，所以，土耳其已经不算是我们的盟友了。因为古斯塔夫·谢尔星学习过他们的语言，所以可以让他写一封信，将这些事情告诉苏丹。但我们缺少一个可以送信给苏丹的人，而我们选在周五，则是因为苏丹在那天会去清真寺。这是件很危险的事，如果送信的人没有极好的口才使他们相信信里的内容，就很有可能会因此而丢掉性命。在座的人中，有谁愿意去献身呢？大家先静心感受一下《圣经》里的内容，再去好好考虑一下这件事情吧。"

赫曼·特斯穆德拿起《圣经》，递到了阿格瑞尔手里。

赫曼·特斯穆德说："我是个说话很直接的人。到了这个时候，我认为冯克的意见是可取的，国王如果真想成为最强大的王者，就必须攻下法国。到了那个时候，他现在失去的、付出的就都不算什么了，至高无上的权力要有财富做基础才可以得到。而如今的我们则一无所有，甚至连任何真正意义上的得到也没有。"

面对着窗帘，坐在桌子另一头的正是军委秘书谢尔星。他默默地把手伸到衣服的口袋里，里面放着的正是要给苏丹的信。其实在今晚之前，他早已经把信写好了，只是他也不知道该信任谁，他在心里思量着："天亮之后就是周五了，这件事让上天去做抉择吧！当天亮的第一缕阳光照到谁身上，那这个人就一定是上天为我选的可信赖的人。"这时他并没有注意到阿格瑞尔朗读的内容，因为他一直沉浸在自己的世界里。

"一个披着紫色和猩红色斗篷，戴着华丽珠宝的女人……我已经不是第一次看到这个女人在喝圣人和耶稣的见证者的血液了，但是每一次见到她我还是会感到惊讶。"

谢尔星忽然反应过来，这让他感到很不好意思，因为他没有仔细听阿格瑞尔的朗读。他没有转过身面向大家，而是伸出手，完全捂住了自己的脸。随着清晨的到来，许多声音也逐渐响起，仿佛是一个国家苏醒了，大街上传来了人们的喧闹声，远处，沙沙作响的是栗子树摆动的声音，最响亮的还是宣礼官的高声吟唱。

他就那样静静地等待着，维持着原先的动作。就这样，阳光缓缓地射进屋子里，最后竟然直直地射在了他自己的眼眸里。他惊得一下跳了起来，却发现他的动作格外突兀，又连忙对同伴说道："对不起，我感觉有点儿不适，可能需要暂时离开一下。"

上天帮他做好了选择，原来这个向苏丹说明一切的人就是自己，而非其他人。他环顾了一下自己的房间，这时房间内已经被阳光照得通亮，他还依稀听到了楼下房间里阿格瑞尔在朗诵《圣经》的声音。

谢尔星有一套掩饰自己瑞典人身份的土耳其服饰，他从柜子里拿出这套衣服正要换上，而当他脱下外套放在床上时，他看到了袖子上的那一圈针线印记，就再也舍不得把衣服放在床上了。因为他想到了母亲，想到了母亲当时很细心地将通行证和钱缝在了他的袖子里面的情景。他忽然觉得无比伤感，像个孩子一样仰躺在床上，将袖子紧紧地捂在了脸上。

他叹息道："天哪！这难道是给瑞典人的历练吗？他们是不是要向世界证明，最重要的是宽容和坚持，而不是财富呢？可是财富真的很重要啊。如果拥有财富就可以调遣苏丹的战士了，沙皇不就是凭借财富在人间横行吗？"

《圣经》的内容通过阿格瑞尔朗读的声音不时地传来："人间的国王会为她感到伤心难过吧，因为他们曾一起享受过优渥的生活。当她经历着火焰的灼烧时，他们也在同一地点，感受着经历死亡的绝望感，为此他们说道：'因为犯下错误而要付出的代价这么快就降临了，为巴比伦城而感到悲伤啊。'人间的商贩同情着他，同时也为自己感到悲伤。因为他们销售的享受品，像美丽的衣服、珠宝和吃的、用的、奢侈品，甚至包括做美食的原料、生活所需的各个方面的用品都无人购买了……"

谢尔星的眼前仿佛已经出现了自己向骑马而来的苏丹呈信的画面。转瞬间，他又仿佛来到了母亲的面前，母亲安详地坐在长椅上，为他缝补塞了通行证的衣服。身边是农田，田里种着绿油油的作物，远处的渔夫正在捕鱼，一幅多么美好的景象啊。他用尽全身的力气，对着母亲大声喊道："为了瑞典我愿意去献身，瑞典人总有一天会崛起，他们不该过这种流浪的生活。"

这时，阿格瑞尔的声音在楼下响起："谢尔星，是你在说话吗？我想进去休息下，你可以打开房门吗？"说着，他便上了楼，走到了房门外。

谢尔星连忙把所有的东西收好，将床恢复成了原本的样子。接着他写了一张纸条，大概内容是希望他的仆人可以继承他的东西，因为他不想让自己的军服落到别人的手里。然后，他将纸条贴在了一个隐蔽的角落。

做完这一切，他向门外喊道："我只想一个人静静而已，请不要因此而觉得我是一个令人厌烦的人，朋友。"

同时，他把那条皱皱巴巴的土耳其裤子套在了身上，穿上拖鞋，又把胳膊伸入贴有金片的外衣里。然后，他在头上裹了一条布巾，把那封信塞入腰间，这才非常谨慎地将窗户推开。

坐在最上边台阶上的阿格瑞尔，时不时地过来拧动一下门把手。他认为：像谢尔星这种腼腆而又保守的青年，没什么社会经验，虽然不清楚他接下来会做些什么，但是在他丧失信心之际做出来的事情还是可以理解的。

阿格瑞尔又拧动了几下门把手，大声地说道："谢尔星弟弟，你一直在屋里来回走动，又不给我开门，是想怎样啊？你得理智一点儿，使自己放松下来，可千万不要做什么傻事呀！"

为了不被朋友们的告别所影响，谢尔星什么也没说，他只是推开了窗户，悄悄地沿着栗子树的枝条滑了下去。

许多身着蓝衣的奴仆从树丛中向这边走来，他们戴着无数的金银饰品，极尽奢华，这种现象在别的地方是见不到的。谢尔星头都没回，悄悄地来到大门口，隐藏在圣索菲亚教堂和苏丹宫殿广场上那棵树下的乞丐和疯子群里。

他认为是上帝引领他到这里来的。我真同情你们这些瘸子和乞丐，觉都没法好好睡，多向我的朋友们学习学习吧，瞧瞧人家是怎么出人头地的。

谢尔星注视着伊斯坦堡，守城的护卫们手持佩剑，抵御着那些时常感到惊奇而四处观望的人群。夜里下了一场大雨，城堡的墙湿了一角。这种平底的拖鞋让他很不习惯，这不禁让他感到自己和平日里相比矮了一大截，不得已，他只得提起脚跟，让脚尖着地。终于透过人群，他看到了土耳其王宫和昌盛门。王宫里，白种人的太监们在一条用羽毛修饰而成的嵌金丝绸上来回走动着；披着蓝紫色蓬蓬衣的乌里玛，满脸的胡楂儿，脚上穿着一双蓝色的靴子；将帅们身着天蓝色的斗篷，战士们则头戴黄色的高帽，抬头注视着仿佛从未打开过的宫门。谢尔星总算在人群中看到了苏丹。他想到了躺在腰带中那封信的内容："写这封信是为了真谛，也是为了瑞典人古斯塔夫·谢尔星饱受压榨的同族，并非是因为别人的恳求。"

他在信里揭发了大臣们贪赃枉法的事情，但是现在，在成堆的闪闪发光的金银面前，或许他做得还不够。他想起了过去的一些事情，那个载着国王走过草地的木马车，还有那个被本德将领们弄得黑漆漆的、又破又旧的大衣上面裂了个大洞。然而，土耳其人对此一无所知。事不关己的人们躲在自己的围脖里一言不发，权势显赫的贵人们对这些逃跑人的态度比他们尊重得多。

祈祷者的歌声从圣索菲亚教堂里飘出来，笼罩着恐惧的人们，就连空气都凝固了，他们在那个如同基督教堂一般高贵的地方，为穆罕默德的后裔唱赞歌的声音传进了他的耳朵，这里的柱子后面就埋着殉道者们的尸骨。谢尔星用那个乞丐的拐杖使自己站稳。昌盛门被打开时，宰相穿着土耳其样式的长袍，他的头发就像是金字塔一样，后面跟着身着浅蓝色衣服的侍从，踩着绿马镫的将帅们，拿着砍刀的红衣刽子手，手里拿着摆了一把金色水壶的托盘、拿着丝帕的奴仆。那个端坐在绸缎布帘后的就是苏丹艾哈迈德三世，他才刚刚结完婚。

谢尔星掏出腰带中的信，想把它交给苏丹。

"他简直太疯狂了，他甚至都不知道自己在做些什么。主啊，希望你保佑这些可怜的人吧！"乞丐们齐声说道。

为了阻止他的行为，乞丐们扯住了他的外衣，可是他太强悍了，乞丐们束手无策。瘸子用手里的手杖不断地打他，他却毫不在意，高举着信穿过人群来到了苏丹的跟前。

苏丹略微向前压了压身子，虽然面无血色，但一双眼睛却充满了光泽。他从谢尔星那里接过信，连马都没勒，把它放进了那件红狐皮的衣服里。

刽子手们押着谢尔星从土耳其皇宫绕过，来到了位于昌盛门下方的监狱。

"胆子不小，居然敢告状。"他们冲着谢尔星咆哮，"这一切都得有证据，你知不知道？"

他回过神来说道："我从来不说假话，你们不是要证据吗？干脆把我杀了，将我的血抽光，以此当作证据。"

他们无奈地叹息了几声，晃了晃脑袋，把谢尔星独自留在了这里。监狱墙壁上照射过来的阳光暖洋洋的，就像当他下定决心要去冒这个险的那天早上看到的阳光一样，拥有着神秘的力量。这种感觉让他更加坚决、坦然地接受了他应受的处分。

阳光照射着墙面，他用拾起的锋利的石头在墙上刻字，以此打发无聊的时光。光慢慢地从墙面上消失，他认真地写着字，直到夕阳落下。在监狱中的那面墙上他用家乡的语言写了这样几句话：

> 我饥寒交迫
> 是想追随我心目中的豪杰
> 我们情愿挥洒我们的热血
> 然而圣人早已捐躯

当"捐躯"一词落笔时，光线恰好消失，整个牢房变得漆黑一片。乐师们弹奏的乐曲从最里侧的第三道门——"落欢乐门"中飘了出来。

他的脑袋晕晕乎乎的，他挥动着手臂，扯开嗓子大喊："我不稀罕什么金钱美女，什么山珍海味，以及人们所向往的享受荣华富贵的日子！太虚伪了！当人们拥有了这些东西，就变得一文不值了。我坦然地面对生活中的所有，即使枕着破旧的衣服睡觉，我也感到很幸福。如果将来我离开了这个地方，我要和乞丐们挨在一起，开心地看着小蜥蜴。天哪，我的心扑通扑通跳得厉害，不要枉费力气待在我的胸口，去追寻外面温暖的阳光吧。"

屋里漆黑一片，他始终保持着头脑清醒的状态，他迫切地希望阳光能再次照亮墙面。他透过门上的锁眼，看到了外面的一轮明月，映得地面闪闪发光，可是这个屋子里却黑得伸手不见五指。

他端坐在那里，思索着明天想要写的诗句。他坚信，如果他能从这儿出去，他一定会把这些诗句与王宫树下苦难的人们分享；要是他再也出不去，他饱受压迫的国人或许还能读到这面墙上的瑞典诗句。他将诗写完后就安静地坐了下来，唱起了那曲从小到大早已牢记的东方歌曲：

> 我饥寒交迫
>
> 是想追随我心目中的豪杰
>
> 我们情愿挥洒我们的热血
>
> 然而圣人早已捐躯
>
> 他组织的队伍早已远去
>
> 不管是老人还是小孩
>
> 那颗耀眼的星星没有露面
>
> 只因天空中满是乌云
>
> 在遥远的地方
>
> 原本自傲的兄弟们
>
> 早已沦为蹲在街头的乞丐
>
> 虽然很多都是有钱人
>
> 像你们一样饥寒交迫的人啊
>
> 固守你们的家园
>
> 固守！

一道刺眼的红光透过他的指缝射进眼睛，他停止了歌唱，站起身来。难道是天亮了，太阳出来了？可是红光一直在墙上忽明忽暗，随着越来越近的脚步声，红光消失了，大门处传来了开锁的声音。

　　他看到两个点着火把的奴隶向他走来，其中一个将一包衣服扔给他，另一个对他说："我们君主说，他一直将瑞典人和他们的国王视作友人，也一向非常地敬重他们，也让我带来他的问候，他不想将你当作犯人一样关押，他想以宾客之礼来招待你，他会如实查明你在信中所述的内容。你带上自己的衣物赶紧回家去吧！"

　　谢尔星伏在地上打开了包袱，里面是一套瑞典军衣，他拿起外套向火旁凑了凑，这下看清楚了，袖子上有母亲绣的黄线，果真是自己的那件。他当着两个奴隶的面脱下了土耳其样式的衣服，将那件看上去有些旧，却让人无比自豪的军装穿在了身上。

　　他从监狱里出来，手里还拿着帽子，在静谧的月夜中走着，经过王宫树下那群乞丐时，他勾住了一个老人的肩膀，亲吻了已经熟睡的他。

　　"虽然你不知道我是谁，"他说道，"可你要是信任真理，就跟随我一同回去，我的国人可以告诉你们怎样才能更好地生活。在我们那里，国王也跟你们一样，睡觉枕着石头。"

笨女人

在一个雾霭茫茫的冬日清晨里，马尔马拉海的海面上也氤氲着浓浓的雾，看起来像极了一个落了一地白雪的岛屿，而远处的斯坦布尔的顶塔也已全部亮了起来，高低错落一个不落。一位在苏丹母亲身边工作的宦官早早地来到墓地，在给前主人扫完墓之后就动身返回。在经过市场的时候，他看到了一个高高壮壮的白人女佣，并对她抱有极大的兴趣，于是他决定把她买下来。走在回家的路上，他让女佣走在前面，走在后面的他时不时地拿着银饰竹竿为她指路，同时他还在思考着：对于这件事，同事们肯定会八卦不休的！毕竟谁也无法理解他这么做的理由，就连巫师也无法看透。天呀，她竟然还有一双大脚！

他们穿过王宫外那些鼻孔朝天的疏离的守卫，接着来到了精致的大理石水池边，这里有一扇门，不过被掩藏在繁茂的葡萄架中，要是没有人带领着恐怕是很难发现的。

他敲了敲门，然后对身旁的白人女佣说："在这里你要小心弥赛亚，也就是现在过来开门的人，他为人怪异非常。他曾经像个犹太人一般住在士麦那，那时他还是一个年轻英俊的小伙子，人们称他为救世主，他自己也觉得自己是第二个上帝。但是当他来到王宫想谋求一份好工作，看护者要验证这位所谓'救世主'，于是让弓箭手来朝他射箭，看他能否还好好活着时，他态度剧变，殷勤地表示他愿意只当个门童。"

"咔嗒"一声，锁开了，紧接着门被打开，从门缝里显现出一位老人的身影，他看起来很是警惕。枯瘦的老人的腰间系着一条脏旧的腰带，准确来说，它应该是条围巾，看起来很是怪异。

宦官瞧着老人这身朴素而略显破旧的打扮，很是不屑。他抬起黝黑的手搭了老人瘦削的肩上，趾高气扬地说："听着，老家伙，我需要你为这位新女佣算算命，我可以给你一枚银币作报酬。她是个身世简单的人，你知道的，我从来不会带那些背景过于复杂的人到你这里来算命。这位女士，在此我需要为你解释一下，我们来到这里就是为了给你算命的，算完我们就走。不过，你得先在沙子路上画一条直线，好让这个人测算你未来的人生道路。"

听了宦官这番话，女人顺从地画了一条直线，然后让开身子让弥赛亚观察。弥赛亚低头看了一会儿沙子，皱了皱眉说道："先生，我无法预测这个女人的命运，她画的是一条没有任何弯曲的直线，线穿过小径，然后笔直地通往玫瑰丛，我没办法从中发现些什么，所以钱您留着，我不收您的钱。"

宦官听到他这么说很是生气，恶狠狠地咒骂着："你这个可恶的大骗子一定会遭到报应的。"骂完之后，宦官还是觉得不解气，于是夺了他的拐杖狠狠地揍他，边揍边说着："你这个骗子，还记得你以前说的事吗？什么骑七头蛇说自己是伟大的预言家的事？你还大言不惭地表明自己是真主亲自派来的哩！"

弥赛亚愤怒极了，整张脸涨得通红且扭曲在了一起，他只用一条腿支撑了一会儿身体，两条腿的膝盖互抵着不断地哆嗦。接着，他向后走了几步，双手高高地举起，冲着宦官大声喊道："我看到了你的命运，你画的线曲曲折折，你的生命中必将充满了挫折与苦难，噩运将不断地缠绕你，你会被不认识的女人欺骗，还会中毒蛇和蝎子的毒，你会不得好死的！"

语毕，他把宦官和女人赶了出去，并小心翼翼地关上了门，然后跟跟跄跄地往回走，瘦削的背影逐渐消失在水池边的鹅卵石路上。

被赶出来的两个人互相搀扶着来到了一处台阶上，台阶的一边是高耸入云的墙壁，他们费力地翻过了墙壁，然后悄悄地进入了御花园。御花园里的路全是由华而不实的贝壳铺成的，好看是好看，但缺点就是一踩就碎，于是他让女人尽可能轻点儿走，尽可能地不让那些贝壳碎掉。御花园里种植着许多柏树，一棵棵繁茂的大树装点了花园，隐约还可以看到挂在枝头的金色鸟笼，有鸟儿在里面叽叽喳喳地歌唱。御花园里还有一个非常精致的喷泉，喷涌而出的泉水随着地心引力的作用，又再次汇入了这个由帕罗斯大理石做的圆台里。两人穿过一条漫长的小路，那是一条美丽的小路，路边栽种着星星点点的紫薇花，还有一棵棵神气的黄杨木，最后，路的尽头，他们来到了一处面朝大海的开阔地带。

一个白色的飞檐凉亭隐藏在了一圈悬铃木中间，高高的塔尖上还挂满了饰物，有类似星星的，也有的像月亮。在门的前面有一块地毯，几个刚开始学走路的孩子跟两个用人站在上面，两个用人正在用很温柔的声音跟孩子们说着话。门口的正中央放着一把椅子，上面坐着一位满头白发的老妇人，她穿着一件貂皮大衣，大衣的长度都快到她的脚腕了。她给了孩子们一个拨浪鼓，材质是纯金的，上面还用白色的花边绸带缠绕着。这位气质高贵的老妇人就是苏丹的母亲，她是希腊人，从雷斯蒙过来的，据说在她年轻的时候长得十分漂亮，就连穆罕默德四世都拜倒在她的石榴裙下。

到现在她还清晰地记得，当时皇宫被拿着火把的土耳其人攻占的时候，前苏丹的国王被废之后，他们居住的地方就搬到了王宫最靠里的一间阁楼里，她在里面坚持给死刑犯们祈祷，一天又一天。还记得，那时候在后宫里，她每天每夜都睡不着，两手抱着那些前朝嫔妃在皇宫里生下的伊斯兰教徒的孩子，在屋里走来走去。每当她乘坐轿子路过昌盛门的时候，她儿子在土耳其人的热情拥护中登上王位的场面，就会涌入她的脑海，她就想起儿子现在已经将王权紧握在手，就跟她手里握着拨浪鼓一样紧。她面色虽然略有些蜡黄，但目光依旧透着锐利，略带忧愁的浅笑中还流露出一丝温柔祥和。

宦官在地毯上低身行礼，得到她的准许之后，宦官站起来汇报说：

"在很久以前，海婉王宫里有一颗大钻石，它是在最干净的水里长成的，后来被一个孩子找到了。太后，没人知道这颗钻石为什么会出现在那里，不过，倒是曾听一位知识分子提过，东罗马帝国国王的皇冠就是在发现钻石的那个地方丢失了。太后，您可能也有所耳闻，曾经有个穷人就在爱格瑞门那里捡到了一块价格昂贵的宝石。但他不识货，并不知道这宝石的价值，只是拿去当了三个银勺子。现在，那块宝石就镶在国王的皇冠上。这些名贵的宝贝可能就藏在城里的这些土堆里，或许现在就在我们脚下，可是，每当寻宝的人带着工具来的时候，却又都找不到它们了，只找到了石块和骨骸。当然，我在去买女佣的同时也曾到那里寻找过。在过去的一年时间里，我都在按照您的描述去找那个个子高挑、黄色头发的姑娘。每次找不到时，我都会很焦急，就算是喝再甜的水，也感觉不到它的甜，平日舒适的枕头也比宫殿的石台阶还要坚硬。不过今日，当我暂忘愁闷，想要在先王的墓前祷告的时候，上帝听到了我的心声，让我找到了这位您日思夜想的姑娘。"

说着，他掀开了女人头上的纱巾，只见她金黄色的头发梳得很是用心，容颜秀丽动人。

太后看到她之后，就把手里的拨浪鼓放在了腿上，笑着说道："斋月的一天夜里，国王做梦，梦到了我和一个身材高挑、还有一头金黄色头发的女佣，并且我还拥抱、亲吻了她。宫里从来没有过这样一个人，但这个梦还是让我心生疑惑。我现在一时还不知道该让她去干什么。她个子太高了，体态也不好看，跳不了舞，也伺候不了国王，国王喜欢的是那种身材纤细的女人。"

宦官回答说："那是一定的。"他看得出来，太后对这个他刚带回来的女佣不太满意，"不管怎么样，我都要告诉您，她的长处就是懂得我们的语言。如果不是卖她的人跟我保证，我也不会相信他说的话。我认识那个商贩，他这个人非常慷慨，也从来不跟买主谎报用人的来历和年龄。当我带她回来的时候，也发现了她真的能听懂我说的话，也就说明了那个商人没有骗我。所以，您要相信我，这回我真的给您找到了有价值的东西。虽然您从来都不轻易地说起在本德的高贵的瑞典国王！而这个用人就是他的百姓，就出生在他的国家，那个没有植物的地方，即使是夏天，道路上还都是厚厚的雪的国家。"

突然，一直淡然的妇人扔下了手里的拨浪鼓并且站了起来，她一脸困惑。此时的她似乎忘了自己的身份，只是在这个女人的周围走动着，极其认真地看着她。她拿起女人的手，里里外外地看了一遍又一遍，随后又放下。而后她又拨开她的嘴巴，查看起她的牙齿。随后又摸了摸她的皮肤和头发，在这一系列的动作里，她一直都是微笑着的。

这时，老妇人说道："这个女人不论五官还是骨架都很大，下巴也是不小。哦，再让我看看你的腿吧。"

虽然这个女人的动作里透露着厌烦，但她还是听话地转了过去，用她们的方言嘀咕道："哦，天！烦死了！"

宦官发现了她的小动作，立马遮掩说："这个女人很朴实，我买她的时候就发现了，那个商贩确实没有骗我，他还告诉我，他还没有给这个女人起名字，平时就叫她笨女人。"

"那就还是继续叫她笨女人吧，等到有了好名字的时候再给她改。姑娘，你现在过来让我看看你的腿。"

女佣表现出了一种不想再继续下去的表情。她的两只手一直放在裙子的两侧。

"真是的，我想有独处的时间。"

"我没有听清她说的话。"

"敬爱的太后，我也没听清她说了什么，好像是不愿意做清理衣物这种活儿吧。"

"晚星的年纪还小，养鹦鹉这份活儿不适合她，她还可以去做更好的工作，那就让这个女人来试试吧，她的力气应该搬得动鸟笼，先让晚星带她适应一下这份工作吧。"

太后说完之后就回去安排看孩子的仆人的工作去了。因为她已经知道了她想要了解的全部。

时间过得很快，晚星将照顾鹦鹉的方法和窍门传授给了女仆，她们会赶在太阳下山之前把鸟笼子收起来，然后坐在一起聊聊今天发生的事。开始相处之后，被别人认为非常蠢的新女仆赢得了晚星的好感，而晚星才十三岁，是这里年纪最小的。为了让那只生病的鹦鹉靠近海边，太后让她俩把鹦鹉放到了用银子做的笼子里，这只鹦鹉非常好看，是太后最钟爱的。女仆的肩膀被晚星搂在了自己的怀中，两个人坐在靠近鸟笼的地方谈天说地。

　　"我想了解在你身上发生的所有事情，如果你想知道，我也可以把我的身世讲给你听。"

　　"我啊？我没有什么故事，我来自尼雪平，是恩尼伯格将军的太太把我带到这里的，我丈夫是一个叫安德森的英勇军人。他崇尚基督教，在一场饥荒中发生了战争，我的丈夫试图掩护我们离开，但是俄国人抓住了我，辗转将我卖到这里。"

　　"我觉得世界上最让人开心的事情就是跳舞了，你会跳舞吗？好吧，你不会。"

　　晚星起身，像一片羽毛一样开始婉转地起舞。她眯着眼睛，跳跃、旋转，脸上的面纱也在跟着跳动，仿佛是水蓝色的烟雾在脸上流转。

　　"假如我让苏丹看到我的舞姿，我会被赏赐很多华美的头纱，也可以住在很豪华的房间里，这是被废黜的弥赛亚说的。而我也这么认为，他的话往往会成为现实，我在夜晚会一直幻想这些事，哪怕苏丹都不知道我是谁，我也一直在期待这一天的到来。那你有什么想法呢？换句话说你未来的目标是什么呢？你可以放心地把你的想法说出来，你甘心就这样平凡地过下去吗？所有人都认为这是一份很无趣的工作。我认为这是一份令人难受的工作，而你是一个很深奥的人，谁能懂你呢？"

笨女人呆呆地坐着，脸上是一副很不开心的样子，她想让鹦鹉学一些自己家乡的语言，因为她很想听到自己的家乡话。

"来跟我学，安——德——森！"女仆说道。

而这只鹦鹉并没理她，完全一副不可一世的样子。她望着远处，阳光碎碎地铺在海面上。一条来自威尼斯的货船上，正晾着一个被海水打湿的风帆，靠近镶金灯笼的是一条小型的帆船，上面载满了即将售卖的嫩菜和瓜果。海鸥滑过水面，信号旗已降到了最低点，浸在海水里被轻轻地拍打着，水手则顺着围杆爬了上去，把信号旗扬到了最高点。

笨女仆的脑子里闪过弥赛亚预测的未来的话，她认为那是完全不可能的，那个狡猾的人应该只是随口一说，当时他拿着铃铛来回摇晃着，帽子里还落满了不知何时掉进去的菜籽和羽毛。夕阳笼罩在笨女仆的身上，将影子刻在了椅子的花纹上。看到这些，她露出了笑容，眼前仿佛出现了自己的家，那双斯莫兰的羊皮鞋还摆在门旁边呢。然而，她现在不应该想这些事情。这时，远处响起了人走动的声音，原来是眼科医生和他的助手，医生是被助手扶着行走的，因为他看不见任何东西。他的手里提着一个镶有玛瑙的箱子，里面大概装有清洗眼睛的药品。靠近带有华美装饰的窗户帘，苏丹的王妃们悠闲地躺在摇椅中，她们望着种满了整个花园的风信子，看着园丁正在花园中忙碌着。她们倾听着园中那叮叮的流水声，好像烦恼一下都顺着水流走了，心中的快乐像隆起的山丘一样，缓缓地增长着，越来越高，估计只有愿意冒险的勇者才可以到达山的顶点吧，才能品尝到达最高点的甜美的胜利果实吧，又或许失败者们注定要坠入深渊。草地上倒映着悬铃木和橡树的庞大阴影。在另一角的，是藏在紫薇花和月桂树后面的后宫。一阵风吹过，吹得茂盛的松树和柏树发出了沙沙的声音。房屋前的植物相互映衬，就像敷了层洁白的雪一样。还有紫藤与玫瑰，绿与红的搭配看起来非常美丽，当然，还少不了那木质的小栅栏。尊贵的王室贵族们坐在整个皇宫里最高的地方，低头欣赏着这全部的景象，还悠闲地搅动着华美石碗里的果子露。

晚星说道："快到傍晚了，要不要一起去草坡上逛一逛呢？看你好像有什么心事的样子。"

"上次听到祈祷词是一年前的事情了，我们赶紧把鹦鹉拿到屋子里吧，现在天变冷了，它会生病的。"

"没有人会知道我们偷懒去玩儿的，别理会那只鹦鹉了，把你的手给我，我们走吧。"

笨女人不高兴了，她没有理晚星，只是继续着手中的工作，将笼子拿了下来。她提着笼子慢慢地向台阶的最高处走去。这时，她听到有人在圣索菲亚教堂里吟唱着圣歌，于是，她庄严地跪着祈祷，说的是自己的家乡话："我一直觉得要时刻把自己的工作放在心上，就算在自己独处时也不能有所松懈。"

从此以后，更多人认为她是个孤僻的人，同样也是个脾气很不好的人，其他的仆人都对她嗤之以鼻。男仆们总是无所事事，时不时地眺望着比西尼亚奥林巴斯山，只有笨女人前前后后地忙碌着，在后宫里穿梭着。晚星也对她不是那么亲热了，沉浸在了偶遇苏丹的世界里，只是时不时地使唤她去照顾一下鹦鹉。

这个笨女人从来不觉得自己的命运很悲惨，因为她没有什么想要得到的东西。她没有想过以后会有多好的生活，只是觉得现在的日子太枯燥，让人觉得受不了。逐渐地，笨女人的世界里只剩下了鹦鹉，而那只病鹦鹉是她最关心的，它年纪很大了，大到它经历过九位国王的上位。她对这只鹦鹉的细心关怀是因为它的状况最不好、最不受贵族的重视，它的待遇也比别的鹦鹉差，这与它的年纪无关。因此，她甚至拿出了整夜的时间来照顾这只病鹦鹉。

忽然有一天，其他仆人发现了一件奇怪的事，她的注意力竟然还会被其他的东西吸引。在一个炎热的晚上，她只睡了很短的时间就被渴醒了，因为她的水杯里没有足够的水。强烈的口渴使她想到了花园里原本美艳的郁金香，几个星期没有下雨了，郁金香也一定没有得到充足的水分吧。她仿佛与花园的郁金香感同身受。之后她起身走到其他仆人的床前，这时的她们都已沉浸在睡梦中，于是她轻轻地取下她们床头那灌满了水的水杯，快步走到花园里开始浇水。花园里的动静惊动了巡逻的人，他们以为笨女人是行窃的，便把她抓了起来。没多久，大家都知道了这件事。可是令人奇怪的是，太后并不在意这件事，对她仍然很好，而且依然非常信任她，甚至将自己仔细看管的钱夹都交给了她，而这个钱夹太后以往都是藏在床铺下面的。

早晚值班的守卫，都会看见她手里拿着鹦鹉吃东西的碗，她的声音好像很粗犷，因为每次听她跟人说话时都会发出一点儿都不像女人的声音。不过每当被革除职位的弥赛亚出现在墙头的时候，她就会被吓得发抖，腿抖得就像一只单腿站在水中的白鹤一样。

这天，王宫里的女总管，让她把鹦鹉笼子拿到离海边最近的潜望亭去，说是她到傍晚也会去那儿。

她跟平常一样，每次接到任务总会生气地抱怨个没完，就在整理笼子的时候还说着让人听不懂的话。太阳快要落下去的时候，小玻璃灯亮了起来，把种满郁金香的地方照得像有火花冒出一样。她穿上了那条已经很皱的旧裙子，这还是她离开奴隶贸易市场以后第一次穿呢。

她走进潜望亭，看见一大群苏丹的舞者聚在一起，她们的脖子和纱裙上都戴着用鹦鹉羽毛做的饰品。身材胖大的女总管被舞者们围在中间，不知道又在吩咐着什么事情，她戴着一副镶了金边的四边形眼镜，还拿着一卷羊皮纸，嗯，看起来是个很有学识的人。事实上也是如此，她不光能背出城里人都不知道的诗歌故事，而且她还能把字写得特别漂亮。

"孩子，我告诉你，"她边说边走向笨女人，还在笨女人的头上戴了一个羽毛饰品，"我们准备去太后那里庆祝一个悠久且令人高兴的节日，叫鹦鹉之冠，站在这里的所有人，除了你之外都特别会跳舞，所以啊，到时候她们跳舞时你就站在中间跟她们一起跳，肯定特别好玩。"

"对对对。"晚星听后马上点头说道，"肯定特别搞笑。"

"不行，我是不会做那样的事的。"笨女人立刻拒绝道，"不过我们可以这样跳，每个人都牵在一起，用脚跺出声音，然后唱：少年们来了……"

她边说还边拉着旁边两个舞者的手给人们做示范，搞得女总管大吃一惊，大张着嘴巴，还差点儿让自己的眼镜滑落。女总管反应过来后，立马掏出口袋里满是银片的短剑敲了敲门口的柱子，示意她停下来。

"太后有可能下一秒就会带着朋友去帘子对面的房间，而且长史公还会坐在那边，把他的所见所闻写进史书里。要是让他们看见你这个样子，成何体统？你的脚这么用力会踢坏蜂箱的，再说你这哪是舞蹈，舞蹈都是温柔美丽的。"

嘴里正吃着糖和炒栗子的舞者们听到这些后，都忍不住笑了起来，直到捧着肚子滚在沙发上，而宦官们则站在门帘后没有发出一点儿声音。

笨女人听了这些笑声后不禁感到了怒火在心里燃烧，这么长时间了，无论再怎么生气她都可以一一忍下，但今天她实在是无法忍受了，她用母语喊出了一连串的脏话：

"我才不会在意你们这些丑恶的嘴脸！你们这些无耻之人，每天只知道，只想着怎么去讨好君王，让君王封自己为妃子，然后就可以领到两百条披肩！一幢房子里每个房间都有女人，你们觉得这样好吗？啊？作为一个诚实的女人，我告诉你们，撒旦的宫殿我从没见过，我也不会整天想着那金银财宝什么时候能从天而降！哼！还叫我笨女人，总有一天让你们知道欺负我的后果，你们这帮人就应该快点儿进地狱！"

"特别棒！"总管夸奖着笨女人，她根本不知道她到底说了什么，只看见了她的动作和表情，"就这样，特别好，刚开始跳的时候你就这样做，不过在我朗读诗歌的时候你就不要吵了，最好再温柔一点儿，不要总是动脖子，还有，表演滑稽戏需要高高兴兴的。这个篮子里还需要再放一束玫瑰，让弥赛亚去摘最好了，没有人比他更适合做这件事了。舞蹈快要跳完的时候，你就走过去，选出最棒的鹦鹉，然后跪在它面前，把花篮献到珍珠母桌子上。"

笨女人傻傻地站在那里一动也不动，伸手接过篮子，摸到手柄上的苔藓后，她感觉整个世界都不好了。她没见过太后的时候就经常被别人嘲笑，但是她都感觉没什么大不了的，但这次她却委屈到想哭。

帘子的另一边响起了一阵奏乐声，女总管听到后又拿出了自己的短剑在门柱上敲了敲，随后，这帘子像是听见暗号一样，接着就被拉开了。舞者们走进一个生有火炉的房间内，房间的梁子上还挂着很多灯，灯下放着好多花冠鹦鹉。人们都弯下身子，向倚靠在垫子上的太后行礼，然后女总管打开她手上的羊皮纸开始绘声绘色地讲起了故事：

"令人崇敬的鹦鹉啊，你不仅拥有美丽的外貌，而且还可以发出人的声音！这个故事的主角是个跳舞的人。以前有一个叫特克的人，他是一个托钵乞讨的僧人，同时，他也是一个从来不在乎外表的人，睡觉时他会直接睡在地上，平常连衣服也不穿，甚至只要有个毯子搭在身上，他就可以满街乱跑。有一天，他跑到一棵橡树下的井旁边想弄点儿水喝，还没喝到水就被一个小男孩吸引住了，男孩边打着乐器边和一只鹦鹉在跳舞，甚至他还试图给鹦鹉的爪子上戴上钻石和红玉。'即便你是苏丹的儿子，'特克说，'你也应该了解这世界上不只有金钱和欲望，比起钻石和红玉，水和血液可珍贵得多了，没有这些，你就没有了生命。'男孩却反驳道：'你也真是挺让人厌恶的！我父亲与你说的恰恰相反，他告诉我，钻石美玉还有这世界上存在的很多东西都跟我们的血液是一样珍贵的，就算是大树上的一滴露珠，那也是可贵的，也算是真主的爱。看那棵树，既不能让我们坐，也不能让我们躺，但是只要跳起舞来我就可以从地面飞上去。'男孩说完话就又接着跳起舞来，特克看着都不愿意移开眼睛了，感觉自己都想跟着男孩一起跳了。不过他又想起自己是来喝水的，正打算弯腰去井里取水的时候，他看见了水中的自己，顿时觉得特别地羞愧，因为自己看起来实在是太糟糕了，相貌丑陋也就算了，胡子也又脏又长。羞愧之下他便坐在了地上开始反思自己。就在这个时候，鹦鹉飞到了他的身边，它的羽毛特别白，爪子上戴的金环也特别漂亮，它停在他的毯子上，看起来就像是一个完整漂亮的羽毛饰品。特克回头在井中再次看到了自己，已经与刚才所见发生了天翻地覆的改变，他真的很激动，于是主动跑到了男孩身边跟他一起跳起舞来，并且他还发誓说要让教友们以后都用音乐和舞蹈来表达对真主的爱。令人崇敬的鹦鹉啊，就是因为那次的舞蹈，现在我们才要送给你们花冠，对你们表示敬意。"

女总管讲完故事后，那些舞者就开始上场跳舞了，她们不断地旋转着，动作轻得不能再轻了，脚步声都没有。她们脸上戴的纱巾也垂落得很自然，音乐轻柔得像是从远方飘来的一样。

晚星把眼睛闭上，把自己的手臂弯到脖子后面，尽情地跳着舞，让人感觉柔美极了。她的脚很小，小到还不如手掌大，她的头发很长，一直长到膝盖。她觉得现在美好极了，因为她相信苏丹肯定会赏给她一间散发着香水味、满是绫罗绸缎的房子。

笨女人按女总管之前所说的走到舞者的中间，她的头发上戴着鸵鸟蛋，还有灯上的流苏，穿着那破旧不堪的衣服，就算是这样，她看起来还是又高又美，只是她自己不知道而已。不，她不仅不知道这一点，而且她也从来没有想过这一方面的事。她从来都不觉得自己能拥有美好的相貌和顺滑的头发是应该对真主表示一下感激之情的。她闻不到泥土的芬芳，也没有唱过感谢人的歌曲，就更不要提什么跳舞之类的。她知道，她和切尔克斯人或是莱斯沃斯岛的女孩没什么太大的差距，尤其是在出身都特别贫困的情况下。但是呢，有一点，她是永远也比不上她们的，那就是舞蹈。她没有抬头看就能感觉到那个女总管着急的样子，肯定是戴着金边眼镜一直盯着她看。

她就是要假装忘了要求，尽可能地少做一些动作。终于，过了很久，她才慢悠悠地让人觉得她想起了要模仿舞者的动作要求，要在这个表演节目里当一个小丑。她轻轻扭了扭臀部，跳了两三步，紧接着就听见人们笑出声来，有的还轻声讨论着。门外的风突然吹了进来，凉凉的，把外面已然落地的枯叶都吹进了屋里。

她终于敢抬起头来看一看了，果不其然，那些看跳舞的人都捂着嘴还笑出了声，这次她真真切切地听见有人在说她动作太笨、太难看。她真的做到女总管的所有要求了，而且完美地达到了预期的目的，同时她也感觉到了前所未有的羞辱，就连肢体都开始变得不利索了。她眼前充满了水蒸气，鼻子闻到的也都是胭脂味。终于等到舞蹈结束，她把篮子拿到了最好的鹦鹉面前，它看起来疲惫极了，但还是不断地眨着眼睛。她跪下来，手哆哆嗦嗦地把篮子放到了珍珠母桌子上，玫瑰花却掉到了地上。

紧接着她就看到了有好多蝎子爬到了篮子周围，从篮子的下面还跑出来一条扁平头的蛇。

蛇不断地扭动着腰身，一瞬间就爬到了鹦鹉面前，鹦鹉受到了惊吓，于是就拼命地叫喊着、冲撞着，想要飞出笼子逃跑。亭子里没有一丝声音发出，花冠掉落在地毯上。这时，鸟儿突然喊出了她一直想要它叫出的那个名字：

"安德森！安德森！安德森！"

"你可叫出来了！"笨女人激动地说道，她做梦梦到过弥赛亚把蝎子和蛇放到了篮子中的玫瑰花束下面。她旁边的人们都害怕极了，逃跑都是两手扶着墙壁跑的。

她小心翼翼地提起篮子，想要把它从打开的窗户扔下去。刚放到窗台，蛇就咝咝地吐着舌头绕到了她的胳膊上咬了一口。她疼得要命，一把把蛇摔在了地上，蛇才松了口。她来不及管伤口流下来的血，直接一大脚就把蛇的头给踩碎了。她两步走到墙边，背倚着墙站在旁边。

见到这种情况，终于有人在下面窃窃私语了，不过那见过肢解大臣尸体的老太后并没有害怕，她直接走到笨女人身边抬起手臂，检查起伤口来。

老太后抱了抱笨女人，从容地说道："亲爱的孩子啊，你为了救我的鸟付出了生命的代价，不过你也给我们留下了一个很难搞懂的问题。对于你来说，我们认为重要的你却嗤之以鼻；那你平常所做的那些毫无意义可言的事情，为什么对你来说又那么重要呢？一直以来，你都因为跳不好舞蹈而被别人说来说去。可你知道吗？舞蹈可是比你出的题简单不少呢！如果真需要让这样的奶妈来给孩子喂奶，我真是高兴还来不及呢！"

终于，一切都安静下来了，把灯关了之后，时间过去了很久，但是小晚星还是没能睡着，她坐了起来自言自语道："这个世界上真的有比放满绫罗绸缎的屋子还要美好的事物吗？为什么一直以来都没有人告诉过我呢？"

她的朋友曾劝她说："别老是想着那已经成为过去的人了，她对你没有什么特别的感情，而且她遇到这样悲惨的事情也不是你的错啊，发生的事情已经无法再改变了，不要想太多了。"

"哎呀，你别太放在心上了。"到了第二天晚上，他们接着劝她，"你们切尔克斯人也太专一了吧，就不能喜欢别人吗？你的心就只能是她的了吗？"

然而太后却对晚星说："你看看现在的你，都多久没化妆涂口红了，还有黑眼圈也太重了。如果你的这个样子被苏丹看到的话，那你摆满绫罗绸缎的屋子就更是没戏了。"

晚星去世了，她和笨女人埋在了同一个地方，就是那个听托钵僧学跳舞的回廊外的一棵大树下。僧人们种了好多风信子，他们把这里取名为姐妹之墓。

"这里埋着的是两位古代的公主。"他们都这么说，"大公主相信，只要是勤劳勇敢的人都会得到真主的保佑，而小公主特别喜欢跳舞，就是因为这些她们才成了姐妹，她们对真主的心是非常虔诚的。"

日落后，在这里总会听到笛子和小手鼓奏乐的声音，这音乐听起来怪怪的，就像是孩子们在小卖部买的玩具提琴发出来的声音，而且也时不时地，总会看到有一些真诚的僧人，跳着舞从大门里出来，有的人穿着袜子，还有的人则直接光着脚丫，脚步轻得不能再轻了，安静得让人好像能听到大树下的几声哀叹。

本德的新王宫

波尔塔瓦一战，国王带领着存活下来的人穿过广袤的大草原到达苏丹的国家，驻扎在本德美丽的峡谷中。虽然官员们依旧睡在马车里，但是国王要求他们搭盖房屋，扎下帐篷，以此来御寒。苏丹每天都会给国王一笔钱和一些日用品。大家最开心的就是等待击鼓奏乐，因为这意味着大家要去吃饭或者是做礼拜了。所有的土耳其人都非常尊敬瑞典的国王，国王从不喝酒，非常厌烦在本德居住的人民，更是禁止近卫结婚。葡萄园的果农夫妇一见穿蓝色衣服的士兵进来了，立即将葡萄拿出来供他们采购，他们把钱放进农妇的围裙和提篮里。最后，苏丹厌烦了如此大方的瑞典人，瑞典人的钱财就要消耗完了，而平日里住在他们营帐附近的土耳其人也早就走了，不想再和他们有什么联系。

来到本德后，过了很长一段时间，国王才出了营帐同葛罗森上校会面。

他亲昵地用手勾住葛罗森上校的胳膊："还是那句话，只要给我们五万土耳其士兵，我们就撤退回去。如果还是这样，我们拿不到钱，那只好搞破坏了。我们准备在此地搭建王宫，一定要比原来的王宫更加豪华，还有一点，食物必须摆满餐桌。"

国王吩咐完之后来到了外面，下令让士兵们在沃罗尼查——这个满是稻草房的村庄附近的岸上修建新的宫殿和用石头砌成畅通无阻的城郭。

新的城池在苏丹的领土上建了起来，国王为其命名为卡洛波利斯。满身是伤的士兵们，强打着精神塞好皮围裙，铸造了锁又装上了门窗，整套工程让土耳其人瞠目结舌。官兵们十分得意，他们让木匠、石匠、泥水匠、凿石匠和玻璃匠在毒辣的太阳底下工作。国王步履蹒跚地过来了，想要查看他们完成的情况，他看上去红光满面，乌克兰出师不利一事仿佛早就被他忘得干干净净了。

新王宫建完了，看上去和莱茵河城堡没什么差别，高高的房顶，红色的阳台，还能看到德涅斯特河水急促地流过。阁楼上贴了瓷砖，里面满是绸缎、玫瑰花，还有各种金银珠宝。做工精细的大门带着铜锁，宫殿里一共有两个大厅和八个房间，配有进口的毯子、高档的沙发。地毯材质很好，穿着重重的皮靴踩在上面也不会有任何的声音。一到夜晚，红灯全部打开，如同一个盛大的舞会现场。官员们的房屋建在宫外的街上，沃瓦尼查河上建了一座木桥，五彩缤纷的，连接着河的两岸。凡是比较松垮的营帐，周围都建了围墙，加强了防护。城池建造得非常牢固，然而勤奋的瑞典人是在没有资金的处境下建造的这一切。一些不明所以的人路过河边时，还猜测着这是朴实的村民为牧羊人首领在广阔的草原上建造的王宫。

驯鹿和獐鹿紧盯着宫门，国王走到哪儿它们就跟到哪儿。营帐外插着军乐队的黄旗，上面还刺着王冠，蝴蝶停在上面流连忘返。

不远处有片桑林，桑林的小坡上满是花草，士兵们刚洗完澡，赤裸着上身坐在河岸上，他们早就把原来的伤痛抛在了脑后，因为他们身上的疤消退了，自然也就不觉得疼了。有些人用滑膛枪射鸟和兔子，有些人在棉花地里溜达，还有一些人将牛群赶到绵延不断的山谷里去了，他们都开心地笑着。身负重伤的哈尔德和吉尔塔依然浑身疼痛，他们只能躺在屋子中间的空地上饮酒，而阿克塞尔·斯帕尔却在一边不停地吵嚷。国王较泰新来说更加地严苛，他认为王宫看上去美观、够大就可以了，根本不需要雕塑或者别的什么东西来装扮，所以当卡斯滕·费夫想要在墙上钉上那幅斯德哥尔摩的新城堡壁画时，国王没有同意，为此他几乎每天上午都要跟国王争吵一番。法国佬阔绰得和土耳其人没什么两样，他只抽最名贵的烟，由于没有了左手，他的烟袋是用右手塞满的。斯科拉根斯特纳医生拿出锅来，撒进去了细面儿，而那些用木头制作的瓶罐就挂在了他头上边的门框上。孔拉德·斯帕尔上校屋子里有各种各样的东西，画像、木乃伊、鳄鱼标本等，他同鲁斯和基伦斯盖普去尼罗河和耶路撒冷朝圣，才刚刚回来。没过多久又修建了一座小城，里面有用于商讨公事的房间，还包括宫殿，但是整个宫殿特别的矮，人们伸手就能摸到房顶。这里所有的人都是听着击鼓的声音安排作息的。每天早上，薄雾消散后就会看到一个和蔼可亲的人，他军装笔挺，昂首挺胸，满脸的严肃，他正划着船去水面——他就是霍特曼，他拿了一个高大的锡制罐子，是用来给他的国王装干净饮用水的。

　　一到秋天，鸟儿都会从那座棕黄色的本德城堡上飞过。这座城堡的屋顶是四边形的。这里来来往往的人特别多，有土耳其人、鞑靼人、亚美尼亚人和吉卜赛人，他们都住在河边土屋里，那里原来是乌克兰哥萨克，马泽帕就死在了这里，他的那些女人拥抱着他。他们将骆驼和驴牢牢地绑在了树上，对这小小的宫殿以及里面的厨房和官员们的办公室都感到非常地新奇。他们提前准备好了各种可口的食物，用来接待瑞典人。可是，如果有外国人向瑞典国王当下的处境表示怜悯或者安慰时，他们就会用剑制止他们。他们常常会遇到送邮件的信使，这其中，最常遇到那个没有鞋穿的波美尼亚贫农，他自己一个人穿越了欧洲大陆，只为给国王送一百达科特的经费。王宫宴会开始时，所有人都围过来，看那三十个乐手演奏提琴、双簧管和鲁特琴。这边的乐手刚一演奏完，另一边的土耳其人就演奏起了铜钹、芦笛和鼓。每当此时土耳其人都会和他们的瑞典朋友相拥，或者坐在草地上看着官员们打开的窗户，那窗内时常有两个老人弯着腰趴在桌子上写东西。他们两个人都只有一个眼睛是好的，所以，若彼此看对方一眼就要完全转过身来看。笔一直衔在嘴里的人是法官文·穆勒；对面那个满头鬈发，穿着红色绸缎睡衣，戴着法国围巾的人就是葛罗森上校，他的口袋里装满了零食，时不时就会剥出一块糖来吃。由于昨晚国王翻过窗口，把他那双质地细腻的拖鞋扔进火里烧了，所以他现在只能穿着又沉又重的军靴。他的脸蜡黄蜡黄的，眼睛却散发着光彩，只要他一开口，坐在椅子里的穆勒就笑得前仰后合。

山头上异常热闹，因为德涅斯特河结冰了，士兵们和土耳其人乘着雪橇玩起了旋转木马，围巾也随之甩了出来。

早上，天阴沉沉的，葛罗森大力地扔出了那支羽毛笔，笔透过桌子上的缝隙掉落在地上。"穆勒，"他说道，"我们实在是没有钱采购粮食了，迫不得已我们杀了十九匹上好的马。在这期间，如果我们还是无法筹借到一笔钱，我们就只能等死了。到时候，不管怎么和基督教徒以及异教徒商量，洛波利斯都不再归属我们了。他们拿不出钱来了，非常好！赶紧滚开吧！即使我们没有钱，最后离开了，但临走之前我们也一定会将这座城毁灭。"

他摘下假发，用手摸了摸有些发烫的头，然而穆勒却一直在写，他难过地问道："国王去了哪里？"

"国王在餐厅里朗诵法国的诗集呢，两只胳膊向外伸展着，一如他平日里有了非凡计划的表现。他不管碰到谁都是一副特别开心的样子，让人觉得他因为受到宠爱而非常地惊讶。兄弟，我遇到了一件让我非常困惑不知该怎么办的事情。陛下因为听到了一些人的阿谀奉承而去给予奖赏，这导致很多人都去对陛下说那些好听的话。你去听一下费夫和他说的艺术以及心理学，你就什么都明白了。他写的那些不知所云的东西，让人毫无脸面。瑞典那里有很多动听的诗歌，他真的一点儿都没有学到啊。用来吹捧哄骗的话看起来华丽无比，却像是无底的黑洞那样使人迷失自我。瑞典的士兵跟随这样的人简直就是不要命了啊！我不可以让他穷困潦倒、满心后悔地回到自己的家，我们还是想办法去筹点儿钱吧。"

穆勒将笔别在耳朵上。

"人们会忌妒那些得到上帝和君主宠爱的同伴。你知道的，他们会在营帐里谈论你的事情，还会谈论你是如何获得钱财的。把你的账本和睡衣带上，还有你的旧军大衣，我们这两天就要开船了。前几天，本德的将领高举大刀骑马而来，他们代表自己的君主向我们下达回家的命令。我回答他我们的陛下已经有了自己的决定，你有没有观察到他把手里的刀举得特别高？"

"既然这样，为了我们能够生存下去，我们必须减少开销。我看到哈德了。请进，进来吧！"

葛罗森回过头，看着从门口路过的三个人，向他们点了点头以示问候。他们之间有一个人叫塞尔·鲁斯。他身形瘦削，一头棕色的天然鬈发，他是皇族的一名骑兵，对于他来说，祖国和国王的荣誉是至高无上的；和他一起的还有上尉奥罗夫·阿波戈。他的脸上满是伤痕，看起来无比狰狞，他的嘴磕在了坚硬的贝壳碎片上，正好磕掉了两颗门牙；另一个人是一个名叫谢武德·托尔夫斯拉格的战士，他的力量大得惊人，轻易地就能将马蹄铁和锡碗折弯，可是从来没有人见他笑过，由于长时间的暴晒，他的脸异常的黑，他从不参与唱圣歌做礼拜以及游玩这样的活动，他最喜欢做的事情就是在冬天的晚上将手放进袖子，独自值班。

葛罗森说道："我叫你们来，是因为我认为你们三位都是我们国家最英勇的战士。按照你们的官职等级去你们的队伍，去激励你的战友们，使他们坚定信心。那么我相信在不久的将来，就会发生前所未有的大事。我们已经尽了最大的能力去做了。"

他边说着话边换好了衣服。他打完领带，一个骑马的人出现在窗口，并用力地拍打着窗户。

来者不是别人，正是国王。

他坐在那里，浑身散发着英气，看上去和他年轻时一样有朝气。他是个干净整洁的人，和以往一样，他的衣服一丝不苟，头发用一根绳子绑着，脖子上打了个绳结。他眼里的神情像孩子般天真，他拿着马鞭再一次抽打了一下窗台。

"快，葛罗森，我们现在必须到本德去。"

上校快速地奔向了门外，没有丝毫犹豫。

"陛下，警报响了，在这个危险的时候您着实不该来。土耳其人已经和我们翻脸了，完全不念及过去的情谊。您瞧一瞧，军营里哪里还有土耳其人的影子。他们恨不得现在就把我们全杀了，然后抢走我们所有的东西。"

国王笑了笑，又点了点头，表示同意他们的想法。

虽然葛罗森很是担忧，但他依然面带微笑地骑着马向国王走去。

国王今天有些异常，因为他骑着马越过了那片草地。土耳其的士兵们拿着刀枪，整齐地站着，然而国王却只是同他们摆了摆手，并没有太重视他们。本德的道路上满是泥土，商贩们关闭了店铺，店主和手握刀枪的士兵一直来来回回地走着。受苏丹的指示，他们要将瑞典人从这里赶走。就在他们不管不顾地喊着口号时，他们惊讶地发现国王竟然在这里，马蹄踏过，扬起路上的灰尘，落了他们一身，可是他们却没有丝毫的在意，而是放下了手里的刀枪，跪在地上给国王磕头。

"哈哈哈……"后宫的亭子里，女孩们笑得合不拢嘴，她们说道，"他的头只有这么一点儿，实在是与身子不成比例，然而他的身子与靴子相比更小，怎能不让人发笑呢！"

妇人们生气地将她们拉至一旁。

"真主保佑，还好我们的国王不是这样子的！"

她们从窗台上取下了干花环，这个花环从夏天起就放在了这里，现在她们把花和叶子都扔向国王，枯萎的玫瑰正好落在他的帽檐上。就在此时，吊在城楼上的大钟响了，召唤国民去抵抗瑞典人和他们的国王。

国王一直悠闲地在街上溜达着，就好像什么事都没有发生一样，一直到了日落时分，两名骑手才将他带走。

葛罗森用手指着那面特别矮的石头墙，说道："你看到玛穆博阁主教坟墓旁边的草堆了吗？那就是马泽帕的坟墓。伟大的人们就应该像这样，风光地走完人生的最后一段路。"

国王像往常一样把手放到膝盖上，身体有些歪斜。

"葛罗森你真是个好人，百年前的落叶落在地上所造成的后果几乎可以忽略不计，但是，那一瞬间仍然是上帝创造的无数永恒之一。如果现在，同样有一片落叶掉落下来，并且没有发生任何意外的话，那么这一刻也同样是永恒的。如果我们的大脑里能够存储全部的永恒，那么我们就可以提前知道未来会发生的事情。那样，我们就可以推算出我们死亡或者毁灭的日子了，我们就别胡思乱想了！"

葛罗森握着国王的手，他的心中充满了尊敬和友善。国王自从带领着跟随者们来到沃罗尼查以后，就过得非常舒适，因为没有政治上的事情烦扰他，这段时间是他整个人生中的休息日，他和他的下属就像同志一样相处。二月里的夜晚还很冷清，天空中星光闪烁。葛罗森控制不住自己，他想在马泽帕的坟墓前说点儿什么。

"快回去吧！"他小声地说，"但凡我没死，查理十二世就能够将克里斯蒂娜没做完的事情进行下去，使人们过上幸福宁静的生活，成为受世人尊敬的伟大的国王，这是因为他本身就是一个非常直率的人。走吧！不久之后，士兵就会叛变。我非常熟悉瑞典人，他们也已生儿育女。倘若有大批的土耳其人能够投降，我们就真的建成了瑞典国王统治的新教徒国家了，可是想让他们投降是需要资金的。我们为了送礼物而借的钱都耗完了，我们只有向贫穷低头，长期以来的贫穷让我们觉得很没有面子，无法将头抬起。控制我们的从来都不是人，而是可怕的贫穷啊。唉，你瞧，那扇门敞开着，我们已经什么都没有了，走吧！"

国王沉默不语，夕阳西下，葛罗森慢慢地靠近了他，而后又笔直地坐好。他本来跟国王聊得非常愉快，可是他的一句话却破坏了这愉悦的气氛，虽然他还一直笑着。

葛罗森还想开一开玩笑。

"没错，倘若我们有钱，我们可以买上好的兵器，在敌方的领土上建造我们的城堡，我们可以同侍卫们一样舍掉小家，构建大的家庭。不用给我们钱，不用和我们一起吃饭，我们只要求雷尼兹和别的英雄们坐最尊贵的位置。纵使我们一无所有，他们可以帮我们把有着不同信念的人聚在一起，使我们的城堡一片和谐，成为充斥着真谛的宫殿。虽然我们这样想，然而我们现在的处境却是：要么投降，要么战斗。"

国王使劲地拉了一下马，说道："以我们目前的情况来看，只能选择战斗。"说罢，他把手套扔给了葛罗森。

他回头望了望，将亲吻了很久的超大手套贴近心口，然后放进了衣服的口袋里，小声地说："别的都无所谓了，安静地等待这一场枪林弹雨吧。"

想要建高墙把城围起来的瑞典人在王宫的几米开外打了眼水井，清澈见底的井水非常凉爽。在沃罗尼查，所有女人都坚信，凡是饮这井水之人都不近女色，不爱战争的硝烟，这一点在只饮酒而从未饮过井水的老葛罗森身上深有体现。如果遇到美丽的小女生，他会像绅士一般摘下帽子向她行礼，将食指和中指放在她的下巴上。别人可从来不会这样做。

阿波戈总是笑着到井边饮水以缓解口渴，胳膊下还夹着鹤嘴锄，喝完水后立即奔向壕沟里的士兵们。战士们把桶、床板、马车和泥土混在一起，在冰封的地面建造了一堵围墙。国王在马车上绑上了椅子。在这个寒冷的晚上，沃罗尼查的房间一片空寂，许多土耳其人和鞑靼人拿着兵器来到井边集合，盛水的小壶碰撞在一起，发出嚓嚓的响声。当天夜里，值班的是谢武德·托尔夫斯拉格，刚才，他偷了土耳其人的牲畜和粮草。葛罗森在灯笼的一侧站着，他刚向英格兰人、法国人和犹太人借了钱，将全部的兵器以其原价的三倍买了下来，好像他每天早上都会得到好多的达科特似的。

瑞典骑兵也会在白天出没，花钱从敌人那里买些牛羊。国王也会骑着马来到军营巡视，监督哨兵们，让他们用瑞典军队的方式使用兵器。

王宫的窗口有一圈栅栏，看上去足有一人多高。霍特曼和随从将那个用橡木制作的箱子移进餐厅，里面装满了用银子制作的餐具，他们将法国样式的挂毯、软软的垫子和最重要的书及文件放在了顶楼。在满是金银珠宝的马车上则顺次排放着泰新的画作、军事机密以及法国的悲剧作品。所有的武器皆由王宫所掌控。国王的这座小城堡离家乡有千里远，想要给每个人分配必需的武器是绝不可能的。来自王室的杜本是最懂礼节的，他头上布满细密的汗珠，一遍又一遍地指导着那些端茶送水和照看财产的随从。做饭的主厨波柏戈迫不得已将长柄勺扔下，拿起刀剑向着霍特曼和呼吸急促的伙夫们一同走去。而穆勒穿着那件磨得发亮的外衣，光着头，安逸地在教堂干事们的前边走着，手上还满是墨水。

"瞧一瞧陛下！"他小声地对杜本说道，"随心所欲会让人感到很快乐。他最看重的就是尊严，只要尊敬他，他就会觉得自己是幸运的。如果黄种人攻破城门杀了进来，我们只有放下兵刃。五百个人怎么能与两三万人抗衡呢？"

霍因斯坦使者法瑞斯特意自本德来到军营跟国王告别，像是刻意似的，国王让他的随行人员向着法瑞斯走去。接着，瑞典的大臣们都立即拿出了自己的家当，纷纷交给了使者保存。大臣们的家当中塞满了法瑞斯的衣服，以至于他走的时候衣服扣子都扣不上了。接着战士们也将自己的财物藏了起来，随身携带的那枚达科特，从破旧的马甲裂口中掉到地上，以及同初恋情人的定情信物——银制物品、马毛一同埋在了无花果树下或者直接埋在了土地里。手里握着铁锹的侍从克里森多夫和战士们站在岸边的陡坡上，同他们一样，他也将老祖母的那幅象牙画像藏了起来，就藏在了一架葡萄藤架下。

"我上了年纪，"他说道，"身子骨弱，我有一种感觉，自己可能撑不住了。不过我不难过，我庆幸自己的财物没有全部被夺去，而是都将交托给我即将躺着的黑色土地里。我们是可怜的，埋藏在异国土地里的财物上面将会快速地冒出小草。"

将手里的铁锹传递给另一个人的时候，他听到了国王在说话，于是回头望去。

国王由于站在壕沟里调兵遣将的原因，脸涨得通红一片，看上去像十五岁孩子的模样。站在他身边的是无比高贵的瑞典人。在波尔塔瓦不怕危险拼命救他的戈尔塔，爱好战争的禁卫军首领哈德，他们都佩带了剑。单纯又善良的牧师布仁纳一直小声地安抚每一位战士。助手奥利维柳斯拉将他的斗篷攥在手里，达尔朵夫却粗鲁地扯开了他破旧的衬衣，无所畏惧地冲着国王大声喊叫。

"向这边看，"他用手指着自己的胸膛，"好好看看，我们甘愿献身于祖国，直到最后一滴血流光，这就是我们的决心。我们杀了这里全部的土耳其人，因此我们也早就为苏丹将要来抓捕我们做好了准备。众所周知，不管是土耳其还是其他海洋国家，都会很敬重地为我们打开通往德国以及故土的道路。虽然土耳其人曾经待我们不薄，但是他们却在紧要时候逼着我们离开，因此我们很瞧不起他们。"

国王说道："土耳其人这是自作自受，该当如此。之前我们勇猛地作战，无所畏惧，如今你这样说倒像是厌了的士兵。服从命令是你的责任，在以后的日子里也要做到同从前一样优秀。"

他一边说一边拍着达尔朵夫的肩膀，如同普通人一样，语气里没有丝毫的责骂，而后，他骑着马赶在敌人呼啸而来之前返回了王宫。

在战士们中间站着的克里森多夫很小声地同他们讲着话，非常害羞。

"我想事情到了这种境地，所有的人都指责我们的国王，认为国王疯掉了。然而土耳其人想用武力让他投降的想法更加疯狂。不管有多少人唾弃他，我们都要效忠于他。"敌军围攻了上来，到处都是战士们搏杀的声音，葛罗森站在壕沟里，头戴蕾丝边帽子，似乎是在向土耳其人挥手示意，表示我们什么都不怕。他伸了伸手，将包里的达科特、阿尔布雷特钱和糖果掏了出来。他将这些东西随手放在地上，指了指那个带着一道三杠红的营帐，马儿不断地嘶鸣，国王却镇静地坐在马背上，立在营帐前边。

"走吧，走吧！"土耳其人嘀咕着，在回程的途中把他们的武器收了回来，"我们和他是朋友，就暂且不激怒他，让他好好想想，明天再说吧。"

今天刚好是周末，瑞典人在国王的宫殿里祷告，好像没有什么大的事情。满是泥土的麻袋和凝结成霜的水汽完全遮住了窗外的光线，大厅里一片漆黑，如同秘密的紧急通道。桌子上铺了白色的桌布，点着两根蜡烛，牧师为了诵读今天的经文，不得不弯下身子看《圣经》。

"信任他的教徒一直跟着他，他上船时他们也跟着上了船。提高警惕！遇上了风暴，狂风呼啸，浪头击打着船身，船失去了控制，顺水而流，然而他一直沉睡着，什么都不知道。"

可以肯定的是，人们听取了国王所提出的计划，而国王在桌子一旁站着，手里还拿着一顶帽子。在波尔塔瓦的时候，一切犹如山洪般朝他席卷而来，抱病在床的他没来得及起来，计划就被扼杀了，好在现在的他已经痊愈了。久而久之，他意识到他竭力想要修补的洞口越扯越大，然而修补的材料却是金钱。他想要在青天白日用战斗解决问题，而不是去签订一些和平条约。里加、派尔努、雷沃、维堡、凯克斯霍姆，这些都是早已沦陷的土地，每每想到这他都会很难过。如果他支撑不下去了，该怎么办呢？虽然人的一生转瞬即逝，但是在战争中获得的荣誉却是持久不变的。

牧师低下头去，继续读着手里的《圣经》：

"他的弟子将他唤醒，说道：'主啊，可怜可怜我们吧，我们活不下去了，给我们一线生机吧。'"

就在这时，敌人的炸弹投到了墙上，庆幸的是墙壁足够厚，没有被炸穿，于是牧师又诵读起来：

"他对他们说道：'你们这些不忠诚的人，害怕什么？'"

一名军官急急忙忙地向着国王跑去，小声地说道："敌军的炸弹弄得大家人心惶惶，无法集中精力去听牧师的诵读，军心已乱，土耳其人趁乱攻了上来。"

"不管有多少炸弹，都不能将我们的祷告终止，每个人都有每个人要完成的事情，这是他们的职责所在。"国王说道。

军队的乐师们站在王宫的城墙上演奏着波尔卡的乐曲和火炬音

乐，声势浩大。"阿拉！阿拉！"千千万万的土耳其人和鞑靼人附和着，他们挥举着兵器来势汹汹闯过了壕沟，风吹起他们白色的衣衫。不过，有的土耳其人竟然将自己的兵器夹在了胳膊里，把自己的烟草袋拿给瑞典士兵，看起来非常友善。国王全副武装，冲进战场时看到的场面气得他满面通红，他竟然看到了自己的士兵全部放下了手中的武器。"葛罗森，达尔朵夫。"国王大声地喊着，可是回应他的只有周围的一片静寂。他意识到，恐怕有相当一部分人觉得没必要为战争牺牲自己的生命，所以他必须靠自己的力量去搏杀。

"冲啊！冲啊！勇敢而忠实的战士们跟着我一起！"国王大声呼喊。

集结了一批浴血奋战的士兵的谢武德·托尔夫斯拉格，带着侍从来到国王的身边，将刚跳下马的国王围了起来，无比忠实，挥舞着剑朝身边的土耳其人杀去，想要与他们决一死战。谢武德·托尔夫斯拉格快速冲到国王身边，紧紧将国王护在身后，只要一有人靠近，他就拼死相搏，脚下的路上全是血。敌人用枪对准了国王的太阳穴，然而国王却偏了一下头，子弹阴差阳错地射中了哈德，他应声倒地。将军阿克塞尔·斯帕尔跳下马来脱掉衣服。一时间刀光剑影，场面一片混乱。土耳其人包围了国王和他的侍卫鲁斯以及另外两名瑞典士兵，将他们押到了王宫，随即关上了宫门。

他不想打败仗，他迫切地想要胜利，这种欲望在他的血液中滋生，燃起熊熊大火，火烧黑了他的眉毛，他的鼻子和耳朵里都流出了鲜血。四十多个战士跟随他来到侍从待着的屋子里，老霍特曼站在房间的一角，他和蔼地冲霍特曼点点头。霍特曼的头上包着厚绷带，肩上还有一杆枪，他站在沃尔伯格、格罗尔和菲力伯格这批忠实的战将身边。国王紧皱眉头，眼睛里仿佛能喷出火，他挥舞长剑，从满是土耳其人的屋子里冲了出去，来到了同伴身边。鲁斯一直同国王并肩作战，一直站在他的左边。没有牙齿的阿波戈满身泥土，他蹲在国王的胳膊底下，如同一个太监，将剑刺向土耳其人的肚皮和胸口。谢武德·托尔夫斯拉格则奋勇向前，紧紧地抓住了土耳其人的长胡须，将他们扔出了窗口，接着他折断了武器，把它们踩得粉碎，丢到了外面的院子里。奸诈的土耳其人在防护墙上的桶里放了炸药，一时间烟雾缭绕，响声震耳欲聋。唉！刀剑相击，犹如竖琴长叹。

客厅里那两支蜡烛燃烧了一半，微光仍照着桌子上那本打开的《圣经》里的故事，讲上帝醒来，责备风。烟雾缭绕，瑞典士兵几乎无法判断对面是敌人还是战友，只能用脚上有马刺的靴子来勉强分辨。忽然，一阵恐怖的怒吼传来，穿着便靴的土耳其人和穿着黄色半筒靴的鞑靼人一拥而进，在烟雾缭绕中如同爬楼梯一样攀爬进来。瑞典士兵无法判断他们的具体位置，挥舞刀剑向四周刺杀，却触不到任何东西。

霍尔曼就站在《圣经》的旁边，他小声地嘟囔了一句："这些人难道都是巫师吗？"国王将窗口的一个水桶奋力推倒，屋中的烟雾也逐渐变得淡薄。敌人吊在门上和天花板上进来了，于是瑞典士兵们的喊杀声与厮杀声再次响起。

终于，敌人又一次被赶了出去，还有三十二名士兵幸存下来，国王将他们分成几组，分别安置在各个窗口旁边，然后在死人堆里，分别卸下尸体肩上的弹药。国王刚才与两名土耳其人在一起厮杀时，鲁斯的一枪救了国王的命，但厮杀之后的伤口依然在汩汩流血，鲁斯正在帮助国王将伤口包扎起来。

国王说："我知道了，鲁斯没有抛弃我，只是我不知道其他人都去了哪儿。"

"那些更加伟大和勇敢的人，已经战死或者被俘了吧。"

国王听到这样的回答，眼睛中重新绽放了光辉。他紧紧地拉着鲁斯的手，一起来到大厅中。此时，在窗口坚守的士兵们还在顽强地阻击着冲锋的敌人。已经黄昏了，马上就要天黑了，土耳其人依然在屋外持续进攻，他们用被丢弃在木桶和土堆之间的行李车、木板和葡萄酒盆作掩体，一步一步地靠近窗口，院子里横七竖八地到处都是受伤的士兵和战死者的尸体。

一小桶白兰地被人从阁楼里送出来让战士们解渴。这些天来，国王喝到的也只有清水。他将酒倒在杯子里，依次递给屋子里的人，战士们每人抿上一口。当所有人都喝完，杯子又回到国王手中的时候，国王将酒倒满酒杯，和士兵们一样一饮而尽。

战斗又持续了一个小时，国王说："非常好，我们都是真正的勇士，要战斗到最后一息，我们因英勇而不朽，决不投降而苟活。"

枪炮声又一次剧烈地响起，屋檐的木瓦板上射来了很多长长的火箭。一股香味忽然在烟雾中浓烈起来，似乎是新鲜果木散发的气味。一名土耳其将军举着火把如同刽子手一样走了上来，他身后的士兵们每个人都背了许多草木。他们将这些易燃物全部堆积在屋子的迎风之处，土耳其将军将火把扔在上面，很快烈火熊熊燃烧起来。火苗迅速蹿上了屋顶，蔓延到了阁楼，里面所有的物品都将在烈火中化为灰烬。

克里森多夫被遗弃的房间，也迅速被烈火蔓延到，这里还有许多身负重伤之人，在死亡来临之际发出最后的声音，这些声音也让克里森多夫的脸上重新焕发了些生气。院子里瑞典人的呼喊声还在断断续续地传进来，只是听上去这些声音非常遥远。屋外，地面上早已冰冻三尺，将军们被从身后绑着双手，身着衬衣站在结冰的地面上。鞑靼人将守卫们的蕾丝帽子挂在自己的脖子上，将那些黑色或黄色的假发系在自己的腰带上，如同使唤奴隶们一样驱赶着一些瑞典贵族子弟。这些贵族子弟被绑在马车上，承受着无情的鞭打。戈尔塔和孔拉德·斯帕尔正戴着沉重的脚镣，在井边给牛马喂水。布兰德克里佩也被一名土耳其人将双手绑缚在一把剑柄上，那柄剑是查理十一世曾经使用过的。看起来战斗即将结束，敌军将领们都已经静静地坐在沙发上了。

在山上，在遥远的光塔里，在本德要塞，人们都发现了这里熊熊燃烧的烈火。国王正和守卫们一起，脱下外套包裹头颅，竭尽全力地冲进阁楼想要控制火势，但浓烈的烟雾和不断的枪炮让他们无功而返。房子已经摇摇晃晃，马上就要倒塌，瑞典人只能再次退到屋中，从窗口向外顽强地开火，他们大多数人的衣服都已经被火点着，几乎每一个人都已身负重伤浑身血污，在枪炮声中，一个接一个地倒下。屋外的土耳其人纷纷议论，这个瑞典的查理国王难道是一个火怪，要带着他的战士葬身火海吗？四周不断发出惊呼声，与其说是因为复仇成功，不如说是被这熊熊大火所震撼。

天已经完全黑下来了，然而火光依然让整栋房子明亮无比，在一片熙熙攘攘之中，国王的声音清晰地传出："亲爱的鲁斯，让我们和敌人决一死战！"

此刻，他手持一挺卡宾枪正站在窗口，他沉默了一会儿，做了最后的思考，来到泥土带的前面，独自一人伫立在那儿。

鲁斯迅速地挡在了他身前，一颗子弹随即将他击中，他倒在了国王的身上。国王没有后退一步，他紧紧地抱着他最忠诚的护卫，毫无畏惧地站在那里。

潮水般的土耳其人又一次涌向窗口，随即一片片地倒下。炽热的挡板，明亮的火光，照得房间好像正在举行一场盛大的宴会。

将领们都在说："查理国王是在为自己欢庆吗？波尔塔瓦大捷属于百姓，今天则是属于他的胜利。"

房间的门开了。谢武德·托尔夫斯拉格忽然出现在门外台阶上，他全副武装，背靠着熊熊烈火。

他高声喊道："让开！陛下！陛下！"

国王身先士卒进入战场，士兵们无法紧紧地跟上他，只能被迫倚靠着墙殊死搏斗。不一会儿，士兵们纷纷倒下。众多的敌人围在国王周围，钢刀在他的头顶形成了一座钢铁帐篷。很快地，他被人从马上拖了下来，土耳其人没费多大力气就将他的武器夺走。

他喊道："如果我们每个人都如此殊死搏斗，战斗的结果将会逆转。不过现在也不用再多说什么了。"

他站起来，一直在他眼睛中闪耀的光芒不见了。他从衣服中将所有财物全部拿出来，那些土耳其人一拥而上开始瓜分金钱。空中依然弥漫着黑色的烟雾，世界变得一团模糊。他紧紧地捏着一个大衣上的碎片，依稀看到旁边有一匹土耳其马，他翻身跨上那匹马的紫色马鞍，发出一声怒吼，一瞬间，仿佛踩着伊斯兰旗帜做成的地毯一样，向本德的监狱疾驰而去。

背后，那还在熊熊燃烧的宫殿越来越远，他一次也没有回头。火势持续了整个晚上，一切都成了灰烬。土耳其人一直手持武器，坚守在那里。天亮之后，沃罗尼查的女人们从瑞典人挖的水井里打出水，将水分给那些早已饥渴难耐的人们。人们将那些战死的士兵和他们最后遗留下来的一些财物，以及他们视为至宝的国王的签名画像，埋在周围的桑树和葡萄树下面。直到很久以后，在当地农人之间还流传着这样的说法，在秋季收获果实的时候，常常会从地下挖出遗留的枪支弹药来。

国务大臣

　　在俄罗斯的大街上，人们身着盛装，吹着喇叭，热烈地欢迎沙皇得胜归来，如同狂欢节一样。最早出现的是被俘虏的瑞典人，他们破衣烂衫，排着队走在沙皇前面，一步一步走进这个奇怪而肮脏的野蛮人之城。城市的塔楼一座一座矗立着，像是一个个指着星星的星象仪。在俄罗斯人建造的庆祝胜利的砖头拱门上，有着各种各样表明俄国人获得胜利的图片，在那些图片上溺水或被乱箭射死的瑞典狮子被东方之鹰一点一点撕成碎片。街道两旁的大房子前面，都摆放着宽大的桌子，上面有各种精美的食物以供沙皇和军官们随意取用。街道两旁人潮涌动，民众们都在欢呼雀跃，对那些瑞典俘虏极尽讽刺挖苦之词，还有很多大胡子的基督徒和不知名的达官显贵也夹杂其中，所有人都沐浴在灯光和蜡烛的光芒下。留在屋子里的大多是一些被波罗的海国家从瑞典驱赶而来的女奴，她们受尽折磨早已白发丛生，偶尔抬起哭累的眼睛，透过窗户看到那些瑞典俘虏中走过自己的亲朋好友，她们高喊《圣经》中的言语来安慰自己，但这声音被淹没在全城的欢呼声、警戒声和枪声中，除了他们自己没有人听得到。

穿着灰布军装的芬兰士兵们接着走过来，人们纷纷招呼他们去篝火营地旁稍作休息，他们摇着头微笑着，连带着红色的胡须也迎风飘扬。他们紧紧地抓着枪，用他们唯一会的那句话固执地回答："谢谢你们，不用啦！"

屋子里那些被监禁的瑞典女人，看到芬兰人都纷纷念叨着："这些可爱的芬兰人啊，你们自己的国土也灾难深重，你们却义无反顾地跟随我们，在矮小的冷杉树旁为我们放哨。有朝一日在瑞典举办圣诞晨祷的时候，我们一定会为雪地中冷杉树旁的你们喊道：'芬兰人，芬兰人！'向上帝为你们真诚祈福。"

紧接着过来的是各个级别的军官们，在他们身后一辆辆马车上满载着俘获的战胜品。一辆雪橇上满满装载着各种铜鼓，在无数个漆黑的夜里，正是这些铜鼓的声音召集着骑士们集合、冲锋；另一辆装满了军鼓的雪橇也随之而来，在城市的光复过程中，侵略者们听到这些军鼓的嘹亮之声，放下自己手中的武器，自愿臣服于年轻而霸气的君王，此刻他们的脚镣手铐的钥匙还被君王紧紧地握在手中。再往后就是普通战士们，他们将缴获的各种旗帜夹在腋下，拖着旗杆在地面上行走。他们戴着毛皮手套的手早已冻得发紫，但依然将那些沾满敌人血污的旗帜紧紧地攥在手中。街边欢庆的民众们纷纷扔出雪球、石块和沙子，如暴雨般地打在那些旗帜上，有索德曼兰和东哥特兰的狮身鹫首的怪兽旗、乌普兰的大苹果旗、达尔卡利亚和纳克的十字枪旗、威丝曼蓝的火焰山旗、哈森蓝的山羊旗、布莱金厄的繁树旗，还有西波的尼亚的驯鹿旗。人民将这些旗帜从战士们手上夺过来，狠狠地丢在地上，并且骂道："都是些无耻肮脏的败类旗帜！"

全副武装的俄罗斯士兵走在后面，还有被俘获的瑞典国王的长套马，简易担架和他的座椅，此刻正被一张蓝色的布覆盖着。在将军们身边弯腰驼背地走着的是卢文霍特，然后是元帅。曾经辅佐了两任瑞典国王的国务大臣此刻正木然地走在沙皇坐骑的旁边。

他被誉为瑞典最聪明之人，然而此刻他似乎什么也没有看见，满城的欢呼他也充耳不闻，那些嬉笑和嘲弄，也并未激起他任何反应。此刻他仿佛一直心不在焉，事实上他的思绪早已不在这里，而在其他的地方。

夜晚，结冰的河面上星星点点到处都是散落的烟火，国务大臣回到了瑞典人的战俘营，他坐在一张椅子上，静静地睡了过去。他睡得很沉，夜深了，天气更加寒冷，仆人给他盖上了毯子，戴上了睡帽，都没有使他惊醒。

早晨的钟声又一次响起，又是新的一天到来了。每天都是这样单调而沉闷，时光就这样一天天，一年年地流走。

弗兰克和阿恩特的宗教作品满满地堆在国务大臣的桌子上。他每天都在无休无止地忙碌，他让将军和卢文霍特放弃仇恨重归于好，他将父亲般的关爱给予那些和他一样身陷囹圄之人。瑞典士兵们常常在一大清早就看见他忙碌地在街上穿行，他的身后总是有一只小狗跟在后面狂吠不止。

直到有一天，他被带走了，毫无前兆，所有的人都急切地盼望他早日归来，然而漫长等待之后人们得到了这样的消息，有同乡在距离莫斯科很远的地方发现了他，他变得苍老了许多，还有一条腿瘸了。

又是一个春天来到，天气开始变得温暖，河面上的冰也逐渐融化，春意盎然的日子，格外激发人们的思乡之情。当初被瑞典人占领时尚且是一片沼泽的圣彼得堡，如今已经成为一个热闹的城市了。在要塞的一个院子里，国务大臣正在小屋子前面来回踱步。已经十七天了，他只得到了面包和清水维持生活，终于有一个小时的时间可以出来呼吸一下新鲜空气。他穿着一件十分破旧、满是褶皱的袍子，拄着一根拐杖。他那只曾被波兰国王和王后亲吻过的手已经颤颤巍巍，在那以前，他早已功成名就，荣华尽享，获得无数荣光。

正在和国务大臣说话的是军队的牧师布雷登伯格，他是得到了特别许可才能来到这个小木屋看望国务大臣，此刻看守就在几步之外。布雷登伯格正在给国务大臣读一封他的同伴从莫斯科寄来的信：

> "……大人匆匆离开之后，尽管我们细心地照顾那只常常跟随在大人后面的小狗，但它拒绝任何食物和清水，一直在黑暗的角落里哀号，不久就死去了。我们想总归有一天，我们这些囚徒也会和那只小狗一样以某种姿势倒下，再也不会起来，我们已经做好了这样的准备。但是我们依然衷心期望大人能够获得救赎，不管是通过交换或是其他方式，只要能够回家与妻子儿女团聚就好，因为在这里我们都得到了他的照顾，他对我们的关爱如同父亲，如同天使。我们对他报以最真诚的祝福。"

国务大臣一直低着头，背对着布雷登伯格，静静地看着沙地。敌人对他的严密看管他早已不去介怀，但国王对他的斥责却常常在他耳边响起。正是他这个国务大臣跑到波尔塔瓦缴械投降，国人对他的咒骂片刻也没有停止。他在斯德哥尔摩的家此刻已被国人扔出的石头砸得稀烂。他仿佛看到，在他家门口，在瑞典人和一些外国人的围观之下，他的妻子正在收拾细软；他仿佛看到，深夜里他的妻子驾着马车前往昂索。他希望将自己置于瑞典的教堂，让牧师在上帝面前控诉他这个国务大臣的罪行，控诉他被外国人贿赂，给予国王错的建议，导致战争爆发，并且在乌克兰的冰天雪地里耗费了巨大的物力、财力和人力修建公路。此刻，只有这些和他一样的囚犯还在他的身边。他蹒跚地回到了他的小屋，在他心里，他早已是同伴心中的罪人，是一个承受了无数陌生人轻蔑的罪人，他想要平静地死去，如同他在过往的日子里无数次看到的那些在征途中倒下的无名士兵一样。

布雷登伯格说："大人，还有许多像我刚才读到的这样的信，已经被送回了瑞典，国王已经看到了，所以他的愤怒也平息了很多。这些日子以来，您忍饥挨饿，再耐心地等一等，据说您的夫人正打算用三万利克斯银圆来为您换取自由。不要在意这些金钱，您拒绝的话，大概每个人都会认为您过于贪婪了。只要能获得自由，和以前一样，依然能够安享荣华。"

他本来正在轻轻地念诵着：

"前事已非我所能借鉴，我只想向上帝倾诉我的哀怨。"

听到这些话，他的脸上一片红一片白，转头对着布雷登伯格低沉地说："为什么要这样？我早已和夫人说过，让她告诉国王不要用钱来赎我。你不要再说了！那么多国人和我一起来到此处，我不会放弃他们独自返回，就算是死我也要和他们死在一起。"

看到苍老的国务大臣露出如此激动的神情，布雷登伯格没有辩解，只是微笑着站在长凳旁边。

"据说沙皇陛下打算将大人关在斯卢赛博格监狱。您已经年近七旬，那里的环境阴冷潮湿，您的身体会吃不消的。我衷心地恳请您，回家吧。这也是我们所有人共同的愿望，否则我们一定会被责骂的。一个两朝元老被流放，在饥寒交迫中死去，这会让我们承受无穷的内疚，大人，您就当是可怜我们吧。"

国务大臣扶着小屋的墙壁，慢慢地向前走着。

"在上帝面前，我无法放弃那些承受痛苦，遭人唾弃的不幸之人！如果当初战败之时，你曾同我一起看过那些涂着盐或香草的可怜之人的尸体被草草送回，你就明白我的心意了。我的生命很快也就终止了，我曾侍奉过两代瑞典国王，现在该是我侍奉这些可怜之人的时候了。"

正当布雷登伯格无计可施的时候，一群瑞典官员过来了，他们穿着羊皮大衣从议事厅走出来，军团的牧师诺尔伯格走在最前面，他穿着棕色的披风，高傲的神情使得他在人群中格外显眼。他们马上就要被交换回瑞典了，所以曾经的那些乞丐的家当一样的物品纷纷被丢弃，在他们将要乘坐的帆船上满满的都是各种精美的食物。

那些正在旁边忙碌的、戴着手铐脚镣的瑞典劳工也纷纷放下了手中的活儿，看着那些将要返乡的同胞，但是很快他们又开始忙碌起来了，或是推着独轮车，或是挥动着鹤嘴锄。他们只是一些最低贱的人，如同行走的尸体一样，他们与那些同胞本就互不相识，更不会上前打任何的招呼，他们只是在这里一直不断地为陌生人筑城，尽管在心中也期盼着有朝一日能回到家乡。

国务大臣用他那颤巍巍的手扶着墙壁，指着那些人说："他们都是我的兄弟。"

布雷登伯格上前轻轻地拉了拉诺尔伯格的披风，所有的返乡官员都停下了脚步，转过身来看着苍老的国务大臣，他们纷纷将帽子脱下拿在手中。没有人上前主动说话或询问是否有需要捎带的口信，只是静静地站着。诺尔伯格也一直站在那里看着他，这样的一幕让他心里满是感触，他觉得自己的心满满的。他将祈祷书从外套和马甲之间拿出来，举过头顶，并且用手指着封面上的十字架，低声说着：

　　"我亲爱的上帝，您已经给了我明确的指示，这是我们民族的英雄，是我们子民的烈士，衷心祝福他早日恢复名誉，重新获得世人的尊敬！"

卢文霍特的文件

　　尽管时钟还没有指向四点，但是莫斯科郊外的桦树林已经被一层黄色的光芒笼罩了，这也意味着黎明马上就要到来。卢文霍特将军已经如同往日一样在窗户旁边的座位上坐下了，就像一只栖息在树上的猫头鹰一样。他的眉毛上方垂下两缕灰白的头发，眼睛不时地眨着，仿佛在思考着什么事情。

　　忽然，他听见身后传来一阵急促的脚步声，他站起来，转身面对房间。屋子里站着一个驼着背的俄罗斯籍犹太人。

　　犹太人一直不停地捻动着一个食指上的红色指环，他知道老将军的故事，老将军几乎所有的传说他都听过，因此他也认定老将军是一位传奇人物。他知道这位总带着鼻烟盒的将军带着那些未经战事的士兵在立陶宛战场上奋力搏杀。此前他还从未遇到过战场上的英雄呢。在他看来，这样的人一定让人恐惧，一定总是一副不怒自威的样子，双手常常握在剑柄上，喝令下人们为他端茶递水，并且一定酷爱吸烟，他周围的空气一定是烟雾缭绕。

"我……我只是一个小商人，从图拉来的。"犹太人结结巴巴地说道，"我赶来了大批的牛羊，城里的瑞典士兵乞求我能够施舍一些给他们。看到他们那么努力地制作木钟和鼻烟盒，但他们的遭遇却如此让人可怜，我也很是心痛。在我看来，这些可怜的人却花费了大量的时间来做一些无谓的事，我总是看到他们在那里写写画画着什么，愿上帝保佑那些总是在纸上记录着什么的人。对此我也十分不解，他们在那件事情上浪费了太多时间，又不能靠那些事情来获得金钱，在我看来士兵们真的不应该将精力浪费在写写画画上。"

房间里的光线如此昏暗，卢文霍特因此将一只油蜡烛点燃了。

他用温和但略带凄凉的语气说："你看这里！"他将蜡烛移到了那个粗糙的未经任何装饰的长书架旁，那上面摆放了许多厚厚的文件，并且用数字标明了编号。

犹太人发现，无论将关注点放在哪里，他都没有看见酒杯或食物，他总是看见各种各样写满字的纸张。桌子上、椅子上，甚至火炉旁全部都是各种各样的纸张，他将手中的指环转动得越发剧烈了，他心想：真是一个匪夷所思的将军，难道常胜将军们都是如此吗？

卢文霍特站在书架旁，用低沉的声音说道："我的朋友，不管是一个民族，还是一个国家，都需要用一定的秩序来维持。你现在看到的是我们财政部门所有的记录，每一个俘虏都登记在册，他们的个人资料都有很详细的记录。在街对面的教堂里，关押着的是我们的神职人员，那里也有这样一个长长的书架，用来存放我们各种各样的典籍和教义。就算我们个个都是被关押的囚徒，但这依然是我们所坚持的事情。这就是我们，这就是我们的民族。你是一个犹太人，我所说的话的意思，你应该懂得。"

他随手从书架上拿下一份文件，轻轻地翻了几页，并且不时地朗读起来。接着他缓缓地踱入了旁边的卧室，又点燃了一根蜡烛，在灯光下打开了屋角的一个箱子，从里边拿出许多不同的小皮包，开始仔细地清点装在里边的银币。他说话的语调一直不高，有时候甚至像是自言自语，有时候却是明显对那个商人说的。

"我已经大概知道了应该拿出多少钱给图拉。聪明的朋友，你一定要记得，再怎么努力，最终也只能够得到忘恩负义和无边的忌妒。就是这可怕的忌妒，导致我们之间出现了裂痕而被敌人利用，最终让我们失去了所有。在这个卑劣肮脏的世界上，那些呼吁真诚和朋友的人都是彻头彻尾的傻瓜！战场之上你拼命救下的人，他在给你拥抱的时候，内心发出的感叹却是为什么他没有与你得到相反的遭遇，这样他就能拥有属于你的一切。没有人不向往天堂的生活，敌人带给我们的痛苦远比我的同伴给予他们的要轻得多。苍天可鉴，对上帝和对国王我都一如既往地忠诚！"

在他的床上，放着他的《圣经》，被送还的宝剑也被挂在那里。卢文霍特还在那里一直将硬币装进钱包里，每装满一个，就会用笔在本子上记录下来，然后将钱包封起来。卧室里面也同样有很多纸张，但是没有任何一张杂乱地放置着，都是整整齐齐地放在一起。就在这个戈矛索夫战争的胜利者在蜡烛旁边，一直低声抱怨人生的不公和苦闷的时候，黎明正悄悄地走来。

犹太人慢慢地开始听不明白他的话语了，只能更加频繁地捻动着指环，最后叹息了一句："纵然身陷囹圄，一个民族、一个国家都坚定不移地坚持自我，真是让人敬佩呀！"

派纳诺上尉在药店里

　　一个寒冷的冬夜，在一家托波尔斯科的瑞典俘虏的药店里，意大利人派纳诺上尉正在里面坐着喝酒。在药店一侧的一间十分昏暗的屋子里面，一个人正在鞣皮革，那个人正是科瑞莫少尉，他正在干着皮革工的工作。

　　派纳诺是一个本性纯良的人，在波尔塔瓦战役中，他在死人堆里躺了两天最后才逃了出来，为此他的头上留下了长长的一道伤痕。此时，他一边喝着混合着苦艾酒的白兰地，一边和科瑞莫絮叨着。

　　"没错！"他念叨着，"你这个家伙，你最好整个晚上都在那个大缸旁边待着好了，千万别过来陪老朋友喝上两杯！是，我没有自愿加入瑞典军队，可是即使是现在，即使他们已经深陷牢笼，对于那些教皇都鄙视的信仰我依然选择了接受。对吗？年轻人？你听见了我说的了吗？"

　　科瑞莫说："我忙着鞣皮革呢！"

"好，你这个家伙，你最好一直都这样干。我明白，对于我们外国人来说要一直不停地弄清楚一件事情，就是瑞典的精神，就好像你在持续不断地鞣皮革一样。我刚刚和罗斯勒上尉一起去爬山回来，在山上的时候，我将双手置于他胸口，跟他说：'罗斯勒，你应当在这里衷心感谢上帝，赐予你这样一张让每一个女人都心生爱慕的俊美面孔！可是，你给了人家希望又将人家抛弃，难道你不认为是件无耻的事情吗？'圣母保佑！那个家伙只是一直叹气，我都能感受到他无尽的失落。后来我又去看望了贝克上尉的夫人，虽然她一直都勤俭持家、不辞辛劳，可是她依然只是一个女人。我看着她鼻子上的那几粒可爱的雀斑，看着她充满盈盈秋水的眼睛，我将花儿托西风带来的眷恋告诉了她。我跟她说，罗斯勒上尉倾心于她。她马上开始抱怨起罗斯勒来，说他是个混蛋，并且低头开始哭泣。实话实说，我看得出来，这一切都只是她尴尬的表现罢了。看到这样的情景，我的内心也开始动摇了，当初对着瑞典旗帜宣誓，听到的刺耳战鼓声又仿佛在我耳边响起来了，如同在审判我的内心一样。我们这样的可怜的卑微之人，正是在代替那些高贵之人忍受折磨啊！兄弟，我们国家的女人总是那么善良可爱，她们宁愿认为这是上帝带来的慈悲，也不愿对那些男人发出半句真心的抱怨。兄弟，去我的国家，看看我们国家的那些女人吧，他们要么在家里抱着孩子，要么在逝去之人的坟头点上两根蜡烛默默哭泣！真是让人心痛的一幕啊。你听见我说的了吗？"

"我忙着鞣皮革呢！"

"没错，你一直在鞣牛皮，你这个混蛋！你有没有想过，瑞典为什么一直以来不曾成为一个人口众多之国？为什么在胜利的时候瑞典的领土也不曾真正扩大过？为什么瑞典和瑞典语从未在欧洲掀起真正的风浪？我告诉你，就是因为他们从来不会想着要去侵犯别人。瑞典的精神就是坚韧，就好像你正在鞣着的牛皮一样，责任就如同你手中的利刃让瑞典人一直被局限在一种模式。从一开始，瑞典人对于统治就没有绝对的欲望，他们也不会真正地爱上别人，只是对责任始终忠诚。瑞典人彼此之间并不相亲相爱，他们都有着铁石心肠，责任让他们宁愿身陷囹圄也要让同胞受到法律制裁。然而我们这些从波兰、德国、法国和意大利来的外国人，我们用我们的鲜血滋润着瑞典精神，所以现在这里的世界也同样拥有成片的绿地，拥有欢畅的鸟雀。我们凝成的血滴，将会永远在你们的史册中悬挂着，就好像是橡树上结出的果实一样，橡树那苦涩的果实总是在其根部生长。你们国王的血液中也融入了这样的苦果的汁液。我想跟所有瑞典同胞们说的是，当你们在你们的历史中发现了我们的名字，千万不要忘记，我们也曾经在这里抛洒过我们的鲜血，我们曾经和瑞典人一起并肩战斗，并且一直快乐地战斗在一起，你们是战鼓，我们就是长笛！我和你们并肩战斗是因为爱，同样的原因我也愿意一直遵守我的诺言。朋友，你要明白的是，爱和责任本质上都是一样的。来吧，我们握一下手，和我这个小个子意大利人握一下手吧，我代表着每个有这样想法的外国人，你认同我的说法吗？"

"派纳诺，尽管说你见识广博、阅历丰富，我无法跟你相提并论，说到我们的历史和未来你也未必真正地了解，然而我依然真诚地邀请你和我们并肩同行吧，我们一起回瑞典，一起去布朗科博的瞭望塔。我们这些人，只要认定了一个目标，不管这个目标究竟具有多大的价值，都会不撞南墙不回头！跟我一起去奥兰海，我们在那冰面上待一个晚上吧，尽管那里十分寒冷，你会被冻得瑟瑟发抖，而且那里没有火把，只有用干桦树枝燃烧来取暖，但是在那个时候，你会沉醉于那种沁人心脾的香味之中。"

他将自己的双手伸出来，友好地同这个意大利人黝黑的双手紧紧握在一起。

派纳诺说："为什么你通宵如此努力地干活？"

科瑞莫说："我尽力想将这张牛皮鞣得柔软，这样我就能将其送给贝克夫人以及她那几个还在上学的孩子。他们再将这些牛皮做成马甲让我们穿上。那些前往阿尔汉格尔斯科和喀山的瑞典囚犯一直在寻找机会逃跑。只要我们手中拥有武器，所有人无论是老人还是孩子，都会从俄罗斯奔向遥远的本德，回到国王身边。朋友，你愿意和我们同行吗？"

托波尔斯科的瑞典俘虏

　　托波尔斯科的一个夜晚，街上空空荡荡。一座未曾被漆过的房子里，很多瑞典俘虏正在聚会。屋子里的桌子上，满满地摆放着各种腌制的咸鱼、煎饼和粥。一个简单的宴会就要开始了。刚刚帮莫顿夫人教她的学生们缝纫的贝克夫人，现在正在这里为大家端茶倒水。

　　房子的楼梯曲曲折折，一阵脚步声传来，紧接着门开了，乌瑞其上尉进来了，在他的腋下夹着他的祈祷书。紧跟着他的是斯特恩弗利奇少尉，他总是一副严肃的神情。还有科赫勒中尉，他则是一个喜欢开玩笑的人，他们都在附近的学校当教师。司普仁伯滕中尉正在和相貌英俊总能得到女士喜欢的罗斯勒中尉热烈地聊着什么，在他的手腕上，喀山塔里留下的伤疤还十分明显。梅梅尔河时期国王最忠实的随从罗布佐夫上尉，还有那位即使在监牢中也总是保持良好仪表的沃尔特上尉，在认真地查看放在一边的鼻烟壶、丝织袋子和刚刚做出来的假发、睡帽，那些睡帽是短号手恩纳斯和他的伙伴们制作的，他们两人将这所有的物品一一检查并且分好放在一个篮子里。斯特拉伯格上尉正对着一张地图，在上面细心地找到托波尔斯科，做好标注。短号手付瑞恩、维斯菲尔特和托尔正拿着他们一分钱也没有的钱箱走过来，他们一直以唱歌谋生。现在成了一个染匠的霍尔将军在摊煎饼，他将糖均匀地撒在煎饼上面。力达伯格将军一直以刺绣为生，此刻他正将银色的丝线缠在一个盘子上，做成一个复活节彩蛋。沦为金匠的比斯中尉则拿出一枚达科特币，在桌子旁边展示给众人看，这里的绝大多数人在几个月内都没有见过任何一枚达科特币。

还有一些年轻人，正羞涩地靠着墙站着。来自维堡的哈伯曼现在是一个仆人，他穿的衣服早已补丁累累，他紧张局促地靠在门上，开了一间酒屋的巴克将军只能将他拖过来坐在桌子旁边。另外一位是曾经的短号手伯曼，此刻也正卑微地缩在火炉旁，贝克夫人只好将装着食物的盘子递到他的手上。

乌瑞其双手合十，开始祈祷了："天父啊，请接受我们最崇高的敬意和感谢。感谢您赐予我们这些囚徒的仁慈，所以我们才能够和以前一样在周日桌子旁向您祈祷。也要感谢我们所有的忠诚伙伴，他们用勤劳的双手为我们创造了所有生活的必需品，从而能够让我们和孩子们活下去。感谢刚刚在莫斯科死去的那位忠实的军医比劳，我们用他留下的睡衣换取了七卢布二十铜板。我们虽然正被囚禁，但是我们在这刑罚中依然随时感受到您的温暖。感谢您给予一直戴着手铐脚镣的艾瑞克·阿姆菲特以自由，我们也同样感谢您让我们那位因为饥饿而死的老国务大臣去到天堂。"

乌瑞其停止祈祷之后，斯特恩弗利奇走上前来，接着说："在我们开始之前，我还衷心地期盼天父，也将您的仁慈赐予那些在矿区和采石场倒下的伙伴，还有那些和鞑靼一起生活在万里长城的伙伴，尽管他们另有信仰的神灵。还有早已不在人世的鲁赫，虽然已经破衣烂衫地长眠地下很多年，或许早已经与他的朋友托比在地下团聚。也有传言说在一家寺院中看到过托比，如果那样的话就让他在那里安度晚年吧。还有自己孤独地生活在偏僻之地的安德斯，曾经被一位德国商贩看到正驾着马犁，您也一定要给予他们呵护。哦，上帝呀，我们最亲爱的父亲，千万别像耶利米书中所写的那样：犹太的后代，曾经如黄金般珍贵和神圣的人民，任人鄙视，而且被那些肮脏、罪恶的人所摧残。那些在追捕、折磨我们的人如同雄鹰一样凶猛。他们用其锐利的爪子遏制了我们的灵魂，我们只能被迫在他们的阴影下生活……"

一阵清风从外面的芦苇荡吹来，玻璃也微微摇晃，发出哗啦啦的声音。

斯特恩弗利奇将一张凳子搬到了前面，让贝克夫人坐下，同时在她耳边轻轻地说："尊敬的夫人，还有一个人没有来，就是那个年轻的号手费迪南德·文·科瑞莫，他是我们最富有责任心也最单纯善良的伙伴，每当我想起那个可爱的家伙，我就像感受到了炎炎夏日中的一丝凉风一样。"

贝克夫人正要说话，科瑞莫就出现了，他刚刚从楼下走上来，高高竖起衣领，一双蓝色的眼睛正注视着贝克夫人。

他故意用低沉的声音说："我刚刚和一个或许大家都不怎么喜欢的家伙在楼下待着，就是雷英。我一直在竭力说服他不要总是流连于小酒馆。他其实是个不错的人，如果大家能够给予他多一些包容就更好了。"

"他总是用和我们不一样的方式来打发时间。"贝克夫人尽管神情依然那么温和，但是语气却颇为强硬。

"尊敬的夫人，不要总是这样严苛嘛！"

贝克夫人匆忙将桌子上的盘子一一摆好，然后走到门边，喊道："科瑞莫是我们的朋友，我们尊敬他的正直，所以他交往的人我们不会拒之门外的。雷英中尉，上来吧！"

一会儿，雷英也上楼来了，他顶着一头花白的头发，总是用迷离的眼光扫射着四周，他的脸庞早已因为霜冻和酗酒而变得通红。他刚刚进门，就有人将一张椅子给他摆好，似乎他才是最尊贵的客人。开始的时候，他还保持笔直的坐姿，但是过了一会儿，啤酒被端上来了，宴会开始了，大家都沉浸在宴会的欢快气氛之中，也逐渐忽视了他。忽然，雷英将贝克夫人的手紧紧抓住，一边强烈地表达着他的爱意，一边慌乱地轻吻夫人的双手，贝克夫人一直在拼命挣扎。随后，他拿起酒杯和在场的每一个人，无论是以前认识的还是第一次见面的人，一一拥抱握手。最后，他来到那些在墙边靠着的年轻人那里，跟他们打着招呼，并且让那些年轻人尊称他为"您"。等到他再回到自己的座位上的时候，酒杯早已经空空如也了。他将坐在旁边的科瑞莫一把搂过来，并且在他的眉毛上轻轻地抚弄了一下。

他忽然腾出一只手，将桌子敲得砰砰直响，对着屋子里的人说："朋友们，你们说什么才是瑞典人的勇气？我问的不是上帝，而是你们的内心。如果你们觉得我在胡言乱语，那还是端起杯子来就此别过吧。没错，大家都说科瑞莫是一个诚实的人，我也这么认为，并且我愿意就此发誓。但是你们有谁认为科瑞莫也是一个聪明的人呢？他总是在说'人要具有责任心'，真好。就算遭遇不幸，也不是只会想着自己，不会轻易就自暴自弃，不会只满足于每周坐在那里赚五个小钱。但是朋友们，我想跟你们说的是，我正在考虑像斯特恩科那样，变成一个真正的俄罗斯人，找到一个俄罗斯妻子，然后加入俄罗斯国籍，这样也能过上快乐的日子。亲爱的贝克夫人，你能告诉我吗？为什么家里的生活就一定比这里快乐？难道家里的草地更加碧绿，还是家里的床会更加柔软？"

科瑞莫用温和的声音回答："我亲爱的伙伴，亲爱的兄弟，你是一个单纯天真的人，我也一直喜欢和你在一起。可是，我们更加思念我们的家乡，如果说我们被迫留在这里是在尽我们该尽到的义务和责任，大概这就是我们这群背井离乡的人心里唯一的欣慰了吧。"

说着，他伸出手将前额的一缕黄色的头发拨到后面。

雷英点点头，说道："欣慰？这真的是一件值得欣慰的事情吗？你们有没有想过，为什么那些俄国人有时候也会友好地对待我们瑞典人？在我看来，不仅仅因为我们总是礼貌有加啊，不仅仅是我们让他们的孩子学会了读书写字。你们还记不记得，学校考试的那天我也去了，我给孩子们讲了很多故事，讲到了关于美索不达米亚的首都克罗克顿梅仑，那个地方的人们没有卧室，到处是小旅馆，在那里马车没有轮子，而是用啤酒桶来滚动的。那个时候，不仅那些孩子饶有兴趣，连那些坐在孩子们中间想要增加见识的俄罗斯商贩和俄国骑兵也哈哈大笑起来。见鬼的是，贝克夫人却将我赶出去了。所以说伙伴们，俄国人也好，全世界也好，他们对于我们都是真诚欢迎的。我们即使身陷囹圄，依然可以将俄国人甚至整个西伯利亚拥抱在自己怀中。在这里，我们依然可以用我们的快乐来感染每一个身边的人。"

科瑞莫一直静静地看着他的眼睛："你这个家伙，你这个快乐的酒鬼，没错，快乐的瑞典人总是极富感情的！"

随着宴会的进行，雷英逐渐开始了咒骂，仿佛回到了昔日的战场。贝克夫人趁他不注意，悄悄地将他的酒杯拿走了。

她语气严肃地说："我这里可不是酒馆，从来都不欢迎过来胡吃海喝的人！"

科瑞莫则马上将话题岔开，他不想让雷英听到，并且马上将雷英从屋子里带了出来。

雷英一直在喊着："跟我去教堂吧，那旁边的酒馆是最好的。去那里，能找到真正的快乐。快乐和享受荣华的人才是真正的长寿之人。"

"那边的房子很少，我们可以去冰河旁边，在那里一样可以看见教堂。"

"我想去拉尔夫，看看我们在孩子的坟墓前种下的草有没有生根发芽。"

科瑞莫只是摇着头，他用自己的手臂艰难地支撑着雷英。荒凉的郊外，一个人也没有，刺骨的寒风从他们身边呼啸而过，并且将路上的积雪一扫而空。两个人逐渐陷入了沉默，一直不停地往前走。还隔着很远，他们就透过一丝微弱的光芒看见那个木制十字架上面刻着的瑞典语碑文。

"亲爱的科瑞莫，停下来，读一读这些碑文吧！最近我又听说有一个亲戚在乌克兰死去了，还有一个死在了本德。短短的十五年，从白海到索洛韦茨基群岛都撒下了我们瑞典人的骨灰。"

科瑞莫将自己的外套紧紧地拽住："别乱来，我跟你说过的。"

"这里如此寒冷，连草都被冻死了。你跟我说，那些死去的人难道没有回家吗？那些早已经长眠于地下的人难道没有回家吗？科瑞莫，你告诉我，为什么你永远都能够保持这样宁静的心态，甚至似乎可以让大海都陷入宁静？"

"你冷静一点儿，不要跟我说这些，我也不想听你说起这些。别总是被这些事情所困惑，想想我们身上所肩负的使命吧。"

"可是，难道我们死了以后也不能魂归故里吗？你真正明白家的意义吗？难道我们就不去想是否能够回家了吗？"

"雷英，我不懂你究竟想说什么，在和谁说这些。事实上，我比你更加脆弱。"

"回家——你不是也正在这么想吗？你一定无数次在自己的内心里说过：回家，回家。小孩子们捡来一些木片和钉子，就开始建造他们的家了。在我看来，家就是我们心中埋藏下的一个种子，会不断发芽长大，最终成为参天大树。从孩提时期的一个小房子开始，逐渐变成很多房子，变成一个城市、地区，最后成为一个国家，只有那个地方，才有最为新鲜的空气和水。亲爱的科瑞莫，你能不能明明白白地跟我说，那些在异乡长眠的兄弟，他们最后能不能魂归故里啊？"

科瑞莫更加用力地拽紧了自己的衣服。

"哈哈哈，你终于被我带到沟里去啦！我自己早已在这沟里了，我这样一个快乐的人会这样自己给自己找烦恼吗？你想不到吧，我没钱的时候，就会自己创作乞丐之歌，哈哈哈。"

雷英说着说着，开始在河畔小路上踱起步来，唱起了他的乞丐之歌。科瑞莫则静静地靠在教堂围栏上，认真地听着。

在乌普萨拉

那栋总是绽放白色光芒的农舍边

有一棵总是在日夜叹息的枫树

岁月如梭

很多年都已远去

现在我在万里之外

已经深陷牢笼

他的歌声伴着风雪，似乎来自十分遥远的地方。

我的乡音早已淡薄

我的舌头已经僵硬

我喝着白兰地，唱着我的歌

再给我来七杯酒吧

纪念我作为勇士战斗过的七年

这样的日子我早已厌倦

我十二次身负重伤

我都依然笑对人生

就算寒风凛冽

我也不改最初志向

我想挥剑杀掉十二个敌人

但我的剑却不知所终

或许正埋在远方

在那第聂伯河畔的沙土之中

亲爱的先生——我祈求您

给予我十二个硬币作为奖赏

作为为您劳动的回报

让所有邻人们的纷争都停止吧

我亲爱的查理国王！

　　歌声停止了。科瑞莫回到了他自己的家，那是个十分简陋却总是保持整洁的小屋子。连桌子上都不会有丝毫灰尘。他脱下衣服，在床上躺下，却毫无睡意，似乎总是有什么声音从窗外传来。科瑞莫几次坐起来仔细地倾听，却没有什么特别的，或许只是风的声音吧。然后他用被子将头蒙起来，却还是无法入睡。过了一会儿，他又听见了声音，似乎是有人用沙石击打窗户，于是他又猛地坐了起来。

　　蜡烛还在燃烧，科瑞莫将其轻轻地吹灭。他走到床边，将窗户轻轻地推开，街道上站着一个小个子男人，正在看着他并且做着各种手势。此人穿的羊皮大衣和半长筒靴显示出他只是一个普通的俄罗斯农民。

　　那人对他说道："这位先生，我常常看到你跟雷英中尉在一起，就是那个总是充满快乐的雷英中尉。他真是一个很好的人，总是为我们带来很多欢乐。曾经他在我们家住过很长一段时间，虽然从来没有给我们交过房租，不过我们还是非常欢迎他。他常常在傍晚的时候给我们讲他以前的事情：他和瑞典国王在波兰森林打猎，和花豹、大象以及很多不知名的动物搏斗。有时候他也会陷入沉默，静静地坐在门口，不过只要喝点儿酒，他就又会成为一个快乐的人。"

　　"你说这个家伙啊。我总是说，快乐的瑞典人总是极富感情的。"科瑞莫轻轻地说了一句。

　　"可是这位先生啊，今天我一直没有看到雷英中尉，所以就去他住的地方找了他。他确实在安静地躺着，他已经死了，自杀的。

或许正是那份沉重的快乐让他无法承受了吧。"

　　整晚一直刮着很大的风，也没有什么光亮。第二天一大早，在囚犯们的祷告中都说到了雷英之死。晚上的时候，科瑞莫也从他住的地方离开了。从那以后，再也没有人看到过他，听到过他的任何消息，甚至没有找到任何他的痕迹。不过，军官们总是和士兵说："他已经平安地回到家乡了。"

被困的勇士

虔信会要求它的所有成员，不管在任何状况下都不能说谎，纳姆·艾多拉是虔信会的首领。虔信会每个成员都有自己的家庭，以经商或字画收藏为生，他们在每年复活节后的第一个新月之夜，都会举着火把身穿白色法衣在一个遥远的山谷里集会。

一天晚上，刚刚集会归来的纳姆·艾多拉和他的仆人一起走在崎岖的山路上，他对他的仆人说："我们所有人已经发下誓言，那些与我们个人隐私无关的事情，在任何情况下都不可以说谎。而那些不能说出的事情，必须到死都严守秘密。只有遗忘才能保持永恒的平静，世界上最好的藏身之所就是被人遗忘的坟墓里，那里生长的野草和鸟雀的鸣叫都是完全不同的。我亲爱的朋友，苏丹对于虔信会的存在十分恼火，对我们的自由言论充满愤怒，想要除掉我。如果不能杀死我，就会迁怒我们所有成员。他想要的仅仅是我的头颅，我会将自己的头颅送给他，他只要看见我眼睛旁边的胎记就知道是我了。这件事情不能被我的兄弟们知道，我不想也没有权利告诉他们，这是一个永恒的秘密。如果他们知道了我的真实想法，他们一定会把我藏起来，绝不会让我枉送性命。所以我想让你一直秘密跟着我，在我被杀死之后，将我的尸体偷出来，然后埋在一个无人知晓的地方。对外就说我被人关押了。"

天亮的时候，仆人将手中的火把熄灭，他们一起来到帖木儿塔拾城堡，苏丹正在旁边的一块生长着各种鲜花的草地上游玩。

纳姆·艾多拉看到这里处处都是宫殿，设施也颇为豪华，他很疑惑，难道瑞典国王在这里住着吗？于是他偷偷地询问一个奴仆，才知道瑞典国王和他下属的那些大臣都居住在城堡里，尽管他们都是囚徒，但也享受着不错的待遇。

他跟自己的仆人说："我们先去看看他吧，我自己是个懦弱的人，与这样的英雄相见或许能给我勇气吧。我年事已高，眼睛也日益模糊，英雄的光芒或许能让我安心地闭上眼睛吧。"

于是他们走进了花园，走在阳光照耀下的小路上，两边生长了许多无花果树和桑树，他们看见侍卫正牵着苏丹的马去饮水。这时，一身土耳其装扮的苏丹正被一群土耳其人簇拥着走了过来，他们刚刚才从瑞典国王那里出来。纳姆·艾多拉紧紧地贴着墙边站着，并且拉过自己的头发盖住眼睛旁边的胎记，苏丹这群人走过的时候，他的手腕甚至感受到了重重的脉搏。他是如此担心，如果苏丹认出了他，马上就会下令杀死他。可是此刻，他还没有见到瑞典国王，还没有足够的勇气来面对死亡。

苏丹过去以后，国王的房门还一直敞开着，他又向前走了几步，前面是一张屏风。他弯下腰从屏风下面的一个洞里看见了国王。

这是一间大厅，是苏丹常常欣赏音乐和舞蹈的地方，屋子里有各种阿拉伯式样的饰品，从地面到天花板到处都摆满了，这让纳姆·艾多拉有一种错觉,仿佛自己进入了一个花瓣大厅,魔法蜘蛛正吐出丝将自己缠绕在花瓣之间。在屋子最远处的角落里,国王正在一张小床上躺着,他完整地系着衣服上所有的扣子。在这里,他只是一个囚徒,没有军队也没有权力,但他依然是一个遥远国度的国王。他没钱去收买苏丹的那些侍从,他也无法容忍向那些外国的大臣们卑躬屈膝,像一个流浪汉一样拜见苏丹。一想到自己作为一个囚徒,在他国的王公大臣和侍卫面前服从号令,他就觉得面红耳赤,无论他怎样试图告诉自己这绝非自己的本意。所以,他只能一直这样在床上躺着。并不是疾病让他如此萎靡不振,而是因为没钱。自从本德的王宫烧毁以来,几个月的时间他就这样一直躺着,从来没下来过,即使是在整理床铺的时候,他也裹着毯子躺在沙发上。一直跟随着他的御医斯科拉根斯特纳和纽曼十分焦急地跟他说,一直躺着让他的身子变得僵硬、麻痹,就像很久之前托钵僧在垃圾堆旁所说的那样,因此他们请求他每天都下地来走一走,至少走上一次,但国王依然不愿意。

所以在纳姆·艾多拉看来,他看到的是一个一直伫立在一棵茂盛的橡树下面,或是在一片阳光沐浴下的山坡上虔诚礼拜的圣徒。

恩曼患上了很重的肺病,他一边剧烈地咳嗽,一边叙说着自己的故事。一说完,他拿出一只火药桶,从里面抓出了两只小鳄鱼,将它们扔在火盆里活活烧死,在鳄鱼死去之前,毒液从它们的嘴中流出来。国王用手臂支撑着自己的身体,看着火盆中逐渐化为灰烬的鳄鱼。

国王说:"一条成年鳄鱼,一个人只用一把剑能够将其杀死吗?应该谁都可以做到吧?"

已经成了他们的大厨的大臣文·穆勒现在没有什么事情,他正拿着一件十分破旧的大衣在使劲拍打着上面的灰尘。

"如果没有蛋和奶油，难道也能够做出煎饼来吗？"

"只要有刀，就没有什么得不到。"

葛罗森将头高高地昂起，披散的头发盖住了他的鼻孔。他对穆勒说："就算身陷绝境，只要做了，总是能够得到一定的回报。"

纳姆·艾多拉问旁边的一个宦官："阁下们似乎心情不错啊，他们在讨论什么呢？"宦官看到他们吃了一惊，但还是用谦逊的声音回答了他："他们在讨论《圣经·新约》，那是其中最美的一段。"

纳姆·艾多拉将前面的屏风用力地一推，地面十分光滑，屏风被推开了。国王看见了他，看到是一位尊敬的长者，于是国王让他再靠近一些，并且让葛罗森帮助他翻译他的话。

国王对他说："显而易见，您是一个富有智慧的人，但是您是否也有勇气去面对枪林弹雨呢？"

纳姆·艾多拉将自己的头巾摘下，轻轻地抚摩着自己长达腰部的白色的胡须，沉思了一会儿，说："我是虔信会信徒，只是一个最普通的成员。但是我想请教您这位大英雄：假如您的第一个老师对您说'不要伤害任何生命，即使是生活在垃圾堆中最低贱的生命，或者是最凶残的，也不要伤害'，假如您身边所有人每天都告诉您'任何伤害其他生命的行为都是犯罪，您一定要保持不杀生，即使这样未必会被人称赞为仁慈'，您可以做到不杀生吗？您能够做到即使自己身处逆境，也保持一样的平和谦逊，面对自己的失败，并且谅解您的敌人以及让您深陷痛苦的人吗？"

国王皱了皱眉，回答说："难道作为优秀的军人，在战场之上也不忠于自己的内心吗？"

"您不能容忍谎言，也不希望别人恭维您，您总是高昂着自己的头颅，想要看清世界上的一切，在您的嘴唇旁边有一条罪恶之纹。或许有人会告诉您那是一条微笑皱纹，但绝对不是，从这条罪恶之纹上看到的是完全不同于您内心的声音。嘴唇总是在告诉您，您的所有想法都来自于上帝。而实际上，上帝的愿望是大地被金色的麦穗所覆盖，孩童们总是无忧无虑地自由玩耍，但是您却没有忠于上帝的意愿，您不断征伐，持续战斗，因此现在受到了上帝的惩罚。如果上帝真的想让一个人彻底被打倒，就会让他进入坟墓，并且在他的坟墓上压上大石，让他永远不能翻身。这个世界上所有的强者都具备共同的特征——胜不骄，败不馁，这是一条永恒的真理。在您曾经的军队中有无数这样的强者，他们都曾经忠诚地执行您的命令，但是现在都已经纷纷离开。在您的国度，历史上曾经涌现出多少伟大的人啊，难道他们拥有的条件比您的更加有利吗？您害怕被历史遗弃，您希望光耀史册，您希望成就伟业，您希望如同恒星一样照亮人类历史长河，但是如今却身陷困境，这是上帝给予您和您的子民的挫折和失败。所以，继续努力下去，去完成您的丰功伟绩吧！将那些毫无用处的名望抛在脑后，如同那些您一直鄙视的酒鬼和女人一样。自信而谦逊地走下去，不管您想到达哪里，不管您想要达成什么目的，也要坚持下去，即使遇到贫困和挫折，也不要灰心，像雅布一样，不到生命最后决不放弃。您要始终笑对人生，对自己有良好的把控。事实上您比起您自己认为的更加优秀，因此上帝也绝不会放弃您，更不会容忍您自我抛弃，他会用他那温暖而充满力量的手来照顾您，而不会选择去触碰其他任何珍宝，他也绝不会容忍他自己亲手创造的一切被黑暗所埋葬。所以我爱您，因为您是如此地富有人性。在这个世界上，我只衷心地爱过您一个人，除此之外再无其他。但是您要千万小心，因为爱您的人远远不止我一个，只是他们或许比那些打击您、诽谤您的人更加可怕。"

"他们是谁呢？"

"那些骗您之人。他们也会发现您嘴唇旁边的皱纹，并且用他们自己的语言来帮您诠释其意义所在。在您身边常常会有那些说着花言巧语的人，他们妄图欺骗愚弄您，有些人就能够让您受到欺骗。对骗子来说，您的本性是怎样的不是他们最关心的。他们就像在棕树林中，坐在石像上的猴子一样，沐浴着阳光吃着枣子，只要有人路过，就会在不同的枝头来回跳跃，并且叽叽喳喳地叫唤着。我亲爱的国王陛下，对于死亡或许您从未惧怕过，可是如果上帝记得您是如何用你孩童般的手紧紧地握住基路伯之剑，他不仅仅只是给予您死亡，或许会有更重的惩罚，任由那些欺骗您的人来摆布。"

"你可真是一个敢于直言的人啊！"

"我只是想弄明白，您这样一个英雄，能够有多大的勇气，您是否能够勇于面对未知的死亡？"

国王听到这些话，脸色渐渐变得阴沉起来。他将被子绕在腿上，倾斜地坐着，思考该如何来回答。

纳姆·艾多拉双手交叉，放在自己的胸口，他深深地鞠了一个躬，说："看起来，国王陛下您还没有强大到这个地步。"

葛罗森摘下帽子，用它敲打着火盆："那么，你这样一个敢于直言的人，难道你不是在这里用谦逊来为自己博取名声吗？难道希望青史留名不是一种勇气吗？"

纳姆·艾多拉将自己的眼睛闭了起来，用他那纤细的手指在空中随意地画着，他说："大人，您说得非常正确。可是所谓的名声很多都是诽谤和谣言带来的，都是虚妄而不存在的。那些看起来十分傲慢的人其实内心往往都很怯懦。从上帝造出亚当以来，人世间曾经出现过那么多著名人物，可是您能告诉我，他们之中的哪一个是用黄金铸就的？亲爱的国王陛下，您在夜晚快要睡着的时候，谁最知道您内心的真实想法？您独自一人躺在黑暗之中的时候，谁在你周围徘徊？当您死去以后，谁会一手抚摩自己的胸口，一手指着您的棺材说'那绝对是一个好人'？只有那些欺骗您的人才会如此，并且他们会向别人炫耀说：'他的所有事情我都知道，因为我就是和他一样的人啊！'一旦他们被鲜花所包围，就会向您投来石头，嘲笑讽刺您，对您生平所做之事指指点点。他们会将您安静的坟墓变成他们喧嚣地聚会的地方，并且把那里看作是最好的娱乐场所。就是因为有这样一些人的存在，将您和那些真诚正义的人隔离。国王陛下，我想要跟您说的是，只要您振作精神，将那些真正富有智慧且又忠诚的人团结在身边，那些人就会自己离开，只有这样，您才能成为上帝真正的代言者。就算您百年之后，人们也会一直将您记在心里。那时候人们就会发现，以前对您的错怪全都是误解，这也才是我心中那个真正的您自己。"

纳姆·艾多拉跪在地上，头紧紧地贴着地毯："我只是一个软弱之人，看到了您让我富有勇气。尽管我阅历丰富，但是也有很多缺点。外在的完美无瑕无法掩盖内心的伤口。我希望自己能够被世人遗忘，能够静静地一直沉睡下去。再怎么伟大的人，其实也都是普通人，他们的意愿也不可能得到每一个人的拥护，也不可能让一个人始终如一地对他表示赞扬。他就像一棵枝繁叶茂的参天大树，一阵风吹过来，就会摇动枝叶，沙沙作响。"

他的声音一直在空空的大厅中回响，没有任何人插言和回应，慢慢地陷入寂静。国王双膝跪在床上，脸埋在了床单里，他将面前的一枚金币推了出去，金灿灿的金币击打在火盆上，发出"砰"的一声。这枚金币是对这位白胡子占卜者的赏赐。国王说："也许你会一直活下去，也许你很快就会被处死。你的说法并不是每个人都会认可，现在我想休息了。"

次日早上，纳姆·艾多拉就被处死在苏丹的营帐之外。忠心的仆人将他的遗体偷出来，在两棵柏树之间为他挖好了坟墓，在埋下他的遗体的时候，还在里面放了一些刚从玉米秆上剥下来的玉米粒。过了不久，这片土地上就长出了很多白花。以后的日子里，这里成了战士和农夫们最喜欢纳凉的地方。他们常常在旁边的草地上惬意地躺着休息，只是他们都不知道，这块土地下面埋着一个被世人遗忘之人。

回　家

　　在德莫提卡牢房里，瑞典国王的王室大臣文·穆勒在自己房间里一边在壁炉旁边烤着煎饼，一边将自己的一件外套拿起来凑在壁炉旁边，仔细地查看着，那件外套的后襟早已被磨得起了毛。

　　"你看，这根穗子的一头还连着骑装，"他和站在旁边的葛罗森上校聊了起来，"却焦如黑炭。我们其余的那些瑞典随从都像吉卜赛人一样，真的是见鬼了！前不久我还跟法瑞斯说，'我都已经快忘记钱币是什么模样了，究竟是方形的还是圆形的？'"

　　"都是圆的，就像一个轮子一样，到处滚来滚去。"葛罗森一边回答，一边搓动着双手，"一个国王，一个政府，一支力量十分薄弱的军队，几乎不剩下什么了，口袋里的几个小钱还是在距离祖国十分遥远的土耳其集市上换来的！从来就没听说过有这样的国家，这难道不是匪夷所思的事情吗？就连摊个煎饼都几乎没有糖了，上帝啊，请原谅我的抱怨。我们也几乎没有办法再从土耳其王宫获得任何金钱帮助。这些日子我几乎废寝忘食，不断地和一些放高利贷者谈判，看能不能从他们那里借点儿钱作为路费。但是迄今为止我都无法肯定地说，我们能够体面地返回故土。我甚至已经跟陛下禀报过了，在我们回家的路上会有一大群债主紧紧跟随，直到我们返回瑞典卡尔斯城，直到偿还那些借款为止。每当我想着小小的卡尔斯到处都是向我们追债的土耳其人，满大街地喊着'真主啊'，我就觉得无比糟糕。真希望能够早一点儿摆脱他们。你明白的，我们瑞典的风格就是即使离开也要大张旗鼓。还好，在我这里还保存着一些当年在外交部时得到的漂亮衣物，尽管那些衣物没有衬里也没有衬垫，但至少看上去富丽堂皇，外面有很多金色丝线，穿上去还勉强可以维护一个大使的尊严，我还能有什么奢求呢？想想那些蕾丝花边的衣服，金灿灿的鼻烟壶，还有苏丹赏赐的富丽堂皇的皮大衣，能够包住整个脚的靴子，还有一套丝质的睡帽和睡衣，就算现在穿着去死我也心甘情愿了。那都是后话了，现在还是整理一下，看看究竟我们有多少值钱的东西吧。"

葛罗森越说越兴奋，声音也越来越大。忽然他走到窗子旁边，将窗户推开了。

穆勒一边将自己的衣服扣子系好，一边询问："外面发生什么事了？"

"那些非常崇拜国王的土耳其人在下面，他们一直等候着陛下的出现。你看到了，外面雨下得很大，他们心里都很清楚，这种情况下陛下不会一直闭门不出的。"

葛罗森将手伸进衣服里掏了半天，终于找到两三枚大银币，他随手抛向了窗外，并且对窗外高喊着："这是赏给你们的，愿所有瑞典人和他们英明神武慷慨大方的国王万寿无疆。"

"这是你私人的钱，还是国王的钱？"

"鬼都不知道这是谁的！"

"你不是一直保持着良好的习惯，将自己的钱放在左边口袋，而将国王的钱保存在右边口袋吗？"

"在没办法的情况下，左边口袋是可以向右边口袋贷款的。亲爱的朋友，相信我吧，我绝不会搞混的。每天晚上我都会仔细清点剩下的所有的钱。"

一阵欢呼声从窗外传来，穆勒将火上的一口锅高高地举起。

"朋友，你说得可真是轻松啊。话说你现在可是一个至关重要的人啊，让我这样一个王爵和王公大臣成了你的厨师，但愿我做的煎饼能够满足大家的口味。我常常拷问自己的内心，我们现在这种状态，居然也可以安然度过这么多年！"

"这个也很正常，幸福或灾难不是每个人都可以控制的，任何单纯的事物也并不就意味着天堂的幸福。"

"没错，一个单纯的、没有太多想法的人总是会活得更加轻松。"

"嗨，朋友，你这是在嘲笑我吗？我心里很明白我们有不同的想法，你可以称呼我为'没用的叫花子'——什么称呼都可以！我是一个忠实的无神论者、心理学家，在你们虔诚地祈祷的时候我还在梦中，对你们瑞典的爱当然也无法深深体会。就像难以取悦你们一样，也无法取悦国王，这都无法安慰我的心灵。你知道吗，朋友，老葛罗森从来都不想去当兵，在家里待着怎么能够体会战争的残酷呢？"

"你说在家里？能不能给我透露一下？国王陛下真的准备回到瑞典募集新兵吗？"

"没错，已经决定好了明天就出发，等回到瑞典就会立刻召集新的军队，然后成就前所未有的伟业，我不会否认这些的。可是现在最紧要的就是要找到钱。没有钱的话，连仆人们都会离我们而去。但在任何情况下，权力和名誉都是人们不变的追求。"

"难道这就是他要返回故乡的原因吗？即使在钱财耗尽，衣食都没有着落的时候，他也从未着急过呀。"

"随着离北方越来越近，他对现实情况会了解得越来越多。"

"要面对六个国家的敌对，萨克孙、俄罗斯、波兰、普鲁士、汉诺威和丹麦，这是一直以来和他不断作战的国家。"

"事实上现有七个，你忽视了最近的也是最危险的一个国家。"

"哪一个？"

"瑞典。"

本来一直坐着的穆勒吃惊地站了起来，两个独眼人就这样面对面地对视着。

"上帝呀！你怎么会这么说？从来都不曾看见过你的绝望，你说出这句话真让人感到不可思议呀。"

"这倒并不是绝望，当陛下刚得知在国内出现了公开的反对者，他就急不可耐地想要返回瑞典，就像迫切地想要走上战场一样。而且最近传来的一些消息也让人胆战心惊，国家政府的功能已经完全陷入混乱，行政能力几乎已经枯竭，国会讨论的重点是废立的问题。可是陛下依然是瑞典的国王，如果他们一直这样违法乱纪，那么灭顶之灾也就迫在眉睫了。亲爱的穆勒，不要再翻来覆去地抱怨了，也不用过于吝啬糖，还是把丰饶角做成煎饼吧，记着要高昂你的头！再见！"

听了这些话，穆勒十分激动，他有些不知所措地站在房子中间。他听见葛罗森在屋外喊："奥古斯特，去找一面完好的鼓，然后将它挂在你的脖子上，随我去一趟市场。"他激动的神情又变成了惊奇。

穆勒又坐在了壁炉前的煎饼旁，他摇着自己的脑袋，叨念着："上帝啊，葛罗森用这鼓究竟又想去做什么？"

第二天一大早，瑞典人就出发了，他们排着浩浩荡荡的队伍，从德莫提卡赶赴波罗的海岸边的家，尽管中间隔着崇山峻岭和茫茫森林，但他们依然义无反顾。身后跟着一些土耳其人、犹太人和亚美尼亚人，这是他们众多债主中最大的七十二个。街道两旁有许多土耳其百姓带着他们面纱遮脸的妻子来为他们敬爱的英雄送行，国王也为此颇为高兴。葛罗森一个人留到了最后，两个土耳其朋友前来为他送行，一个人送给他一个墨水壶，另一个人则将烟塞进他的行囊。随从帮葛罗森脱下外套，葛罗森顺势将外套塞到随从手里，将自己装衣服的箱子打开了。

"我最亲爱的朋友，这是我特意为您准备的睡帽，现在送给你，这顶睡帽我也用过，是最有纪念意义的礼物；另外我将这双崭新的鞋子送给您这位令人尊敬的长者，虽然您可能觉得它穿起来会比较矮，但是它的鞋底非常舒服，您一定要收下；另外我将这件睡衣送给您，请务必笑纳。"他对那两个人说。

然后，他迅速跳上自己的马车，让车夫立刻赶路，飞一般地逃走了。

直到傍晚时分，在太莫塔什，他们终于追上了国王的大队人马。这时，一名宦官拿出苏丹赠送的丝质帐篷和一柄刀把上镶满珠宝的军刀送给国王。

葛罗森对国王说："我的那件紫貂皮衣也送人了，现在再也没有任何东西可以作为回赠。至于陛下您，也只剩下一件肮脏的大衣和一些普通战士穿的粗布衣服了。"

国王说："把你刚刚收到的那两件礼物借给我吧，对这些护卫我们回国的土耳其人，就用那个墨水壶和烟作为礼物馈赠给他们吧。"

"好啊，您最忠诚的随从葛罗森把他所有的东西都拿出来送给那个宦官吧。"葛罗森开心地大叫，他一边搓手一边摇头，似乎有些癫狂。忽然他看到那名鼓手将鼓棒夹在腋下在路上沮丧地徘徊，旁边的人则在嘲笑他："你那鼓里一定有很多金银财宝吧？因为无论你怎么敲，也没有声音。"

他们仔细察看那只鼓，原来上面被贴了四个封条。大颗的泪水从鼓手的眼睛里涌了出来。

葛罗森喊道："伙计，使劲地敲你的鼓吧，封条是我贴的，如同犹太总督比拉多钉死耶稣一样我将那只鼓封上，这样能够让那些土耳其债主一直追随着我们。就算发出的音乐悲伤了些也没关系，现在是他们在骑着马逃亡，绝对不是我们。"到了夜晚，队伍生起了篝火，围坐在篝火旁休息。乐手们开始打起鼓来，他们心里想，这些鼓里面藏的一定是葛罗森从国王那里偷来的各种珍宝。

他们在不断地窃窃私语："他可真是一个厉害的人啊，从右边口袋拿出钱财然后放在左边口袋里，如同变魔术一样。"

深夜两点刚过，国王就下令敲响了出发的鼓声，他高举着火把一口气策马狂奔到了一个山崖。很快到了派特斯特，来到了斯塔拉斯城边，当初留在本德的那批人以及最后的一些乌克兰哥萨克也赶来和国王会合了。当初他们作为国王最忠诚的部下随着国王南征北战，现在又重新回到了国王身边，国王因此也重新拥有了自己的军队。

葛罗森正在数着一些钱币，那是侍卫们将一些物品变卖获得的。

国王来到他的身边，对他说："我们已经准备好了前往斯特拉尔松城的通行证。现在我们兵分两路，我带着罗松和杜尔荣，化名弗瑞斯克上尉单独前往，你们选择另外的一条路前往那里。"

葛罗森听到国王如此安排，于是将他随身带着的帽子和一顶假发交给国王。

"你看看，我现在那些鞋子、漂亮的衣服以及睡衣、睡帽都已经没有了。现在把这个帽子和假发送给你，这样能够装扮得更像另外一个人，再加上您的新身份和这件双排扣礼服就更好了。罗森家族的人都不怎么能够讨女孩欢心，与酒馆中的女孩也几乎没任何接触，不过他们对国王的忠心是无可置疑的。作为我来说，只要您不安排我去为您准备横跨欧洲大陆的征程，我没有任何问题。"

葛罗森马上回到了马车之上，带着大队人马立刻出发了。他希望自己能够尽早抵达斯特拉尔松城，然后在那里等候国王的到来。在那里国王的反对者们已经修建了堡垒，聚集起来了。

国王和他的两个侍从留了下来，不久，又有两个骑兵赶了过来。国王和他们一直不停地练习骑行。很快地，他们做好了各种准备。国王穿上了葛罗森为他准备的那些衣服，打扮成另外的模样，跳上马背疾驰而去，很快就将罗松和杜尔荣远远地甩在了后面，他那种意气风发的神情又出现了。好几个月以来，他一直都在床上躺着，避免见到苏丹而引发自己的屈辱。他心里一直想着在土耳其召集军队跟随他返回瑞典。现在到时候了，然而跟着他的只有两名伙伴，甚至没有一个仆人。

奔驰的骏马在石头道路上发出的声音如同在逃跑一样，路边一家葡萄园的主人居然傻乎乎地打开了门。

他询问道："外面是谁在策马狂奔啊，是不是有人在追赶你们呢？如果是的话，可以到我家里来躲一躲，我们可以提供干草堆来让你们养精蓄锐。"

杜尔荣回答说："好心的老伯，谢谢你。他是一个被不忠诚的朋友和亲人追赶的官员。"国王忍不住默默地叨念着："那亲人和朋友就是瑞典子民，这也是我毕生的最后一战。"

葛罗森将那些贴着封条的鼓仔细地放在马车上，率领着大队人马马不停蹄地向斯特拉尔松城赶去。当他们抵达那里，看到路牌上写着的斯特拉尔松城的名字的时候，他如同见到了分离已久的恋人一样，心一直激动地跳个不停。这时，圣尼古拉斯教堂响起了报时的钟声，从城市里房屋中零零星星地透出的光芒可以看出，有些人还没有睡。一到吊桥，葛罗森就迫不及待地从马车上跳了下来，对着城边的守卫们高喊："国王陛下回来了吗？国王陛下他在哪儿？他回来了吗？"

这些人当然不知道。从这天开始，葛罗森每个早晨都站在城头，一直盯着远方，希望能够早一点儿看到国王的踪迹。直到过了好多天，在一个深夜时分，国王终于回到了斯特拉尔松城。第二天一大早，葛罗森就来到了国王的房间，激动得甚至没有穿鞋子。他一进来，就高声喊着："国王陛下，您终于回来了，我太爱您了！"

国王握着他的手，亲切地说："亲爱的葛罗森，不要如同小女孩一样只顾表达感情好吗？我们还有更多重要的事情。"

"不是只有小女孩才会这样打招呼，我的祖母和母亲也会如此啊。当然，我对女人的了解也仅限于此。国王陛下，我诚挚地恳请您接受我这个挚友。"国王一直微笑着，紧紧地拉着他的手。

葛罗森带来了很多文件，一边跟国王汇报其中的数据，一边还讲着他一路上遇到的浪漫故事来活跃气氛。

"那天中午我刚刚抵达斯特拉尔松城，在尼伯门的旁边有一栋光洁如玉的房子，那房子白得让人都不愿意将视线移开。就在那栋房子里，我看见窗户旁边坐着一个女人。陛下，这个数据您看错了，两千基尔德已经被划到了我的账上。没错，那个迷人的女人就坐在那个镶着白色花纹的窗户前。尽管已经一头银丝，但是头发梳得十分整齐，而且她的发型格外精致。她尽管看上去已经七十多岁了，但是娇小的脸庞依然迷人，她一定是个十分有魅力的女人。陛下，在我看来爱慕一个老女人是这个世界上最神圣高尚的事情了，没有人对她会有我这样的爱慕之心了。现在想起来，她在窗口站着的样子就好像一幅精美的旧画，或者是一张珍贵的老图片。你知道吗？我们的军队从她窗户下经过的时候，战士们都尊敬地向她挥动着手中的剑。"

国王微笑着说："葛罗森，很高兴听到你给我讲的故事。我发现我对你这样的精神病似乎越来越感兴趣了。对了，霍尔斯坦人戈尔兹马上就要来了，据说他是一位十足的绅士，温文尔雅、谈吐不凡，而且还擅长占卜，或许他可以帮帮你。"

"这个人，我曾经也向陛下您推荐过。比起他，我和费夫就自叹不如了，据说他比我们有更严重的精神病。哈哈，好了，不在这上面浪费口舌了。我这样的无能之辈在当前国家危亡之中，实在起不到太大的作用。现在对我们来说，一个强硬的外交官至关重要。霍尔斯坦人戈尔兹确实是个不错的人选。这个人据说十分勇敢而且也有颇多想法，在政务方面也很有能力，总能够用他的方法来筹集一大笔钱。不过在我看来，他这样一个人比十个葛罗森和费夫更加狡猾，因此陛下您一定要当心。现在我面临的最大困惑就是该怎样为那位尼伯门中的妇人写一份动人的情书呢？"

国王也被他那种玩笑的神情打动了，拿起一支笔塞到他手中。

"来吧，我口述，你执笔。"

国王略微沉思了一下，就开始了：

尊敬的女士：

　　我本是一个经历了多场战斗而成长起来的军人，原本不敢奢望能够得到您这样尊贵的女士的垂青，然而被您在窗口的仪态深深地打动，因此冒昧地提笔向您表达我的爱慕之情，并且衷心地渴望得到您的回复。另外，也希望您能够尽快回复，因为我很快就会接受国王的指示而再次领军出征，因此……

葛罗森一边不停地写，一边忍不住笑了起来。随后他和国王仔细地讨论了各项数据，商讨了很多国家大事，并且交流了很多戈尔兹的传闻。最后，他将那封情书拿起来仔细地叠好装进了信封里，亲吻了国王的手之后，他就下楼匆忙地赶去了尼伯门。

穆勒在随后的一天也回到了斯特拉尔松，此时他正在国王的接待大厅里和葛罗森一起操劳着各项事务。

门开了，一个仆人高声通报："乔治·海恩里奇·温·戈尔兹男爵驾到！"

戈尔兹也是一位独眼先生，此时他穿着天鹅绒礼服，佩戴着勋章，挎着剑柄镶满宝石的宝剑昂首阔步地走了进来，先后和葛罗森、穆勒握过手之后，三位独眼先生一起静静地站在那里。

戈尔兹首先说话了："跟我说说，尊敬的国王上次洗澡是什么时候。"

葛罗森回答说："让我想想，应该是去年夏天的时候了，那时候还在德莫提卡，不过后来他有时候会用凉水简单冲一下。阁下，您似乎过于关心国王了，给您一个建议——别过多讨论和干涉瑞典人的生活小事。"

戈尔兹点点头，闭上了眼睛沉思了一会儿。然后他走向了国王的房间。

葛罗森的心里泛起了一丝阴影，他压着声音对穆勒说："陛下正在和魔鬼做交易。好啦，我们还是出去逛逛吧，别在这里让自己过度操心。"

戈尔兹来到了国王面前，他问候了国王，显得十分礼貌，但是却毫无奉承之语。

他对国王说："陛下，来试试您的运气怎样。您试着往地上扔一枚硬币，如果您的运气足够好，它就会从地板上一直滚到橱柜。"

国王带着一丝疑惑的神情，从桌子上的钱包中拿出一枚达科特，然后将其随意地扔在了地上。这枚硬币打了一个滚儿，然后在屋子中央停下来了。

戈尔兹说："上帝啊，天啊。我刚刚说希望它可以滚到橱柜，没想到现在居然停在了屋子中央！"

国王忽然拿起手中的宝剑，用剑柄将那个钱包狠狠地击打了一下，里面蹦出了很多达科特，纷纷落在了地上。这些硬币就像受到惊吓的羊羔一样四处奔走，有的去到了橱柜和桌子下，有的甚至掉到了火炉旁。

戈尔兹弯下腰，对着国王深深地鞠了一个躬。

"尊敬的国王陛下，尽管我不得不承认，我并不是一个虔诚的宗教信仰者，但是每每在关键时刻，我还是会有一些迷信。一颗炮弹即使落在营帐之中，或许没有任何一个人因此受伤，但是一块涂满黄油的面包落在地上，黄油不沾灰尘则是完全不可能的。我们生活的周围，存在着很多看不见的邪恶精灵，他们就像是一只只黄蜂，单独的任何一只都不会带来太严重的后果，就像一个黄蜂叮咬了我们，只是稍微有点儿难受；但是如果大量的黄蜂一直叮咬我们，这种痛苦就会一直累积，最终变成难以承受的折磨。国王陛下，在我看来瑞典的这些让人着迷的武器就是这样的一种精灵，会为我们带来无尽的烦恼。现在的您，处在运气极为糟糕的阶段，即使只是升起旗帜，旗帜的绳索也会断开；即使您的军队只是在冰面上行走，也会导致冰面裂开而掉落水中。但是在以前，你的运气一直好极了。"

国王听着这样的话，低声地唱着：

唉，怎么可能
让一大群淘气包
只穿一只鞋呢？

"能够主宰一个人的命运的或许只有他自己。那些可恶的精灵只能够被自己驱逐。对于任何一个人来说，都应当与小人保持一定的距离，并且将他们彻底地驱除，彻底远离，因为小人的身上那种精灵最多，就好像是马身上的虱子一样密密麻麻。"

"很多瑞典的官员都在说，瑞典很快就会陷入彻底的财政危机。"

"这一点可以通过制造新的货币解决啊。钱嘛，事实上只是一种赋予了价值的债权而已。从来就没有一个缺钱的王国。"

"我的确也想过要发行新的货币，但是总觉得这不是有效的方法。作为一个国王，我不能够去做那些有损国王名誉的事情，你需要明白这一点。"

"是的，陛下，您说得没错。但是您也一定明白，强制发行新的纸币实际上只是一种向未来借款的行为，我们需要很长时间的奋斗才能够为这样的行为来偿债。如果是和平时代，这种行为当然应该毫不犹豫地摒弃，但是在目前这样的状况下，我们要想成就伟业，就不得不使用很多极端的方法，不能因为担心魔鬼就什么也不做。"

此刻国王的脑袋里面也极为迷茫，发行纸币究竟是否可行，两种态度正在他的大脑里激烈地交锋。作为国王，他从来就不知道缺钱的真正感受，也不知道钱的真正用途，他对那一切的渴望，远不及一个乞丐对一件破烂的御寒之衣的渴望来得强烈。在他的意识中，钱财除了可以用来赏赐臣民之外，似乎没有其他意义。在他看来，钱财都是大家共同所有的。但是，他也不能不想起，当他命令一些人将自己的财产交给军队时，总会有人想方设法地逃避并且满腹牢骚。一直以来，他对于这样的行为都是极为鄙视的，甚至在他看来这样的人都应当被驱除出军队，他们的脑子里只有钱。可是今天，为了复仇，他居然跟那些人一样在钱财的旋涡中苦苦挣扎。难道自己已经没有资格做国王了吗？难道自己已经不再是那个率领万千子民的国王了吗？否则，怎么会被那些自己向来藐视的金属束缚手脚？这些东西本就一文不值，在这里被叫作基尔德，换个地方又会被叫作利克斯银圆。但是它却能够颠倒黑白，给人们无穷的诱惑，可以让人为之放弃任何承诺和正义。难道要改变那些对钱财着迷的吝啬鬼是错误的吗？在国王看来，实现真正的公平公正，就应当完全废除钱的存在。

国王沉思了片刻，问戈尔兹："您需要满足什么样的条件才肯加入我们？"

"陛下，我首先保证对陛下您绝对尽职尽责。不过，我依然是一个霍尔斯坦人，所以我需要完全自主决定我的下属。此外，行政管理事务需要做出一些修改，这样能够更加易于王权的统治。军队——"

国王忽然接过了话语："在任何情况下，祖先留下的土地都是不能有任何损失的，没有任何商量的余地。我们与土地共存亡，否则我将烧毁整个瑞典，寸土不留。我并不是一个战争的狂热爱好者，但是在我还是一个少年的时候，周围的邻居们就已经磨刀霍霍了。"

戈尔兹听到国王这样说，真正地跪了下来，这也是他第一次对国王下跪。

"这个世界上，一个英雄宁死也要信守承诺，而不屑于去做那些狡黠的政治家做的事情，这往往得不到人们真正的理解。大丈夫能屈能伸，如果完全因为信守承诺而刻意回避这一问题，其实仅仅是一个懦夫。陛下身边一直有很多预言者，他们心胸并不宽广，他们总是告诉陛下各种好的征兆，但是却无视真正的灾难。现在瑞典王国正面临着这样的灾难，难以避免。当前形势下瑞典正面临着战争危机，需要庞大的军队。尽管我不是一个真正的瑞典人，但是我说出的话都是发自肺腑的。我会竭尽全力来筹集资金，也会运用发行纸币的方式来为瑞典建造不可攻破的坚实壁垒。"

"听起来真是勇气十足！"

"只有真正富有勇气的想法才能够让人热血沸腾。只有置之死地才能够真正重生。一个优秀的官员，时刻都要准备被罢官免职；一个优秀的士兵，时刻都要准备被子弹击中。就算是在最坏的情况下，可以点燃我们建造的壁垒，让熊熊烈火照亮无边的黑暗，而敌人在烈火面前只能驻足叹息。那时，我会在壁垒城墙之上迎接烈火，连同我的占卜术一起化为灰烬。在我们当地有一个很有名气的歌手卢瑟，他常常唱一首歌《酒、女人和歌》，其中我很喜欢这样的一句歌词——不爱女人、名声和权力的人，就是彻头彻尾的笨蛋。"

戈尔兹越说越兴奋，以至于都忘记了在国王面前应当将"女人"这个词语隐去。不过，国王却丝毫没有留意到这个，他被感染得有些热泪盈眶。

"发行纸币的时候，可以让我的头像出现在上面吗？"

"或许所有奥林巴斯的神都会出现在上面。"

国王沉默不语了良久，又用颤抖的声音小声问了一句："纸币上也不能够出现瑞典的武器吗？"他说这话的时候眉头紧锁，看起来颇为痛苦。

戈尔兹看到国王深陷痛苦也惊异万分，他慢慢站了起来，颤颤巍巍地来到窗边，看着外面的广场，对国王说："陛下的心情如此痛苦。您可以到这里来，看一看外面大街上的普通人，这样或许能够激发陛下内心的欢愉吧。"

"发自内心的欢愉，我已经很久很久没有过了。"

外面的广场上，到处都是卖各种点心的年轻姑娘。葛罗森正在其中穿梭，在他身后紧紧跟着那个鼓手以及那面贴了封条的鼓。

葛罗森对鼓手说："敲起你的鼓吧，让那些姑娘都过来。"

鼓手击打着鼓，鼓声吸引着好奇的姑娘们聚集了过来。葛罗森将鼓上的封条一把撕去，然后将鼓皮揭开，从里面倒出了各种各样的小东西。那都是他走之前最后一晚在德莫提卡集市上买到的。有小手帕、面纱、各种女装、小饰品、镜子、玫瑰油，还有各种各样的围巾。他拿起手帕举过头顶，开始大声地兜售起来。他高昂的额头上，大颗的汗水正一滴一滴地流下来，他希望得到首个顾客的吻，第二个顾客的拥抱，再后面的顾客就要和他跳一支舞了。

戈尔兹看到这样的情景，说道："尊敬的国王陛下，您看，上校正在将那些异教的东西出售给这些女基督教徒，他可真是一个行为怪异的人，这样的人怎么有能力来辅佐查理十二世陛下呢？"

国王挥了挥手，示意戈尔兹可以离开了，他显得有些不高兴。

"男爵先生，事实上也有人跟我说你是一个无赖，我也没有理会。至于葛罗森，我们在一起很长时间，我对他十分了解。男爵先生，你会在别人背后说坏话，我想也有可能背着我说我的坏话吧。那面鼓的秘密我早就知道，没有什么出格的东西。其实都是一些小把戏和玩具而已。如果一定因此说葛罗森浪费钱财，但至少他放在口袋里的钱我还是很放心的。现在你先退下吧，我还有事处理。"

戈尔兹有点儿尴尬地抿了抿嘴唇，从房间里走了出来。来到楼下，他向葛罗森挥手示意，让他过来有话要说。

"那个从波尔塔瓦回来的病狮子，经过了充足的休息，已经重新亮出了他锐利的爪子。先生们，准备好你们的戎装吧，秋风秋雨就要来了。"

斯特拉尔松的守卫部队奏起了军乐，这是在督促士兵们赶到防御墙边，这声音很快就被国王的部队听到了。凌晨时分，在弗兰肯门口，国王躺在石路上睡着了，他只是用帽子盖住了自己的脸。一个多小时之后，他醒了，但依然保持着那样的姿势，眼睛一直看着帽子里的黑洞。有士兵打着灯笼过来看见了他，也只能看到帽子周围的嘴唇和下巴，看上去他尽管双唇紧闭，但似乎在微笑，又觉得十分冷酷，有点儿像一幅画像。士兵们开始窃窃私语，他们认为国王是他们生平未见的大英雄。在外面，受到反对者蛊惑的当地高官，正在星光下集会并且高喊："现任瑞典国王不死，瑞典将永无出路。"

那些人喊的话语，他全部听得真真切切，但他只能装作什么也没听到。那些正在高喊让他下台的人，那些正在企盼他死亡的人，正是他曾为之拼搏的人啊。对于一个国王来说，这才是最让他心死的事情。他致力于率领瑞典人远征，穷极一生心血，但是现在人们如同对待一个用废的工具一样将他毫不留情地抛弃。此刻，他的姐夫早已经对王位窥伺已久，还有他姐姐的儿子，也是他一直格外喜爱的外甥，也正在谋求继承王位。

圣餐礼的时候到了，国王表现得格外谦逊，他甚至流出了眼泪，但是这眼泪不是因为自己遭遇的不幸，而是因为他内心所承受的痛苦，那些曾经挚爱的亲人如今已经成了敌人。对于官员的态度，他却表现出冷漠和强势，甚至在说话的时候都双拳紧握。当然，在这样的情况下，他对自己的思想也有了更加严格的控制。然而，他对于自己的外表则更加疏忽了，他走路的时候一直一瘸一拐，十几天的时间里，他都一直穿着那一件早已被尘土覆盖的衬衣。才三十出头的年纪，头上却已出现了白发。在他的内心中，他无数次告诉自己："上帝早已为我指明了道路，我只是走下去而已。"可是，当他看到衣衫单薄的老兵的时候，他就毫不犹豫地将自己的斗篷披在了他的身上。一有人提到瑞典或者瑞典人，他总是会立刻将自己的衣服扣好，保持沉默庄重。

一天，葛罗森又开始在尼伯门前面操练士兵了，那位他热恋的老妇人依然静静地坐着，这也激发了葛罗森前所未有的动力。老妇人就坐在花圃中，葛罗森挥舞着帽子，召唤着他的鼓手。

"你的鼓还没有给她打开过呢，来吧，小伙子，打开吧。把里面那双十分漂亮的鞋子拿出来，那上面还绣着金色的花呢。将那双鞋子拿出来，送给我那迷人的女士吧，并且要告诉她是葛罗森送的。好啦，这下鼓也就完全空了。"

"将军阁下，鼓里面还有一块土耳其金币。"

"真的吗？真是意外之喜呀，这是属于国王陛下的。现在我们的军队要去鲁根港，国内的反对者唆使普鲁士人和丹麦人在鲁根港登陆，想截断我们的退路，这是万万不能容忍的。你将这枚金币献给国王，并且告诉他，这是忠诚的葛罗森献上的，凝聚着葛罗森和国王多年以来一直在外漂泊的感情。希望这枚金币，在真正和平的时代能够重新铸造，到那时候，希望在这枚钱币上可以看到国王和瑞典的武器。另外，代我衷心地祝福国王。"

一切都已经准备就绪，部队要出发了。葛罗森骑着马，挥舞着手中的剑告别了那个七十岁的妇人，部队在街道上行走，他也挥手向街道两旁房屋的窗户里好奇地看着他们的女郎致意。战鼓声洪亮地响着，这是从德莫拉斯卡离开之后，发出的最为清脆的声音，经过教堂墙壁的回荡，听起来如同战场上呼啸而过的炮火一样。杜克正在和国王陛下热烈而大胆地聊着天；达尔朵夫则和巴瑟维兹一起骑着马来到了将军们中间；巴瑟维兹一直在不停地抱怨着戈尔兹；小科隆司特德则在人群中晃来晃去，一会儿跑到这里拍打着将军的肩膀，一会儿又去那儿抱住另一位将军的腰。旁边快速射击大炮正好经过，他瞥了一眼，如同是一个看到了自己的马车的车夫一样，走上前去忍不住用自己的衣襟擦拭着大炮上的螺丝钉。

小科隆司特德说："异常艰苦的战斗即将打响！国王站在瑞典土地上的那一刻，才意味着国王流亡生涯的真正终结。"

黄昏时分很快就到了，鲁根的海滩上空，秋天的风雨正在咆哮，夜晚的天空没有任何星星。战士们开始了祈祷，牧师们则在念诵着《圣经·旧约》中和复仇有关的章节。瑞典军队人数远远不足，甚至只能够找来大量的狗负责警戒工作，它们狂吠的声音即使在海浪拍岸的时候也能听得清清楚楚。

士兵们说："正是因为感受到了死亡，所以狗才会狂吠不止。"

情报表明，有超过一万的普鲁士人和丹麦人正在赶来，即将在这倾盆大雨下从这里登陆上岸。迷雾逐渐被大风一点点地吹散，月光洒在了这片大地上。凌晨三点十分，敌军也已经知道了瑞典军队正在这里固守。

很快，国王带领军队也来到了这里和罗布森会合。他扔掉自己的斗篷，面对着达尔朵夫和所有护卫们，对他们说："我们在一起已经很久了！伙伴们，只要我们能够团结一心，奋勇杀敌，什么样的灾难我们不能够去面对呢？"

葛罗森从自己胸口掏出一只黄色的手套，拿着这只手套对国王说："是啊，我们一直都在并肩战斗。在本德的时候，陛下您将这只手套给了我，在寒冷的夜晚，这只手套不仅保护了我的手，也温暖了我的内心。"

达尔朵夫将帽子一把摘下，大声喊道："如果我不幸中弹，只要我还有一口气，我就会继续为国王召唤军队，为每一个正在英勇搏杀的兄弟真诚地祈祷。我们只要能够紧紧地团结在一起，就一定能够获得最终的胜利！一块土地种植的时间长了，农夫们都明白要给它休养生息的时间，要换块土地才能播种；国家和王朝的变更也是如此啊，上帝也会做这样的安排，他让我们开疆拓土，我们就要不断地改变边界。现在不知道上帝是不是和我们站在一起。"

国王马上说："上帝一定与我们站在一起，瑞典走向分裂一定不是他想要看到的。否则，他就一定让我们全都死去。"

达尔朵夫回答说："是的，陛下，您说得对！"

战事一触即发，那些一度被国王的反对者蛊惑的地方官员，看到国王正在为了正义和祖国不懈努力，看到国王身上散发着上帝赋予的坚忍不拔和奋不顾身，也被感动了。他们来到了斯特拉尔松城门口，这时候他们喊的不再是让国王下台的口号，而是对国王的拥护和支持，对瑞典军队也纷纷表示关切和友好。

那些曾经一直在讽刺和打击国王的声音全都没有了，鼓号声消失了，旗帜也被收起来了。他们吃惊地看到国王仗剑走在军队的最前面，这支不到三千人的军队，要阻止上万敌人登陆。他们纷纷表示愿意服从国王的指示。

国王一直走到最前面才停下脚步，他对他的战士们说："敌人来得可真是迅速！他们已经建好了防御墙，前哨站也可以在月光下看到。敌人马上就要发起攻击了，准备战斗！"

话音刚落，一道火光出现在护墙前，炮弹划破夜空，战斗打响了。瑞典军队放下了防护栏，全部都站在了墙头。

科隆司特德的大炮也随即响起了，炮弹从瑞典军队的头顶飞向了敌人。炮弹激起的巨大气浪使得地面上的石头和沙子纷纷扬起，大地似乎都开始震颤了。枪炮声四起，海滩上陷入一阵混乱，尖叫声、咆哮声、喊杀声、枪炮声交织在一起，似乎一群被激怒的凶禽猛兽被赶到海滩上一样。到处火光四射，烟雾冲天，只有在很远的地方，才能看到月光照耀下的大地，那里洁白得如同雪一样。枪炮声稍稍减弱的时候，又传来那些狗的狂吠声。很快枪炮声再次激烈地响起，士兵们已经无法听到将军的命令，纷纷握紧手中的剑冲了上去，似乎这已经不再是将军们指挥的战斗，而是一场武士之间的搏杀。这是一支曾经杀遍整个欧洲大陆的军队，他们历经无数战斗，现在仅存的力量正在为了最后的尊严在瑞典南海岸奋勇厮杀。

雅各布·托尔斯滕森上校已经战死了，他的弟弟卡尔·乌尔瑞克此刻正带着士兵们奋勇冲锋，杀进敌人的战壕。他在土墙掩护下前进，跨过阿德勒菲尔德上尉的尸体，高喊："冲啊，兄弟们，勇敢地冲锋啊。我们是无畏的瑞典军人，我们是曾经的瑞典统帅的子孙，至死都不会放下手中的剑。"

国王也愤怒了，他光着头，纵身杀入了敌群中。周围四处是敌人的利刃，他热血沸腾，奋勇拼杀，丝毫没有顾及自己的安危。阿波戈少尉一直紧紧地跟在他的周围，那没了牙齿的面孔显得格外狰狞；谢伍德·托尔夫斯拉格则拼命抵挡着无数冲上来的全副武装的敌人。枪炮声依然不停，地上的泥土被纷纷激起，国王那本已褴褛的军装更是显得破烂不堪。他在人群中奋勇厮杀，他射出的子弹击中了很多敌人。这时，一个敌人用其粗糙而有力的大手一把抓住了国王的腰，他便与这名敌人开始了近身肉搏。一名丹麦军官似乎认出了他是瑞典国王，腾出手扯住了他的头发并且想迫使他放下手中的长剑，国王拔出手枪，将那个丹麦军官一枪打死。数不清的敌人又一次蜂拥而上，在炮火的掩护下，他们从两翼侧击瑞典军队，瑞典军队逐渐陷入了包围之中，但是在这样的暴风骤雨的晚上，他们依然与敌人在枪林弹雨中厮杀不止。

主将斯特朗菲尔德将自己的马给了国王，然而，很快这匹马就被子弹击中倒在了地上，国王被压在了下面。就在他挣扎着想要爬起来的时候，又一颗流弹击中了国王的胸膛，顿时，血液从他的嘴中一涌而出。他的大脑开始变得发沉，逐渐失去了知觉，倒在了地上。沙土逐渐将他的身子盖住，然而他那只握着剑的手依然将剑柄紧紧地抓着。

斯特朗菲尔德中校双手各执一剑，正在和丹麦人搏杀。他早已身负重伤，身上有三道深深的伤口，腿部的伤已经让他无法站立，但是他跪在地上依然在不停地战斗，一直到他倒在地上没有了呼吸。

科隆司特德也被敌人的炮火击中，浑身已经被鲜血染红，被抬出战场。

他一直在念叨着："今天，北方的瑞典人誓死捍卫最后的尊严。"

在他身边躺着的，是一个刚刚死去的年轻炮兵。此刻，战场上依然炮声隆隆，却依稀传来有人念祈祷词的声音。原来是军队的牧师，他一边在不停地查看那些躺下的士兵的伤势，一边在祈祷。

"战争的发起者啊，请不要像为耶罗波安家的孩子哭泣那样为我们哭泣：'野兽们会吃掉死在城里的人，猛禽们会吃掉死在战场的人，这是万能的主的安排！'尊敬的上帝啊，您为什么不告诉我们您是站在我们这边的呢？为什么不将胜利赐予浴血奋斗的我们呢？如果获得了胜利，那些战死的弟兄也能够瞑目啊。"

巴瑟维兹的尸体也已经被从战场上抬了下来，他身中两枪。达尔朵夫曾经为了保护国王而屡次出生入死，也是他带着斯莫兰的马夫们来到霍洛夫增这样的死地，此刻他也正血流不止地躺在一张斗篷上，苍白的面孔看上去已经没有了生气。战争的硝烟和炮火也照亮了明晃晃的刀剑，让人们依稀看到了对方的面庞，在这瞬间的光芒下，卫兵保穆葛藤看见了倒在地上的国王，于是便扶着他上了一匹马，返回了正在退却的军队中。

国王慢慢地醒过来了，一阵激烈的鼓声传入了他的耳朵，让他不由自主地扭过头，他看见一个鼓手正在与敌人搏杀，而他旁边的地面上，一个军官正双臂伸开躺着，他那看起来颇为高贵的头颅上盖着一顶蕾丝大帽，脖子上系着的一条围巾正在迎风飘扬，衣服周围零零星星地散落着一些银币和食物。

国王询问："那个躺着的是谁？"

李达斯大德将军回答国王说："那是我们中优秀的勇士，尽管很多人都会误解他，但他一直被上帝所怜悯。他就是国王陛下最忠诚的大臣，最亲密的伙伴——葛罗森。"

回答完之后，李达斯大德又反身杀入敌阵。没过多久，他也在厮杀中倒下了。

国王坐上了一只六桨驳船，在夜色中，在战场弥漫的硝烟中，从斯特拉尔松离开了。杜尔荣在城墙前战死了，他此前一直陪伴在国王身边，此刻他的弟弟正在船上奋力地划桨。斯特拉尔松的许多百姓也带着工具纷纷来到这里，敲打两岸的冰面，从而让国王更加顺利地离开，罗森此刻在船头一动不动地站着，仿佛是在与人们告别一样。

枪炮依然不时向驳船袭来，驳船慢慢地到达了海边，但是，原定在这里接应他们出海的瑞典船只迅雷号和强盛号却没有如约到来。驳船是无法经受住大海的风浪的，只能暂时被困在这里，于是，在两三名随从的护卫下，国王不得不登上早已抛锚停在岸边的一艘货运船。这艘船的桅杆早已被炮火熏得发黑，但是风帆上面却有很多红色的补丁。罗森告诉国王，这根桅杆表明这曾经是托登斯基尔德的船队；而迅雷号，那艘双桅的船现在还在遥远的海天相接处。国王满怀愤怒而又无可奈何地上了这艘破旧的船，上面的船员们列队迎接国王，然而他们心中都在想，这就是十四年前那个年轻气盛的国王吗？这就是那个曾经因为动情而为主教拍手的国王吗？这就是那个将帽子夹在腋下，向人民恭敬地鞠躬的国王吗？

国王登上船之后，跟船员们挥手致意。然而，当他放下手的时候，心中的愤怒早已让他拳头紧握。他怒不可遏地开口宣布了惩罚："强盛号船长处以鞭刑，迅雷号船长处以死刑！"

大风刮着海面上的浮冰到处游走，海面上的浪花不时拍打着海岸，仿佛溺水者的灵魂在不停地挣扎一样。国王就在桅杆旁边一直静静地站着，在黑暗中显得尤其孤独。如果他不是国王，他大可以转身离开，找到一个地方来躲藏，但是现在不论他躲在任何地方，敌人都可能发现他并且将他带走。他考虑要建立一支强大的海军，要建立自己率领的强大舰队。此刻，他的臣民们正迫切地希望他回家保卫自己的祖国，但是他越是接近思科纳，他就越感到如同陷入敌人的重重包围之中一样。他忽然想起卡尔伯格堡的那天早上，他趁着祖母和姐妹们还没起床，带着霍特曼偷偷地去了战场。此刻，他忽然开始恐惧看到那些熟悉的脸孔，想起骑马走在斯德哥尔摩的大街，两边满是举着火把为他欢呼和迎接他的人，他就感到不安。这些年来，有多少瑞典人为了他和自己的土地浴血奋战埋骨他乡，现在这些人中也不乏内心祈祷他早日死去的人。曾经他对这些毫无察觉，不过现在已经十分清楚。那些跟着他征战四方却无法回家的士兵们在他心中早已留下了深刻的印记，让他无法忘记，此刻瑞典子民的眼泪和祈祷早已经浸入他们的坟墓，洗刷了他们所有的罪恶，却将他们的美德传承和赞扬。甚至这些士兵已经成了人民心中的圣人，因此他绝对不会想着和敌人调解或媾和。一个战士，只有通过两种方式才能得到尊崇，或者胜利，或者战死。

终于，在一个风雨如晦的傍晚，他回到了斯堪纳。当他重新踏上这片土地的时候，他没有任何的欢呼和感叹，也没有虔诚地跪在地上，而是直接去了一块巨石旁边，那块巨石被命名为“权杖石”。这个从德莫提卡一路风尘仆仆赶来的人，在这块巨石旁的雪地上从容地躺了下来，一直静静地躺着。此刻，他早已经不记得自己是瑞典的国王。

此刻，教堂中一片寂静，没有任何声音响起；王宫中也如此，没有任何声响和灯光。几乎每一个瑞典人都静静地躺在自己的家中，听着雨打在房檐上的声音，没有人想到，他们的国王，经过了十几年传奇般的胜利和不可思议的失败之后，此刻满怀愤怒地回来了，正走在自己国家的大街上，没有人欢呼，没有人迎接。他一直坚定地往前走，不曾有过片刻回头。在他的心里，只有一个想法：复仇！那些欺骗了他的人，那些让他陷入如此窘境的人，要向他们复仇，要堂堂正正地向他们复仇。想到第二天，臣民们会因为他的回来而欢呼，为他而狂欢，他还是忍不住微笑了起来。他的愤怒来自他自信的缺乏以及亲人的背叛，所以他越来越不敢提及瑞典。此刻，他平静威严地走在这里，走在这座几乎不属于自己的城市里，他庄严的表情如同在丛林之中的牧羊人。他早已想好，对于那些反叛者，他要给予他们严厉的惩罚，他要将他们牢牢控制，但是却不将他们杀死；对于这些人，他希望能够让他们重新跟随自己，臣服自己，依然对他保持绝对的忠诚。

黎明到来了，太阳渐渐升起。农夫们纷纷来到地里开始干活了，在阳光的照射下，看到他们个个冷漠的面孔，一切似乎都是那么陌生！

"天哪，这就是瑞典吗？我都不敢相信自己的眼睛。"罗森高高地竖起自己的衣领，惊呼着。

"是大风让你的眼睛模糊了吧。"国王对他说，接着他又说，"这里的人认识我们就好了，我们能不能认出家乡不重要了。"

他找到一个农夫询问该如何去往特雷勒堡。他说他希望与伦德那些智者见一见，尤其是伟大的博尔赫姆，能够在他们的帮助下修建一条运河贯通瑞典全境。三个人如同离别多年回到故乡的陌生人一样，在街道上、篱笆间和房屋中平静地穿行。罗森终于忍不住了，摘下帽子捂住自己的脸，开始放声大哭起来。

当国王想从身上找出钱付给向导的时候，他发现自己早已身无分文。最后，只找到了葛罗森给他的那枚曾经放在鼓里面的金币，那枚曾经被葛罗森许愿希望可以在和平之时重铸的金币，那枚葛罗森从一个土耳其籍犹太人那里借到的金币。这已经是国王剩下的唯一的钱了。

国王没有丝毫犹豫，将这枚土耳其金币交给了那个为他们做向导的瑞典农民。

护卫队员艾伦思科德

　　一群破衣烂衫的瑞典士兵正在道路上艰难地前行，他们中甚至都找不出一双好的鞋子，这是一群正走在返回祖国瑞典的路途上的士兵。此刻，他们正在沿路打听各家旅馆，寻找着暂时的落脚之地。起初队伍的前面有几辆马车，上面都是一些芬兰女人，国王在土耳其将这些芬兰女人赎回来并且将她们赐给战士们。在这些女人身边，还有很多笼子，笼子里面装着恩纳曼博士在土耳其发现的变色蜥蜴。走到现在，女人们乘坐的马车早已经远远地落在了队伍后面，笼子里的蜥蜴也几乎没有活着的了。布兰德克里帕也走在队伍中，在车夫和那些被太阳烤成棕色皮肤的士兵中间，他显得那么衰弱，那么步履蹒跚，曾经骑着马意气风发的样子早已不复存在。

　　此刻，在队伍最前面走着的是一个如同乞丐一样的人。他皮肤黝黑，身体像一根竹竿一样又高又瘦，眉头深深地锁在一起，眼睛看起来倒还有些光芒，眼珠一直在不停地转动，脸上最为醒目的是咧开嘴之后露出的一口白牙，即使胡须浓密而杂乱，也无法遮住那洁白的颜色。胡须已经很久没有修剪过了，因为他没有刀具，而他穿着的衣服，或许最落魄的乞丐都未必看得上，实在是太过破烂了，他所有的财产就是手上握着的一根棍棒和一个麻袋。事实上，在他准备回国之前，也曾经想尽各种办法借钱，不过最后借到的也只是微乎其微的一点儿钱，在漫长的路途中早已用光了。大多数对他指指点点的人实际上不了解他的真实情况，他现在一直跟别人说他只是一个普通的瑞典战士，而实际上，他是国王护卫队的成员，他叫艾伦思科德。在很久以前的一个晚上，他醉酒之后将一位叫基伦斯特恩的少尉砍伤。这件事情让他的心情十分焦躁，彻夜未眠，一直在屋子里面踱步，他穿着的木屐发出的声音甚至将他的战友们全部从梦中吵醒。

到了傍晚的时候，他们找到了落脚的旅馆。早已经困乏不堪的士兵们围坐在大厅的餐桌前，只有艾伦思科德显得情绪很高，他端着酒杯在大厅中央站着，高兴地向在窗户上围观他们的那些好奇的人举杯致意。

窗外的人议论纷纷："看啊，看啊！你看那个人脸上的伤疤，还有那粗大的手，他一定经历了不少战争。他们这些人一定都是从伊力昂回来的英雄！"

后来，布兰德克里帕在院子里面散步，他那僵硬的步伐也惹来那些人的议论："你看，你看，那是他们带回来的木马吧！"

当艾伦思科德告诉大家那个人就是布兰德克里帕之后，外面坐着马车经过的贵妇人们纷纷下车，手里拿着蘸好糖的面包，这样在以后的日子里，她们可以跟自己的子孙或者邻居炫耀，布兰德克里帕曾经吃过她们亲手递上去的食物，并且一点儿不剩地全部吃光。于是艾伦思科德拍打着桌子告诉同伴们也可以用这样的方法。

同伴们开始抱怨了："你总是那么急切地想要回家，甚至都不让我们有片刻的休息。你看，现在桌子上已经摆好了饭菜，可是你却要我们出发继续赶路，我们还没有尝到一块肉呢。"

艾伦思科德听到同伴们这样说，有些生气了。第二天早上，他脱离了队伍，独自走了。

一个人赶路的艾伦思科德甚至不需要寻找路牌，也不需要向任何人问路，他一直向着北方前进，他知道这是通往家乡最为便捷的道路。这些年来，他的思乡之情日趋强烈，这些天，他每走一步就离家乡更近一步，越是近了一步，他的思念之情就更加强烈，尽管很少在口头提及，但是家乡一直是他魂牵梦萦的地方。走着走着，他会忽然停下来，双手交叉放在胸口不知所措地看着地面，片刻之后，他又会继续往前走。在雨夜的时候，他也会敲打路边的房门，并且称自己是一个正在赶路的瑞典马车夫，请求让他借宿和给点儿食物。不过大多数时候他都被拒之门外，并且屋子里面会传来咒骂的声音。如果他透过窗户，看到屋内桌子上面摆放着面包和牛奶，他就会暂时将自己军人的身份抛在脑后，他会将窗户上的玻璃打碎，甚至拆下窗户上的铅条，进入屋子去获得那些食物。每次吃完离开的时候，他还会用自己带着的棍棒将桌面上的碗碟敲个粉碎，甚至让屋子的主人认为他不是普通蟊贼，而只能出来为他开门送行。可是每当他吃饱喝足之后，想到自己作为一名优秀的军人，又为这样的行为感到后悔和耻辱。

独自行进的他比以前和他一起的大队人马更早地到达了斯特拉尔松，然而此刻这里已经成了敌占区，水面上漂荡着挂着波罗的海旗帜的舰队。经过了多次冒险的尝试，最后他来到了阿姆斯特丹，在这里找到了一条前往布胡斯的小船，在他的好说歹说之下，船主最终同意让他上船，并将他安排在一个小隔间里。他盖着船主那满是补丁的被子躺在稻草床上。

小船终于要出发了，艾伦思科德一听到锚链响起，就用他随身携带的棍子敲打着小隔间的顶棚，喊着船主："拜托，好心人，当您看到瑞典群岛的时候，一定要即时告诉我，这样我才能够提前收拾好衣服，剃好胡须。"

船主同意了。可是没等船主离开两步，他又开始敲打屋顶了，船主只能又回来听他说。

"回家，回——家。"艾伦思科德有些哽咽，他紧紧抓住船主的手，对他说："好心人，您有着丰富的阅历，时常游历远方。您能不能告诉我，为什么家总是能够让人平静呢？我还记得在土耳其，冯克因为热病不治身亡。在举行他的葬礼的时候，我担任护卫工作，可是当时的我几乎无法握住我的剑柄，也记不得接受了任何指示，因为我极度痛苦。冯克的墓碑上什么都没有，甚至连他坟墓旁边的树木都不曾摇晃！我一直在想，如果那里面躺着的是我，我永远也不会瞑目的。我会竭尽全力探出头来，祈求上帝将我的灵魂带回家。"

船主回答说："上帝会这么做的，你看上帝创造了世界，这艘船虽然弱不禁风，但是还是足以带着我们回家去的。好啦，你是陆战的勇士，可未必是好的水手，现在天气也不怎么好，你还是好好躺着休息吧。"

第二天早晨，正在舵手旁边站着的船主又听见了艾伦思科德敲打屋顶的声音。

"我现在身上软绵绵的，一点儿力气也没有，我不知道是因为肋骨下面的这颗子弹的折磨还是因为对家乡的思念，稍微动弹一下就会疼痛不已。今天黎明时分，刚刚看到一丝光亮的时候，我十分想家。"

一路上，风雨不断，小船在海浪中几乎没有片刻的平静。一天夜晚，船主来到了小隔间，他打着灯笼，灯光照在艾伦思科德身上。此刻，艾伦思科德正在稻草上面躺着，旁边放着他随身带着的那根棍棒，包袱被他当作枕头枕在头下面，他的头发早已经完全盖过了他的耳朵，他醒着。

"先生！"船主一边将灯笼挂在顶棚上面的一个挂钩上，一边对他说，"现在我们已经到达了乌德瓦拉外面的瑞典群岛，只是现在风大浪急，外面一片漆黑，我们无法靠岸，只能在海面上等待了，等天气好转的时候我们再想办法上岸。"

艾伦思科德忽然狂吼起来，震得整个隔间都嗡嗡作响，"这样吗？马上转向，我不要回家了。不要，我不回家。回家又能做什么呢？我的父亲已经不在了，他的尸骨就在卡尔马教堂，墙上还有他的灵牌；我的那些小妹妹都已经长大成人，结婚生子，正在逐渐老去，再也回不到当初的样子了，再也没有那些可爱的小妹妹了。我没有家了。"

船主听着他这样说，就准备离开，然而艾伦思科德立刻拽住了船主的衣服。

"我刚刚都是胡说八道的！"他对船主说，"好心人啊，不要惧怕风雨，我们上岸吧，就像我们一直在风雨中穿行一样。我是国王最忠诚、最勇敢的卫士，绝对不能如同懦夫一样灰溜溜地回家。"

"可是亲爱的阁下，我只有这一条船，这也是我全部的家当。而且据说这边海盗很多，十分危险，西北方向虽然有烽火，可是这很有可能就是他们在引诱我们啊。"

艾伦思科德忽然变成了一副蛮横无理的样子，他坐了起来，将一条腿搭在床沿上，一只手船主牢牢地抓住的衣袖。

　　"听着，服从军官的指示吧，一直向前。尽管现在我除了一身破烂的衣服之外身无分文，但是在卡尔马城我还有些财产。这条船一旦发生了意外，如果那些东西还在的话，我就将那些财产给你作为赔偿。"

　　船主没有理会他的请求，他觉得眼前的这个家伙一定是想回家想疯了。他心里明白，小船需要将船舵及时放下，否则随时有可能触礁。他使劲挣脱了艾伦思科德的手，连衣袖都被拽脱落了，船主只能光着膀子返回甲板。

　　忽然，小船开始剧烈地摇晃，一瞬间，所有的蜡烛都被晃倒了，小船陷入了一片黑暗之中。似乎有什么东西撞到了小船。

　　"伙计们，欢迎你们，来到瑞典群岛！"

　　"上帝啊，从小到大，我第一次一觉醒来如此开心啊！"

　　艾伦思科德听见外面传来了枪声和搏斗的声音。他将自己的包袱和棍棒拿在手中，摸索着爬到甲板上面。海面依然波涛汹涌，浪花打过来，他的衣服都湿透了。艾伦思科德在微弱的光线下发现，小船正搁浅在一片满是岩石的岛屿上，船员们正在被一群人强迫着缴械。

　　一个红胡须的家伙正在大声呵斥："把你们所有的财物都交出来吧！"说着他还拔出了枪，"那艘破船就让岸上的人们来处理吧！"

　　艾伦思科德将包袱丢了过去，紧紧地抓着自己的棍棒。

　　"都拿去吧，都给你们！我才稍微平静了一点儿。我不会惧怕你们的子弹，而且如果不是你们有枪的话，我会打得你们落花流水，我可是直接听从国王命令的官员。"

红胡须的家伙听到这些话，将枪慢慢地放了下来。

小岛上有一座灯塔，位于最高处，此刻正发出十分昏暗的灯光，一个裹着狐裘，面色土黄的年轻人正坐在灯下，两根拐杖放在他的膝盖上。远处悬崖下面，有一只小船孤零零地漂在水面上。

年轻人用他那尖锐的声音喊道："诺克罗斯，怎么还不开枪？快点儿！"

红胡子家伙回答道："这个家伙自称是王宫里的官员，要干掉他吗？为了防止他回到岸上乱说话还是干掉吧。你这个浑蛋，告诉我说，你究竟叫什么名字？看起来你穿得破烂不堪，根本就不是王宫官员穿的衣服，你是已经从王宫离开很久的人吗？拉瑟长官，你认识吗？他就在那艘船里面。记住，这位大人叫科莫多·盖腾荷蒙。"

"我叫什么名字？"艾伦思科德回答说，"你不会看我衣服上面的军衔吗？对我来说，你们做什么已经无关紧要了，在有生之年能够重新回到瑞典的土地上，我已经心满意足了。我知道，你们是杀人不眨眼的海盗，我会被你们杀死。但是无论如何，我都回家了！生命已经无足轻重了，因为我已经再次踏在瑞典的土地上了。"

盖腾荷蒙说："说得没错，那就快点儿下来吧。"他显得有些不耐烦。

艾伦思科德将自己的东西全部放在了甲板上，自己走下了船。他终于走在了瑞典的土地上，在地面上艰难地挪动着步子，似乎地面有某种力量吸住了他的脚一样。最后，他跪在了地上，将自己的双手和脸颊全部放在了悬崖峭壁上面。

"尊敬的天父啊，您的孩子感谢您，赞美您！"他喃喃地说，"流落四方的游子终于被您引领回家了，终于回家了！感谢主，荣誉属于您！”

　　艾伦思科德说完之后，盖腾荷蒙对诺克罗斯打出了手势。诺克罗斯举起枪击中了艾伦思科德的头。

　　天完全亮起来了，海盗们正在忙忙碌碌地将他们的收获往岸上搬运，艾伦思科德则抱着悬崖的石壁，静静地死去了！

教堂司事马丁·罗森格德

马斯特兰德市民聚集在广场上，他们都在十分焦躁不安地彼此讨论着，据一位渔夫传来的消息称，托登斯科德的船队正在向这里开过来，很快就会上岛控制这处要塞。

这时，教堂司事马丁·罗森格德刚好从广场穿过，他急匆匆的步伐没有因为人们的议论纷纷而有任何的放缓。和往常一样，他从这里穿过进入了教堂，尽管人越积越多，但是他没有和任何人说一句话。

人们交头接耳地说："马丁·罗森格德老了，耳朵可能已经听不清了吧。"

马丁·罗森格德则在自己心里对自己说："老马丁的记忆力可是从来都没有衰退过，一直都很好，一生中最为勇敢和快乐的时光他一直铭记着。他也从来不曾忘记巴格，尽管他已经去世五年了，但是那个带着委任状从本德来的人作为我们的老师，他的所有教导并没有因为他的死去而被我们遗忘。他虽然已经躺在了坟墓里，他的光辉虽然已经成了历史，但是永远都是我们的骄傲。时至今日，人们依然对他报以深深的怀念。双手交叉祈求上帝吧，我们的堡垒是不会被任何人夺走的。老马丁在今天这样一个周日上午，还有很多事情要去忙呢。"

就这样，他在人民的注视中走进了教堂，并且将教堂的门关了起来，满意地微笑着。他在烛台里面放好蓝色和黄色的鸢尾花，折叠好了祭台上面的桌布。年轻时候的那些回忆又慢慢地涌上了他的心头，空荡荡的教堂大厅里依稀又传来了当时那些人的说话声和吵闹声。

那天也是周日，吉尔登洛带着他的丹麦士兵前来接管这个岛屿，他命令牧师弗雷德瑞克·巴格在教堂里为他们高唱圣歌，并且用丹麦的礼仪为他们的克里斯汀国王以及刚刚获胜的军队祈祷。当时，吉尔登洛带领着一些军官高傲地坐在那里，过道里到处都是丹麦士兵，他们穿着亮闪闪的军装，被夹杂在其中的马丁牧师的长袍则显得十分暗淡，格外破旧。教堂外面，很多瑞典男女木然地盯着远方，透过打开的教堂窗户，他们看见教堂里面马丁牧师的脸在阳光照射之下显得格外苍白。

他用比以往更加清晰的声音满怀激情地吟诵着。赞美诗结束后，他走上了讲坛，要开始祈祷了。旁边的吉尔登洛轻轻地跟他说："马丁，你要记住，你要为我们祈祷！"

马丁先用他那激情澎湃的声音宣讲了人们对于胜利的渴望，他的感情甚至让教堂中那些肃穆的士兵也被感染得热泪盈眶。他双手高举过头，开始祈祷了，那是为瑞典国王的祈祷。

吉尔登洛愤怒了，他从凳子上一跃而起。顿时，教堂里面响起了各种喧嚣声，有各种诅咒和呵斥的声音，有武器、马刺撞击的声音，也有搏斗的声音。然而，在这喧嚣声中，马丁牧师那平静的祈祷声音却一直没有停止。

丹麦士兵们纷纷拥上讲坛，将马丁架住拖了下来，但是他依然清晰地将祈祷词全部念完。

吉尔登洛怒吼道："你最后还有什么想说的吗？等待你的只有死亡或者终身监禁。"

"我还想说几句话！"

丹麦士兵们停下了纷乱的脚步，远处的瑞典人也停止了哭泣，纷纷看着他。

马丁牧师又开始了平静的祈祷，为瑞典军队，为所有忠诚的瑞典人，为瑞典的和平，为瑞典获得最后的胜利。只有瑞典人获得了最后的胜利，才能够赶走敌人，才能得到真正的和平。

吉尔登洛的愤怒已经不可遏制了，他向讲坛前进了几步，对着手下的士兵们挥了挥手。

他说："将手铐给我拿过来！"

两名士兵走出了教堂，将外面高脚凳上的手铐拖了进来，手铐与地面相碰撞发出让人心惊的"咔嚓咔嚓"的声音。吉尔登洛目不转睛地盯着马丁牧师。

"我知道，你一直都是一个备受尊敬的牧师，刚才你的所作所为我可以理解为是一时的激愤，只要你现在改变主意，我可以再给你最后一次机会。考虑清楚，你有家人，有房子，如果你依然执迷不悟的话，你将永远得不到自由。好好想想吧，我给你时间。士兵们，将他放开，让他回到讲坛上去吧！还有那些此刻正坐在长椅上的瑞典听众，我对他说的也是对你们说的，都好好考虑考虑吧。"

马丁牧师镇定地将自己的披风整理了一下，似乎要回到讲坛上去一样。然而他转过身来，面对着教堂里的所有人。

"我非常真诚地说，我确实需要忏悔，在这里说就可以了，不需要在讲坛上。"

吉尔登洛推开身边的军官和士兵们，又坐到了自己的座位上，手一直抓着自己的剑柄并且不耐烦地用手指反复敲打着。教堂中所有的人都站了起来。

"我忏悔！"他缓慢地说着，"我将那些发自内心的祈祷埋藏了太久太久。"

接着，他又开始祈祷了，为了庄稼和天气，为河面上的船只和路地上的车马，为这片即使他将身陷囹圄也依然热爱的瑞典土地。

士兵们恍然大悟，他们将手铐戴在马丁牧师的手上，拔出剑，将他带出了教堂，一直送到堡垒。然而，在这个过程中，马丁牧师没有片刻停止他的祈祷。

沙 皇

　　星光闪烁下的冬夜，容易让孤独的人产生很多无缘由的悲伤。此刻，头戴王冠意气风发的沙皇，正被前呼后拥的随从们抬着，从莫斯科街道上穿过。然而，凡是他经过的地方，除了随从们在欢呼之外，其余的人大多数陷入沉默。等到沙皇经过之后，人们就开始交头接耳起来，纷纷抱怨着沙皇的种种举措，表达着自己的不满。他们觉得政府正日趋腐败，他们认为现行的法律太过严苛。柜台前，商人们彼此在诉说这不断的战争让商旅日趋艰难；农奴们除了能够在脸上表现出痛苦的神情之外，只能用力拉扯着大衣将自己尽量包裹，将他们那剪掉胡须的脸庞也尽量遮蔽起来。只要没有第三个人听到，人们总会对沙皇报以诅咒。牧师们之间抱怨沙皇在斋日也会吃肉，沙皇崇拜的是罗马的神而不是基督。波维亚人抱怨沙皇让他们夜以继日地干活来重建俄罗斯，使他们没有片刻的休息。他们私下说，沙皇一定是疯掉了，他几乎不会停下来安静一会儿，他不是在严格地训练他的军队，就是在严密地观察有没有人对他动了不好的心思，他会如同医生一样给人看病，也会像鞋匠一样做鞋子，像船工一样造船，像玉石工人一样打磨玉石，甚至他会砍下别人的脑袋，如同一个真正的刽子手那样。人们常常在辛苦一天之后吃饭的时候，还看见他来到乐手之间，用十分娴熟的手法敲起鼓来。

夜幕降临，天空中的星星也渐渐地多起来了。在一间穹形屋顶，墙壁五颜六色的房间里，沙皇的儿子阿列克谢正在里面坐着。此刻，他正在写信，周围摆满了各种虔诚圣徒的宗教书籍，这封信是写给他红头发的芬兰仆人阿弗罗辛尼亚的。他写着写着就写不下去了，因为他想到沙皇刚刚将他的继承权和剑收回了，这样的烦心事让他停住了手中的笔。此刻他正穿着沙皇曾经穿过的笔挺的皮大衣和镶着宝石的靴子，陷入了无穷的想象之中。他想象着自己来到安静的古堡里和智慧的修道士们一起认真地端详着王室金匠们的作品，并且热烈地交谈；他想象着自己在教堂的地下室接受上帝的洗礼；他想象着自己和波维亚人一起在夜晚尽情狂欢，他们为自己欢呼，感谢上帝；他想象着曾经的俄罗斯，人们总是早睡晚起。想到这些，他不住地觉得自己热血沸腾。

忽然，房间的门被打开了，阿列克谢以为是仆人进来了，因此并没有停止他的想象，一直坐在那里。逐渐从走廊传来了多人的脚步声以及彼此之间交谈的声音，他才转过头去看了看，原来是他的父亲以及晚上宴会邀请的客人们一起到来了。仆人们早已为他们摆好了桌子，桌上的烛台中也点燃了蜡烛，一眼望去那蜡烛就像馒头一样。对于这些宴会阿列克谢总是十分抗拒，他总是想方设法躲开宴会，躲开自己的父亲，他曾经用服药的方式来装病，也曾经带着仆人阿弗罗辛尼亚去南方那不勒斯的葡萄园，他这么做只是因为他不愿意见到自己的沙皇父亲。然而此刻，父亲正拄着手杖指着自己。

"阿列克谢，"沙皇喊，"你过来，坐在我的对面，今天晚上，你是这里的主人。"

所有人都在桌子旁边坐好了，沙皇拿出一个音乐盒，递给了邻座，对大家说："我们一起来传着听一听吧！王子和达官显贵们在一起玩这个怕是闻所未闻吧。"

大家兴高采烈地依次传递起来，直到音乐盒传到了维亚塞姆斯基副官的手中。维亚塞姆斯基副官非常年轻，也不懂太多人情世故，此刻他的脸色略微有些苍白，拿着音乐盒的手高高地举着，目不转睛地盯着沙皇。他是在座所有人中最被沙皇宠爱的人，然而今晚有人禀报沙皇他正在密谋作乱，所以沙皇想试探他一下。他保持着如同伊凡大帝一样威严的神态，却带着十分温和的笑声对他说："维亚塞姆斯基，亲爱的孩子，现在整个国家的人都在诅咒我，有人对我说你对我不够忠诚，但是我依然以圣父圣子圣灵的名义告诉你，我对你报以完全的信任。现在，如果你认为那是对你的污蔑，就离开这里吧！我也没有奢望你做出更多，只是想了解实情，所以我也会非常感谢你能坦诚以待！"

维亚塞姆斯基缓缓地站了起来，将坐的椅子移开并且跪在地上，他的眼睛一直盯着蜡烛的光，低着头小声地说："我的手有些脏了，我得去洗一洗。"

沙皇似乎有些失望，看着他离去的背影。

"他已经不是以前的那个人了，他变了。"

说着，他将自己前面的空酒杯举了起来。这时，穿着蓝色礼服的皇后也走了进来，她整整一天都在仔细地观察着沙皇，此刻她在桌子旁的空座上坐了下来。沙皇将手放在皇后的胳膊上，对阿列克谢说：

"你为什么不将自己的酒杯倒满，向我们敬酒呢？对，就是这样，很好再来一次！再来一次！很好！坐下，坐下！不，别人都坐着，你应该站着才对，你要站起来回应对方，这样才对。那些学者不是已经把你视为这个国家的未来了吗？"

阿列克谢在桌子的那一头惶恐地站着，紧张得直哆嗦。他那本就十分枯瘦的脸紧紧地挤成一团，显得更加苍老。这一切在沙皇看来，只能说明这个家伙还远远没有长大。他一直在不停地追问一个又一个问题，阿列克谢不敢有丝毫回应，只是将自己长长的蕾丝围巾紧紧地捏在手中。

"你就如此厌恶我，厌恶你的父亲吗？你的内心是不是一直希望我早点儿死去，从而可以将我辛辛苦苦建立的王国全部推翻吗？你的教父真的怂恿你这样做来使人民获得解放吗？这个世界上的英雄远远不止抛头颅洒热血那么简单。我也愿意为任何人来奉献自己，可是又有谁敢确定自己代表着上帝，自己的路才是最正确的选择呢？或许今天你们觉得这个流淌着我的血液的家伙是你们的救星，可是到了某一天你们会因为他的愚蠢而失望得无以复加。现在我还活着，还能够制约他。卡特琳努什卡，为什么大家都会误解我呢？"

沙皇闭上了眼睛，将头埋在皇后的手臂里，发出带着哭腔的笑声。桌上的宾客纷纷站了起来，走到皇后身边关切地注视着沙皇。沙皇的声音充满了阴郁，这是只有在最偏僻的农村小屋里才会听到的笑声。他们明白，正是因为对他们的失望和不满才让沙皇发出这样的声音，因此他们个个都心惊胆战地站在旁边等待着沙皇的下一步反应。

"卡特琳努什卡，我知道，在欧洲的各个地方，那些记录历史的人都将我看成一个傻瓜。真正理解我的人几乎不存在。当然还有另外那个一样不被理解的人，此刻他正带领着他的瑞典军队在挪威山脉中艰难地前行。真是难以置信啊，我和他是两个完全不同的人，却得到了相同的结果。维亚塞姆斯基怎么还没有回来？你们在座的所有人，有没有人能诚实地告诉我他对我是不是忠诚，希望你们坦诚地告诉我。"

说着，他抬起了头，带着笑容的脸早已布满泪痕。皇后温柔地为沙皇轻抚着头发，用哽咽的声音轻轻地唱起了一首民歌：

那些总是有很多随从和卫兵跟随的伟人啊
和那些荒郊野外的乞丐一样无依无靠
只有那些听着穷苦人音乐入眠的人
才是最真诚的，才能够得到天使庇护

"维亚塞姆斯基，就是一个胆小的懦夫吧。或许现在他正在外面惶恐不安，他怎么敢背叛沙皇呢？"

门什科夫站了起来，他对沙皇说：

"陛下，很久以前，我还是一个糖果店小伙计。那时候我常常在莫斯科的大街上疯跑；在那个时候，我总能够讲出各种笑话让您开心，我能够编出各种各样的故事，让您感觉到各种邪恶的东西都臣服于您和您的下属。现在，陛下和我都一样，我们都不再年轻了，但是，我依然是您最忠诚的奴仆，会一直严格地执行您的指示。"

门什科夫向房间外面走去，沙皇在后面喊道："维亚塞姆斯基怎么还没有回来？他说他手脏了，真的就那么脏吗？洗个手要这么长时间？我倒想看看那水究竟脏成什么样子了。"

门什科夫回来了，他端着一个盆，里面是像葡萄酒一样通红的水。

"维亚塞姆斯基死了，他是用自己的血来洗他肮脏的手的。"

沙皇又一次将头埋在了皇后的胳膊里，痛苦地闭上了眼睛。皇后又一次用手指帮他抚弄头发的时候，听到他在喃喃地说："他并不忠诚，他惧怕我，怕我杀死他，亲爱的卡特琳努什卡。"

英吉布瑞特嬷嬷

在一个屋子里，一个女人正孤独地坐在那里，对着膝盖上摆放着的一张遗照发呆。她双手摊开在照片上，用瘦骨嶙峋的手指抚摩着照片上的那张脸，那双手早已冻得发紫了。照片上的人是已经亡故的牧师，女人是牧师的妻子。这一天是圣诞夜。女人穿着的上衣是牧师曾经的外套改做的，她头上盖着的一条方巾，那也是牧师活着的时候曾经用过的。牧师的妻子身材高高瘦瘦的，但人们对她的评价并不好，总是说她贪婪而且刻薄。在以前生活还比较富裕的时候，她都从来不舍得在家里点上几根牛油蜡烛。她对仆人们也十分苛刻，常常在半夜三更的时候，将仆人们叫起来，让他们借着壁炉里面微弱的灯光开始干活，每当这个时候，仆人们总是一边打着哈欠，一边牢骚满腹；甚至她让她的仆人们在牛棚和马厩之间的那段小道上必须将木屐挂在脖子上，只能够打赤脚走路，这样就能够让他们在礼拜的时候穿上干净的鞋子了。对于那些犯了错误又被她撞见的人，她一定毫不犹豫地去举报，从而让对方受到处罚。

已经是傍晚时分了，她还在屋子里面静静地坐着，她的眼睛透过屋子的窗户，目不转睛地注视着不远处盖着木瓦的教堂以及尖塔。这时候在她的旁边站着一个男人，他是附近磨坊的磨坊主，叫特卢森，这个家伙的脸上常常挂着和蔼的微笑，加上他总是通红的脸庞以及浓密而卷曲的头发，让人总觉得他十分可亲。

　　女人略微有些紧张地问："你认为他会来吗？我现在只剩下这一个仆人了，三天前他说要搬家到城里，从那以后就再也没有回来。已经足足三天了，这样的行为足以让他受到严惩。真希望周一他就被人从旅馆里面逮出来，然后按照政府最新的通告抓他去参军。"

　　特卢森温和而友好地对她说："英吉布瑞特嬷嬷，别总是那么多的抱怨，上帝创造了世界，就有不幸和幸福，而且本质上来说它们也没有太大的区别。你家里面常常笼罩着一种悲伤的情绪，这样实在很糟糕，所以我才到这来陪你。我的主人苏普，那个家伙就是一个慷慨的好人。我刚才去他那里，他就在大厅的桌子旁边静静地站着，来计算他这一年缴纳的赋税。进口丝绸缴税六百银币，蕾丝缴税六十银币，貂皮大衣缴税四十银币，各种专用服装缴税二十银币，还有茶和咖啡四个银币，烟草、旅行必备的一些东西，还有其他一些可有可无的东西七七八八加起来缴税四十银币。此外，还有铁也是要无偿上缴的，他全部都已经准备就绪，他现在也仅仅只有三个仆人来帮他打理铁匠铺了！可是他依然和以前一样，就像什么事情也没有发生，将那些印着戈尔兹的纸币一张张地从钱包里面掏出来。而英吉布瑞特嬷嬷，大家都觉得，你对所有的东西都那么贪婪和吝啬。"

　　英吉布瑞特又开始抱怨了："只有穷苦之人才每件事情都要算

计，才要勤俭节约。说我贪婪吝啬，我也不是一概而论对所有人都这样啊。从十一月以来，我们一直在吃树皮，甚至我的丈夫韦博留斯都要像一个普通农夫一样去种地，最后被活活累死了，我可怜的丈夫啊！可是现在呢？一磅糖五银币都买不到，一桶鲱鱼居然要花费五十银币，连盐的价格都飞涨到一百银币了。圣诞节到了，我甚至连点蜡烛的牛油都拿不出来，教堂里没有了司事，也不会有牧师在讲坛为大家祈祷了。那个仆人如果真的不再回来，我可真的过不下去了。没有男人，这个家有太多的活儿就没法干了，现在连马儿都被用来拖行李了。万能的上帝啊，求您一定要仁慈一点儿，让他回来吧。"

说着说着，她的身体开始瑟瑟发抖，她有点儿不知所措地将自己的脸往窗户前凑了凑，似乎想看得更远一点儿。

特卢森忽然说："你听，他好像回来了，有脚步声从外面传过来。"

很快地，声音越来越大，有一群人过来了，他们推开了门。前面是几个士兵，穿着破烂不堪的军装，跟在他们后面的是一群乞丐一样的人，腿上绑着羊皮，个个骨瘦如柴，那黝黑的面孔一看就知道是长期以食树皮为生的，因此早已经变形憔悴。他们中大多数是年轻男子，也有几个看上去是还未成年的孩子。她很快就发现她的仆人走在最后一排，马上意识到他已经被抓去当兵了，现在只是和那些人一起过来而已。

一个士兵一边不断搓动着双手并往手上哈气，一边呵斥着："快点儿忙活起来啊，我们还有很多事情呢！"

英吉布瑞特有些茫然地站在那里，没有挪动一步，"没有什么忙的事情啊，真的。"

"家里能吃的东西都给我们拿出来，我们已经在蒂山森林中的农场里面转悠了七八个小时都没有吃东西了。"

士兵们拿着武器和马刺开始在屋子里面翻腾，他们一边寻找一边低声说着话，屋子里面叮叮当当地响个不停。英吉布瑞特也没有制止他们，只是有些无奈地在屋子里面转来转去，双手也有些不知道该放在哪儿似的一直在围裙上擦着。她瞟了一眼他的仆人，看到他一直站着，没有去翻腾东西，只是不停地抓耳挠腮。

终于，他低下了头，用很轻的声音说："嬷嬷，你总是那么苛刻而吝啬。去年夏天，我曾经将四块黑面包偷偷地藏在门廊后面的橱柜里面。现在尽管您看着我，我还是要把那些东西拿出来分给他们，我们这些快要饿死的人已经饥不择食了。"

士兵们吵闹着从英吉布瑞特的腰上将钥匙一把抢过来，很快打开了橱柜和抽屉，那里有英吉布瑞特偷偷保存下来的很多食物。士兵们拿出一块火腿，吵吵嚷嚷着给火腿解冻，他们发现那块火腿上有很多被冻僵的蛆。

特卢森用他那平静友好的声音对士兵们喊道："好心人啊，你们看看，肉里的蛆都被严寒杀死了，我们国家当前遭受的不幸也应当能够让我们心灵中的蛆虫无法生存才对呀。"

特卢森说这些话的时候，眼睛一直看着英吉布瑞特，似乎在告诉她这些话只是说给她听的一样。然而英吉布瑞特却不想再听下去，甚至有马上打断他的冲动。

特卢森站在屋子中央，背对着火，面对着英吉布瑞特，交叉双手，用那种牧师布道一样的音调缓缓地继续说着：

"先生们，安静一下。我们要吃掉这些东西，还是应该先向上帝祈祷吧。上帝给我们这样一个悲惨的夜晚，只是为了要让我们经受一次考验，用我们的善良来让我们变得更加优秀。只要经过了这样的考验，即使一贫如洗的人也会比那些安享荣华的人更加高贵。"

英吉布瑞特什么也没有说，她走到那已经被打开的柜子旁边，将不停地摆弄里面的杯子，这样杯子发出的声音就能够让她听不到特卢森的话了。最后，她又来到特卢森旁边。

"特卢森，你实在是过于善良了——"

"嬷嬷，你实在是吝啬得不像话了。现在这些食物可全部都是我们的了。"

士兵们靠前站着，每个人都将双手交叉着放在胸前。

特卢森看着英吉布瑞特，思索了一会儿，又开口了："万能的天父——"

英吉布瑞特的心里又觉得无比烦躁了，她开始浑身发抖，不由自主地想转身离开，但是特卢森却抱住了她的肩膀，轻轻地将她的身体扳过来面对着他，她开始粗重地喘气了。特卢森继续说下去了："请为我们提供每天的食物。"

英吉布瑞特终于忍受不了了，她咆哮道："不要再说下去了！"

"什么？我不应该向上帝祷告吗？"

"不，今天不行。你可以明天再祷告。"

英吉布瑞特将特卢森的胳膊死死地拽住，拖着他向门口走去："你说我吝啬苛刻？"她发出咬牙切齿的声音，这声音似乎是从内心最深处发出的。

"没错。"

"你说，经历了这样的考验，我们的善良会让我们变得更加高贵？"

"是的。"

英吉布瑞特用低沉的声音说道："好吧，来吧。"于是，两个人一起出了房门，走进了寒夜中。

严寒让地面变得坚硬无比，夜晚十分安静，听不见任何牛马的叫声，也没有任何鸟儿的声音，漆黑的夜晚也没有几颗星星闪耀。寒风呼啸而过，越发寒冷并且吹得让人几乎无法站立，他们只能紧紧地贴墙走，等到了森林里面，只能一棵一棵地抱住杉树艰难前行。

特卢森想，她一定是受了太大的惊吓，所以现在已经没有理智了吧。看着她在前面走着，他将手放在嘴边，呼喊着她的名字。然而，她依然在风雪中目视前方，丝毫没有回头，一直往前走，似乎根本就没有听到他的声音。特卢森有些害怕了，他甚至觉得英吉布瑞特是不是想要自杀，他甚至都想转身独自离开了，可是一想到将一个女人丢在荒郊野外，他又开始为有这样的想法而自责起来，因为他自己离开的话，可能很快她就会被狼吃掉。

凛冽的寒风加上极度的不安，让特卢森的身体从里到外都变得冰凉，他想快走几步追上她，抱着她的腰将她带回去。很快他发现，他们走到了一处荒废已久的房子前面，房子以前的主人在一场瘟疫中死去，他的儿子也死在了战场上。此刻，房子的门敞开着，外面寒风呼啸、雪花纷飞，屋子里面也积着厚厚的雪，窗户上残存的玻璃映照着雪光，特卢森觉得有点儿毛骨悚然，他不由得站住了。

在屋子外，有一个看上去更加恐怖的怪物站立着，好像是一个男人，浑身上下裹着灰皮大衣，头上戴着一顶被雪覆盖的高高的帽子。难道是房子的主人回来了？是那个在瘟疫中死去的男人，他从自己的坟墓中回到自己曾经的家里来过圣诞节？他活着的时候，尤其是在查理十一世时期，他的家里常常充满欢声笑语。

特卢森紧张极了，甚至觉得有些窒息。他鼓起勇气蹲下去，更加清楚地看了看那个东西，原来只是一只麋鹿，早已经被冻僵了。或许在很久以前，它在某个寒冷的冬夜曾经在这个屋子外面取暖，然而这次当它又来到这个曾经温暖的地方躲避寒冷的时候，这座房子早已没有了主人，床上无人安睡，壁炉也变得冰凉，窗户也不再有温暖的光芒散发出来。

特卢森嘀咕着："上帝保佑，这种时候不只是人在受苦受难，连野兽也不能幸免。"

走在前面的英吉布瑞特丝毫没有留意他说过的任何话，她一直走到了屋子里面，似乎推开了地上的几块木板。这时，特卢森看见有一个很大的箱子放在房子里。箱子很大，大约有一只手臂的长度，两只手臂的高度。蓝色的箱子上面还刻着很多白色花纹做装饰，有的是波浪形，有的是树叶形，箱子的两边都有铁手柄。

英吉布瑞特一直站在箱子旁边，丝毫没有去关注那早已无人使用的大床和空空的壁龛，直到特卢森懵懵懂懂地站在了她的身后。英吉布瑞特伸手抓住一侧的手柄，一直都没想明白她究竟要干什么的特卢森这时好像有点儿懂了，他也抓起另外一侧的手柄。于是，他们就这样抬着箱子，仔细留意着周围，直到将这个箱子带回了英吉布瑞特的家里，最后，他们将这个箱子放在了教堂走廊里面。

英吉布瑞特嬷嬷吩咐道："你去我的房子里，明天那些客人再过来的话，你就是那里的主人，随意招待他们就好了。现在我要在这箱子旁边待着，我会好好思考一下。当明天大家来到这里的时候，带领大家来做圣诞祷告的人，我想上帝自然会选择我。"

特卢森按照她说的那样，从院子里穿过回到牧师的房子里。在他的心里，他一直在说："她一定是疯了，发生的不幸摧毁了她，明天要带她去看看医生了。"

第二天早上，天气好转了，风雪逐渐停下来了。然而，往常都会响起的钟声今天却没有了，道路上行人也很稀少，尤其富人们的马车几乎都看不见。一眼望上去，一英里范围内除昏暗、破旧和阴沉外，什么声音也没有，到处都是一片死一般的宁静。每栋房子里面几乎都没有人。教堂前面的道路上，人们举着火把行走在路旁的树木中间，只有稀稀拉拉的几个女人和衰弱得只能拄着拐杖的老者。来教堂做礼拜的也就这些人了，几乎没有男人。事实上，这个时候在坟墓里躺着的人远远多过祭祀他们的人，这个圣诞节大概是有史以来最为寂静的一个吧。

来做礼拜的人们，在教堂门口用沾满雪的鞋子将火把踩灭，走了进来。他们看到英吉布瑞特一个人孤独地坐着，她坐在一个箱子上，双手支撑着头，呆呆地一句话也不说，甚至当他们从她身边走过和她礼貌性地问候时，她也没有任何回答，这一切让人们觉得她越发令人厌恶了。

牧师屋子里面的那些客人，此时也纷纷从床上爬起来，走出屋子。没有钟声响起，因为教堂的大钟现在已经成了一堆废铁，早已被扔在狄特马的一片沼泽里面。教堂里面没有司事，只有一个女佣代行其责，此刻正等候在门口，也没有牧师走上讲坛开始布道。

英吉布瑞特嬷嬷忽然站了起来，将自己额头上的头发随意地用手指抿了抿。教堂里面十分昏暗，几乎什么也看不见。英吉布瑞特摸索着墙壁，站在门边上。抬眼望去，除了雪光映照下的祭台上的铜烛台隐隐约约地发光之外，其他的任何东西都看不见。

英吉布瑞特用平静的话语说："昨天，我们祈祷最后说道：'请为我们提供每天的食物，上帝宽恕我吧。'"

恰在这个时候，一个男孩举着一个火把来到了教堂门口，那微弱的光芒不仅让人们看到了男孩面黄肌瘦的脸，也让人们看见了英吉布瑞特以及那个箱子。借着这微弱的光芒，她跪在走廊上，将箱子打开了。

她继续说道："只有磨难才会换来奇迹。"对于看到她的这些人来说，此刻门边的那缕光芒远远要比数百只蜡烛显得更加耀眼。

那个仆人和他那些穷困潦倒的伙伴每人都得到了英吉布瑞特给的六个银杯子和银勺子。她还拿出了四个装满菲亚特硬币的包裹，每个人又得到了一笔钱，以及英吉布瑞特放在他们围裙里的食物和财物。之后，箱子里面什么都没有了，那缕微弱的光芒也终于看不见了。

士兵托尔·奥瑞森

　　政府的募兵工作一直在热火朝天地开展着，人们被聚集在一起，负责征兵的官员为每个志愿参军的人发放补助，骑兵可以获得五十银币，步兵获得一百银币。有的人为了躲避参军，不惜砍掉自己的手指头，但是这样的自残行为一旦被发现，将会被处以二十鞭的刑罚，或者会被发配到马斯特兰德从事终生劳作。逃兵跑得到处都是，他们聚集起来四处逃亡，甚至打家劫舍。在乡村，农夫们如果听见逃兵的声音，纷纷锁好家门，藏身于干草堆里，或者带着家人和牲畜跑到荒郊野外躲避；在斯德哥尔摩，大臣们也只敢躲在家里，因为一旦出门被逃兵遇上，就会受到折磨。抓捕逃兵的巡警和禁卫军们在港口和大街上巡逻，挨家挨户地搜查，连农民的地窖和储物室也不放过，甚至会将里面的东西全部毁坏。城市的街道上几乎看不到人，甚至大白天都会有狼群出没。商铺里没有货物，磨坊里没有粮食，也没有人在里边劳作。整个国家都没有快乐的声音，更不要说有人能够在寒冬的夜晚依偎在火炉旁惬意地打着瞌睡了。

随时都会响起的警报声，总是让人们觉得心惊肉跳。在教堂里，或者私下里，人们都说是上帝正在督促他们殉道，国王也如同普通一兵一样正在自残，在不久的将来，随着他的死去，灾难就会慢慢远去，和平与幸福就会降临。时光一天天地过去，人们日复一日地祈祷，期盼春天早日来临。在这样的恐惧之下，很多人都无心劳作，只是陷入迷茫的等待之中。越来越多的人走向死亡，甚至有一天一位斯德哥尔摩的议员也在抱怨，他已经无法承受丧服和葬礼所需要的开支了。据说，有一天早上，为戈尔兹添火的仆人发现，戈尔兹也是彻夜未眠。整个瑞典陷入了极大的困境之中，斯德哥尔摩已经沦为了一片废墟，人们的抱怨最终也演变成了一种无言的沉默，和平与幸福是这些人们心中最热切的期盼，似乎像一颗流星一样划过人们的心头。据某些天才预言家说，这样的梦想要等到上千年之后才能够真正变成现实。

　　在乌普萨拉，有一位乞丐叫托尔·奥瑞森，他很有学问，精通瑞典语和拉丁语，甚至在一些红白喜事上能够即兴作诗，他曾经希望自己能够成为一名教士，然而最终还是在赌博和打架之中沉沦了。他有着很大的块头，但是力气却很小，尤其是四肢十分纤弱无力。他几乎没有胡须，无论饿了多久，脸上总是那么红润。他是一个几乎没有任何伤害性的人，只要能够睡到自然醒，然后爬起来随心所欲地做他想到的事情。他从来没有与其他人发生过冲突，这也让他的朋友认为他是一个黑白不分的家伙。

　　又是一个天气不错的周日，征兵的官员们又在外面大喊大叫了，他们也会闯入任何一个地方寻找合适的人选。听到这样的声音，托尔·奥瑞森拿起一本拉丁语法书，坐在教堂的凳子上，一本正经地看了起来，尽管事实上他都没有翻开那本书，只是一直盯着空白的封面，然而，征兵官员们拿着铁链闯进来之后，却如同看不见他一样。他将书翻开，并且愉快地唱起了歌，尽管他一眼看上去就是那种最符合政府征兵要求的人，可是征兵官员们还是视若无睹地从他身边走出去了。

但是，他忽然想到自己的祖辈们用鲜血和生命去创造、守卫和呵护的这片土地，现在却战乱频频、瘟疫横行，这还是那个被他们视若珍宝的瑞典吗？这还是那个得到北方各国共同爱戴和尊敬的瑞典王国吗？忽然，他心里涌出了一个想法，他应该改变自己的生活方式，他想背起行囊四处走走，看看这片土地现在究竟是什么样子。于是，他毫不犹豫地出发了。在路上，他看见那些被强迫运送粮食到遥远的挪威以及更远的耶姆特兰雅普的农民苦不堪言；他看见在道路两旁到处都是损毁的马车以及死去的马匹；在森林里，他看见很多流浪者聚集在已经废弃的房子里面，他们个个衣衫褴褛、面容憔悴，他忍不住在他们的靴子里面放了一些钱；在集市上，他看到农民们将自己家中的床、各种家具以及牲畜全部都拿去卖了，他们大声叫卖才能换得一点点钱；在富人们的厨房中，他听到仆人们在四下讨论因为戈尔兹发布了命令要求所有人将金钱和贵重金属全部上缴国家来换取新的纸币，这样国王就能够将所有人的钱全部握在手中，所以他们的主人纷纷将各种银器全部埋在了地下。托尔·奥瑞森甚至发现，在斯德哥尔摩的王宫中，王妃也几乎没有任何银饰和器皿，国王都在使用铁皮碗吃饭。他还在那些流向大海的河流中看到，到处都漂浮着散架的车轮和拆下来的门板。他还认识了一个老铁匠，因为年事已高且体弱多病，所以才没有被要求去当兵，留在了铁匠铺里，不过铁匠铺也已经荒废已久了。老铁匠告诉他，现在所有来锻造铁器的人，最后得到的铁器都是要上缴国家的，而且不会得到任何纸币。他也在一个牧师家里有过短暂停留，因为他对拉丁语和《圣经》都十分熟悉，所以牧师对他十分尊敬，乐意和他一直谈天说地，甚至有时候他们会彻夜长谈。苍老的牧师跟他说，尽管现在政府秩序十分混乱，但是却不能没有政府，否则国家就会陷入瘫痪。老牧师也跟他聊起他是怎样将《圣经》以及法袍典当，换到一点点淡啤酒解馋的。他在政府机构里面，也曾经听到官员们在讨论教育经费的拨付以及为穷人提供救济，也谈到了银行相关的问题；他看到即使没有纸和笔，官员们也依然在坚持办公，只是他们依然固执地保持他们的绅士风度不愿意用手指蘸着墨水在椅子上写写画画。

就这样，托尔·奥瑞森一直在游荡，从一个地方到另外一个地方。邮差似乎都被要求参军去了，于是很多旅馆的老板只能被迫担负起信件收发的工作。所以，有时候他会受他们的委托去送信，甚至还负责传递政府公文，这样来换取一两个铜板。老板们并不明白信件对于人的真正作用，而当那些被抛弃在家里的女人和孤苦伶仃的孩子总是向他打听是否有从战场或者西伯利亚矿区寄来的家人的信件时，他才明白这件事情的重大意义。在斯拉瑟戈教堂，他看见在祭坛上挂着的是苏丹的一件外套，在那里，那件华贵的绣着金花的衣服只是被当作了一条普通的祭坛布，他为了摸一摸那件外套，不得不从一群怨声载道的农民中间奋力挤了过去。在卡尔马城，他结识了埃兹特德，那是一个刚刚和一名女佣结婚的炮兵，女佣是一个叫斯托尔涵玛的姑娘。他曾经和一群俄罗斯囚犯在维辛瑟赌博玩色子，也曾经和一群波兰人、亚美尼亚人、犹太人在卡尔斯一起打架，他还将一个土耳其债主的头巾穗子扯了下来；他曾经像作剧一样地引诱他们喝酒，然后摔碎了杯子。在伦德，他也曾经聆听爱赫尔教授的反叛演讲，并且混在手持武器的学生队伍中间，看着他们向试图安抚学生的瑞德留斯教授射击。就这样他几乎走遍了大半个瑞典，终于有一天，他到达了哥特堡的斯蒂戈堡广场，据说，海盗加藤荷蒙曾经在这里款待过国王。托尔·奥瑞森迫不及待地来到了多罗蒂·埃克咖啡馆，他真的有些饥渴难耐了。他看到外面有很多人，他们彼此相拥着，在激烈地呼号和咒骂，因为马达加斯加海盗们正在这里肆虐，他们带着装满六十艘船的掠夺品，在这里登陆，然后无法无天地胡作非为。

托尔·奥瑞森也有些激动了，他开始高谈阔论起来，他用瑞典语和拉丁语交替着为周围的人讲述自己这一路上的所见所闻，尤其是那些让人悲伤的事情。过了一会儿，他发现有两个衣领高高竖起的人就坐在自己的旁边，他们十分认真地在听自己说话，这也让奥瑞森更加兴奋起来，越发激动和大声地讲述。

"异教徒入侵瑞典以来，我们的生活便日趋困苦了，人民的负担也越发沉重。以前国王手持宝剑征服过很多国家，现在却要在自己的国土上战斗了，能够获得相同的结果吗？我和很多人一样对此并不看好。国王现在连儿子都没有，对于他来说有儿子也似乎没有用。英国宪法的简章已经摆在了议员们的桌子上，现在瑞典国内这样的苦难我可再也不想继续忍受下去了。或许明天，或许就在今晚我们谈天说地的时候，一个疲惫不堪的士兵正在篝火旁边锻造着他的武器，接下来，他也许拿起他的武器来反抗我们最伟大的英雄。"他一边说，一边看着自己纤细的手指。

旁边一个商人模样的人，满头白发，看起来已经一大把年纪了，似乎眼睛也不太好使了，他站起来在奥瑞森的手上拍打着。

"痛苦和磨砺，总是能够让人民从中得到经验教训，让我这个老头子也发表一下我的见解吧。事实上，就算我们没有那个意志坚强如铁的国王，我们的邻居不断壮大一样会试图侵蚀我们的国家。到时候，我们的后代们将面对这样的情况：日复一日的蚕食只会让他们步步退缩，不断丧失土地，受到羞辱。到那个时候，这里一样没有和平，没有荣光，有的只是这头狮子一点点地流干自己的血液，这是何其愚蠢的事情啊！我现在倒是更希望有人能够发出震耳欲聋的喊声，带领我们英勇抗争。如果国王号召我们为国而战，为国而死，我不会有任何犹豫；他也曾经和我们一样忍饥挨饿，也和我们一样面临着倒下的危险。"

托尔·奥瑞森将自己说话的语气也适当地调整了一下，他并不否认自己也是认可刚才那个人所说的话的。

"我只是舍不得自由自在，以及那温暖舒适的床啊，否则我也会毫不犹豫地追随国王，沿着他的足迹一直走下去。不过现在都来不及了，子弹即将穿过——"

他的话戛然而止了，脸色变得苍白起来，一副十分恐惧的样子。因为他看到那两个人忽然站了起来，就好像受到了某种暗示。他们的披风下面，铜扣子闪闪发亮。

他们像捉拿犯人一样扭过他的手臂，然后趴在托尔·奥瑞森的耳朵上，喊道："朋友，你这么说的话，那真是太好了。我们是征兵的，带你去上战场吧，这对你来说已经是盼望已久的事情了。亲爱的先生，懂了吗？现在我们出发吧，去挪威。今天真是有一个大收获呀！"

托尔·奥瑞森马上高喊："太棒了，当兵可是我一生的梦想啊！"他说话的声音如此坚定，似乎连他自己都发自内心地认为这是他心底的真实想法，"另外，把我当兵的钱给我放在帽子里吧。"

终于，他穿上了蓝色的军服，这是他一直都十分惧怕穿上的衣服。从此，他经历着和以前截然不同的生活，开始了一段前所未有的冒险。刚刚从斯特伦斯塔德出来，就看到有一艘大帆船搁浅在离水面两英里半①的地方，这艘大帆船原本是要去海峡对面的伊卢利萨特冰峡湾。于是，他们要完成的第一个任务就是将帆船拖到海面上，他们不得不苦苦哀求那些农夫，借来牛马来拖动大船。短短两英里半的距离，大帆船一点一点地从地面上的树枝上缓缓挪动，白天头顶上是烈日炎炎，夜晚则需要用火把照亮通宵达旦。一个小个子男人负责指挥和鼓励他们，他穿着紫色绸缎外套，鞋子上还有各种各样的金搭扣作为装饰，这个头发浓密的家伙叫伊曼纽尔·司伟邓波，他是接受博尔赫姆的命令专门来完成这项特殊使命的。

伊曼纽尔·司伟邓波一看到托尔·奥瑞森，就忍不住用手掩盖住自己的眼睛，他喊道："天哪，这是哪儿找来的士兵，这几乎是我到现在为止看到过的最糟糕的军人了。下士们，对这个家伙就不用太难为他了，我知道他就是一个弱不禁风的家伙。"

托尔·奥瑞森听到这样可怜的话语，几乎感动得热泪盈眶，这是他从乌普萨拉出来之后第一次听到别人对他的怜悯。他伸手擦了擦眼角的泪水，然后将手伸到司伟邓波面前。

"可怜可怜我吧，我实在是一个不幸的人。"他轻轻地说着瑞典语，夹杂了一些拉丁语，这样似乎更有学者风范。"如果能给我一点点鼻烟的话，我将会万分感激，并且衷心地为您祈祷的。"

"你还是先想着如何才能将你的事情做好吧，别光想着抽烟。"司伟邓波严肃地告诉他，然后就转身走了。然而傍晚时分，救援物资刚刚抵达，司伟邓波就拿着鼻烟盒找到了他。

---

① 合约 4.0 公里。——编者注

"这一盒都给你吧。自己收好了，不要声张！"他将东西塞在他手里，又迅速地走开了。

托尔·奥瑞森激动万分，真的有这样的好人啊。他从人群中走了出来，努力平复着自己的情绪，直到一切如常了才又回来。这些天他已经十分疲劳了，每天起得都很早，于是他将这盒鼻烟以及身上所有的铜板全部拿出来给其他人分了，使自己第二天早上能够获得多一个小时的休息。他忽然发现人都有自私的一面。

终于，经过了多日的奋战，最后一艘装着胜利女神金像的大船也出发向伊卢利萨特冰峡湾驶去了。很多官员也在岸边聚集起来，最后一批应征入伍的士兵也从各个地方出发向战场开去了。

托尔·奥瑞森也跟随队伍出发了。一天中午，他坐在地上，将帽子放在膝盖上，靠在马车上小憩。忽然，他被一阵鼓声吵醒了，一睁眼，发现在帽子里面有一枚闪亮的银币，还有一张折叠起来的纸条。

实在有些匪夷所思啊，他使劲晃晃脑袋并且用力地揉了眼睛，终于意识到似乎并不是做梦。他拿起银币在手中掂量着，又将纸条打开，看见上面写着：

"在蒂斯特达尔磨坊旁边，有一棵大桦树，树枝低垂，它的主干分开成为三个枝杈，人们将其称为烛台树，如果你能够杀死国王，奇迹就会发生，你将可以在烛台树的旁边得到五十达科特。"

"该死的外国人，一定是他们用瑞典文写的这张纸条。"托尔·奥瑞森愤怒地一边喊，一边将那张纸条撕了个粉碎，扔在地上，并且将地上的碎片狠狠地踩在了泥里，直到再也看不见任何纸屑。那枚银币则被他装进了裤兜里，然而没走几步，他就觉得裤子里面的硬币似乎十分灼热，像点着了他的衣服，烧伤了他的皮肤一样。于是，他将银币拿出来，用力扔了出去，眼睁睁地看着银币掉落在沼泽之中。

他背上包裹又继续前进了，脸上露出满足的微笑，似乎什么事情都没有发生过，似乎美好依旧。然而，晚上，一棵三分树杈的大桦树出现在了他的梦里。

队伍依然在崇山峻岭中前进，山上树木十分茂密，道路崎岖且陡峭，在天空中厚重的云朵映衬之下一切都显得格外厚重。身上早已经没有了任何盘缠，但是在这样的困苦之下，他的脸庞依然十分红润和饱满。军队发放的军装明显不适合他，穿上显得太小了，鞋子也早已经被磨烂了，托尔·奥瑞森只能在自己的腰上绑了根绳子将这些布料捆在身上。他那光洁圆润的身体因此裸露了出来，看上去似乎并不缺少营养。于是有些人开始蠢蠢欲动，妄图去抢夺他的东西，可是看一眼他那颇为高大的身材，又打消了这样的念头。

他的身上没有流露出任何异样的表现，但是在他心里却已经开始对那纸条上的文字进行研究了。为什么会选择自己作为目标呢？他想破脑袋也不明白。经过连日的奔波，这群人终于赶到了蒂斯特达尔，托尔·奥瑞森忽然指着一棵桦树大喊起来。

"这是一棵桦树，就是那棵桦树！它一定被人们叫作烛台，没错，它就是烛台！"

下士严肃地呵斥他："别说话！"说着，又将他拽到队伍里面。

下士拽着托尔·奥瑞森的胳膊才发现，他的肌肉是如此的松软，才明白这个看起来颇为高大勇武的新兵实际上力气很小。

"这么一个手无缚鸡之力的家伙，还是开除了最好。"下士嘴里嘟囔着。

一转眼，已经到了十一月份。一天大概凌晨三点时分，太阳才刚刚露出一点点光芒，在路上已经驻扎着好几支分遣队了，他们正在向那个遥远而且寒冷的国度前进。士兵们的皮肤早已经被高原上的太阳烤得黝黑，他们个个将烟草袋挂在胸前，纷纷在心里想象他们将要穿越荒野到达的目的地是怎样一番情景。成为俘虏的狙击手们正在跟士兵们绘声绘色地讲故事，在他们的故事里，那些有着金黄色头发，跟普通人一样高的森林仙女总会在傍晚时分来到瑞典军队的宿营地，偷偷地用斧子砍去睡梦中的瑞典士兵的头颅。

这里下着鹅毛大雪，然而看上去在远处的崇山之间，和煦的阳光照耀在树丛和绝壁之上，看上去像是洒满金色的光辉一样。

在多支分遣队中，有一支全部由十五六岁的孩子组成。他们看上去稚气未脱，面黄肌瘦，也排着队全副武装。

队伍中有一个个子矮小的西哥特兰人，他有着尖尖的鼻子，眼珠子总是在骨碌碌地乱转。他正在跟同伴们窃窃私语："国王可能会命令我们，在挪威的山里挖出野味来充饥吧。"

斯莫兰人马上跟着说："那马上就开始吧。"

达拉纳人和布胡斯人看起来十分疲倦，他们正用枪托撑着自己的脑袋。索德曼人则开始了喋喋不休的抱怨。这些抱怨恰巧被路过的鲁格·法赫斯上校听到了，他马上喝令自己的马停止前进，在队伍的前面站下来了。因为在加德布施的一场战役中上校的一条腿中弹受伤，所以到现在他的一只马镫都是斜着的。

"你们这些索德曼人，你们难道不会感到羞耻吗？"他用他那独特的斯堪尼亚方言大声喊着，"你们总是牢骚满腹，即使手中拿着蛋糕，也会因为上面没有葡萄干而抱怨不止。我听出来了，你们似乎非常沮丧，可是难道你们正在承担的这些自己不需要负责任吗？你们听着，瑞典不会有比现任国王更加富有勇气的英雄了，能够和他一起并肩战斗，能够为他流血牺牲，我感到十分荣幸。你们告诉我，我是谁？说！"

"鲁格·法赫斯。"所有士兵一起喊道，这整齐划一的声音也让他们自己感到十分振奋。

"没错，我是鲁格·法赫斯，并且这是我一生不变的名字。你们知道我有多少财产吗？如果能够回答正确，我赏赐给他半个便士。"

然而这次，四周一片寂静，没有人敢回答上校的这个问题。

鲁格·法赫斯从衣服的胸前口袋里拿出一个小本子，将本子翻开几页，对大家说：

"这里当然不会有什么财产了。兄弟们，这里只是我的一些账单而已。可能在你们的心里财产都会产生更多的收益，那么我让你们知道我都有些什么财产！听着，我没有负债，这也是我财产状况的一个重要部分。你们应该还记得战死的施立彭巴赫上校吧？他曾经的睡衣现在就在我这里。他临终之时，将他最为重要的财产交给了我，就是他的睡衣和他的军队。那件睡衣对我来说至少值五千银币。此外，我的财产还有：索德曼军队，一万银币；现在被我抛在家里的妻子，七万银币；随时陪伴我左右的一条霍尔斯坦狗，一千银币；国王对我的信任和重视，八万银币；还有我那个小客栈金驴子，两千银币。没错，就是这些，我绝对没有高估它们的价值，这就是我拥有的全部了。对了，你们知道金驴子客栈是什么东西吗？"

众人七嘴八舌地说："知道，就是上校的麻袋布帐篷。"

"没错！只是可惜在我的帐篷里面没办法吃到免费的早点，因为里面空空如也。此外，我刚才说过了，我的财产一共是十六万八千银币，但是我没有负债这也是我财产状况的另外一半，也算作十六万八千银币，所以说我一共拥有的财产就是三十三万六千银币。弟兄们，这就是戈尔兹一直在谈论的理财，这是一项多么重要的技能啊，你们明白了吗？只要你们将账目记录下来，然后给每项事物都标上你们认为的价格，这样你们在不知不觉中就已经成了有钱人了，尽管有时候也会缺衣少食，但即使是这样也不需要拼命去挣钱。"

士兵们将自己手中的刀剑抽出来，高举着手中的长枪，敲着鼓，欢呼起来："万岁，鲁格·法赫斯上校万岁！"

这时，山间小路上，出现了一个高大的身影，他戴着圆皮帽子，拄着拐杖，在道路上一瘸一拐地慢慢地走着。

那是国王来了。

松树中间的小路还被雪覆盖着，一大队人马走了过来，后面的人牵着马握着剑，国王走在最前面。他那被太阳晒得黝黑的脸庞上，数道伤痕十分醒目，再加上额头上深深的皱纹，都在向人们诉说着他饱经磨砺的过往。他将帽子摘下夹在腋下，挥舞着手臂向人们致意，飘下的雪花无声无息地留在了他的王冠上面，他一直就这样光着头在风雪之中静静地站着，王冠下面的头发被风吹得飘扬起来，拂过他的额头和太阳穴，看上去就好像他戴着一顶枯草和树叶做的帽子。随之而来的将军们慢慢地聚集在他的身边，他们让士兵们砍下一些树枝铺在雪地之上。随后，国王下令士兵们将手中的武器放在一旁，将树枝点燃取暖，并且他要求乐手在悬崖边上持续不断地奏乐，一直到太阳落下。

国王对大家说："我们可以不费吹灰之力击败挪威人，那些只想要不断享受的家伙，如同克鲁斯人和克尔伯恩森人一样，即使死去也希望用金棺材装殓他们。"

主将莫纳对国王说："我们一路上抓获了不少挪威间谍，他们躲在树林之中随时准备偷袭您，要将他们全部绑着带过来吗？"

"不用啦。给那些徒劳无功的家伙每人一个达科特吧，跟他们说别再白费力气啦。"

莫纳又刻意地压低声音对国王说："此外，刚刚布伦纳市长送来密报，据说在您完全信任的护卫巡逻兵中，也潜伏着想要谋害您的叛乱者。如果这份密报无误的话，或许在我们五码①之内，就有敌人的存在。"

"好吧，如果真是这样的话，那就让他们时刻准备着吧，除非他们愿意自己改变主意。在现在这样战斗一触即发的时候，要做大面积的排查是完全不可能的。"

这时，莫纳的仆人卢森伯格走了过来，向国王递上了一瓶水，国王接过来喝了几口，从身上拿出一颗杜松子交给卢森伯格，那神态神圣得如同在赋予士兵武器一样。他自言自语道："一个土耳其人告诉我，要对我背后的人保持戒心。尽管来吧，我倒想看看他究竟有怎么样的手段。"

卢森伯格接过那颗杜松子，一边开始拨弄起来，像弹吉他一样，一边动情地唱起法语情歌。

莫纳又附到国王耳边小声地说："大家都已经饿坏了。"

"食物总会有的。"

"可是国王不差饥饿之兵，他们饿得连枪都快拿不住了。"

"没有水，可以用雪来解渴；没有粮食，树枝也可以用来充饥呀。"

"国王陛下，我们现在几乎已经把国内所有能成为士兵的人都

---

① 合约4.6米。——编者注

带到这里来了，国内或许只剩老弱病残，连基本的生产都不能保证了。他们中一直在流传着牧师在讲坛上公开向上帝的祈祷，牧师希望上帝惩罚瑞典，这样就能够让瑞典解体。他们认为，国王您现在的行为仅仅是为了满足您个人的荣誉。"

"愚蠢的人啊，他们的荣誉和我的荣誉早已经不可分割。跟他们说，我带领他们战斗到最后，这不仅是为了我，更是为了他们自己。还有，也一并告诉他们，我这样做并不是他们认为的我冒用了上帝的名义，这样的行为本身就是上帝的指示，我以我的生命向上帝起誓。这些人中有谁能够真正地明白这一点，有谁能够公平地看待我们？"

说完这些话之后，国王将帽子重新戴在了头上，将衣领高高地竖立起来保护住脖子，然后躺在杉树枝上面平静地开始睡觉了，似乎他根本就没有想过会有敌人存在一样。

杜克正在跟军官们传达着命令。莫纳也要小憩一会儿了，他靠在一棵松树上，尽管小科荣司特德正在和别人聊得热火朝天，也不会打扰到他。斯特鲁恩，那个十分干练的密探，此刻背上背着一个桶，穿着羊皮外套和木屐，刚刚走过来。躺在杉树枝上的国王已经纹丝不动地睡熟了，刚刚莫纳告诉他的那些事情他丝毫没有担心，对于他的士兵他总是报以绝对的信任。

事实上，的确有一双眼睛注视着他。刚刚晋升成为一名下士的托尔·奥瑞松，就一直将注意力放在国王的身上。在他心里一直回响着鲁格·法赫斯说的那些话。

他在心里想，或许我也应该找个小本子记录下我未来的财产。烛台树下藏着五十达科特，这个念头一直挥之不去。

他全神贯注地关注着国王，连鲁格·法赫斯走到了他身边他也没有发现。

法赫斯在他的肩上轻轻地拍了一下，问道："嗨，你在想什么呢？我们马上就要开始攻击弗雷德瑞克斯顿要塞了，现在有一份重要的信需要马上送到蒂斯特达尔。你带两个人，点着火把，连夜赶过去。你看你这么身强力壮，如果不训练的话三天吃一顿饭也没问题，这条件不好好利用真是可惜了。"

　　于是，托尔·奥瑞松就带领着两名士兵出发了，进入森林之后已经走了很远，他又回过头看了看火堆旁边的国王。

　　天亮的时候，他们就赶到蒂斯特达尔了。托尔·奥瑞松站在烛台树下，将火把还在燃烧的那一端插进了泥土里。

　　他对两个士兵说："我曾经游走过大半个瑞典，还算见识广博。遇到过不少好人，也遭遇过坏人。其实，这个世界上的树木和野兽也都是有好坏之分的。有一段时间，我常常和木工们在一起工作，那期间，中午的时候，我就躺在大树底下休息，睡不着的时候，就开始观察这些大树，慢慢地我就能够分辨出哪些树是好的，哪些树是坏的了。我告诉你们，在这棵树的中间有一个咒语，如果我们愿意花上一上午的时间，将这棵树从树杈到树根劈下来，就能够发现那个咒语。"

　　他一边说，一边站在树下看着在泥土中即将熄灭的火把。

　　"所以说，人也是有好人和坏人的。我们的国王是我见过的所有人中最尊贵的，只是现在的他随着年龄的增大，越来越固执和冷酷。从没见过他为了任何一个人或者野兽的死去而掉下哪怕一滴眼泪，他也从来不会因为人们悲惨的呼号而改变自己的想法。或许他也已经步入人生的最后阶段了吧，很快就会走向死亡。他的一生纯粹而伟大，如果现在他还想要重振年轻时的雄风，这大概是一件悲哀的事情吧。你们看，就像那只火把，现在它快要燃尽了，冒出的黑烟正让空气受到污染，那么我们是不是应该在它还熊熊燃烧的时候果断地将它埋在泥土里面呢？"

士兵们没有真正明白他说的这些话究竟有什么意义，他们下意识地回答："上帝保佑国王！"

托尔·奥瑞松快走了几步，跟上了他们。烛台树的一个树枝忽然搭在他的头上，像是要挽留他一样，托尔·奥瑞松又放缓了脚步，跌坐在地上开始喃喃自语。

"我并没有想着做什么坏事啊！托尔·奥瑞松，这个曾经的混混，只能靠着向邻居们乞讨获得一点儿面包为生，一直是大家鄙视的对象。只要他拿起枪，举起来，扣动扳机，所有人都会认可他的。那个地方遥远偏僻，安静得如同一个冰冻的湖泊一样，就算弗雷德瑞克斯顿要塞战斗已经打响，那边的枪炮声也传不过来。士兵们只能听到一声枪响，还有就是挥之不去的回声。如果我真的找到了那五十达科特，我就将它们全部丢在将军们的面前，告诉他们：'先生们，拿去喝酒去吧。给我戴上手铐吧，这一切都与你们无关，是我杀死国王陛下的！但我将和他一样被永载史册。'手铐会紧紧地控制着我，囚车会把我带到斯德哥尔摩的刑场，不过那个地方没有想要见到我的人，也没有我的家。在曾经生活的地方，人们一定会为我而骄傲，尤其是那些曾经让我去他家吃饭的人，那些曾经款待过我的牧师，他们会自豪地和别人说：'看看，那是托尔·奥瑞松曾经坐过的椅子，他曾经在那里抽过烟，他开枪的手曾经推开过那扇门。'乌普萨拉那些曾经看不起我的学者们，会因为我在他们家里躲过雨而感到荣幸之至，他们会一直跟别人说，甚至直到他们老得头发都白了，还会跟别人炫耀：'我们和托尔·奥瑞松是老相识呢，而且对他我们都直接叫他的名字。'那些去到斯德哥尔摩的人，也会对着那埋着上百死刑犯的墓地，说：'托尔·奥瑞松就躺在那里，他可真是一个勇敢而可怜的英雄！'身边的人则会回答说：'没错，他是这个国家的拯救者。'"

唠唠叨叨地说完这些，托尔·奥瑞松觉得身体有些发软，他用胳膊撑在地上想挣扎着站起来，然而手却不由自主地去抓那把放在地上的冰冷的枪，将其拖过来，他忍不住惊恐地叫了起来。

叫声也让前面先走的两个士兵回过头来张望。他让他们继续往前走，自己则在后面紧紧跟随，他们没有注意到他的脸上一片惨白。

在要塞前面的山上，国王命令手下在一条小沟旁边为他搭建了一座小木屋，里面只是简单地摆放了一张床和一套桌椅。小木屋前面没有专门的卫士持枪警戒，连他身边的副官们也常常被他要求出去忙碌各种各样的事情。国王甚至已经不再恐惧黑夜，晚上睡觉也不需要有人在旁边陪伴。白天要处理各种事务，让他总是觉得疲惫不堪，晚上倒头就睡，有时候就直接在防护墙上睡着了，那里是士兵们作为掩体的东西，直接面对着敌人的枪口，敌人只需要一次偷袭就能够杀死他。对他来说，乌克兰的那一次失败给他带来的阴郁早已经一扫而空，曾经因此而导致的失眠和煎熬也已经不复存在。正是因为经历了那样的不幸，经过磨砺的意志才会变得更加坚强，正如同经历贫穷的身体才会更加强壮一样。虽然他明白，危险就在离自己不远的地方，但是他从来没有对此产生过分的担心，年轻时的浮躁在他身上已经完全消失，取而代之的是异常的冷静。他现在说话的声音总是坚定有力，士兵们从他的眼神中也只能感到无法抗拒的霸道和专横。因为战败，他身边的很多人都已经陷入了沮丧，只有他还一直一瘸一拐地鼓励和驱使着士兵们不停地干活。

有时候，他也会仰望天空，看着那些他熟悉的星座陷入沉思。夜深人静的时候，雾气慢慢笼罩在周围，他会数着手指头开始盘算："三百、三百八十五、九十、九十四、四十万银币。十二月之前，戈尔兹真的可以将这笔钱全部筹集到吗？如果到时候他没有完成，该何去何从？如果两天之内，戈尔兹无法到达这里，那么一直对他满怀期待的人们是不是就会失望，因此使得人心浮动？还有什么其他的办法吗？"

现在的国王已经毫无顾忌了，他早已不是那个掠夺财物的侵略者了。现在很多瑞典人不都说他是个疯子，对他的王位一直虎视眈眈吗？好吧，现在那些人也已经对他做了交代，也就无须耿耿于怀了。既然战火在这个国家已经开始燃烧，那么他就和他们一起共同面对，坚持到底吧。他曾经在心里发誓，为了完成自己神圣的使命和义务，他必竭尽全力。现在，无论他多想惬意地在家里待着，都是不可能的了，戈尔兹发出的公告，早已让他众叛亲离。就在他的军队之中，或许那些将军在可能的时候就会发生叛乱，成者王侯败者寇，只要成功了，他们的行为就会被看作是英明的。等到这一切结束了，等到风平浪静之时，一定要彻底做一次排查，要将所有人的忠诚弄得明明白白。他需要绝对的忠诚，任何不忠都是绝对不能够容忍的。对当前来说，至关重要的就是要攻克前面山上的弗雷德瑞克斯顿要塞，那里的灰色墙壁，尖尖城垛的要塞，正扼守着通往挪威的必经之路。对于攻克那座要塞，他信心十足，吉尔登洛的军队不也是这样被他们用手中的刀剑击败的吗？

手中的刀剑！在一个人独处的时候他总是喜欢闭上双眼，现在他又一次这样，轻声地祷告着："亲爱的上帝啊，万能的上帝啊，您总是让我充满希望和动力，总是能够给我幸福和愉悦。他们总是在说是我诱惑了您，他们总说：'有多远滚多远吧，别靠近我们。你过于霸道了，要给我们自由，否则我们不再拥护你做我们的国王。我们总是希望在辛苦的时候可以随意地坐下休息，而不总是被您阻止。'上帝啊，您是我们的指路人，我不敢期望您的任何赏赐，我只是一个堕落的罪人。上帝啊，如果我迷失了方向，请您杀死我吧。"

士兵们看到他低着头，用帽子遮住了他的脸，说："国王已经睡着了！"

他马上抬起头，对士兵说："不，没有。"

基督降临节过后的首个周末，国王骑马来到了蒂斯特达尔磨坊，沿途看到的只有一片狼藉。他的心情糟透了，于是，他坐到火炉旁开始翻阅他的文件，希望通过这种方式能够让他的心情有所平复。那些文件里有他在伦德的时候收到的请愿书，有一些朋友送来的信件，也有一些不得不终止的开支。最后，他的注意力被两张小纸片所吸引，那是两张用铜针订起来的纸片，大小只有普通纸张的一半，纸张上面潦草的字迹显然是他自己书写的。他对着上面的字大声朗读起来：

"人类医疗学。追求享乐是世界上每一种生物的天性，享乐也有两种不同的来源：一种是身体上的享乐，另一种是精神上的享乐。两种享乐彼此之间是不能互相感知的。身体无法感受精神的享乐，精神也无法体会身体的享乐。人的身体是由三部分组成的——首先是身体中固体的部分，包括身体的形状和内外部构造；其次是身体中液体的部分，包括流淌在身体里的血液；最后是呼吸，这也是生命中最为重要的，正是因为有呼吸，才能够提供足够的血液和活力，进而转化成为能量，保证身体可以正常维持。身体死亡之后，呼吸也就不复存在了。身体的快乐只有身体能够感知，但是两种快乐都可以在心灵上有一定的反应。这是因为身体只是生命的外在形式，心灵才是生命的本质，所有的感觉都通过思想活动来体现。人拥有的五种感觉本质上都是心灵的感知，只是用不同的方式表现出来而已……（人体结构的本质决定了这一切）"

国王忽然站了起来，恰好莫纳将军从门口刚要走进来，国王一把抓住莫纳的腰带："如果你也像精通经济学一样对心理学有一定的了解，那么你一定不会认同我这样的观点。好啦，不再继续说这个了，这只是当年在伦德随手记录的一些没用的东西。我发现我经常为刚刚做出的一些决定而感到后悔，我也会如同我的敌人一样将自己的观点推翻，将自己的主张颠覆。难道人的思想中最快乐的就是这样的自我反驳吗？"

莫纳说："国王陛下的辩论十分精彩，您真是一个精研学问之人啊。不过我不可能如同已经死去的葛罗森那样总是附和您的观点。"

说着，他从衣服口袋里拿出几封信交给国王："陛下，请冷静地思考一下，那些对您的责备，那些和您相反的意见，有可能是对的，毕竟忠言逆耳呀。"

国王很清楚，这些不敢署名的信件的内容无非是针对那些最忠于自己的人，或者是对他的威胁和诅咒。对他来说，死亡如同战场上的子弹一样，一直从耳边呼啸而过。从小时候，他每天早晨从睡梦中醒来，就做好了准备，随时倒在战场上任何一个地方。这三封还未拆封的信被他直接丢进了火堆中，然后他静静地站在屋子里看着燃烧的火焰，似乎看见了他最后的这一支饥寒交迫的军队，正在将全欧洲的王冠装上马车带回瑞典。

两个人都没有说话，静静地站立了一会儿。国王忽然情绪激动不已，大声喊叫起来："你直接跟我说，到底还有多少人对我保持绝对忠诚？我依然没有任何停止的打算，可是如果事态的发展完全相反呢？"

"您这是命令吗？我是不是必须要回答呢？"

"没错，你告诉我还有多少人是绝对忠诚于我的？"

"一个都没有。"

咚咚的鼓声响起了，是士兵们集合起来做晨祷的时间了。霍特曼进入房间，说道："我特地来禀报陛下和将军，马上要晨祷了。今天我们祷告的经文是耶稣基督进入耶路撒冷。"

国王简单擦洗了一番，手上的、脸上的脏污都被清洗掉了，换上了一套崭新的蓝色外套，戴上了一双黄色麋鹿皮手套。国王的头发被霍特曼全部染成了白色，远远看上去就像是一个年事已高之人。他站在火炉旁，踩着一块木头，就像跟自己说话一样十分低沉地念叨着："这是一篇对我来说至关重要的经文啊，道路已经铺好，并且上面覆盖好了树枝。前人和后代都在欢呼，和萨那归于大卫的儿子！上帝必将因为他的降临而赐福！给予您最诚挚的赞美！"

"对，对，伟大而尊敬的上帝啊！对于那些代表上帝意志的使者，圣人们必然也会这样来欢呼他进入到天堂一样的耶路撒冷的。"霍特曼同样低声地应和着。

国王随即从火炉旁走开了，他站到了士兵们旁边，就一直光着头在烛台树下站着。一直以来他都穿着破旧的军装，戴着那顶杜松子枝的帽子，忽然换了这样的一套衣服，士兵们反而没有注意到国王就在身边站着。

整整一天时间，他都一直和士兵们在军营。到了晚祷的时候，雾气慢慢消失了，他又骑马回到了悬崖边的木屋里。

　　托尔·奥瑞松正在法国人梅格雷的指挥下，在壕沟边缘和同伴们一起向要塞发起进攻。他们个个将行李卷起来置于前胸，作为抵挡敌人子弹的盔甲，他们拖着铲子，艰难地、一步一步地前进。敌人的大炮一直在怒吼，回声在山谷之中地动山摇，经久不息。

　　夜幕完全降临了，为了让战士们能够更好地看清敌人，也出于自卫的目的，守军们将树脂火把点燃了，高高的火把照亮了大片范围，悬崖那边的炮火也不断闪烁。顿时，弗雷德瑞克斯顿战场上又被硝烟完全笼罩。托尔·奥瑞松在硝烟弥漫的战场上看到了瑞典营帐上方的国王，看见了国王宽阔的帽子和小小的脑袋。

　　托尔·奥瑞松就在悬崖下面，在阴影的掩藏下，捡起一把战死士兵的枪，猫着身子退向了防御墙。国王正站在土墙之内的壕沟里，在大声地鼓舞着士兵们，托尔·奥瑞松完全听清楚了国王所说的话。

　　太好了！他心里想。可是他忽然又想到，几乎每天晚上的突围战斗中都有许许多多的士兵倒下，可是究竟国王做了什么，让这些人一直战斗直到倒下，也没有说出他们心里最想说也最应该说的几个字——"我们要抗命"呢？

　　他忽然心情极度紧张，他很想立刻跪下来，向上帝忏悔，告诉自己这样做绝对不是错误的，可是他无能为力。他害怕极了，身体在发抖，这时候即使一个孩子出现喊一声"放下枪"，他都会不由自主地将武器丢在地上，但是没有人，没有人看见他，也没有人阻止他。于是，他想尽快完成这件事情，多磨蹭一秒钟，他内心的犹豫和痛苦就会多一分。于是，他举起了枪，努力将枪口对准了目标，对准了那个完全无视自己同胞的生命和鲜血的冷漠之人，可是，他的枪一直在晃动，放在扳机上的手指颤抖不已，他无法射出那颗子弹。

这时，一阵脚步声传来，正是穿着搭扣鞋和长筒袜的老霍尔曼来了，他一手拿着一只帽子，另一手端着一只碗，上面覆盖着一块餐巾，他为国王送来了晚餐。尽管子弹不时呼啸而过，他依然十分平稳地在山间岩石上走过。他到了国王面前，将餐巾放在帽子里面，再将碗放在上面。国王从他手中接过来大口地吃起来，时不时地拽一下他这个忠诚仆人的衣服扣子。

托尔·奥瑞松下意识地将枪放了下来，他听见国王对老霍尔曼说："看到你走路这种僵硬的姿势，我想起了布兰德克里帕中弹临死的时候。这么多年了，你一直十分忠诚地跟着我东奔西走，我决定将你升任为主厨。现在，我身边和你一样忠诚的人已经很少了。"

托尔·奥瑞松拿着枪，一直在徘徊，他在心里一直呼喊着："上帝啊，上帝啊！"

再望向国王的时候，刚好看到老霍尔曼从国王身边退下了，国王背靠着土墙，一手托住下巴，似乎在沉思。天空中挂着一轮初升的圆月，月面显得格外大，月光洒在松树林中，无比皎洁。

这时，逐渐聚集上来很多官兵，他们说着各种语言，瑞典语、法语、德语、意大利语，在相互交流着，他们正在商讨如何才能够让国王从这个危险的地方离开。梅格雷走到国王身边，拉着国王的衣服，说道："国王陛下，您还是快离开这个地方吧，炮弹不长眼啊！"

托尔·奥瑞松又一次将手中的枪举了起来。

然而这一次，没等他瞄准，枪走火了，他被吓得一个哆嗦，枪也掉在了地上。好在这里本身就枪炮不断，这走火的一枪没有引起任何人的注意。

忽然，托尔·奥瑞松猛地打了一个激灵，他又开始叨念："不行，不行！作为一个瑞典人，怎么可以那么做呢？就算全瑞典的每一棵白桦树下都藏着五十达科特也不能这么做啊！我可以光荣地战死，再不济做个逃兵也就算了，怎么可以为了一点儿钱财而那样做！我想杀死他，但是我不能这么做，死都不可以这么做。为什么那么多外国士兵不去杀死国王，而要找我来做这件事情呢？"

托尔·奥瑞松陷入了自我拷问之中，然而，他丝毫没有留意到，月光已经将光芒洒到了刚才的阴影处，他的躯体和面容正被月光将影子印在土墙上面，那是一副正在微笑着的孩子般的面孔。

国王大声喊道："小伙子，别在这里待着了，向前冲，开火吧！"

托尔·奥瑞松显然被国王的声音惊到了，他拿起枪，马上开始向要塞冲锋了。在他离开的时候，他还听见那些官员正在请求国王离开这个危险的地方。

国王给他们的回答是："不用担心，没事的！"

向前冲锋的托尔·奥瑞松脑子里面一片空白，他甚至不知道自己究竟在干什么。他紧紧抓住自己帽子的顶部，越过防御墙，进入了敌人的控制区，还在一直往前跑。很多看见他的瑞典士兵甚至以为他是在逃跑，纷纷站起来想跟着他一起逃。然而他停了下来，喝令他们不许跟过来，还用手推着那些靠近他的士兵，让他们回去继续挖壕沟。他每一次转过头都会不由自主地向防御墙那边看去，看到国王的身影就仿佛听到国王依然在命令着他一样，继续不停地往前跑。他没有片刻停止，不断冲锋，越来越快，也越来越没有了方向，甚至他自己都搞不清楚自己究竟是服从国王的命令在冲锋，还是在逃跑。他还是在一直往前跑，不断地寻找树干和岩石作为掩护，逐渐地离要塞越来越近了。他并没有注意到他的身体正流着血，带着温度的血液正不断地从手套上滑落到地上，事实上他身上的三处伤口一直血流不止。在他的内心里，一直在为自己的行为忏悔，他一边默默地唱着圣歌，一边不停地责骂自己，责骂自己是胆小的懦夫，是没良心的浑蛋，居然妄图连自己的灵魂都要出卖。

终于，他靠近了一座似乎没人居住的小破房子，房子里面正传来挪威士兵们的声音，他立刻谨慎地在房子的缝隙里躲了起来。

在房子外面五六步远的地方，有一个十分破旧的带轮子的炮弹筒，正瞄准着国王所在的防御墙的方向，那早已锈迹斑斑的弹筒里面装满了废铁皮和砂石。里边还有一枚更加陈旧的几乎腐烂了的炮弹，看起来，这枚炮弹像是一百年前某个强盗喝醉的时候一边唱着下流的歌曲一边自己做出来的。里面还充斥着废旧的钥匙、铁钉和铁片，似乎是从破烂的马车上拆下来的吧，那铁片或许原来在一头母牛的铃铛上，春意盎然的日子里，那铃铛发着清脆的声音与牧牛女的声音交相呼应，十分动听地响彻整个山谷。

天空中圆月的周围布满了大块的云朵，地面上托尔·奥瑞松紧紧地贴着墙壁，浑身颤抖地躺着，身上还在一直流血。

他低着头自言自语起来："真是一个月朗星稀的夜晚啊，上帝似乎正在凝视着大地，他那如炬的目光似乎能够投射到每个人的身上。或许在这样目光的关注下，有的人会不断地逃避，以期望能够掩藏自己；有的人只能如同我和将军们一样完全暴露在上帝的目光中，其实不管怎样都无法躲避上帝的审视。那些一直对目标坚持不懈的孜孜追求者，那些一直对敌人不曾屈服的抗争者，那些一直对朋友保持绝对忠诚者，他们就是真正的英雄。可是，万能的上帝啊，您完全支配着人类，如果您不再仁慈，如果您不将您那法力无边的手指抬起，无论多伟大的英雄也只能够低下高贵的头颅，最终默默被泥土掩埋。"

托尔·奥瑞松紧紧地贴着墙边的一棵藤蔓之上，他清楚地听到了屋子里面挪威将军正在和士兵们说的话。

"兄弟们，这条壕沟已经失去了意义，所以这里已经无须再布置士兵和火力了，不过要移动这枚几乎都要散架的炮筒倒是一件十分艰难的事情，尽管司令官让我们炸掉它，不过我想只要还有一点儿可能，我们也要让那些瑞典人尝尝厉害。"

他一边说话，一边将一根火柴点着扔在了炮筒周围，然后唱着歌，十分轻松地从这里离开了，士兵们也紧跟其后，迅速向要塞走去。

那根被点着的火柴一直发着十分昏暗的光芒，一闪一闪地靠近着大炮的火门。托尔·奥瑞松紧紧地盯着那火苗，忽然他冲了上去，将炮筒旁边的火柴一脚踢开，然后在黑夜中大声咆哮着："我原本想要杀死国王，可是现在我完全改变主意了，我希望他好好活着，就在刚刚我看到了他的脸庞，听见了他说的话，我已经彻底被他征服了，我将完全臣服于他，做他的仆人。我已经成为一个无法思考的狂热者。"

他一拳将墙边的藤蔓打断了。然而大炮旁边的火苗依然在一闪一闪地跳跃着，炮筒周围的栅栏阻拦了他，他无法扑灭火门旁边的火焰，就这样眼睁睁地看着。那火苗一会儿忽然十分暗淡，几乎要自己熄灭了，可是马上又迅速燃起来了，照得周围都十分明亮。

托尔·奥瑞松心想，大概这是上天在给他做暗示吧，告诉他不需要再做什么了。所以他又回到了小路上，一直往弗雷德瑞克斯顿城走去，那里的房舍早已经被烧成了一片废墟。走了很远，他回头看时，依然可以看到那炮筒旁边的火光，还一直在燃烧。他又走了很远，忽然听见传来一声巨大的声音，是炮弹爆炸的声音，那一声巨响简直让人感觉山崩地裂。

他发觉自己有些疲惫不堪了，甚至连大脑似乎都无法运转，连思维都有些模糊了。他无法想起自己是怎么跑到敌人阵地上的，只是十分恐惧，担心被敌人俘虏。他抬起头看了一眼，那边炮声隆隆的山谷里不断闪烁着火光。

就这样，他毫无意识地在森林中游走，没有目的的，也没有确定好的路线。直到后来，他听见有一阵脚步声传来，似乎是铁皮靴踩在石子路上面的声音。

他在树丛后面静静地站着。一队抬着担架的瑞典士兵走了过来，一共是十二个士兵，担架上面有一个人，身体上盖着两件普通战士的军服，从帽子下方的头套里面，垂下了一缕白色的鬈发，几乎完全将额头遮挡住了。

他忽然轻轻地问："是谁躺在这个担架上啊？"走在最前面的卡尔伯格上校一直在努力保持担架平衡，并没有听到他的话。

一名士兵看见了他，他离托尔·奥瑞松的距离最近，他随口回答说："据上校说这是一个身份显赫者。"他诧异地看着这个大半夜独自流落在森林中的战友。忽然，他脚下似乎被什么绊了一下，踉跄了几下终于摔倒在地上。

失去了平衡的担架剧烈地晃动了一下，担架上那个人头上的帽子和假发落到了地上，士兵们在皎洁的月光下清晰地看到了那颗太阳穴被击穿的头颅和苍白的面孔。

抬担架的士兵们怔住了，他们呆呆地站着。"国王陛下，是我们尊敬的国王陛下。"

作为一直以来备受士兵爱戴的国王，就在刚刚，还有人对他说他的身边已经没有对他绝对忠诚的人，可是现在他就静静地躺在那里，士兵们用他们粗糙的手抚摸着国王的身体，悲伤地哭喊着："国王陛下，我们最敬爱的伟大的陛下啊！"

　　上校立刻严厉地制止了士兵们的哀号，告诉他们现在还不是哭泣的时候，不能让这样的秘密被提前暴露。

　　于是战士们擦干眼泪，收起悲伤，继续沉默地抬起国王前进。正是这个担架，曾经抬着国王去看望过无数战场上受伤和阵亡的普通士兵，而现在还是这个担架，正抬着如愿战死沙场的自己。

　　午夜时分，士兵们抬着担架来到了蒂斯特达尔村庄，他们将担架放在一块开阔的草地上。军官给每个士兵三个银币作为酬劳，让他们离开，而自己则独自留下来守护国王。他坐在担架旁边，一边叹气，一边陷入沉思。远处的树林里面，枪炮声依然响个不停，而在其他地方则十分平静，河边的水车如同平常一样矗立在那里，村庄里的房舍一点儿灯光都没有，天空中的一轮明月，将清辉洒满大地，就是在这轮明月下，斯特拉尔松假冒车夫的人正在穿过城门，鲁根战场上正在猛烈交火，而这里一个上校正孤独地守在故去的国王身旁。

　　托尔·奥瑞松一直悄悄地跟着抬担架的队伍来到了蒂斯特达尔村，他来到了距离草地不远处的大烛台树下。他一边围着大树转着圈——让自己的鲜血洒在大烛台树周围的草地上，他希望这样可以让国王得到永久的安宁，他也希望那些罪恶的达科特永远被埋在泥土里不见天日，一边自言自语地说着话：

　　"睡吧，静静地睡吧，该死的家伙！为什么迟迟都没有鼓声响起呢？他就在那边孤零零地躺在担架上，没有妻子孩子的哭泣和祈祷，没有真正的朋友送行。月亮啊月亮，你每天都挂在天空俯视着地面，可以作为一切事情的见证。如果有一天我忘记了这副担架，就让我在瑞典的森林里再也见不到你。"

烛台树上还镶嵌着一把斧头，那是他曾经告诉士兵们树中有咒语的时候砍进去的斧头。他将那把斧头从树干中用力抽出来，木屑纷纷落在地上。他将手放在树干上面轻轻抚摩，在这宁静的环境中他几乎听得见抚摩树干的声音。

他抚摩着大树，又将自己的手放在眼前仔细查看。忽然，仿佛自己的心灵里照进了一丝阳光一样，他变得豁然开朗："伟大的上帝啊，万能的上帝啊！难道每个人都会有完美的结局吗？那些罪孽深重却最终幡然醒悟的人，那些看破生死微笑面对的人，那些饱受苦难折磨而死的人，您也能够让他们获得完满的一生吗？我们伟大的国王如同一个普通士兵一样在战场上死去。几个挪威士兵，随手丢出的火柴，一门破旧的炮筒，一枚腐坏的炮弹，然而，就是那颗炮弹却最终夺走了他的生命。这所有的一切被您安排得恰如其分，最后落在了他的身上。刚刚我眼睁睁地看到了这一切，可是我这样的肉眼凡胎，又怎么可能洞察您的安排呢？所以，这一切都是您早已决定好的。真不知道世界上您究竟在冥冥中为多少人做好了命运的安排啊！"

上校一直坐在担架旁边，担架上躺着已经死去的穿着普通战士军服的国王，周围如同死一样的寂静，使得那个用斧头砍伐桦树的声音更加清晰，那声音听起来似乎十分疲惫。终于，树被砍倒了，那个伐木者似乎坐在树桩上开始沉思了。

黎明快要来到的时候，国王的两位仆人过来了，他们是奉命来接回他们死去的主人的。他们抬起了担架，一位上尉走在他们中间，手持着国王生前用过的那柄剑。他说，国王临死的时候，一直死死地抓着那柄剑的剑柄，甚至几乎将剑柄和剑刃分开。

烛台树树枝下面躲着的托尔·奥瑞松，他听见了他们说的每一句话，也记住了他们说的每一个词。

他自言自语起来："那柄剑——那个坚毅果敢、一生操劳的人，就是用那柄剑和给予他名分的伟大尊敬的光明君王做斗争？还是——"

他站在了上尉前面，用低沉的声音对上尉说："那柄剑——那柄剑是和谁斗争的？不要驱赶我，尽管我浑身血污，只是一名被人蔑视的普通下士，但或许比你更加富有智慧，你能如实告诉我答案吗？"

"朋友，我只是不懂你究竟在说什么？"

"我只是想知道，那柄剑是用来反抗谁的？是和谁做斗争的？那柄剑的敌人是谁？我现在全都明白了，是反抗世间一切的。对我们来说，知道这样的答案就可以了。真正的英雄，就是应该这样死去，死得其所。在他的心里，他一直在为正义而战，这样的斗争上帝也会给予宽恕的，这样的斗争也应当被人们所理解。"

听差皮赫戈

皮赫戈曾经是赫西王子在军部的一名听差，他老了的时候常常会和人们说起这样一句话：抓捕戈尔兹就好像是抓捕一只狡猾的狐狸一样。皮赫戈死去多年以后，不知道为什么，有关这件事情的所有记录都出现在韦姆兰的一个教堂的一份手稿之中。那些曾经精研过这些泛黄纸页的主教们是这样叙述那段经历的：

国王遇难的那天晚上，赫西王子正在托普和几名军官一起吃饭，忽然，一名法国人西切尔过来在王子旁边耳语了几句，王子也用同样的方式通知了在座的人。之后，所有人都停止了用餐，王子决定要立刻赶往国王遇难的地方。他要求带一匹马和一个仆人。刚巧那天晚上皮赫戈在王子身边值夜，于是，简单地收拾了行装之后，他就匆匆忙忙地背起王子和军官们一起赶赴国王遇难之地。

到达之后，他们很快备好了担架。王子命令将国王抬上去。然而，国王却死死地抓着他的剑柄，军官们费劲了九牛二虎之力才掰开国王的手指，最终他们将剑从国王手中取下来了。就在这一刻，国王的手指永远停止了动作，所有人在那一刻都明白上帝带走了他。

担架被抬走之后，王子马上命令三十名士兵举着火把在旁边警戒，军官们立刻就地开会商讨下一步行动。

这时，国王的侍从波姆加藤上校和伯恩斯基尔德中校站在了一起，他们仔细打量着皮赫戈。伯恩斯基尔德来到皮赫戈旁边，告诉他，王子命令皮赫戈和他们两个人一起去执行一项秘密任务，任务的内容暂时保密，等上路以后将会跟他清楚地说明，并且还极为热烈地称赞了皮赫戈聪明能干，功绩卓著。

尽管皮赫戈对这样的任务充满了疑惑，因为完全不知道究竟要做什么，但还是答应了。第二天他们三个人会合之后就出发了，这时波姆加藤上校和伯恩斯基尔德中校才告诉皮赫戈，他们的任务就是去抓捕戈尔兹。

皮赫戈立刻做出了判断："要想抓捕戈尔兹，我们必须要小心谨慎，一击即中。因为那个家伙狡猾得如同一只狐狸。我将会全力协助两位，不过，我们先要弄清楚，现在应该去哪里找到戈尔兹。"

他们告诉皮赫戈："他现在就在附近，但是千万不能够让他去蒂斯特达尔，否则抓捕行动将会遇到很大的困难。"

这样，他们三个人一直在外面转悠了一天一夜，直到次日下午五点左右，他们在瑞博斯平原上看见了穿着红色衣服的戈尔兹骑着马走了过来。

还在很远的时候，皮赫戈就认为远处那个骑着马的红衣人就是戈尔兹，波姆加藤和伯恩斯基尔德一点儿也不相信，甚至嘲笑皮赫戈说："你认为那个傲慢而又显赫的家伙，会自己骑着马吗？"

皮赫戈告诉他们说："我敢以生命做赌注，赌那个人就是戈尔兹。我也能够肯定，走在他旁边的那个骑马者就是他的仆人佩特·博格，他和我可是老朋友了。"

随着越来越近，他们发现那个人果然就是戈尔兹。波姆加藤匆忙地翻身下马，俯下身子向戈尔兹行礼并且致以恭敬的问候，他十分确定地跟戈尔兹说，国王此刻很好。

戈尔兹问："现在你们准备去哪儿？"

波姆加藤对于戈尔兹的所作所为内心是十分厌恶的，但是此刻只能够装出高兴和恭敬的样子，他对着戈尔兹深深地鞠着躬，连手中的帽子都快要碰到地面上了。他随口回答说："我正要去哥特堡给士兵们订购一批靴子。"

戈尔兹回头看着伯恩斯基尔德，伯恩斯基尔德的老婆是戈尔兹的亲戚，所以戈尔兹问道："表弟，你准备去哪儿呢？"

伯恩斯基尔德一时也没想到什么好的理由，脸涨得通红，忽然灵机一动，回答说："我也要去哥特堡，那边有一艘船搁浅了，主子正在上面呢。"

波姆加藤低着头，用手摸着自己的胡子，他仍然用兴高采烈的语气跟戈尔兹说："最让人开心的是，做完这些事情我们就可以回家啦，王子就是派这位侍从来告诉我们的，我们可以回家，不过我们得先找到一匹新马。"

他一边对戈尔兹说着，一边向皮赫戈使着眼色。波姆加藤忽然觉得皮赫戈真的是一个很不错的人，不仅忠诚而且也很有才能。如果刚才不是皮赫戈和他们同行并且很早就确认了那个人就是戈尔兹，只怕他们会因为手忙脚乱而让戈尔兹逃脱。戈尔兹这个家伙一向十分擅长阴谋诡计，狡猾无比，所以皮赫戈提醒他们要小心谨慎也是完全合理的。这样充满罪恶的家伙，活在世上实在是有害无益，绝不能让这样的人自然死亡。他的这个判断也被后来发生的事情所证实，在戈尔兹的抓捕过程中，皮赫戈不仅居功至伟，而且不计酬劳。

佩特·博格是皮赫戈的朋友，所以皮赫戈趁着和他靠近的机会，悄悄地将他们的真实目的全部告诉了他，并且跟他说，他们唯一的目的就是抓捕戈尔兹，对于他的仆人则不会有丝毫伤害。佩特·博格得到了这样的承诺也很高兴，脸上保持着微笑，但是当佩特·博格从皮赫戈那里得知国王牺牲的消息时，他也无比的悲痛。

因为戈尔兹一行人数众多，因此抓捕行动无法在外面马上展开，他们只能跟着一起前进。戈尔兹亲切地询问他们："晚上你们打算在哪里过夜？如果没有合适的地方的话，要不要和我去托纳姆牧师家里好好休息一下呢？"

这正是他们求之不得的事情，于是三个人纷纷用手指在胸口画着十字，表达着自己由衷的感激，内心里也在盘算着晚上在托纳姆家中抓捕戈尔兹会不会得到什么额外的利益。

戈尔兹骑着马向托纳姆家中赶去了。这时，一名副官带着一名号手也随后赶来协助皮赫戈三人完成行动，他们两个人一路悄悄地跟踪戈尔兹，确保他去了托纳姆牧师家，一旦发现他要去其他目的地，就会开枪将他打死。又得到了两个人的协助也让波姆加藤和伯恩斯基尔德非常高兴，只是在瑞博斯旅馆，他们两个人没有能成功换得新的马匹，而且还要帮助戈尔兹驮他那些很重的行李，很快他们两个人就被远远抛在了后面。皮赫戈则得到了一匹休整了三天的马。他用的办法也很简单，用搭讪的方式认识了一位女仆，并且十分有礼貌地邀请这位女仆去另外的房间，女仆答应了。于是他们二人冒着雨出去了，一到达房间，皮赫戈马上郑重地跟女仆说，如果能够帮他找到一匹马，他将给她一大笔钱。

就这样，第二天皮赫戈牵着一匹膘肥体壮，已经休整得很好的马出现在了波姆加藤和伯恩斯基尔德面前。驮着沉重行李的波姆加藤和伯恩斯基尔德早已不堪重负，他们只好请求皮赫戈先行一步，找到托纳姆牧师，请他为他们预留一间温暖的房间，等他们到了以后好好休息。

　　夜晚的时候，天上下起了倾盆大雨，变得无比寒冷。皮赫戈赶到托纳姆牧师家里的时候，刚好遇到了副官和号手，他们藏在货车车棚里，那里一片黑暗，应该很难被人发现。当他们两个人看到皮赫戈的马的时候，也惊呆了。这匹马一看就知道性情并不温驯，毫无疑问是一匹烈马，他们自认为降服不了，所以连声夸赞皮赫戈勇敢聪明，十分愿意和他一起完成任务。

　　等到很晚了，波姆加藤和伯恩斯基尔德才赶到托纳姆牧师的住宅，他们悄悄地将马拴在马厩，没有打扰任何人。外面伸手不见五指，但是几乎所有房子的灯都亮着。他们先做好了充分的准备，在皮赫戈周围的各个房子里都放好了武器。

　　尽管浑身上下已经被淋得湿透，但他们毫不在意，丝毫不掩饰他们的兴奋。他们走进皮赫戈的房间，牧师这时也在那里。波姆加藤对牧师说："我们此行就是为了要抓捕戈尔兹，查理国王在战场上牺牲了。"

　　身材瘦小的牧师听到这样的话，他将他那亲切和蔼的面孔转了过来，摘下他的帽子，露出了他稀疏雪白的头发，对波姆加藤说："真是太好了，上帝会保佑你的，上校，这个恶魔掌管着我们的国家大权，早就应该让他从这样的位置上下去了。那个浑蛋看上去彬彬有礼、庄严高贵，可是暗地里却做着各种卑鄙的事情，简直就是一只披着羊皮的狼，他常常来我这里彻夜吃喝。你看今天，自从他骑着马来了以后，我厨房里的火光就从没停止，那火苗几乎都要蹿出烟囱了。看到这样的火苗，丝毫不会让我觉得温暖，反而让我觉得寒意刺骨。"

波姆加藤说："牧师先生，稍微平静一下。劳驾您现在将您的用人们都安排在窗户外面守着，给他们每个人发一把斧头；皮赫戈，您是我们所有人中最机智的，您悄悄地一个一个地将戈尔兹的手下都约到这里，我们在这里将他们一个一个地抓捕锁起来。"

皮赫戈一个人走了出去。他首先在一个小屋子里找到了他的朋友佩特·博格，他们曾经一同为霍因斯坦伯爵送过一次密信，也因此成为了很好的朋友。皮赫戈找到他的时候，他正面对着一堆火药筒，那都是戈尔兹带来的。一见到皮赫戈，佩特·博格高兴地为皮赫戈递上一杯美酒，并且对他昔日的帮助和救济表示由衷的感激。然而，当他看见全副武装的号手和侍卫在门口早已等待已久的时候，他马上激动地大叫起来："皮赫戈这个家伙，我再也不会对他有丝毫信任了。"

波姆加藤搜查了佩特·博格的身上，发现了一百达科特。佩特·博格可怜巴巴地告诉波姆加藤，这是他送任命信给费夫得到的跑路钱，请求不要将其没收。于是波姆加藤许诺他，如果他能够将知道的所有事情全部坦白，就会将钱还给他。

佩特·博格渐渐地平静下来了，他小心地说道："其实我也不知道他太多的事情，只是戈尔兹随行带来很多酒瓶子，除了一些真正的法国酒和匈牙利酒之外，另外一些瓶子里面全部装的是钱。"

这样的消息让大家都很兴奋，牧师在屋子中央高兴地挥着手，波姆加藤则在桌子上砸下重重的一拳，一边点头一边说："非常好，你说出的内容已经超出我们的期望啦！"

随后，皮赫戈又出了门，如法炮制，将戈尔兹的其余手下骗到这间屋子里，全部关押起来了。最后，只剩下戈尔兹的贴身仆人一人，因为他几乎和戈尔兹形影不离，所以抓捕他很有难度。皮赫戈经过了周密的思考，决定到厨房里守株待兔。于是他偷偷地爬到了院子对面的厨房窗口。

这时候，外面依然下着倾盆大雨，厨房里还烧着火，只有一个女厨在里面忙碌着，她将一个锅放在火上，很快又取下来，然后再放上去，再取下来，就这样一直折腾个不停。皮赫戈也不明白她究竟是在干什么，只好在一旁静静地等着。他的运气不错，没过多久，戈尔兹的贴身仆人就一个人来到了厨房。这也是一个十分傲慢的家伙，好在皮赫戈和这样的人打交道很有经验，站在了厨房门口。

"尊贵的先生！"他一边鞠着躬一边对他说，"我想邀请你去对面院子里和波姆加藤上校聊聊可以吗？"

贴身仆人问："有事情吗？聊什么？外面倾盆大雨你没看见吗？怎么穿过院子？"

皮赫戈一时也被这样的问题问住了，确实，似乎一下也想不到合适的理由。他就在雨中站着，一直看着贴身仆人，他说道："其实也没什么事，只是上校想和您一起喝喝酒而已。"

一听到说有酒喝，仆人十分开心，就跟着皮赫戈穿过院子来到房间。一进去，他就被拿着刀剑的人围住了，他对着皮赫戈大骂不已，此时的皮赫戈也不再像刚才一样对他礼貌有加，而是告诉他："浑蛋，你最好什么话也不要说。我一直以来都是一个诚实可信的人，只是比你更加智慧、勇敢而已，我也是一个仆人，一个比你更加优秀，且从来不曾让主人失望的仆人。你只要知道这些，就好了！"

贴身仆人大声地喊道："你这个浑蛋，你这个自我吹嘘的无耻之徒。"

牧师也受不了这个大喊大叫的家伙了，说："这个家伙可真是让人讨厌啊！"

事实上，皮赫戈绝不是自我吹嘘，他对自己的评价是恰如其分的。波姆加藤也不再让那个家伙嚷嚷下去了，他给了戈尔兹的贴身仆人一个嘴巴，对他说："你最好闭上你的嘴。告诉你，他说的话没有任何问题，而且他还是一个更加可靠的人。你给我老实一点儿，否则我马上让你变成一具尸体。兄弟们，好好看着他，别让他有机会耍花样，我们要去办最重要的事情了。"

然后，皮赫戈、波姆加藤和伯恩斯基尔德就一起穿过院子，来到了戈尔兹所在的房间，那个房间本来是牧师的房间，现在戈尔兹一个人安安静静地在里面待着。虽然屋子里面的灯一直亮着，但是因为窗户被厚厚的蓝色窗帘遮着，所以也无法看清楚屋子里面究竟是什么样的情况。整个屋子里洋溢着十分平和的氛围，一切都那么平静，只有厨房的女厨将锅放上放下偶尔发出的声音。

在这一瞬间，皮赫戈的心里浮现起自己以前各种惊险刺激的经历，但是这些惊险比起当前无疑都不算什么了。他的衣服被涌出的冷汗全部打湿了，湿透的衣服让他觉得寒冷无比，上下牙齿一直不停地打架。

他们来到了戈尔兹房间的门口，将刀剑全部放在了鞘中，然后将房门推开了。

波姆加藤礼貌地和戈尔兹打了声招呼："晚上好，尊贵的先生！"

戈尔兹一直安详地坐在那里，他戴着眼镜，似乎正在思考着什么问题，看见波姆加藤走进来，他只是礼貌地将睡帽轻轻地摸了一下，甚至没有摘下来。屋子里面十分温暖，壁炉内的火一直在熊熊燃烧，两根白蜡烛的光芒洒满了整间屋子。

波姆加藤站在屋子中央大声宣布道："我宣布，我们奉命前来逮捕枢密院大臣戈尔兹先生！"

"什么？逮捕我？你们不是在开玩笑吧？"

戈尔兹的脸色立刻变得惨白，他慢慢地抬起自己的手，手指微微弯曲着，动一下都会发出嘎嘎的声音。他喃喃地问道："国王，查理国王还好吗？国王陛下不会死了吧？"

波姆加藤回答说："上次听到他声音的时候，他还很好。"

戈尔兹继续问道："你亲眼看见他的？"波姆加藤说："是的，我最近一次是在殖民地托恩见到他的，那时候他还是和以前一样，将帽子拿在手上，庄重而谨慎地坐在那里。"

戈尔兹说："我问的是，你上一次看到国王陛下是什么时候？"

波姆加藤回答："是在那个悲痛的日子里，国王陛下除非是在军队严重缺乏食物的时候，或者祈祷的时候，不然他从来都不会脱下帽子。"

戈尔兹悲伤地嘶吼道："国王陛下去世了！"

波姆加藤走到了桌子旁边，将桌子上戈尔兹刚刚看过的所有的公文全部包在一块大红方巾中，交给皮赫戈。伯恩斯基尔德则将戈尔兹挂在长椅上的纯金剑柄的剑摘了下来，也交给了皮赫戈。

接下来，波姆加藤仔细地搜查了戈尔兹，检查他身上是否带着毒药、武器、伪造证件或者用来迷倒看守的迷药等，这是一个必须严密看管的家伙，一不留神儿可能就会被他逃掉了。然而，最终，他只找到了一把在金盒子里面装着的小刀，一枚十分古老的金币还有一个半达科特。戈尔兹趁大家不注意的时候，慢慢地靠近了壁炉，忽然从衣服中迅速抽出一份文件，并且要将那份文件丢在壁炉里面，眼看着那份文件就要被烧着，眼疾手快的皮赫戈冒着手指被烧伤的危险一把将文件从壁炉中扯了出来。

波姆加藤将手搭在戈尔兹的肩膀上，把他扳过来，然后对着他大吼："浑蛋，你想干什么？你要明白，你现在不再是手握大权的官员了。你在瑞典倒行逆施，我就曾受到了严重的迫害，然而，现在你必须服从我。"

因为被严厉训斥，戈尔兹感到十分屈辱，他的脸色一阵白一阵红，牙齿紧紧地咬着，用他那只独眼狠狠地瞪着波姆加藤。这时，房子的主人牧师先生走了进来，他看到曾经手握大权，一人之下万人之上的戈尔兹现在成了一个被人随意呵斥的囚犯，心中不禁感慨万千，于是他用平和的语气对戈尔兹说："阁下，你现在一定成了上帝的弃儿，一直以来，你关心异教徒的信仰远远超过了对瑞典人的关心，瑞典人的灵魂就如同一把刀被放在一本摊开的《圣经》上。我们对于他人遭遇的苦难，本应该给予怜悯和帮助。"

听到这样的话，戈尔兹傲然地将自己的身体挺得笔直，说："对于上帝，我从不相信，但我相信《圣经》和剑。你们这些愚蠢的瑞典人啊，只会将别人想得很坏，你们从来就不曾懂得我真正相信的东西，不曾明白我蔑视的东西。"

牧师说："可是阁下，正是因为陛下的原因，所以你才能够得以生存。"

戈尔兹说："你们的国王具有非凡的智慧，他邀请我来帮助他，并且他在外出征战的时候也给予我充分的信任，他对我十分尊敬。好啦，牧师先生，周日的时候你再继续讲道吧！人生本就是一场幻影，死了也只是一堆蛆虫啃噬的食物。"

牧师回答说："好吧，我本来也没想说太多话，只是过来问一问，阁下要用晚餐吗？"

戈尔兹还没来得及说话，波姆加藤抢着说："太好了，我正饥饿难耐，立刻把晚餐送到这里来吧。"

很快，牧师的仆人们将本来为戈尔兹准备的食物全部摆了上来，满满一桌十分丰盛，几乎赶上了国王宴会的水平。波姆加藤、伯恩斯基尔德和戈尔兹一起坐在了桌子旁，出于安全考虑，他们不允许戈尔兹使用小刀，而是将食物切好为戈尔兹放在盘子里。在瑞博斯的时候，他们称呼戈尔兹为"阁下"，此刻已经不再合适了。波姆加藤问戈尔兹："大人，您的随行似乎带了很多酒，对吗？"

戈尔兹有点儿慌乱了，"酒？哦，没错，没错，我带的有红酒和白葡萄酒，都有！"

在座的人只有波姆加藤和皮赫戈懂得芬兰语，于是波姆加藤低声用芬兰语告诉皮赫戈将戈尔兹所有的酒瓶和装钱的瓶子全部带过来，而后又大声用本来的语言说："好啦，去把大人的红酒和葡萄酒都拿过来吧，我们尝一尝。沃尔奈酒非常好，不仅口感棒极了，而且其如同蜜钱一样金黄的色泽也十分迷人。"

戈尔兹面前的盘子里摆了很多切好的美味佳肴，然而他一点儿也没吃，只是呆呆地坐在那里。波姆加藤对站在门边上的皮赫戈说："皮赫戈，我亲爱的朋友，来吧，过来一起坐坐，吃点儿东西吧。我都饿得不行了，我想你也一样。你我都心知肚明，从托波回来到现在，你几乎什么都没吃。来吧伙计，看看这腌酸菜，是不是让人垂涎欲滴呀？还有这鸡肉，西梅干馅饼？哎，实在是太美味了！其实像我们这样饥肠辘辘的人，只要一顿普通的法国餐点就足够了，现在却有这一桌丰盛的菜肴，我大概有两年没有吃过这样丰盛美味的食物了。伙计，别客气啦，赶快过来吧，别在那儿犹豫不决的！"

"非常感谢您的好意，不过我觉得还是站在这里比较好。"皮赫戈以为波姆加藤邀请自己就餐，其目的在于羞辱戈尔兹那个傲慢无礼的家伙，所以拒绝了，"我只是一个普通的仆人，可不敢高抬自己和您一起用餐。上校先生您明白的，军队里等级严明，从来就没有仆人的位置，甚至整个瑞典……"

波姆加藤大声叫了起来："别再唠唠叨叨的啦，过来坐下！"

皮赫戈听到波姆加藤这么说，也就不再多说什么了。尽管看上去是被迫坐下的，不过他心里却十分开心，因为他从来也没有想过，自己有一天能够和戈尔兹这样地位尊贵、有权有势的人共进晚餐。

伯恩斯基尔德显得有些窘迫，一直默默无语，因为戈尔兹毕竟和他有一点儿亲戚关系。不过他们都饿了整整两天了，很快就大吃大喝起来，尽情享用桌上的美味以及戈尔兹带来的美酒。戈尔兹一直也没有说话，也没有吃东西，一直默默地看着皮赫戈。尽管皮赫戈的一只手受了点儿伤，不过丝毫没有影响他使用刀叉和端起酒杯。

戈尔兹整晚只喝了半杯酒，吃了一点儿点心，他面前餐盘里的菜肴丝毫未动，最后波姆加藤给了他两三片点心，其中一片还不小心被掉到了他前面的装满匈牙利酒的酒杯里，而他吃点心的时候，又将嘴中的一些吐到了盘子里。

晚餐过后，波姆加藤招呼皮赫戈将最重的那个瓶子拿过来并且打开盖子。

他拿着酒瓶，说："各位亲爱的先生，我们一定要感谢尊敬的枢密使大人，因为他，我们才得以享用如此丰盛的法国晚宴。最后，大人还为我们准备了一瓶好酒，这瓶酒的味道绝对能够让你无法忘怀并且沉醉其中。在我们这片荒凉的土地上，这样的宝贝几乎是绝无仅有的，而且这也是枢密使大人最钟爱的美酒以及包治百病的良药呢！"

他慢慢地将酒瓶倾斜，里面的达科特叮叮当当地滚到杯子里，明晃晃的闪闪发亮。

戈尔兹依然呆呆地坐在那里保持沉默，双手在桌子下面放着，两只眼睛一直看着两支蜡烛中间；牧师在门口站着，搓动着双手；还有一个穿着满身补丁的裙子的女佣搬完桌子以后，一直在牧师身后的门槛处站着。

伯恩斯基尔德再也忍不住了，他有些恼怒了，满脸通红地站起来，将桌子上所有杯中的酒全部又倒回原来装酒的瓶子里面。

"谁也不要再喝那瓶酒了！"他大声嘶吼着，"我诅咒所有再喝那瓶酒的人不得好死。"

牧师说道："阿门，上帝保佑！"

然后，他们决定带着戈尔兹回到卧室去。于是，牧师点着了一根蜡烛，所有人都从桌子旁边离开了，随着牧师的烛光来到了他休息的房间，走在最后的是皮赫戈，他一只手拿着那柄黄金剑柄的剑，另一手拿着包着所有文件的方巾。

戈尔兹依然昂首阔步地走着，他一进入房间，就将自己的帽子和马甲随手扔到一把椅子上面，然后就直接倒在床上。那张铺着漂亮床单的床和戈尔兹未曾脱下的带着马刺的靴子显得极为不协调，牧师也露出了不悦之色，便故意走上前去装作要帮戈尔兹脱掉靴子。波姆加藤对牧师说："尊敬的牧师先生，怎么能够劳烦您亲自来为这个人脱靴子呢？您找您的女佣来就好了，我们没有意见。"

躺着的戈尔兹用强硬的语气大声说："让我的贴身仆人来服侍我！"

波姆加藤说："我实话实说，现在你就别想着什么贴身仆人了，牧师先生能够让他的女佣过来帮你，你就应该谢天谢地了。"

随后女佣进来了，然而她费了九牛二虎之力，也无法将戈尔兹的靴子脱下来。波姆加藤只好让皮赫戈和牧师进来一起帮忙。女佣有些不开心了，她并不希望人们把她看作无用之人，连脱双靴子都需要人帮忙。然而他们还是很快就进来了。对此戈尔兹一直十分不满，他露出一副想要吃人的表情，但是却一句话也没说。

波姆加藤将一本拉丁文的笛卡尔的非基督教书籍放在戈尔兹的床上，对戈尔兹说："如果枢密使大人想要在晚间为一天的操劳做个祈祷，我们是不会反对的。"然而，戈尔兹对那本书根本就不屑一顾，只是低头轻轻地念着：

> 大幕正在缓缓落下
> 我心甚痛，因为正在远离英雄国度
> 饱受磨难之人都已死去
> 睡吧，万事皆休
> 睡吧，夜幕降临了

波姆加藤说："没错，我们才是最后的胜利者。明天早上，教堂的人就会过来，将你押到乌德瓦拉。我们需要将这里的事情做一份详细的报告，并且尽快汇报给挪威的总指挥部，而后会和骑兵团一起赶赴斯德哥尔摩。皮赫戈，我想没有人比你更加适合作为这个报告者了！"

皮赫戈说："上校先生，作为一个仆人，不仅能够忠诚谨慎，还能够冷静面对困难……"

伯恩斯基尔德小声地说："这个自以为是的家伙话可真是多啊！"

波姆加藤偷偷地对伯恩斯基尔德使了一个眼色，说："没错，皮赫戈，这个世界上比你聪明的人很难再找到了。好啦，牵一匹马过来马上出发吧，再见！"

此时的皮赫戈尽管全身从里到外已经被大雨浇得湿透，而且负伤的身体疼痛难忍，但他还是找来一匹马坚持着爬上马鞍，向着挪威的方向策马而去。三个人因为成功地完成了抓捕戈尔兹的任务，也各自获得了不菲的奖赏。波姆加藤获得了戈尔兹的那柄黄金剑柄的宝剑；伯恩斯基尔德获得了带着全套马具的一匹骏马；皮赫戈则得到了戈尔兹的全部仆人，这是一笔他以前从未有过的巨大财富。

葬 礼

　　寒冷的黄昏时分，在斯德哥尔摩郊外，一个人站在一座小房子外面。那里是刑场，那所小房子是刽子手行刑之前待的小屋。他敲了敲窗户，没有人回答，屋子里应该已经没有人了。他转过身来，面对从城里过来的方向，将手贴在耳朵上，似乎在仔细地听着什么。然后，他走到了旁边的一条小路上，那里有一些人拿着铁锹站在那里，似乎在小声地说着什么。

　　他走上前去对他们说："伙计们，你们好，我是杜瓦尔主厨。你们不要担心，现在可以点起灯笼了。刽子手已经离开了，今天晚上所有人都要参加国王陛下在斯德哥尔摩的葬礼。"

　　于是，一个仆人将灯笼点亮了。在微弱的灯光照耀下，可以看见地上放着一口棺材，还是空的，盖子被放在一边，旁边是一个已经挖掘好的坟墓，这是仆人们偷偷挖出来的。远处一具尸体正躺在一堆冷杉树枝上，那具尸体穿着天鹅绒的外套，但是头颅却在双脚之间。

杜瓦尔看着斯德哥尔摩的方向，咬牙切齿地说："这群心胸狭隘的瑞典人，这帮浑蛋。你们杀死了尊贵的戈尔兹爵士。你们忘记了，在你们最为艰难的时候，在你们遭受巨大灾难的时候，受到你们国王的邀请，戈尔兹爵士勇敢地来到瑞典和你们并肩战斗。现在，你们却残忍地将他杀死，对于你们的行为，他永远都不会原谅，即使你们为他穿上天鹅绒外套，他也不会原谅你们的无耻行为。"

　　戈尔兹的仆人们手中拿着铲子，看见斯德哥尔摩城内光芒万丈，每个人都十分恼怒。他们开始愤怒地抱怨着："城内正敲响葬礼的钟声，可是这钟声对于和平没有任何益处。"

　　杜瓦尔说："临死之前的人们还在不停地斗争，和平可能会在这样的地方降临吗？昨天晚上，我将自己装扮成一个仆人，来到一家酒馆，我对里面的人说：'战争给你们带来的创伤全部都好了吗？明天的葬礼上，难道你们不想将石头丢在他的棺材上吗？你们的国王，就是一个暴君，愚蠢无比，毫无人性，简直就是一个魔鬼！就是因为他，屡次的战争让瑞典人民深陷苦难，你们难道不该责骂他？你们难道不想责骂他？'"

　　"那他们是怎么说的呢？"

　　"他们倒是反问了我：'那么，你也如同你说的那样憎恨他吗？'我是一个外国人，我又能怎么说呢？像他这样的一位国王，没有人憎恨是匪夷所思的。人们在背后总是对他颇多抱怨，对他的行为总是不停地指责，可是，只要看到他，听到他说话，就会不由自主地脱帽致敬。你们说，这不是自欺欺人吗？今天斯德哥尔摩大街上，为他送行的人一定有很多，这些人或许都曾经骂过他，但是此刻没有人会真心恨他。人们在国王刚刚死去的时候，纷纷传言这是很凶的预兆，然而人们还是会恭恭敬敬地守卫着国王的遗体，甚至他们自己也说不出为什么会这么做。亲爱的朋友啊，我们常常片面地看待一个人，只是看到了他的不足，却忽视了他的长处，或许正是那唯一的长处就足以让他长留人们心里。你们或许没有真正明白我这句话的意思。我想说的是，就算他身上有太多的缺点，但是只要他心有正义感，就足以让人们忘记他身上的不足，因为正义的重量远远超过黄金，其意义是无法估量的。所以这个人尽管做了很多被认为是犯罪的事情，但是在他身上闪现的那一点儿正义之光，就足以得到人们的尊敬。我刚刚说曾经鼓动那些瑞典人向他投掷石头，其实是我自己想那样做吗？不是，因为我的主人如此不幸，我只是为我这个没有得到命运垂青的主人抱不平而已。"

仆人们听到杜瓦尔这样说，纷纷脱下帽子，开始低着头小声哭泣起来："是啊，我们可怜的主人啊，尊贵的戈尔兹爵士啊，你的丧钟谁来为你敲响呢？"

"亲爱的伙伴们，现在我们已经无暇顾及那么多了。猫不在了，老鼠就会变得日趋猖狂，这是我们无法控制的事情。现在，我们将主人的身体清洗一番，帮他收集整理好遗物，在胸口为他放上祷文，然后想办法悄悄将他带回国内，葬在他的祖坟里，陪伴他的父亲。到那时候，我想会有人为他敲响丧钟的。"

就在戈尔兹的仆人们正在拿着铲子，围在戈尔兹的尸体旁不停哭泣的时候，国王的葬礼也正在进行着。此刻，他就在卡尔斯堡王宫中，在无数烛光的照耀下。他静静地躺在那里，头戴着月桂花环，身上如同普通士兵一样穿着粗布衬衣，但是那衬衣是那么的洁白整齐。他的神态依然那么平和，嘴唇微微张开，隐隐约约可以看到他的牙齿，仿佛他还在微笑。

人们在他的脸上涂上了香料，将棺材盖住了。十二位跟随他南征北战战功卓著的上校将棺材从楼梯上抬了下来，放在一辆被黑布覆盖的雪橇上，雪橇上方遮盖着高贵的天鹅绒华盖。三十个忠诚的侍从面色庄严地走在雪橇周围，后面紧紧地跟着许多全副武装的卫士。戈尔塔走在右侧最前方，老霍尔特也在队伍之中，依然如同国王生前一样忠诚地守候在他身边，老霍尔特曾经陪着他穿越寒冷的乌克兰雪地，也曾经与他一起走过波尔塔瓦那枪林弹雨的战场。此刻，他正陪着他的国王走完最后一段路，他觉得他的人生将再也不会有任何神圣而伟大的事物，如同一棵没有叶子的菩提树一样；他的耳边一直回响着当年国王晚祷的声音，那时的他跪在宫殿门口，聆听着还是一个孩子时国王的晚祷；他的眼前一直浮现着国王戴着的那顶王冠，国王曾戴着它无数次在惨烈的战斗中与战士们一起冲锋，现在那顶王冠完成了自己的使命，正默默地躺在棺材底部。

　　当葬礼的队伍行进到卡尔斯堡门的时候，天已经完全黑下来了，天空中乌云密布，没有任何星星，于是人们点亮了皇后大街上所有的路灯，远处所有骑士塔上的灯也都亮起来了。在棺材周围行进的卫士队伍中，有一位面色红润的年轻人，一直紧紧地皱着眉头，似乎在仔细地观察着周围的状况。这个年轻人远远看上去很像圣尼古拉斯大教堂里画像上的圣乔治，他的朋友私下里戏称他为乔治兄弟。此刻他一直对周围的人格外留意，担心会有情绪失控之人引发混乱，因为他和泰新大人在前一天吃饭的时候听到了很多对国王的抱怨。

　　皇后大街上人潮涌动，人们都希望能够来送国王最后一程。当行进在队伍最前面的传令官出现的时候，杜本和王室总管一起走出了瑞德的房子，总管穿着长长的大衣，杜本则一反常态地伛偻着腰，低着头，看上去憔悴极了，连他的亲人都没有认出来那个苍老的人是他，只有那僵硬的步伐依然如故，和当年在本德训练士兵操练枪械时一模一样。从科容赫姆家走出来了很多爵士和贵族，佩·瑞兵将军也在其中。他走下台阶的时候显得十分费力，对身边的人说："还好我本就没有子嗣，否则现在我一定会怀念那些长眠于战场而不能回家的孩子们的。"

然而，当他环顾四周，满眼看到的都是对家人归来早已望穿秋水的人们，他们个个面容憔悴、骨瘦如柴。他又喃喃地自言自语："如果我的孩子战死沙场，或许此刻我也会痛彻心扉。"

街道上熙熙攘攘的人群都沐浴在明亮的灯光之下，连屋子里的人以及教堂塔楼上的人都纷纷从窗户中伸出脑袋。为国王送葬的队伍正在缓缓向着鼓声不断的地方前进，行进中的棺材摇晃不止。北桥下的河水一片漆黑，咆哮而过，淤泥中偶尔泛起沉船的残骸。桥边的达尔摩教堂的墓地，一般人只需要半个银币就能够葬身于此，小卡瑞恩的妻子就被葬于此处。刚刚成立的一个护卫队此刻正守护在这里，他们排列整齐，每七人之间放着一盏锥形的灯，似乎是为已经逝去的人指引道路。此刻的人们十分平静，没有哭号，也没有恐惧，只有偶尔的彼此交流，也是声音很小地交头接耳。在场的所有瑞典人都发自内心地认为，这一场景一定会长留史册，此刻他们认为自己正在埋葬自己一半的生命。

达尔摩教堂，一座伟大而神圣的教堂，众多伟人的庙宇都在此处，如同圣诞晨祷一样鼓舞启发着每个人。塔楼上的那口曾经挂在瑞典政府大楼最高处的钟敲响了，乔治早已被这悲痛庄严的氛围所感染，顾不上再去戒备周围的人，他将一个侍卫的衣领一把抓住。

"这是我生平听过的最打动人心的钟声了，它让人感觉如此平静和幸福，如同是加冕礼上敲响的钟声一样，也许真的就是加冕钟声吧。难道不是吗？今天难道不是他率军出征十八载的凯旋吗？难道他们不正是那久经沙场、攻无不克的军队吗？"

"你在说什么？他们凯旋了？"

"福瑞德里克谢尔的那个晚上，上帝终于将他征服，把他带走了！"

"他回来一定会让我们陷入深重的灾难。"

"你根本就没有懂。那些只是我们内心卑微的想法。事实上，我们只能紧紧追随他，人为刀俎我为鱼肉。"

在乔治心中，他一直追随的人是一位伟大的人。他终于明白了，一个英雄离开，最悲惨的是倒在英雄建功立业道路上的顽强不屈的芸芸众生，他们都成了英雄前进的垫脚石。

教堂里，五百支蜡烛被点亮了，被放在镀金像上由唱诗班推过来，走进教堂的乔治一瞬间有一种错觉，他不是在参加国王的葬礼，而是在参加一场宏大的圣诞宴会，此刻正演奏着圣诞歌曲，人们都在做圣诞祷告，为伟大的祖国祷告，为那些再也不能归来的英雄祷告。他忽然想起了很多人，他们有的已经死去，有的还在遥远的西伯利亚，还有很多……

教堂的两边各有一块黑匾，左边记载着瑞典苦难的九年，右边则记载了瑞典光辉的九年。有些久经沙场的幸存者此刻也来到了现场，忠诚勇敢的阿克赛尔·鲁斯来了。阿波戈也来了，他伤痕累累的身躯还饱受痛风的折磨，早已让他痛苦不堪，此刻他也挂着拐杖颤颤巍巍地站在瓦萨最古老的墓碑后面。在马格纳斯·拉杜拉斯和卡尔·纳维森的墓碑后面，大臣们正按照等级整齐地站在那里。人们的脑海中不约而同地浮现出那整齐而又哀伤的骑兵步伐，耳畔回响起悲伤的弗格勒维克的行军声！不知道什么时候，或许又会有一个目空一切的尊贵之人用他那富有煽动性的语言将人们带入另一场战争！

教堂的每一个角落和缝隙都被灯光照得十分明亮。在瑞典治安官的引导下，一大群教士簇拥着阿尔布雷克特走了过来，他那早已被血丝布满的眼睛只能微微睁着，手指在胡须里面插着。钟声又一次响起了，响彻整个城市，巨大的声音也让教堂的窗户响个不停。一些骨瘦如柴的仆人跟着一个穿着高贵华丽服饰的女人从门口走到了金钱豹旗帜下面，那是丹麦王后克里斯蒂娜，仆人们搬来了各种华贵的衣服、绣帏以及许多只能用来作为摆设的珍宝。外面震耳欲聋的鼓号声响起来了，窗户上的玻璃似乎都要被震得掉下去了。王后站在那个最高的箱子上，从教堂顶端俯视这座灯火通明的城市，她看到斯登·斯图尔的军队，在教堂下面蜂拥而来，他们戴着的圆头盔，一眼望去，就像是春天漂浮在河水中的浮冰一样。

箱子的一侧插着旗帜，这里正是当年绞死卡尔·尼尔松·法拉的地方；另一侧则放着王冠，当年戈斯塔国王就是在这里将权杖授予劳伦修斯佩特里，托克尔·纳特森也下葬在这个地方。歌声响起来了，这歌声仿佛是卡累利阿郊外的怒吼，又像是在预言家和巫师们头顶上被血染红的旗帜猎猎作响的声音。

教堂两边挤满了国王的卫士们，他们庄严地面对着神父们的祭坛。上帝啊，圣母啊！在耶路撒冷，此刻您的罪人正在倾听来自天堂的竖琴，他们个个庄严肃穆，身着朝圣的衣装。

约兰·佩尔松和他的儿子们战斗牺牲的地方，此刻脚步声和马刺的碰撞声正在回响。那个离间国王兄弟的牧师，此刻正被绞架上的乌鸦狠狠地啄食着臂膀！昔日相互仇视的兄弟此刻应当已经和好如初了吧？监狱外面的栏杆旁，一个须发皆白的笨蛋，正穿着破烂的衣衫傻傻地站在那里张望；斯德哥尔摩王宫外面的教堂里，约翰正将一份文件放在腰间来回徘徊。夜幕已经降临，乐手正在持续地演奏着圣歌，他一个人听着，那声音渐渐地仿佛是夏日清风从月桂树梢上拂过一样。

烛光洒在每一个战士的脸上，那些黝黑的脸庞个个看上去都饱经风霜，忽然，屋顶上红色石膏碎了掉在地上，仿佛不幸正从天而降。瑞典人的前额都印着古老修道士的语言——利己主义、不辨黑白。其中六项为瑞典人带来了深重的灾难——自私、诡诈、无视法律、忽略公益、对陌生人的毫不关心和对朋友的忌妒。尤其是最后的两个，一直延续至今，只有无视法律被真正消除。什么时候才能真正摆脱这些恶劣品质的影响呢？

烛光洒在教堂里的挽联、横幅、旗帜上面，也让那些徽章更加闪亮，照亮了奥克森斯特纳家族的徽章血红的号角，也照亮了卢文霍特家族的徽章蓝色的狮子，也为那些逝去之人带去了军鼓和长笛的嘹亮。托尔斯腾森脑海里忽然浮现出自己坐在轿子上研究军事地图的模样，巴纳则想起了结婚的时候，自己和新娘在街上骑着马，一个孩子被拥挤的人群吓得低垂着头盯着地面。女人们纷纷拿起手帕，为自己拭去眼中的泪水，那是为离开人世的国王而流的眼泪，那是最后一场为他流下的眼泪。因为，他回家了。

灯光渐渐熄灭了，教堂前面慢慢地变得昏暗起来，财务主管拉斐尔特正在给人们分发纪念币，人们大多沉默不语。科隆司特德鸣响了礼炮，那声音震耳欲聋，烟火冲天而起。

查理十二世伟大而跌宕的一生就这样结束了，每个人的心中都涌起了一种难以名状的空虚。仆人们纷纷点亮手中的火炬，将教堂到王宫的道路再一次照亮。

乔治依然恍恍惚惚，他用十分微小的声音自言自语道："每个暴风雪的夜晚，我们都会为他点亮火炬怀念他！他墓志铭上的那句话是我见过的所有墓志铭中最伟大的一句话——我们没有因为他成为天之骄子，但我们的泪水真诚地为他流淌。"

举枪，为他送行！

所有的声音都停止下来了，安静，无比安静的晚上！只有"咔嗒咔嗒"的枪声。最后的葬礼诗篇被士兵们用整齐的声音哽咽地念出，棺材被官员们小心地抬起，一步一步地，慢慢地，稳稳地进入了墓穴。

台阶一步一步通向了查理家族的坟墓。人们看到了查理十世，他正威武地躺在那里，手中握着黄金权杖，头上戴着黄金王冠，还有金苹果、金钥匙和金剑陪葬；人们也看到了查理十一世，没有丝毫装饰，平静地躺在那里。他们早已逝去，可是想想曾经的美好岁月，曾经的繁荣景象，如今都去了哪里呢？看到他们，会让人想起莫拉那些木屐舞者，会让人想起人们对于法律、权益、收获、和平的呼唤。

棺材被放下了，就在这个地方，西罗宁姆斯以前总是常常带着他的修道士们，在这里赤脚跪着祭拜圣弗兰西斯的祭坛。没过多久，他就从这里不声不响地离开了。在罗马，他接受了教皇的冠冕；在罗马，他听到了银铃般清脆的拉特兰教堂的钟声；在罗马，他听到了棕榈树在风中摇曳作响。

这里曾经是主教圣弗朗西斯的大教堂，他曾经在这里有房有地，就在教堂里祭坛前，点着烛光宣讲布道，指点人们要坚守贫苦，为人们带来福音，今天，正是那些让瑞典人民陷入贫苦的王公贵族静静地躺在这里。啊，那些曾经在这个世界上留下脚印的人，那些在闪闪星光下永远熟睡的人，你们难道不应该为这样的传奇之歌做出回应吗？你们能听见这样的歌声吗？谁又会在今晚走到你们面前轻轻敲门呢？没错，你们猜到了，是又一位瑞典国王。可是你们知道吗？他一直渴望着有一天能敲开你们的大门，成为传奇之歌的组成部分，伟大而卓越的他也很喜欢长眠于星光下。

厚厚的门被闩上了，墓室隆隆地关闭了。

雄狮号

　　夏天终于来临了，在科尔索群岛聚集着很多人，他们有的是从乡下来的，有的是从沙港和哈罗来的岛民，大多都带着武器。

　　蒂斯特达尔的最后一批枪炮，也在上周日被运送到了国王那里，冬天也消失得无影无踪了。查理王室的旧臣，以及战争中负伤落下残疾的士兵大多都返回了自己的家乡，他们都得到了微薄的抚恤金，回到家中织网打鱼，偶尔看看昔日的日记，回忆回忆逝去的荣光。每到礼拜天的时候，他们会到教堂去虔诚地祷告，这个时候，昔日的将军、少校或者普通士兵早已没有了等级之分，他们会用含着热泪的眼睛对望着昔日出生入死的兄弟。此时，和约还没有完全签订，瑞典群岛周围还时常出没着俄国的战船。每当这个时候，那些老兵又纷纷从床头拿起早已入鞘的刀剑，穿好已经破烂不堪的蓝色军装，准备为保卫家国而战斗。

　　科尔索的自卫军拥护瑞斯罗夫上尉为司令官。此刻，早已经在房间里待得发闷的瑞斯罗夫走出房间，正在人群中意气风发地站着。一个冬天，他都没有修整过自己的胡须和头发，剪刀和剃须刀在抽屉里已经沉睡了很久。此刻，他已经雪白的胡须搭配着很长的头发，显得颇为滑稽。不管哪个情绪不佳的人，只要看到他的模样，马上就会忍不住笑出来。

整整一天的暴风雨刚刚过去，咆哮的海浪依然在怒吼着拍打海岸。在岸边一片松林旁，聚集着很多看起来十分焦躁的人，他们听着远处传来的阵阵枪炮声，等待着战争的结束。此时的树林中一点儿风都没有，使得人们更加觉得烦闷难耐。

这时，一个人托着帽子走了上来。他是一个来自杜若的牧师的儿子，暮色照在他的脸上，显得越发苍白，他用发抖的声音对瑞斯罗夫说："上尉先生，你让我们寻找船只去岛内搜寻援兵，可是我们现在就只找到了两艘已经漏水的小艇。现在我们只有这点儿人，还不到四十个，我看也不需要再躲躲藏藏的了。俄国人如果在这里登陆，我们什么作用都起不了。现在外面传闻很多，有人说法赫斯正带着索德曼军队在桑德拉与敌人血战，杜克、达拉纳以及韦斯曼也正带领军队紧跟其后；可是也有人说，卜地、瓦姆和索德托恩沿岸，很快就会失守。可能我有些过于悲观，所以才会这么说。然而大家听说敌人攻占特鲁萨后在那里大肆抢劫，尼雪平则被大火付之一炬，那大火甚至都快要蔓延到了斯德哥尔摩。北雪平已经陷入了一片混乱，农民和士兵竟然开始抢夺难民的小推车。维克博兰的农民已经向俄国人拱手投降，臣服于沙皇。马斯特兰德的杨森韦赛尔，则公开表示效忠丹麦。战火已经蔓延到了我们周围，家乡和祖国都无法保全了。"

瑞斯罗夫说："我们并没有躲躲藏藏。瑞典人从来在最后关头都会得到上帝的庇护，现在还没有只是因为还没到最后。"

牧师的儿子一边转身离开，一边说："还不到最后关头？又一个小时过去了，还有多少时间啊？别总沉浸在幻想里，还是看看现实吧，救世主究竟在哪儿呢？"他的脸上还浮现出十分不屑的表情。

瑞斯罗夫周围的人们更加不安起来。枪炮声还是零零星星地传来，只是似乎已经远去，声音小了很多，好像现在的战斗正发生在海面上。

牧师的儿子在岩石间攀爬着，他旁若无人地从人群中穿行而过，人们也丝毫没有留意他的行为。

忽然，他大声喊起来："大家快来看啊，我看到了一条十分诡异的船。你们看，那条船没有风帆，也没有桅杆，只有一个点着的灯笼高高地挂着。船的甲板上没有人，连船舵似乎都没有人，但是船却一直缓慢地从海面上向我们这里驶过来。"

人们听到这样的话，也开始有些惊慌了，叽叽喳喳地彼此交流着。瑞斯罗夫爬上了岛屿最高处的一处岩石向海面上瞭望，可是什么也没有看到，几个岛民也跟了过来，然而他们一致认为，牧师的儿子是发疯了，因为一直到海天相接的地方什么船只也没有。

忽然，有人开始惊呼起来，这也让那些还没有登上岩石的人们更加议论纷纷。他们在岩石后面的海面上，确实看到了一艘船正在缓慢地驶过来，那是一艘双桅船，只有空荡荡的桅杆，没有风帆和绳索，船舷被染成了白色，船尾部画着一只凶猛的狮子，高高地举着前爪，在船上挂着的灯笼的映照下显得更加可怕，似乎就要从船上跳下来一样。

人们禁不住开始窃窃私语起来："太可怕了，难道是一艘鬼船不成？"

瑞斯罗夫也觉得一种莫名的恐惧，他踌躇了一阵，决定带上几个人上船去看一看。于是，他挑选了几个胆大的人，带着枪划着一艘小艇靠近了那艘船。

他们一直轻手轻脚地划桨，似乎生怕惊动了什么似的，渐渐地，他们离那艘船越来越近，一个岛民拿起手中的枪对着船开了几枪，也没有任何反应。看上去，船上的窗户似乎有隐隐约约的灯光，可是仔细一看就能发现那也只是月光的反射，一闪之后又是漆黑一片，整个船上只有挂在船头的灯笼发出微弱的光芒。

瑞斯罗夫忽然看见船尾有一条长长的布一直垂到了水面上，他忽然全都明白了："上帝保佑！你们看看，那是我们的旗帜，现在大家应该都知道了吧，这是一艘瑞典船，是我们的雄狮号。"

于是，岛民们都欢呼了起来，"没错，没错，这是我们的雄狮号！"

于是，他们将小艇小心地停好，从船舷上垂下的一根绳索攀爬了上去，进入了船舱。然而，里面伸手不见五指，只能摸索着前进。

瑞斯罗夫不时大声喊道："有人吗？"可是却没有任何回答，其余的人也都一直沉默地跟在他后面。

直到他们从舱门登上船的甲板，才发现，上面横七竖八地躺着很多早已死去的水手，显然他们死前一直坚守在自己的岗位上。瑞斯罗夫仔细地检查每一具尸体，希望发现有生还者，然而一个也没有，船上活着的生命只剩下窜来窜去的老鼠了。

瑞斯罗夫对大家说："兄弟们，上帝果然会保佑瑞典的。现在我们都到这艘船上来，趁着现在还没有被浪冲到岸上，将我们的那两艘小艇划过来挂在船尾，这样我们就能用这艘船将我们带到内陆了，而且还能够挽救这艘从枪林弹雨中幸存下来的王室之船。"

于是，其余的人纷纷招呼岸上的人们登船，瑞斯罗夫则一个人来到船尾最高处孤独地坐在那里，瞭望海面。

很快，岸上的岛民也都纷纷登上了船，众人驾着船在岛屿之间缓慢地前进着。船舷上的狮子倒影在海水里，显得颇为亲切。

此时已经没有了枪炮声，海面平静下来了。船前进的速度十分缓慢，仿佛是一个重伤未愈的士兵拄着拐杖一样，在岛屿之间蹒跚着。每经过一个岛屿，都有藏在灌木丛中的女人和孩子们爬出来，因为他们听到了熟悉的瑞典语，于是他们纷纷欢呼喊叫起来。

船上的人大声告诉他们："这是瑞典的雄狮号，刚刚从战场上回来。"

一直在沉思中的瑞斯罗夫听到人们的喊叫声，也慢慢地回到了现实之中，他缓慢地站了起来。

他招呼年轻人和他站在一起，慢慢地说道："同胞们，亲爱的伙伴们，伸出你们的手，摘下你们的帽子，向这艘英雄船致敬吧。这艘看上去破败不已的船就好像我们的祖国瑞典一样，只剩下最后一点儿军队，但是依然和亡灵们在一起，在岛屿后面躲藏了起来。那些在西伯利亚尚未归来的同胞，是多么热切地思念祖国！他们远在异国他乡，穿着他人的衣裳，看着陌生的北冰洋，那么孤独，那么无助，他们时刻都在祈祷上帝，希望能够早日回到家乡，否则，他们的生命之光就永不会熄灭。可是他们的家乡呢？我们战败了，帝国不复存在了，故乡早已山河破碎，海边漂浮着船只的残骸，硝烟弥漫！但是，万能的上帝啊，你会给我们带来黎明的！兄弟们，黎明必将会到来，黎明正在走来。总有一天，在西伯利亚一直苦苦劳作的俘虏们，会等来那个摇着白旗为他们带来和平的人；总有一天，人们能够喝到弗雷德里克和乌尔里卡的美酒；总有一天，女人们也能够在圣诞节身穿盛装而不是丧服；总有一天，瑞典教堂的钟声会为了和平而敲响，为那些逝去之人而敲响；总有一天，瑞典的土地里又会生机勃勃，处处开满鲜花。在哪儿才会再看到葛罗森的鼓和土耳其丝绸做成旗帜的旧军队呢？在哪里才会再看到那个带着我们跨越欧洲，征战四方的人呢？在哪里才会再看到那个寄托了我们全部希望的人呢？他在哪儿？他在干什么呢？问问那些唱歌的孩子们吧！不管在哪里，不管什么时间，我们总能看到在那些教堂的墓地里，一个一个的石碑被立起来了，那些曾经和我们一起并肩作战的战友手持刀枪，纷纷到来了！他们穿着破破烂烂的军装，徘徊在我们营地的篝火旁边，然后永远地离开了，他们会为我们在天堂祈祷：'上帝保佑那些不屈不挠地奋斗和抗争的人吧！'他们一定会如此的！无论在哪里，只要有鲜花盛开的地方，我们都会轻轻地问：'这里是否曾经被我们战友的鲜血浇灌？'我们不会忘记他们，我们会永远怀念他们！"

魏尔纳·冯·海顿斯坦姆作品年表

1859 年　生于瑞典南部维特恩湖北面奥斯哈马尔一个贵族家庭。

1876 年　因为肺病不得已停止学习，前往意大利、希腊、埃及、巴勒斯坦、叙利亚等地休养、游历、生活。

1880 年　携新婚妻子艾米莉·尤格拉再度出国，居住在罗马、巴黎、瑞士等地。

1887 年　返回瑞典，潜心钻研文学。

1888 年　第一部诗集《朝圣与漫游的年代》出版，成了"瑞典新浪漫主义派"或"唯美主义派"的开山之作，海顿斯坦姆因此也被称为唯美主义代表诗人。

1889 年　作者根据希腊神话写成的长篇小说《恩底弥翁》发表，同年发表的还有进一步阐述自己艺术观点和文学主张的论文《文艺复兴》。

1892 年　诗体长篇小说《汉斯·阿里埃诺斯》发表。

$\frac{1897}{1898}$ 年　长篇小说《查理十二世的人马》出版。

$\dfrac{1905}{1907}$ 年　长篇历史小说《福尔孔世家》出版。

1912 年　当选为瑞典文学院院士。

1915 年　出版《新诗集》。

1916 年　被授予诺贝尔文学奖。

1940 年　逝世。

1941 年　回忆录《栗树开花时》出版。